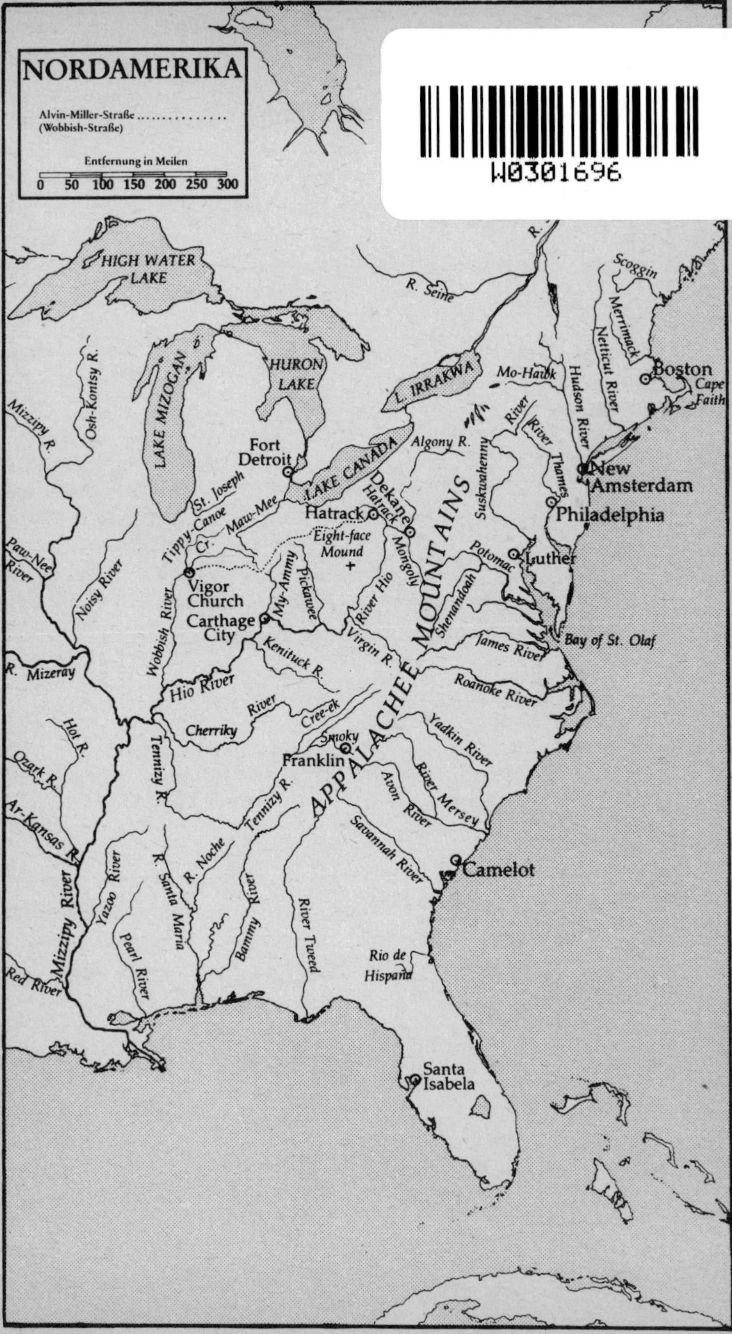
NORDAMERIKA
Alvin-Miller-Straße ....
(Wobbish-Straße)
Entfernung in Meilen
0 50 100 150 200 250 300
W0301696
HIGH WATER LAKE
R. Seine
Scoggin
Merrimack
Netticut River
LAKE MIZOGAN
HURON LAKE
L. IRRAKWA
Mo-Hawk
Hudson River
Boston
Cape Faith
Osh-Kontsy R.
Mizzipy R.
Fort Detroit
LAKE CANADA
Algony R.
River
River Thames
Suskwahenny
New Amsterdam
Philadelphia
St. Joseph
Tippy-Canoe
Maw-Mee
Hatrack
Dekane
MOUNTAINS
Eight-face Mound
Mongoly
Cr.
Paw-Nee River
Noisy River
Vigor Church
Carthage City
My-Ammy
Pickawee
River Hio
Potomac
Luther
Shenandoah
Wobbish River
Kenituck R.
Virgin R.
James River
Bay of St. Olaf
R. Mizeray
Hio River
APPALACHEE
Roanoke River
River
Cherriky
Cree-ek
Hot R.
Smoky
Yadkin River
Franklin
Ozark R.
Tennizy R.
River Mersey
Avon River
Ar-Kansas R.
Tennizy R.
Savannah River
Mizzipy River
Yazoo River
R. Santa Maria
R. Noche
Bammy River
Camelot
River Tweed
Pearl River
Rio de Hispana
Red River
Santa Isabela

Taschenbücher von ORSON SCOTT CARD
im BASTEI LÜBBE-Programm:

24089 Das große Spiel
24103 Sprecher für die Toten

ORSON SCOTT CARD

DER SIEBENTE SOHN

Roman

Ins Deutsche übertragen
von Ralph Tegtmeier

BASTEI LÜBBE

BASTEI-LÜBBE-TASCHENBUCH
Fantasy

Band 20115

Erste Auflage: Dezember 1988
Zweite Auflage: Oktober 1992

Deutsche Lizenzausgabe 1988
Bastei-Verlag Gustav H. Lübbe GmbH & Co., Bergisch Gladbach
Originaltitel: Seventh Son
Lektorat: Reinhard Rohn
Titelillustration: Jane Mitchell
Umschlaggestaltung: Quadro Grafik, Bensberg
Satz: Fotosatz Schell, Bad Iburg
Druck und Verarbeitung:
Brodard & Taupin, La Flèche, Frankreich
Printed in France
ISBN 3-404-20115-9

1 Bloody Mary

Die kleine Peggy ging sehr vorsichtig mit den Eiern um. Sie schob die Hand durch das Stroh, bis ihre Finger auf etwas Hartes stießen. Sie kümmerte sich keinen Deut um den Hühnerkot. Schließlich verzog Mama nicht einmal dann das Gesicht, wenn Leute mit Säuglingen im Gasthaus abstiegen und sie ihre schmutzigsten Windeln zu sehen bekam. Selbst wenn der Hühnerkot feucht war und an ihren Fingern klebte, machte es Peggy nichts aus. Sie schob einfach das Stroh auseinander, schlang die Hand um das Ei und hob es aus dem Brutkasten. Und die ganze Zeit mußte sie auf ihren Zehenspitzen auf einem wackligen Schemel stehen. Mama hatte zwar gesagt, daß sie zu jung für das Eierholen wäre, aber Kleinpeggy hatte es ihr gezeigt. Jeden Tag fühlte sie in jedem Brutkasten nach und holte jedes einzelne Ei hervor.

Jedes einzelne, sagte sie sich im Geiste immer und immer wieder. Ich muß in jeden Kasten hineingreifen.

Dann sah die kleine Peggy in die Nordostecke zurück, zum finstersten Ort im ganzen Hühnerstall. Dort hockte Bloody Mary in ihrem Kasten und sah so aus wie ein Alptraum des Teufels persönlich. Der Haß schimmerte aus ihren bösartigen Augen hervor, während sie zu sagen schien: »Komm her, kleines Mädchen, und gib mir ein paar Happen. Ich möchte ein paar Happen vom Finger und ein paar Happen vom Daumen, und wenn du schön nahe kommst und versuchst, mir mein Ei wegzunehmen, kriege ich sogar noch einen Happen von deinem Auge.«

Die meisten Tiere besaßen nicht sehr viel Feuer im Herzen, doch bei Bloody Mary war das anders, ihr Feuer war kräftig und gab einen giftigen Rauch. Niemand konnte es sehen außer Kleinpeggy. Bloody Mary träumte für alle Leute den Tod, ganz besonders aber für ein gewisses, kleines, fünfjähriges Mädchen. Peggy hatte Narben an den Fingern, um es zu beweisen. Na ja, wenigstens eine Narbe, und selbst wenn Papa gesagt hatte, daß er sie nicht erkennen könne, erinnerte sich Kleinpeggy doch daran, wie sie die Narbe bekommen hatte, und niemand konnte es ihr verübeln, wenn sie manchmal vergaß, unter Bloody Mary zu greifen, die wie ein Buschkrieger dort hockte, der nur darauf wartete, die erstbesten Leute umzubringen, die einfach nur *versuchten*, vorbeizugehen.

Ich habe es vergessen. Ich habe in jeden Brutkasten geschaut, in jeden einzelnen, und wenn ich einen ausgelassen habe, dann habe ich es vergessen vergessen vergessen ...

Jedermann wußte, daß Bloody Mary ein schlechtes Huhn war und viel zu bösartig, um Eier zu geben, die nicht sowieso schon faul waren.

Ich habe es vergessen.

Sie hatte den Eierkorb schon hereingebracht, bevor Mama auch nur das Feuer entzündet hatte. Mama war so zufrieden, daß sie es Kleinpeggy gestattete, die Eier eines nach dem anderen ins kalte Wasser zu legen. Dann hängte Mama den Topf an den Haken und schwang ihn weiter über das Feuer. Wenn man Eier kochte, brauchte man nicht erst zu warten, bis das Feuer etwas heruntergebrannt war, das konnte man auch im Qualm.

»Peg«, sagte Papa.

So hieß zwar Mama, aber Papa sagte es nicht in seiner Mama-Stimme, sondern in seiner Kleinpeggy-jetzt-gibt-es-Ärger-Stimme. Kleinpeggy wußte, daß sie erwischt worden war, daher drehte sie sich sofort herum und schrie heraus, was sie die ganze Zeit schon hatte sagen wollen.

»Ich habe es vergessen, Papa!«

Mama drehte sich um und musterte Peggy erstaunt. Papa aber war nicht überrascht. Er hob nur eine Augenbraue. Er hielt die Hand hinter den Rücken. Kleinpeggy wußte, daß sich in dieser Hand ein Ei befand. Das böse Ei von Bloody Mary.

»Was hast du vergessen, Kleinpeggy?« fragte Papa mit leiser Stimme.

In diesem Augenblick dachte Kleinpeggy, daß sie das dümmste Mädchen sei, daß jemals auf der Erde geboren worden war. Da stritt sie schon etwas ab, bevor ihr irgend jemand überhaupt etwas vorgeworfen hatte!

Doch sie würde nicht aufgeben, nicht sofort. Sie konnte es nicht ertragen, daß sie wütend auf sie waren, und sie wollte nur, daß die Eltern sie weggehen ließen, um in England zu leben. Also setzte sie eine unschuldige Miene auf und sagte: »Ich weiß nicht, Papa.«

Sie dachte, daß England der beste Ort zum Leben sei, denn in England gab es einen Lordprotektor. Dem Ausdruck in Papas Augen nach, war ein Lordprotektor so ziemlich genau das, was sie gerade brauchte.

»Was hast du vergessen?« fragte Papa wieder.

»Sag es einfach und hör auf damit, Horace«, sagte Mama. »Wenn sie etwas ausgefressen hat, dann hat sie eben etwas ausgefressen.«

»Ich habe es einmal vergessen, Papa«, sagte Kleinpeggy. »Es ist ein böses altes Huhn, und es haßt mich.«

Papa antwortete sanft und langsam. »Einmal«, sagte er.

Dann holte er die Hand hinter dem Rücken hervor. Nur daß er darin nicht etwa nur ein Ei hielt, sondern gleich einen ganzen Korb. Und dieser Korb war voll von altem, klebrigem Stroh, fauligen Eiern und zwei oder drei toten, stinkenden Kükenkörpern.

»Mußtest du das unbedingt vor dem Frühstück ins Haus bringen, Horace?« fragte Mama.

»Ich weiß nicht, was mich wütender macht«, sagte Horace. »Was sie ausgefressen hat, oder wie sie versucht zu lügen.«

»Ich habe nicht versucht, zu lügen«, rief Kleinpeggy. Jedenfalls wollte sie es rufen. Was tatsächlich hervorkam, klang ganz verdächtig wie Weinen, obwohl Kleinpeggy erst gestern beschlossen hatte, den Rest ihres Lebens nie wieder zu weinen.

»Siehst du?« sagte Mama. »Sie fühlt sich bereits schlecht.«

»Sie fühlt sich schlecht, weil sie erwischt wurde«, sagte Horace. »Du bist zu nachsichtig mit ihr, Peg. Sie besitzt einen lügnerischen Geist. Ich will nicht, daß meine Tochter aufwächst und böse wird. Lieber würde ich sie tot sehen wie ihre kleinen Schwestern, bevor ich sie böse aufwachsen sehen möchte.«

Kleinpeggy sah, wie Mamas Feuer im Herzen von der Erinnerung aufflackerte; vor ihren Augen erblickte sie ein Baby, das hübsch in einer kleinen Kiste gelegt war, und dann ein weiteres, nur nicht ganz so hübsch, weil es das zweite Baby Missy war, das an Pocken gestorben war. Niemand hatte es berührt, bis auf seine eigene Mama, die selbst noch so geschwächt von den Pocken gewesen war, daß sie nicht viel hatte tun können. Kleinpeggy sah diese Szene, und sie wußte, daß Papa einen Fehler begangen hatte, zu sagen, was er gesagt hatte. Mamas Miene wurde eisig, obwohl ihr Herzensfeuer brannte.

»Das ist das Bösartigste, was man jemals in meiner Gegenwart gesagt hat«, sagte Mama. Dann nahm sie den stinkenden Korb vom Tisch und trug ihn hinaus.

»Bloody Mary beißt mir in die Hand«, sagte Kleinpeggy.

»Wir werden schon sehen, was hier beißt«, sagte Papa. »Dafür, daß du die Eier hast liegenlassen, gebe ich dir einen Hieb, weil ich schätze, daß diese verrückte Henne für ein froschgroßes Mädchen wie dich wirklich furchterregend aussehen muß. Aber für das Lügen bekommst du zehn Hiebe.«

Die kleine Peggy begann bitterlich zu weinen. Ihr Papa pflegte in allem hart und gerecht auszuteilen, ganz besonders aber beim Hauen.

Papa holte die Haselgerte hervor. Er bewahrte sie auf einem Regal auf, seit Kleinpeggy die alte ins Feuer geworfen hatte.

»Ich höre mir von dir lieber tausend harte und bittere Wahrheiten an, Tochter, als eine einzige schonende und leichte Lüge«, sagte er, dann beugte er sich vor und schlug mit der Gerte auf ihre Waden ein. Klatschklatschklatsch, sie zählte jeden einzelnen Hieb; sie stachen ihr ins Herz und waren so voller Zorn. Das schlimmste daran war, daß sie wußte, wie ungerecht es war, denn sein Herzfeuer loderte immer aus einem völlig anderen Grund. Papas Haß auf Bösartigkeit entsprang stets seiner geheimsten Erinnerung. Kleinpeggy verstand nicht alles, weil es so verzerrt und verwirrt war, und Papa erinnerte sich selbst nicht mehr genau daran. Alles, was Kleinpeggy jemals deutlich zu sehen bekam, war, daß es sich um eine Dame handelte, und zwar nicht um Mama. Papa dachte immer an diese Dame, wann immer etwas schiefllief. Als Baby Missy an überhaupt nichts gestorben war, und dann das nächste Baby, das ebenfalls Missy genannt worden war, an den Pocken starb, und dann, als die Scheune einmal abbrannte und als eine Kuh starb – alles, was jemals schieflief, ließ ihn an diese Dame denken, und dann begann er davon zu reden, wie sehr er das Böse verabscheute. In solchen Zeiten peitschte die Haselgerte hart und scharf.

Ich würde lieber tausend harte und bittere Wahrheiten hören, hatte er gesagt, doch Kleinpeggy wußte, daß es eine Wahrheit gab, die er niemals hören wollte, daher behielt sie sie für sich. Sie würde sie ihm nie entgegenschreien, selbst wenn es ihn dazu brächte, die Haselgerte zu zerbrechen, denn immer, wenn sie daran dachte, etwas über diese Dame zu sagen, sah sie vor ihrem geistigen Auge ihren Vater als Toten, und das war etwas, was sie niemals in Wirklichkeit sehen wollte.

Außerdem hatte die Dame, die sein Herzensfeuer heimsuchte, gar keine Kleider an, und Kleinpeggy wußte, daß sie mit Sicherheit gehauen werden würde, wenn sie von nackten Leuten sprach.

Also nahm sie die Hiebe entgegen und weinte. Papa verließ dann sofort den Raum, und Mama kam zurück, um das Frühstück für den Schmied, die Gäste und die Knechte zuzubereiten, doch keiner von beiden sagte auch nur ein Wort zu ihr, ganz so, als wenn man sie überhaupt nicht bemerkte. Eine Weile lang weinte sie daher noch stärker und lauter, doch auch das half nicht. Schließlich nahm sie ihren Bugy aus dem Nähkasten und lief ganz steif und voller Schmerzen hinaus zu Altpapis Blockhütte und weckte ihn.

Er hörte sich ihre Geschichte an, wie er es immer tat.

»Ich weiß auch, was mit Bloody Mary los ist«, sagte er, »und ich habe deinem Papa mindestens fünfzigmal gesagt, er soll diesem Huhn den Hals umdrehen. Das ist ein verrückter Vogel. Einmal in der Woche dreht sie durch und zerbricht ihre eigenen Eier, sogar diejenigen, die sie brüten könnte. Bringt ihre eigenen Küken um. Das ist doch ein Verrückter, wer seine eigene Verwandschaft umbringt.«

»Papa möchte *mich* umbringen«, sagte Kleinpeggy.

»Ich schätze, wenn du noch gehen kannst, ist es doch nicht ganz so schlimm.«

»Ich kann aber nicht mehr *viel* gehen.«

»Nein, ich sehe schon, daß man dich fast zum Krüppel geschlagen hat«, sagte Altpapi. »Aber ich will dir was sagen: so, wie ich das sehe, sind deine Mama und dein Papa hauptsächlich aufeinander böse. Warum verschwindest du nicht einfach für ein paar Stunden?«

»Ich wünschte, ich könnte mich in einen Vogel verwandeln und fliegen.«

»Aber das nächstbeste«, sagte Altpapi, »ist, einen geheimen Ort zu haben, wo dich niemand findet. Hast du so ein Versteck? Nein, sag es mir nicht – es macht alles zunichte, wenn du auch nur einem einzigen anderen Menschen davon erzählst. Begib dich einfach für eine Weile dorthin. Solange es ein sicherer Ort ist, nicht draußen in den Wäldern, wo ein Roter dir dein hübsches Haar rauben könnte, und kein Ort irgendwo hoch oben, wo du herunterfallen könntest, und kein so winziger Ort, wo du möglicherweise feststecken könntest.«

»Er ist groß und tief und nicht in den Wäldern«, erwiderte Kleinpeggy.

»Dann geh dorthin, Maggie.«

Kleinpeggy schnitt dieselbe Grimasse, die sie immer schnitt, wenn Altpapi sie so nannte. Sie hielt Bugy hoch und sagte mit Bugys quiekender, hoher Stimme: »Ihr Name ist Peggy.«

»Geh dorthin, *Piggy*, wenn dir das besser gefällt ...«

Kleinpeggy schlug Bugy über Altpapis Knie.

»Eines Tages macht Bugy das einmal zu oft, dann zieht er sich einen Bruch zu und stirbt«, sagte Altpapi.

Aber Bugy tanzte in seinem Gesicht herum und sagte beharrlich: »Nicht Piggy, *Peggy*!«

»Das ist schon richtig, Puggy, begib dich an diesen geheimen Ort, und wenn irgend jemand kommt und sagt: Wir müssen dieses Mädchen finden, werde ich sagen: Ich weiß, wo sie ist; sie wird schon zurückkommen, wenn sie dazu bereit ist.«

Kleinpeggy rannte zur Tür der Blockhütte, dann blieb sie stehen und drehte sich um. »Altpapi, du bist der netteste Erwachsene auf der ganzen Welt.«

»Dein Papa sieht mich etwas anders, aber das hat alles nur mit einer anderen Haselgerte zu tun, die ich einmal zu oft benutzt habe. Und nun lauf.«

Bevor sie die Tür schloß, hielt sie noch einmal an. »Du bist der *einzige* nette Erwachsene!« Sie rief es ganz laut und hoffte beinahe, daß man es im Haus hören könnte. Dann war sie auch schon verschwunden, war durch den Garten geschossen, vorbei an der Kuhweide, den Hügel hinauf in den Wald, und dann über den Pfad zum Bachhaus.

2 Siedler

Diese Leute hatten einen guten Wagen und zwei gute Pferde, die ihn zogen. Man konnte sogar meinen, daß sie wohlhabend waren, wenn man bedachte, daß sie sechs große Jungen besaßen, von Mannsgröße bis hinunter zu Zwillingen; sie hatten bisher mehr in ihrem Leben durchgemacht, als ihrem Dutzend Jahre entsprach. Ganz zu schweigen von einer großen Tochter und einem ganzen Schwarm kleiner Mädchen. Eine große Familie. Richtig wohlhabend, wenn man nicht wußte, daß sie vor nicht einmal einem Jahr eine Mühle besessen und in einem großen Haus auf einer Strombank im Westen von New Hampshire gelebt hatten. Sie waren weit in der Welt herumgekommen, und dieser Wagen war alles, was ihnen geblieben war. Doch sie waren hoffnungsfroh, zogen gen Westen über den Hio offenem Land entgegen, das zu besiedeln jedermann freistand. Für eine Familie mit Geschick und Tatkraft würde es auch gutes Land sein, solange das Wetter auf ihrer Seite blieb und die Roten sie nicht überfielen und alle Rechtsanwälte und Bankiers in New England blieben.

Der Vater war ein großer Mann, ein wenig dick allerdings, was kein Wunder war, da Müller meist den ganzen Tag herumstanden. Doch würde er wieder abnehmen und seine Muskeln einsetzen müssen, wenn sie erst ihre neue Heimstatt in den tiefen Wäldern erreicht hatten. Er machte sich ohnehin nicht viele Sorgen deswegen – er fürchtete sich nicht vor harter Arbeit. Was ihm heute Sorgen machte, war seine Frau Faith. Ihr Baby mußte bald kommen, das wußte er. Nicht, daß sie jemals davon sprach. Über solche Dinge redeten Frauen nicht mit Männern. Doch er konnte sich ausrechnen, wie viele Monate es her war. Außerdem hatte sie ihm während der Mittagsrast zugeflüstert: »Alvin Miller, wenn es unterwegs ein Gasthaus geben sollte oder auch nur eine kleine, verfallene Blockhütte, könnte ich wohl etwas Ruhe gebrauchen.« Man brauchte kein Philosoph sein, um sie zu verstehen. Und nach sechs Söhnen und sechs Töchtern hätte er schon Ziegelsteine in seinem Gehirn haben müssen, um nicht zu begreifen, wie es um sie stand.

Also schickte er den ältesten Jungen, Vigor, den Weg voran, um das Land zu erkunden.

Man merkte, daß sie aus New England kamen, denn der Junge nahm kein Gewehr mit. Hätte es unterwegs einen Krieger gegeben, der junge Mann wäre niemals zurückgekommen, und die Tatsache, daß er mit all seinem Haar zurückkehrte, war Beweis dafür, daß kein Roter ihn ausgemacht hatte – die Franzosen in Detroit bezahlten mit Schnaps für englische Skalpe, und wenn ein Roter einen Weißen allein in den Wäldern ohne Muskete erblickte, nahm er sich den Skalp des Mannes. So hätte ein rechtschaffener Vater vielleicht denken können, daß das Glück endlich seine Familie wieder heimsuchte. Doch da diese Yankees überhaupt nicht wußten, daß der Weg unsicher war, dachte Alvin Miller keine Minute über sein Glück nach.

Vigor sprach von einem Gasthaus in drei Meilen Entfernung; eine gute Nachricht, außer daß zwischen ihnen und dieser Herberge ein Fluß lag. Ein ziemlich erbärmlicher Fluß, und die Furt war seicht, doch Alvin Miller hatte gelernt, Wasser niemals zu trauen. Egal wie friedlich es aussehen mochte, es versuchte stets nach einem zu greifen und einen zu packen. Fast hätte er Faith mitgeteilt, daß sie die Nacht am Flußufer verbringen würden, doch da stieß sie ein allerleisestes Stöhnen hervor, und in diesem Augenblick wußte er, daß dieses Vorhaben keine Chance hatte. Faith hatte ihm ein Dutzend lebender Kinder geboren, aber seit dem letzten waren vier Jahre vergangen. Vielen Frauen bekam es nicht, so spät noch ein Baby zu gebären. Einige Frauen starben bei der Geburt. Ein gutes Gasthaus bedeutete auch Frauen, die bei der Geburt Hilfe leisten konnten, also mußten sie es mit dem Fluß versuchen.

Und schließlich hatte Vigor ja gesagt, daß der Fluß kein großes Hindernis sei.

3 Das Bachhaus

Die Luft im Bachhaus war kühl und schwer, dunkel und feucht. Manchmal, wenn Kleinpeggy dort ein Nickerchen machte, wachte sie plötzlich keuchend auf, als stünde alles unter Wasser. Sie träumte auch von Wasser, wenn sie nicht hier war – das war auch einer der Gründe, weshalb manche Leute meinten, sie sei eher eine Sickerin als eine Fackel. Doch wenn sie draußen träumte, wußte sie immer, daß sie träumte. Hier aber war das Wasser wirklich.

Kaltes Wasser sprang aus dem Berg hervor und strömte durch das Haus, den ganzen Weg über im Schatten von Bäumen, die so alt waren, daß der Mond eigens durch ihre Zweige fuhr, nur um ein paar gute, alte Geschichten zu hören. Deshalb kam Kleinpeggy immer hierher, selbst wenn Papa sie gerade einmal nicht haßte. Nicht wegen der Feuchtigkeit der Luft, auf die hätte sie gut verzichten können, sondern wegen der Art, wie das Feuer sofort aus ihr wich und sie keine Fackel zu sein brauchte. Wie sie nicht in all die dunklen Ecken hineinzublicken brauchte, wo die Leute sich selbst versteckten.

Sie versteckten sich selbst vor ihr, als würde es etwas nützen. Was immer sie an sich selbst am wenigsten mochten, versuchten sie in irgendeine dunkle Ecke zu drängen, doch sie wußten nicht, wie all diese dunklen Stellen in Kleinpeggys Augen loderten. Sogar als sie noch so klein gewesen war, daß sie ihren Maisbrei in der Hoffnung ausgespuckt hatte, noch einmal an der Brust saugen zu dürfen, hatte sie schon alle Geschichten gekannt, die die Leute um sie herum verborgen hielten. Sie sah jene Ereignisse ihrer Vergangenheit, die zu vergessen sie sich am meisten wünschten, und sie sah auch jene Geschehnisse ihrer Zukunft, vor denen sie sich am meisten fürchteten.

Deshalb pflegte sie hierher ins Bachhaus zu kommen. Hier brauchte sie diese Dinge nicht zu sehen. Nicht einmal die Dame in Papas Erinnerung. Hier gab es nichts außer der feuchten, kühlen Luft, um das Feuer zu ersticken und das Licht zu dämpfen, damit sie – nur für ein paar Minuten am Tag – ein kleines, fünfjähriges Mädchen mit einer Strohpuppe namens Bugy sein konnte und nicht an die Geheimnisse der Erwachsenen denken mußte.

Ich bin nicht böse, sagte sie sich. Wieder und wieder, doch diesmal funktionierte es nicht, weil sie wußte, daß sie es doch war.

Also gut, sagte sie sich, ich *bin* böse. Aber ich werde nicht mehr böse sein. Ich werde die Wahrheit sagen, wie Papa es will, oder ich sage überhaupt nichts.

Selbst mit ihren fünf Jahren erkannte Peggy, daß sie, wenn sie *diesen* Schwur halten sollte, sich besser stehen würde, überhaupt nichts zu sagen.

Also sagte sie nichts, nicht einmal zu sich selbst, lag einfach nur dort auf einem moosbewachsenen, feuchten Tisch, Bugy mit der Faust so fest umklammernd, daß es zum Ersticken gereicht hätte.

Ching ching ching.

Kleinpeggy wachte auf und wurde eine kurzen Augenblick lang ganz zornig.

Ching ching ching.

Wurde zornig, weil niemand zu ihr gesagt hatte: Kleinpeggy, du hast doch nichts dagegen, wenn wir diesen jungen Schmied dazu überreden, sich hier niederzulassen, oder?

Überhaupt nichts, Papa, hätte sie gesagt, wenn man sie gefragt hätte. Sie wußte, was es bedeutete, eine Schmiede zu haben. Das eigene Dorf würde gedeihen, Leute von anderen Orten kämen herbei, und dann würde das große Haus ihres Vaters ein Waldgasthof werden, und wo es einen Gasthof gab, dort würden alle Wege eine kleine Umleitung machen, um dort vorbeizukommen – Kleinpeggy wußte all das, so sicher wie die Kinder von Farmern das Leben der Farm kannten. Ein Gasthof neben einer Schmiede war eine Herberge, die florieren würde. Also hätte sie gesagt: Klar doch, laßt ihn bleiben, teilt ihm Land zu, ziegelt seinen Kamin, beköstigt ihn umsonst, laßt ihn mein Bett haben, damit ich mit Cousin Peter das Bett teilen kann, der ständig versucht, mir unter mein Nachthemd zu schielen, all das werde ich dulden – solange ihr ihn nicht neben das Bachhaus setzt, damit ich immer dann, wenn ich mit dem Wasser ein bißchen alleinsein möchte, nicht dieses Poltern, Donnern, Zischen, Brüllen hören muß und ein Feuer riechen, das zum Himmel emporlodert, um ihn schwarz zu färben.

Natürlich war der Strom der beste Ort, um eine Schmiede zu errichten. Bis auf das Wasser aber hätte man sie überall sonst bauen können. Das Eisen wurde mit dem Schifferwagen direkt aus New Netherland gebracht, und die Holzkohle – na, es gab jede Menge Farmer, die bereit waren, Holzkohle gegen einen guten Hufbeschlag einzutauschen. Aber Wasser, das war etwas, das der Schmied brauchte und das keiner ihm bringen würde, daher schickte man ihn natürlich hügelabwärts neben das Bachhaus, wo sein Chingchingching sie aufwecken und das Feuer in sie zurücktreiben konnte, am einzigen Ort, an dem sie gelernt hatte, es herunterbrennen zu lassen, bis es beinahe zu kalter, feuchter Asche geworden war.

Donnergrollen.

Im nächsten Augenblick war sie schon an der Tür. Sie mußte den Blitz sehen und erwischte gerade noch den letzten Funken des Lichts, wußte aber, daß es mehr geben würde. Es war doch bestimmt noch nicht spät, oder hatte sie etwa den ganzen Tag geschlafen? Bei all diesen schwarzbäuchigen Wolken konnte sie das nicht feststellen – möglicherweise war es auch schon das Ende der Abenddämmerung. Die Luft prickelte von Blitzen, die nur darauf warteten, loszuschießen. Sie kannte dieses Gefühl, wußte, daß es bedeutete, daß der Blitz in der Nähe einschlagen würde.

Sie sah hinunter, um festzustellen, ob der Stall des Hufschmieds noch immer voller Pferde war. In der Tat, er hatte seine Arbeit noch nicht beendet; der Weg würde sich in Schlamm verwandeln, so daß der Farmer mit seinen beiden Söhnen auf West Fork hier festsaß. Nicht daran zu denken, daß sie sich in *diesem* Wetter auf den Heimweg machen würden, da der Blitz drohte, im Wald einen Brand zu entfachen oder einen Baum auf sie stürzen zu lassen oder ihnen einfach nur ordentlich eins überzubraten, bis sie tot im Kreis herumlagen wie jene fünf Quäker damals, von denen die Leute immer noch sprachen. Manche fragten sich, ob Gott die Quäker niedergestreckt hatte, um sie zum Schweigen zu bringen, weil das ja niemand anders konnte, während andere überlegten, ob Gott sie in den Himmel aufgenommen hatte wie den ersten Lordprotektor Oliver Cromwell, der im Alter von siebenundneunzig vom Blitz getroffen worden und dann verschwunden war.

Nein, dieser Farmer und seine beiden großen Jungen würden noch eine Nacht bleiben. Schließlich war Kleinpeggy die Tochter eines Gastwirts, nicht wahr? Papoosen lernten zu jagen, Pickaninnis erlernten Lasten zu schleppen, Farmerskinder lernten, das Wetter vorherzusagen, und die Tochter eines Gastwirts lernte festzustellen, welche Leute über Nacht bleiben würden, noch bevor sie es selbst wußten.

Ihre Pferde scharrten unruhig im Stall, schnaubten und warnten einander vor dem Sturm. In jeder Gruppe von Pferden, überlegte sich Kleinpeggy, mußte es ein ganz besonders dummes Tier geben, so daß alle anderen ihm mitteilen mußten, was los war. Schlimmer Sturm, sagten sie gerade. Wir werden alle durchgeweicht, wenn der Blitz uns nicht vorher erschlägt. Und das dumme Pferd wieherte immer wieder und fragte: Was ist das für ein Lärm, was ist das für ein Lärm?

Dann brach über ihr der Himmel auf und schüttete Wasser auf die Erde. Der Regen riß den Bäumen Blätter ab, so heftig war er. Und kam auch so dicht herunter, daß Kleinpeggy für eine Weile nicht einmal mehr die Schmiede erkennen konnte und dachte, daß sie vielleicht in den Strom hineingespült worden sei. Altpapi hatte ihr erzählt, wie dieser Strom bis hinunter zum Hatrack River führte und wie sich der Hatrack in den Hio ergoß und der Hio sich durch die Wälder bis zum Mizzipy schob, der bis zum Meer hinunterströmte. Altpapi hatte auch erzählt, wie das Meer soviel Wasser soff, daß es davon Verdauungsstörungen bekam und die riesigsten Rülpser hervorbrachte, die man je gesehen hatte, und daß daraus Wolken entstanden. Nun also würde die Schmiede hinunterströmen, würde verschlungen und wieder hervorgerülpst werden, und eines Tages, wenn sie sich gerade um ihre eigenen Angelegenheiten kümmerte, würde eine Wolke aufbrechen und diese Schmiede fein säuberlich herunterplumpsen lassen, zusammen mit dem ollen Makepeace Smith, der immer noch ching ching ching machte.

Dann gab der Regen ein kleines bißchen nach; sie blickte hinunter, um nachzusehen, ob die Schmiede noch dastand. Doch sie sah etwas ganz anderes: Feuerfunken weitab im Wald, flußabwärts in Richtung Hatrack, unten, wo die Furt war, nur daß es heute, bei diesem Regen, nicht die leiseste Chance gab, die Furt zu überqueren. Funken, ganz viele Funken, und sie wußte, daß jeder einzelne von ihnen auf einen Menschen hinwies. Sie dachte kaum daran, etwas zu tun, sie mußte einfach nur das Herzensfeuer dieser Leute sehen; vielleicht die Zukunft, vielleicht die Vergangenheit, alle Visionen lebten gemeinsam im Feuer des Herzens.

Was sie nun erblickte, galt für alle Herzen gleichermaßen: Ein Wagen mitten auf dem Hatrack, bei steigendem Wasser und alles, was sie besaßen, in diesem Wagen.

Kleinpeggy sprach nicht viel, aber jedermann hier

kannte sie nur als Fackel, daher hörte jeder zu, wenn sie etwas über Schwierigkeiten sagten. Vor allem über diese Art von Schwierigkeiten. Gewiß, die Siedlungen in diesen Gegenden waren inzwischen ziemlich alt, ein gutes Stück älter als Kleinpeggy selbst, aber man hatte noch nicht vergessen, daß ein Wagen, der von den Fluten fortgespült wurde, für alle ein Verlust bedeutete.

Sie flog förmlich den grasbewachsenen Hügel hinunter, sprang über Maulwurflöcher und rutschte an den steilen Stellen hinab, so daß seit ihrer Entdeckung jener fernen Herzensfeuer keine zwanzig Sekunden verstrichen waren, bis sie auch schon in der Schmiedewerkstatt davon berichtete. Dieser Farmer aus West Fork wollte zuerst, daß sie wartete, bis er eine seiner Geschichten von noch schlimmeren Stürmen erzählt hatte, doch Makepeace wußte Bescheid über Kleinpeggy. Er hörte ruhig zu, dann befahl er den beiden Jungen, ihre Pferde zu satteln, ob mit oder ohne Beschlag; an der Hatrack-Furt waren Leute in der Klemme, da durfte man keine Zeit verlieren. Kleinpeggy bekam nicht einmal mehr Gelegenheit, sie davonreiten zu sehen – Makepeace hatte sie bereits ins große Haus geschickt, um ihren Vater und alle Knechte und Gäste dort zu holen. Keinen gab es unter ihnen, der nicht auch schon einmal alles, was er besaß, in einen Wagen geladen und gen Westen gebracht hatte; keiner, der nicht schon einmal einen reißenden Fluß durchquert und dabei fast seine ganze Habe verloren hatte. Sie machten sich alle sofort ans Werk. Denn so war das damals: Die Menschen bemerkten die Schwierigkeiten anderer ebenso schnell, als wären es ihre eigenen.

4 Hatrack River

Vigor wies die Jungen an, den Planwagen zu schieben, während Eleanor die Pferde antrieb. Alvin Miller verbrachte die Zeit damit, die kleinen Mädchen nacheinander ans gegenüberliegenden Ufers zu tragen. Die Strömung glich einem Teufel, der an ihm zerrte und flüsterte: Ich werde deine Babys kriegen, ich werde sie alle bekommen. Alvin aber sagte nein; mit jedem Muskel seines Körpers sagte er nein zu diesem Flüstern, während er uferwärts stapfte, bis seine Mädchen alle durchnäßt am Ufer standen, und während der Regen ihre Gesichter herablief wie die Tränen einer Welt voll Leid.

Er hätte auch Faith getragen, samt dem Kind in ihrem Bauch, doch sie wollte sich nicht vom Fleck rühren. Saß einfach im Inneren des Planwagens, stemmte sich gegen die Truhen und die Möbel, während der Wagen schwankte und schaukelte. Blitze krachten und Äste brachen; einer davon riß das Zelttuch auf, und der Regen ergoß sich in den Wagen, doch Faith hielt tapfer durch. Alvin erkannte an ihren Augen, daß er nicht das geringste hätte sagen können, um sie dazu zu bewegen, den Wagen zu verlassen. Es gab nur eine einzige Möglichkeit, Faith und ihr Ungeborenes aus diesem Fluß zu bringen, nämlich den Wagen herauszuholen.

»Die Pferde kriegen keinen Halt, Papa«, rief Vigor. »Sie stolpern nur und werden sich noch die Beine brechen.«

»Aber ohne die Pferde können wir ihn nicht herausziehen!«

»Die Pferde sind auch etwas wert, Papa. Wenn wir sie hier im Wasser lassen, verlieren wir den Wagen und die Pferde dazu!«

»Eure Mama will den Wagen nicht verlassen.«

Er sah das Verstehen in Vigors Blick. Die *Dinge* im Wagen waren es nicht wert, daß man den Tod riskierte, um sie zu retten. Seine Mama dagegen sehr wohl.

»Dennoch«, sagte Vigor. »Am Ufer könnte das Gespann

kräftig ziehen. Hier im Wasser können sie überhaupt nichts tun.«

»Dann laß die Jungen sie abkoppeln. Aber befestigt zuerst ein Seil an einem Baum, um den Wagen festzuhalten!«

Es dauerte keine zwei Minuten, da waren die Zwillinge Wastenot und Wantnot schon am Ufer und befestigten das Seil an einem stämmigen Baum. David und Measure verschnürten ein zweites Tau an der Planke, die die Pferde hielt, während Calm die Riemen durchschnitt, die sie an den Wagen banden. Gute Jungen, sie machten ihre Arbeit ordentlich. Vigor rief seine Anweisungen, während Alvin nur zusehen konnte, hilflos stand er am hinteren Teil des Wagens, und blickte mal zu Faith hinauf, die gerade versuchte, das Baby nicht zu gebären, mal auf den Hatrack River, der gerade versuchte, sie alle in die Hölle hinabzuspülen.

Kein besonders großer Fluß, hatte Vigor gesagt, aber dann waren die Wolken gekommen und der Regen, und der Hatrack war ein Ungeheuer geworden. Doch selbst jetzt sah er noch passierbar aus. Die Pferde arbeiteten schwer, und Alvin sagte gerade zu Calm, der die Zügel hielt: »Na, das war keine Minute zu früh«, als der Fluß plötzlich verrückt spielte. Von einem Augenblick auf den nächsten verdoppelte er seine Wucht. Die Pferde gerieten in Panik, verloren die Orientierung und sprangen umher. Die Jungen stürzten sich in den Fluß und versuchten, sie ans Ufer zu führen, doch inzwischen hatte der Wagen seinen Schub eingebüßt und die Räder steckten im Schlamm fest. Es schien beinahe, als hätte der Fluß gewußt, daß sie kamen, und als hätte er seinen schlimmsten Zorn aufgespart, bis sie ihm nicht mehr entkommen konnten.

»Aufgepaßt! Aufgepaßt!« rief Measure vom Ufer aus.

Erschreckt blickte Alvin stromaufwärts, um nachzusehen, welche Teufelei der Fluß jetzt im Schilde führte. Tatsächlich trieb ein ganzer Baum heran; wie ein Rammbock, mit seinem weitläufigen Wurzelwerk genau auf den Planwagen zu, wo noch immer Faith saß, mit ihrem ungeborenen Kind. Alvin konnte überhaupt nichts mehr denken, konnte nur mit aller Macht den Namen seiner Frau schreien. Vielleicht dachte er in der Tiefe seines Herzens, daß er sie am Leben erhalten können, indem er ihren Namen auf seinen Lippen behielt, doch dafür gab es keinerlei Hoffnung mehr.

Nur Vigor wußte nicht, daß es eigentlich keine Hoffnung gab. Der Junge sprang hinaus, als der Baum nur noch eine Elle entfernt war. Sein Körper prallte gegen das Wurzelwerk, und der Stamm driftete ab, weg vom Planwagen. Der Baum riß Vigor mit. Der Junge verschwand, tauchte unter im schäumenden Wasser, aber das Wunderbare geschah – der Baum verfehlte den Wagen, nur ein paar Äste versetzten ihm einen leichten ungefährlichen Stoß.

Der Baumstamm krachte gegen einen Felsen am Ufer. Alvin war zwar fünf Ellen davon entfernt, doch später sollte er es in seiner Erinnerung stets so sehen, als hätte er genau daneben gestanden. Der Baum schlug Vigor gegen den Felsen. Nur einen Herzschlag lang, der eine Ewigkeit dauerte, öffneten sich Vigors Augen vor Schmerz und Entsetzen. Blut schoß ihm aus dem Mund, spritzte auf den Baum, der ihn tötete. Im nächsten Moment riß der Hatrack River den Baum wieder mit sich. Vigor glitt unter Wasser, nur sein lebloser Arm blieb im Wurzelwerk hängen und ragte aus dem Wasser, auf daß alle ihn sehen konnten, wie die Hand eines Nachbarn, der nach einem Besuch zum Abschied winkte.

Alvin war so gebannt vom Anblick seines sterbenden Sohnes, daß er nicht bemerkte, was mit ihm selbst geschah. Der Stoß des Baumstamms hatte die festgefahrenen Räder gelöst. Die Strömung nahm den Planwagen auf, riß ihn stromabwärts, während Alvin sich an der hinteren Klappe festhielt und während Faith im Inneren weinte und Eleanor auf dem Fahrersitz sich die Lunge aus dem Leib schrie und die Jungen am Ufer »Halten! Halten! Halten!« riefen.

Das Seil hielt, ein Ende an einen kräftigen Baum gebunden, das andere Ende am Wagen festgemacht. Der Fluß konnte den Wagen nicht mit sich reißen; statt dessen trieb er ihn gegen das Ufer, wo der Wagen zitternd zum Halten kam.

»Es hat gehalten!« riefen die Jungen.
»Gott sei Dank!« schrie Eleanor.
»Das Baby kommt«, flüsterte Faith.

Doch Alvin vernahm immer nur den einzigen, matten Schrei, der das letzte Geräusch aus der Kehle seines Erstgeborenen gewesen war, sah immer nur, wie sein Junge sich an den Baum geklammert hatte und fort, gegen die Felsen gerissen worden war, und alles, was er noch sagen konnte, war ein einziges Wort, ein einziger Befehl. »Lebe!« murmelte er. Vigor hatte ihm früher immer gehorcht. Ein harter Arbeiter, ein williger Gefährte, mehr ein Freund oder ein Bruder als ein Sohn. Doch dieses Mal wußte er, daß sein Sohn nicht gehorchen würde. Dennoch flüsterte er immer wieder: »Lebe!«

»Sind wir in Sicherheit?« fragte Faith mit bebender Stimme.

Alvin drehte sich zu ihr um, versuchte, den Gram aus seiner Miene zu vertreiben. Es hatte keinen Sinn, sie wissen zu lassen, welchen Preis Vigor bezahlt hatte, um sie und das Baby zu retten. Nachdem das Kind geboren worden war, würde sie es früh genug erfahren. »Kannst du aus dem Wagen klettern?«

»Was ist los?« fragte Faith, sein Gesicht musternd.

»Ich habe mich erschreckt. Der Baum hätte uns umbringen können. Kannst du jetzt heruntersteigen, nun, da wir am Ufer sind?«

Eleanor beugte sich vom vorderen Teil des Wagens zurück. »David und Calm sind am Ufer, sie können dir hinaufhelfen. Das Seil hält zwar noch, Mama, aber wer weiß schon, wie lange?«

»Komm schon, Faith, es ist nur ein Schritt«, sagte Alvin. »Wir kommen besser mit dem Wagen zurecht, wenn wir wissen, daß du am Ufer in Sicherheit bist.«

»Das Baby will kommen«, sagte Faith leise.

»Besser am Ufer als hier«, erwiderte Alvin scharf. »Geh *jetzt*!«

Faith stand auf und kletterte unbeholfen nach vorn. Alvin stieg hinter ihr in den Wagen, um ihr zu helfen, falls sie stolpern sollte. Sogar er konnte sehen, wie sehr ihr Bauch sich gesenkt hatte.

Am Ufer standen inzwischen nicht mehr nur David und Calm, sondern auch fremde, große Männer mit Pferden. Sogar ein kleiner Wagen stand bereit. Alvin hatte keine Vorstellung, wer diese Männer waren oder woher sie gewußt hatten, daß er und seine Frau Hilfe brauchten, doch er hatte keine Zeit, um lange nachzudenken. »Ihr Männer! Gibt es im Gasthaus eine Hebamme?«

»Goody Guester kümmert sich um Geburten«, sagte ein großer Mann mit Armen so dick wie Ochsenschenkel. Bestimmt ein Hufschmied.

»Könnt ihr meine Frau in diesem Wagen mitnehmen? Wir haben keinen Augenblick zu verlieren.« Alvin wußte, daß es sich eigentlich nicht schickte, wenn Männer so offen über eine Geburt sprachen, noch dazu vor der Frau, die kurz vor der Niederkunft stand. Doch Faith war keine Närrin – sie wußte, daß es am wichtigsten war, sie in ein Bett und in die Obhut einer kundigen Hebamme zu bringen, statt lange um den heißen Brei herumzureden.

David und Calm gingen sehr behutsam vor, als sie ihrer Mutter auf den wartenden Wagen halfen. Faith taumelte vor Schmerz. Eleanor schritt direkt hinter ihr, übernahm das Kommando, ganz so, als wäre sie nicht jünger als alle Jungen mit Ausnahme der Zwillinge. »Measure! Ruf die Mädchen zusammen. Sie fahren mit uns im Wagen. Ihr auch, Wastenot und Wantnot! Ich weiß, daß ihr den großen Jungen helfen könnt, aber ich brauche euch, um auf die Mädchen aufzupassen, während ich bei Mutter bin.« Mit Eleanor war nie gut Kirschenessen, und die Lage war so ernst, daß die Jungen sie nicht einmal Eleanor von Aquitanien nannten, während sie gehorchten. Sogar die kleinen Mädchen hörten auf zu zanken und stiegen auf.

Eleanor blieb einen Augenblick am Ufer stehen und sah zu ihrem Vater zurück, der auf dem Wagensitz stand. Sie blickte stromabwärts, dann wieder zu ihm zurück. Alvin verstand die Frage und schüttelte den Kopf. Faith sollte nichts von Vigors Selbstopfer erfahren. Ungebeten traten Alvin die Tränen in die Augen, nicht aber Eleanor. Eleanor war erst vierzehn, aber wenn sie nicht weinen wollte, weinte sie auch nicht.

Wastenot trieb das Pferd an, und der kleine Wagen setzte sich ruckend in Bewegung, wobei Faith schmerzerfüllt zusammenzuckte, während die Mädchen sie streichelten und der Regen unentwegt herabströmte. Faiths Blick war so ernst wie der einer Kuh und ebenso geistlos, als sie zu ihrem Mann zurückblickte, zurück zum Fluß. In Zeiten des Gebärens, dachte Alvin, wird die Frau zum Tier, erschlafft ihr Geist, während der Körper alles übernimmt und die Arbeit tut. Wie hätte sie sonst den Schmerz ertragen sollen? Als wäre sie von der Seele der Erde besessen und zum Teil des Lebens der ganzen Welt geworden, abgeschirmt von ihrer Familie, ihrem Ehemann, hinuntergeführt in das Tal der Reife, der Ernte und des Mähens und des blutigen Todes.

»Sie ist jetzt in Sicherheit«, sagte der Hufschmied. »Und wir haben Pferde hier, um euren Wagen herauszuziehen.«

»Es läßt nach«, sagte Measure. »Der Regen läßt nach, und die Strömung ist auch nicht mehr so stark.«

»Sobald Eure Frau an Land trat, hat sie nachgelassen«, sagt der Bursche, der wie ein Farmer aussah. »Der Regen erstirbt jetzt, das ist sicher.«

»Ihr habt das Schlimmste davon im Wasser mitbekommen«, sagte der Hufschmied, »aber jetzt seid ihr gerettet. Reißt Euch zusammen, Mann, es gibt Arbeit.«

Erst jetzt begriff Alvin, daß er weinte. Es gibt Arbeit, reiß dich zusammen, Alvin Miller. Du bist kein Schwächling, um loszubrüllen wie ein Säugling. Andere Männer haben schon ein Dutzend Kinder verloren und leben noch immer ihr Leben. Du hast zwölf bekommen, und Vigor ist immerhin zu einem Mann herangewachsen, auch wenn er keine Gelegenheit mehr bekommen hat, zu heiraten und eigene Kinder zu haben. Vielleicht mußte Alvin weinen, weil Vigor auf solch edle Weise gestorben war; vielleicht weinte er, weil alles so plötzlich gekommen war.

David berührte den Hufschmied am Arm. »Laßt ihn einen Augenblick«, sagte er leise. »Es ist keine zehn Minuten her, da wurde unser ältester Bruder fortgerissen. Er hat sich in einem Baum verfangen, der heruntergetrieben kam.«

»Nicht verfangen«, bemerkte Alvin scharf. »Er ist gegen diesen Baumstamm gesprungen und hat unseren Wagen gerettet und eure Mutter, die in ihm saß! Dieser Fluß hat es ihm heimgezahlt.«

Ruhig sprach Calm zu den einheimischen Männern. »Es hat ihn dort gegen den Felsen geschlagen.« Alle schauten hinüber. Am Gestein aber war nicht einmal mehr eine Blutspur zu erkennen, so unschuldig sah es aus.

»Der Hatrack ist manchmal sehr bösartig«, sagte der Hufschmied, »aber ich habe diesen Fluß noch nie so aufgewühlt erlebt. Das mit Eurem Jungen tut mir leid. Flußabwärts ist eine ruhige, flache Stelle, wo er mit Sicherheit ans Ufer gespült wird. Alles, was der Fluß mit sich führt, strandet dort. Wenn der Sturm nachläßt, können wir hinuntergehen und die ... und ihn zurückbringen.«

Alvin wischte sich mit dem Ärmel über die Augen, aber da sein Ärmel klitschnass war, nützte es nicht viel. »Laßt mir noch eine Minute Zeit, dann helfe ich mit«, sagte er.

Sie schirrten zwei weitere Pferde an, und gemeinsam hatten die vier Tiere keine Schwierigkeiten, den Wagen gegen die inzwischen sehr viel schwächere Strömung herauszuziehen. Als der Wagen auf dem Weg stand, brach sogar die Sonne wieder hervor.

»Sieh mal an«, sagte der Hufschmied. »Wenn euch das Wetter hier jemals nicht gefallen sollte, vollführt ihr einfach einen Zauber, dann ändert es sich natürlich.«

»Diesmal nicht«, sagte Alvin. »Dieser Sturm hat eigens auf uns gewartet.«

Der Hufschmied legte den Arm um Alvins Schulter und sprach beinahe sanft mit ihm. »Das soll keine Beleidigung sein, Mister, nur verrücktes Gerede.«

Alvin schüttelte ihn ab. »Dieser Sturm und dieser Fluß wollten uns haben.«

»Papa«, sagte David, »du bist müde und traurig. Das beste ist, wenn du ruhig bleibst, bis wir zum Gasthaus gekommen sind und nach Mama gesehen haben.«

»Mein Kind ist ein Junge«, erwiderte Papa. »Ihr werdet

schon sehen. Es wäre der siebente Sohn eines siebenten Sohns geworden.«

Das erregte sofort die Aufmerksamkeit des Hufschmieds und der anderen Männer. Jeder wußte, daß ein siebenter Sohn bestimmte Fähigkeiten besaß, aber der siebente Sohn eines siebenten Sohnes war so ziemlich die außergewöhnlichste Geburt, die es geben konnte.

»Das macht natürlich einen Unterschied«, meinte der Hufschmied. »Sicherlich wäre er als Rutengänger geboren worden, und so etwas haßt das Wasser.« Die anderen nickten wissend.

»Das Wasser hat seinen Willen bekommen«, sagte Alvin. »Hat seinen Willen bekommen und alles zunichte gemacht. Wenn es gekonnt hätte, hätte es Faith und das Kind getötet. Aber da es das nicht konnte, nun, so hat es eben meinen jungen Vigor umgebracht. Und jetzt, wenn das Kind kommt, wird er der sechste Sohn sein, denn nun habe ich nur noch fünf, die am Leben sind.«

»Manche meinen, daß es keinen Unterschied macht, ob die ersten sechs noch am Leben sind oder nicht«, warf ein Farmer ein.

Alvin erwiderte nichts, doch er wußte sehr wohl, daß es einen Unterschied machte. Er hatte geglaubt, daß dieser Säugling ein Wunderkind werden würde, doch das hatte der Fluß schon vereitelt. Wenn das Wasser jemanden nicht auf die eine Weise aufhalten konnte, tat es dies eben auf eine andere. Er hätte nicht auf ein Wunderkind hoffen dürfen. Der Preis war zu hoch. Alles, was er vor seinen Augen noch sah, den ganzen Weg zum Gasthof hinüber, war Vigor, der verfangen im Geäst durch den Strom trieb wie ein Blatt, das von einer Windhose gepackt worden war, mit Blut, das aus seinem Mund hervorsickerte, um den mörderischen Durst des Hatrack zu stillen.

5 Nachgeburt

Kleinpeggy stand am Fenster und sah hinaus ins Gewitter. Sie konnte alle diese Herzensfeuer sehen, besonders eines, das beinahe so hell war wie die Sonne. Doch um die vielen Feuer herum war Schwärze, nein, nicht richtige Schwärze, sondern ein Nichts, wie ein Teil des Universums, den Gott nicht zu Ende erschaffen hatte, und dieses Nichts umschwirrte die Lichter, als wollte es sie voneinander fortreißen, sie davonwehen und sie verschlingen. Kleinpeggy wußte, was das für ein Nichts war. Wenn ihre Augen die heißen, gelben Herzensfeuer erblickten, sahen sie noch drei weitere Farben: das üppige Dunkelorange der Erde, die dünne Graufarbe der Luft und die tiefschwarze Leere des Wassers. Es war das Wasser, das an ihnen riß; der Fluß, nur daß sie ihn noch nie so schwarz erblickt hatte, so stark, so entsetzlich. Die Herzensfeuer wirkten so winzig in der Nacht.

»Was siehst du, Kind?« fragte Altpapi.

»Der Fluß wird sie davonschwemmen«, sagte Kleinpeggy.

»Ich hoffe nicht.«

Kleinpeggy begann zu weinen.

»Ach, Kind«, sagte Altpapi. »Es ist nicht immer so gut, so weit sehen zu können, nicht wahr?«

Sie schüttelte den Kopf.

»Aber vielleicht kommt es doch nicht so schlimm, wie du glaubst.«

In diesem Augenblick sah sie, wie eines der Herzensfeuer sich von den anderen löste und in die Dunkelheit hinaustrudelte. »Oh!« rief sie und griff mit der Hand danach, als könnte sie das Licht packen und zurückhalten. Doch das konnte sie natürlich nicht.

»Sind sie verloren?« fragte Altpapi.

»Eins«, flüsterte Kleinpeggy.

»Sind Makepeace und die anderen noch nicht dort?«

»Gerade eben gekommen«, sagte sie. »Das Seil hat gehalten. Jetzt sind sie in Sicherheit.«

Altpapi fragte sie nicht, woher sie das wußte oder was sie sah. Er klopfte ihr nur auf die Schulter. »Weil du es ihnen gesagt hast. Vergiß das nicht, Margaret. Einer ist verlorengegangen, aber wenn du es nicht gesehen und nach Hilfe geschickt hättest, wären sie vielleicht alle gestorben.«

Sie schüttelte den Kopf. »Ich hätte sie früher sehen müssen, Altpapi, aber ich bin eingeschlafen.«

»Und deshalb machst du dir Vorwürfe?« fragte Altpapi.

»Ich hätte Bloody Mary nicht nach mir picken lassen sollen, dann wäre Vater nicht wütend geworden, und ich wäre nicht im Bachhaus gewesen, dann hätte ich dort nicht geschlafen, und dann hätte ich Hilfe schicken ...«

»So eine Blütenblattkette aus Vorwürfen können wir uns alle machen, Maggie. Das hat überhaupt nichts zu bedeuten.«

Aber sie wußte, daß es etwas bedeutete. Man machte Blinden keine Vorwürfe, wenn sie einen nicht warnten, daß man im Begriff war, auf eine Schlange zu treten – aber gewiß machte man jemandem Vorwürfe, der gesunde Augen hatte und kein Wort darüber verlor. Sie hatte gewußt, was ihre Pflicht war, seit sie das erste Mal begriffen hatte, daß andere Leuten nicht ebensoviel sehen konnten wie sie. Gott hatte ihr besondere Augen geschenkt, damit sie besser sehen und rechtzeitig Warnung geben konnte, sonst würde der Teufel ihre Seele holen. Der Teufel oder das tiefschwarze Meer.

»Hat überhaupt nichts zu bedeuten«, murmelte Altpapi. Plötzlich richtete er sich ganz gerade auf, als hätte ihn ein Rammbock getroffen, und sagte: »Das Bachhaus! Natürlich, das Bachhaus.« Er drückte sie eng an sich. »Hör mir zu, Kleinpeggy. Das war überhaupt nicht deine Schuld, und das ist die Wahrheit. Dasselbe Wasser, das im Hatrack strömt, fließt auch im Hausbach. Dasselbe Wasser, das sie umbringen wollte, wußte daher auch, daß du Warnung geben und um Hilfe schicken konntest. Darum hat es dir etwas vorgesungen und dich eingeschläfert.«

Dieser Gedanke erschien ihr durchaus einleuchtend. »Wie kann so etwas sein, Altpapi?«

»Ach, so ist das eben. Das ganze Universum besteht nur

aus vier verschiedenen Sorten von Stoffen, Kleinpeggy, und jeder davon will seinen Willen bekommen.« Peggy dachte an die vier Farben, die sie sah, wenn die Herzensfeuer glühten, und sie wußte, welche vier das waren, noch bevor Altpapi sie genannt hatte. »Feuer läßt die Dinge heiß und hell werden und verzehrt sie. Luft macht die Dinge kühl und schleicht sich überall herein. Die Erde macht die Dinge fest und dauerhaft, damit sie beständig sind. Aber das Wasser, das reißt die Dinge herunter, es fällt vom Himmel herab und nimmt alles mit, was es kann, trägt es fort und hinunter ins Meer. Wenn es nach dem Wasser ginge, wäre die ganze Welt glatt, einfach nur ein riesiger Ozean, mit nichts, das vor ihm sicher wäre. Deshalb bist du eingeschlafen. Das Wasser wollte diese Fremden mitreißen, wer immer sie sein mögen, wollte sie mitreißen und töten. Es ist ein Wunder, daß du überhaupt wach geworden bist.«

»Der Hammer des Hufschmieds hat mich aufgeweckt«, sagte Kleinpeggy.

»Das ist es also, siehst du? Der Hufschmied hat mit Eisen gearbeitet, der härtesten Erde, und mit einem heftigen Luftstoß aus dem Blasebalg und mit einem Feuer, das so heiß ist, daß es das Gras um den Kamin herum verbrennt. Das Wasser konnte ihn nicht berühren, um ihn zum Schweigen zu bringen.«

Kleinpeggy konnte es kaum glauben, doch genauso mußte es sein. Der Hufschmied hatte sie aus einem feuchtdunklen Schlaf gerissen. Der Schmied hatte ihr *geholfen*. Ach, das brachte einen ja fast zum Lachen, zu wissen, daß der Hufschmied diesesmal ihr Freund war!

Auf der Veranda ertönten Rufe, Türen öffneten und schlossen sich. »Ein paar Leute sind schon hier«, sagte Altpapi.

Kleinpeggy sah die Herzensfeuer dort unten und entdeckte das eine mit der größten Furcht und Pein. »Es ist ihre Mama«, sagte Kleinpeggy. »Sie bekommt gerade ein Kind.«

»Na, wenn das nicht noch Glück im Unglück ist. Eins verloren, und schon ist wieder ein Baby da, um den Tod durch das Leben zu ersetzen.« Altpapi schlurfte hinaus, um sich hinunterzubegeben und zu helfen.

Kleinpeggy jedoch blieb einfach stehen und schaute sich an, was sie in der Ferne sah. Das verschollene Herzensfeuer war überhaupt nicht verschollen, soviel war sicher. Sie konnte es weit in der Ferne brennen sehen, trotz der ganzen Dunkelheit, mit der der Fluß versuchte, es zu bedecken. Er war gar nicht tot, war nur fortgerissen worden, und vielleicht konnte jemand ihm helfen. Sie rannte hinaus, stürzte eilig an Altpapi vorbei, lief klappernd die Stufen hinunter.

Mama packte sie am Arm, als sie gerade ins große Zimmer gelaufen kam. »Es gibt hier eine Geburt«, sagte Mama, »und wir brauchen dich.«

»Aber Mama, der eine, der den Fluß hinuntergetrieben wurde, er lebt noch!«

»Peggy, wir haben keine Zeit für ...«

Zwei Jungen, die beide das gleiche Gesicht besaßen, drängten sich vor. »Der eine, der in den Fluß hinuntergerissen wurde!« rief der eine. »Immer noch am Leben!« rief der andere.

»Woher weißt du das!«

»Das kann nicht sein!«

Alles sprach so laut durcheinander, daß Mama Ruhe befehlen mußte, um sie verstehen zu können. »Es war Vigor, unser großer Bruder, er ist weggespült worden ...«

»Na, jedenfalls lebt er noch«, sagte Kleinpeggy, »aber der Fluß hat ihn.«

Die Zwillinge blickten Mama bestätigungsheischend an. »Weiß sie, wovon sie redet, Goody Guester?«

Mama nickte, und die Jungen rannten zur Tür, wobei sie riefen: »Er lebt! Er lebt noch!«

»Bist du sicher?« fragte Mama heftig. »Es ist äußerst grausam, Hoffnung in ihren Herzen zu wecken, wenn es nicht wahr sein sollte.«

Mamas blitzende Augen schüchterten Kleinpeggy ein, und sie wußte nicht, was sie sagen sollte.

Doch inzwischen war Altpapi herangekommen. »Also

Peg«, sagte er, »woher hätte sie denn wissen sollen, daß einer vom Fluß fortgespült wurde, wenn sie es nicht gesehen hat?«

»Ich weiß«, sagte Mama. »Aber diese Frau hat die Geburt schon viel zu lange hinausgezögert, und ich muß mich um das Baby kümmern, also komm jetzt, Kleinpeggy, ich brauche dich, damit du mir sagst, was du siehst.«

Sie führte Kleinpeggy in das Schlafzimmer neben der Küche, dorthin, wo Papa und Mama schliefen, wenn Gäste kamen. Die Frau lag auf dem Bett, hielt die Hand eines großen Mädchens fest, das tiefe und ernste Augen hatte. Kleinpeggy kannte ihre Gesichter nicht, erkannte aber ihre Feuer wieder, besonders den Schmerz und die Furcht der Mutter.

»Draußen hat jemand etwas gerufen«, flüsterte die Mutter.

»Still jetzt«, sagte Mama.

»Daß er noch am Leben sei.«

Das ernste Mädchen hob die Augenbrauen, blickte Mama an. »Stimmt das, Goody Guester?«

»Meine Tochter ist eine Fackel. Deshalb habe ich sie hierher ins Zimmer gebracht. Um das Baby zu schauen.«

»Hat sie meinen Jungen gesehen? Lebt er?«

»Ich dachte, du hättest es ihr nicht gesagt, Eleanor«, meinte Mama.

Das ernste Mädchen schüttelte den Kopf.

»Habe es vom Wagen aus gesehen. Ist er noch am Leben?«

»Sag es ihr, Margaret«, sagte Mama.

Kleinpeggy drehte sich um und suchte nach seinem Herzensfeuer. Seine Flamme war noch da, obwohl sie wußte, daß sie sehr weit entfernt war. Diesmal jedoch ging sie näher, wie sie es konnte, sah genauer hin. »Er ist im Wasser. Er hat sich völlig in den Wurzeln verheddert.

»Vigor!« rief die Mutter auf dem Bett.

»Der Fluß will ihn haben. Der Fluß sagt: Stirb, stirb.«

Mama berührte die Frau am Arm. »Die Zwillinge sind losgelaufen, um es den anderen zu sagen. Man wird einen Suchtrupp losschicken.«

»Im Dunkeln!« flüsterte die Frau verächtlich.

Kleinpeggy sprach erneut. »Ich glaube, er sagt ein Gebet. Er sagt ... siebenter Sohn.«

»Siebenter Sohn«, flüsterte Eleanor.

»Was hat das zu bedeuten?« fragte Mama.

»Wenn dieses Baby ein Junge ist«, sagte Eleanor, »und wenn er geboren wird, solange Vigor noch am Leben ist, dann ist er der siebente Sohn eines siebenten Sohns, und alle sind sie noch lebendig.«

Mama seufzte. »Kein Wunder, daß der Fluß ...«, sagte sie. Doch es war nicht nötig, den Gedanken zu Ende zu führen. Statt dessen nahm sie Kleinpeggy an den Händen und brachte sie zu der Frau auf dem Bett. »Schau dieses Baby an und sage mir, was du siehst.«

So etwas hatte Kleinpeggy schon öfter getan. Die wichtigste Aufgabe, die man für Fackeln hatte, war, genau zur Geburtszeit ein Ungeborenes zu betrachten; einmal, um festzustellen, wie es im Mutterleib lag, aber auch, weil eine Fackel manchmal erkennen konnte, wer das Baby war, was es werden würde, weil sie Geschichten darüber erzählen konnte, was geschehen würde. Noch bevor sie den Bauch der Frau berührt hatte, konnte sie das Herzensfeuer des Babys erkennen. Es war dasjenige, das sie zuvor schon gesehen hatte, es leuchtete so heiß und hell, daß es, wenn man es mit dem Feuer der Mutter verglich, wie Sonne und Mond war. »Es ist ein Junge«, sagte sie.

»Dann laßt mich dieses Kind gebären«, sagte die Mutter. »Laßt ihn atmen, solange Vigor noch atmet!«

»Wie liegt das Kind?« fragte Mama.

»Genau richtig«, sagte Kleinpeggy.

»Kopf zuerst? Das Gesicht nach unten?«

Kleinpeggy nickte.

»Warum kommt es dann nicht?« wollte Mama wissen.

»Sie hat ihm gesagt, er soll nicht«, sagte Kleinpeggy und blickte dabei auf die Mutter.

»Im Wagen«, erklärte die Mutter. »Er wollte kommen, da habe ich eine Beschwörung gemacht.«

»Na, das hättet Ihr mir gleich sagen sollen«, warf Mama

scharf ein. »Bittet mich um Hilfe und teilt mir nicht einmal mit, daß ein Zauber auf ihm liegt. Du da, Mädchen!«

Mehrere von den jüngeren Kindern standen neben der Wand mit weiten Augen und wußten nicht, welche gemeint war.

»Irgendeine von euch, ich brauche den Eisenschlüssel am Ring dort an der Wand.«

Die größte nahm ihn unbeholfen vom Haken und brachte sie mitsamt dem Ring herbei. Mama ließ den großen Ring und den Schlüssel über dem Bauch der Mutter baumeln und sang dabei leise:

Hier der Kreis weit offen ist,
hier der Schlüssel führt hinaus,
Erd' sei Eisen, Flamme gütig,
fall vom Wasser in die Luft.

Plötzlich schrie die Mutter vor Schmerz auf. Mama warf den Schlüssel beiseite, riß das Laken zurück, hob die Knie der Frau an und befahl Peggy, zu *sehen*.

Kleinpeggy berührte den Mutterschoß der Frau. Der Geist des Jungen war leer bis auf ein Gefühl des Drucks und der sich sammelnden Kälte, als er in die Luft hinaustrat. Doch gerade diese Leere ließ sie Dinge erkennen, die niemals wieder so deutlich sichtbar sein würden. Die Milliarden und Abermilliarden Wege seines Lebens lagen frei vor ihm, erwarteten seine ersten Entscheidungen, die ersten Veränderungen in der Welt um ihn herum, um mit jeder Sekunde Millionen von Zukünften auszulöschen. Die Zukunft lag offen in jedermann, ein flackernder Schatten, den sie nur manchmal sehen konnte, und niemals deutlich genug, da sie durch die Gedanken des gegenwärtigen Augenblicks schauen mußte; doch hier konnte Kleinpeggy sie für einige kostbare Momente ganz deutlich sehen.

Und was sie erblickte, war der Tod am Ende jedes Weges: Wasser, Wasser – jeder Zukunftspfad führte dieses Kind zu einem Tod durch Wasser.

»Warum haßt ihr ihn so!« rief Kleinpeggy.

»Wie?« warf Eleanor ein.

»Still«, sagte Mama. »Laß sie sehen, was sie schaut.«

Im Inneren des ungeborenen Kindes erschien der dunkle Wasserfleck, der sein Herzensfeuer umgab, so entsetzlich stark, daß Kleinpeggy schon fürchtete, daß er davon verschlungen werden würde.

»Holt ihn raus, damit er atmen kann!« rief Kleinpeggy.

Mama griff hinein, auch wenn es die Mutter schrecklich aufriß, packte das Baby mit kräftigen Fingern am Nacken und zog es hervor.

In diesem Augenblick, da die dunklen Wasser im Geist des Kindes sich zurückzogen und kurz vor dem ersten Atemzug, sah Kleinpeggy zehn Millionen Wassertode verschwinden. Nun, zum allerersten Mal, gab es auch einige offene Wege, einige, die in eine prachtvolle Zukunft führten. All die Wege, die nicht in einem frühen Tod endeten, hatten eins gemeinsam: Überall sah sich Kleinpeggy selbst, wie sie etwas ganz Einfaches tat.

Also tat sie es. Sie nahm die Hände von dem erschlaffenden Bauch und duckte sich unter dem Arm der Mutter. Der Kopf des Säuglings trat gerade heraus und noch immer mit einem blutigen Netz bedeckt, ein Fetzen des Sacks aus weicher Haut, in der er im Leib seiner Mutter geschwebt hatte. Sein Mund war offen, saugte die Hauthaube von innen ein, doch sie brach nicht, und er konnte nicht atmen.

Kleinpeggy tat, was sie sich in der Zukunft des Säuglings hatte tun sehen. Sie streckte die Arme vor, nahm das Hautstück unter dem Kinn des Säuglings auf und riß es ihm vom Gesicht. Sobald es fort war, atmete der Junge tief ein und stieß dann jenen ersten Schrei aus, den gebärende Mütter als Gesang des Lebens vernehmen.

Kleinpeggy faltete die Hauthaube zusammen, ihr Geist war noch immer erfüllt von den Visionen, die sie entlang der Pfade des Lebens dieses Säuglings geschaut hatte. Sie wußte noch nicht, was diese Visionen zu bedeuten hatten, doch waren die Bilder in ihrem Geist so klar, daß sie sie niemals vergessen würde. Sie machten sie furchtsam, weil soviel von ihr abhängen würde, und auch davon, wie sie mit der Nachgeburt umging, die immer noch warm in ihren Händen lag.

»Ein Junge«, sagte Mama.

»Ist er einer?« flüsterte die Mutter. »Ein siebenter Sohn?«

Mama band gerade die Nabelschnur ab, so daß sie Kleinpeggy keinen Blick gewähren konnte. »Sieh hin«, flüsterte sie.

Kleinpeggy hielt Ausschau nach dem einzelnen Herzensfeuer im fernen Fluß. »Ja«, sagte sie, denn das Feuer brannte noch immer.

Noch während sie zusah, geriet es ins Flackern und erstarb.

»Jetzt ist er fort«, sagte Kleinpeggy.

Die Frau auf dem Bett weinte bitterlich, ihr von der Geburt gepeinigter Körper zitterte.

»Bei der Geburt des Säuglings zu trauern«, sagte Mama, »ist etwas Schreckliches.«

»Pst!« flüsterte Eleanor ihrer Mutter zu. »Sei fröhlich, sonst wird es dem Baby sein ganzes Leben verfinstern!«

»Vigor«, murmelte die Frau.

»Besser überhaupt nichts als Tränen«, meinte Mama. Sie streckte das schreiende Baby vor, und Eleanor nahm es geschickt in die Arme – es war deutlich zu erkennen, daß sie schon viele Säuglinge gehalten hatte. Mama begab sich zu dem Tisch in der Ecke und nahm das Tuch auf, das in der Wolle geschwärzt worden war, so daß es eine durchgehende Nachtfarbe besaß. Sie zog es langsam über das Gesicht der weinenden Frau und sagte dabei: »Schlaf, Mutter, schlaf.«

Als das Tuch sich von dem Gesicht löste, hatte das Weinen aufgehört, und die Frau war eingeschlafen, am Ende ihrer Kraft.

»Bring das Baby aus dem Zimmer«, sagte Mama.

»Muß er nicht mit dem Säugen anfangen?« fragte Eleanor.

»Sie wird dieses Kind niemals säugen«, sagte Mama. »Es sei denn, du willst, daß er Haß säugt.«

»Sie kann ihn nicht hassen«, meinte Eleanor. »Ist doch nicht seine Schuld.«

»Ich schätze, ihre Milch weiß das aber nicht«, wandte Mama ein. »Stimmt es, Kleinpeggy? Welche Brust saugt das Baby?«

»Die von seiner Mama«, sagte Kleinpeggy.

Mama musterte sie scharf. »Bist du dir da ganz sicher?«

Sie nickte.

»Gut, dann bringen wir das Baby wieder herein, nachdem sie aufgewacht ist. In der ersten Nacht braucht es ohnehin keine Nahrung.« Also trug Eleanor den Säugling hinaus in das große Zimmer, wo das Feuer brannte, um die Männer zu trocknen, die nun aufhörten, Geschichten über andere, längst vergangene Regengüsse und Fluten zu erzählen, um das Baby anzuschauen und zu bewundern.

Drinnen im Zimmer jedoch nahm Mama Kleinpeggy am Kinn und blickte ihr hart in die Augen. »Sag mir die Wahrheit, Margaret. Es ist eine sehr ernste Sache, wenn ein Baby an seiner Mama säugt und Haß zu trinken bekommt.«

»Sie wird ihn nicht hassen, Mama«, sagte Kleinpeggy.

»Was hast du gesehen?«

Kleinpeggy hätte ihr geantwortet, doch sie kannte für die meisten Dinge, die sie sah, nicht die richtigen Worte. Daher senkte sie den Blick. Mamas schnelles Atmen sagte ihr, daß eine Schimpfkanonade fällig war, doch Mama wartete ab, dann kam ihre Hand, ganz weich, strich über Kleinpeggys Wange. »Ach, Kind, was hast du nur für einen Tag gehabt. Das Baby wäre vielleicht gestorben, hättest du mir nicht geraten, es herauszuziehen. Du hast sogar hineingegriffen und ihm den Mund geöffnet – das hast du getan, nicht wahr?«

Kleinpeggy nickte.

»Genug für ein kleines Mädchen, genug für einen Tag.« Mama wandte sich den anderen Mädchen zu, die in ihren nassen Kleidern an der Wand lehnten. »Und ihr habt auch genug von diesem Tag. Kommt, laßt eure Mama schlafen, geht hinaus und trocknet euch am Feuer. Ich werde euch ein gutes Abendessen machen.«

Doch Altpapi war bereits emsig in der Küche beschäftigt und weigerte sich zuzulassen, daß Mama auch nur einen Handschlag tat. Schon bald kümmerte sie sich draußen um das Baby, verscheuchte die Männer, damit sie es in Schlaf wiegen konnte, während sie es an ihrem Finger saugen ließ.

Kleinpeggy überlegte sich nach einer Weile, daß man sie nicht mehr vermissen würde, also huschte sie die Stufen hinauf zur Dachstuhlleiter, erklomm die Leiter schließlich, um in den lichtlosen, muffigen Raum zu gelangen. Die Spinnen machten ihr nicht viel aus, und die Katzen hielten die Mäuse fern, so daß sie sich nicht fürchtete. Sie krabbelte sofort zu ihrem Versteck hinüber und holte die geschnitzte Schachtel hervor, die Altpapi ihr gegeben und von der er gesagt hatte, daß sein eigener Papa sie aus Ulster mitgebracht habe, als er in die Kolonien kam. Sie war voll von kostbaren Erinnerungsstücken der Kindheit – Steine, Schnüre, Knöpfe –, doch nun wußte sie, daß all dies nichts war verglichen mit der Arbeit, die vor ihr lag. Sie schüttete alles aus und blies in die Schachtel, um den Staub zu vertreiben. Dann legte sie den zusammengefalteten Mutterkuchen hinein und schloß den Deckel.

Sie wußte, daß sie in der Zukunft diese Schachtel mehr als ein dutzenddutzend Male öffnen würde. Daß sie nach ihr rufen, sie aus dem Schlaf wecken, sie von ihren Freunden fortreißen und ihr alle Träume rauben würde. Und alles wegen eines kleinen Jungen, der nicht die geringste Zukunft hatte, außer dem Tod durch dunkles Wasser, wenn sie nicht diesen Mutterkuchen benutzte, um ihn zu schützen, so wie er ihn einst im Mutterleib geschützt hatte.

Einen Augenblick lang war sie zornig darüber, daß ihr eigenes Leben sich so verändert hatte. Es war schlimmer als das Eintreffen des Hufschmieds, schlimmer als Papa und die Haselgerte, mit der er sie verhaute, schlimmer als Mama, wenn ihre Augen zornig waren. Alles würde ab nun völlig anders sein, nur wegen eines Babys, das sie nie gebeten hatte, hierher zu kommen. Was hatte sie schon mit irgendeinem Baby zu schaffen?

Sie griff nach der Schachtel und öffnete sie wieder, wollte die Nachgeburt hervorholen und sie in eine dunkle Ecke des Dachstuhls schleudern. Doch selbst in der Dunkelheit konnte sie einen Ort erkennen, wo es noch dunkler war: in der Nähe ihres Herzensfeuers, wo die Leere des tiefen, schwarzen Flusses im Begriff war, eine Mörderin aus ihr zu machen.

Mit mir nicht, sagte sie zu dem Wasser. Du bist nicht Teil von mir.

Bin ich doch, flüsterte das Wasser. Ich bin überall in dir, und ohne mich würdest du austrocknen und sterben.

Jedenfalls bist du nicht mein Boß, erwiderte sie.

Sie schloß den Deckel der Schachtel und rutschte die Leiter hinunter. Papa meinte immer, daß sie auf diese Weise Splitter in den Hintern bekommen würde. Diesmal behielt er recht. Es stach ziemlich heftig, so daß sie irgendwie seitwärts in die Küche gehen mußte, wo Altpapi war, der versuchte, ihr den Splitter herauszuziehen.

»Meine Augen sind nicht gut genug dafür, Maggie«, klagte er.

»Du hast die Augen eines Adlers, meint Papa.«

Altpapi gluckste. »Ach ja, meint er das.«

»Was gibt es zum Abendessen?«

»Oh, dieses Abendessen wird dir schmecken, Maggie.«

Kleinpeggy rümpfte die Nase. »Riecht wie Huhn.«

»Ist es auch.«

»Ich mag keine Hühnersuppe.«

»Nicht bloß Suppe, Maggie. Das Huhn wird gerade geröstet, bis auf den Hals und die Flügel.«

»Ich hasse auch *geröstetes* Huhn.«

»Hat dein Altpapi dich jemals angelogen?«

»Nö.«

»Dann solltest du mir lieber glauben, wenn ich dir sage, daß dies ein Hühneressen ist, das dich richtig *froh* machen wird. Kannst du dir nicht denken, welch besonderes Hühnergericht dich froh machen könnte?«

Kleinpeggy grübelte und grübelte, dann lächelte sie. »Bloody Mary?«

Altpapi zwinkerte. »Ich habe doch schon immer gesagt, daß diese Henne ein gutes Suppenhuhn abgibt.«

Kleinpeggy drückte ihn so fest, daß er erstickte Geräusche von sich gab, und dann lachten und lachten sie.

Später in der Nacht, als Kleinpeggy schon längst im Bett war, brachten sie Vigors Leichnam nach Hause, und Papa und Makepeace machten sich daran, eine Kiste für ihn zu zimmern. Alvin Miller sah beinahe wie ein Toer aus, auch als Eleanor ihm das Baby zeigte. Bis sie sagte: »Dieses Fakkelmädchen meint, daß das Baby der siebente Sohn eines siebenten Sohnes ist.«

Fragend blickte Alvin um sich.

»Oh, Ihr könnt ihr schon vertrauen«, meinte Mama.

Wieder stiegen Alvin die Tränen in die Augen. »Dieser Junge hat durchgehalten«, sagte er. »Dort im Wasser. Hat lange genug durchgehalten.«

»Er wußte, wie wichtig es dir war«, sagte Eleanor.

Dann griff Alvin nach dem Säugling, hielt ihn fest und blickte in seine Augen. »Er hat doch noch keinen Namen bekommen, oder?« fragte er.

»Natürlich nicht«, erwiderte Eleanor. »Mama hat all die anderen Jungen benannt, aber du hast immer gesagt, daß der siebente Sohn deinen ...«

»Meinen eigenen Namen. Alvin. Siebenter Sohn eines siebenten Sohns, mit demselben Namen wie sein Vater. Alvin Junior.« Er blickte sich um, dann schaute er zum Fluß hinüber, der fernab im nächtlichen Wald rauschte. »Hast du das gehört, Hatrack River? Sein Name ist Alvin, und du hast ihn doch nicht umgebracht.«

Schon bald brachten sie die Kiste herein und umgaben Vigors Leichnam mit Kerzen, die für das Feuer des Lebens standen, das ihn verlassen hatte. Alvin hielt den Säugling über den Sarg. »Schau dir deinen Bruder an«, flüsterte er ihm zu.

»Dieses Baby kann doch noch gar nicht sehen, Papa«, sagte David.

»Das stimmt nicht, David«, erwiderte Alvin. »Er *weiß* wohl nicht, was er sieht, aber sehen können seine Augen schon. Und wenn er alt genug geworden ist, um sich die Geschichte seiner Geburt anhören zu können, werde ich ihm erzählen, daß er mit eigenen Augen seinen Bruder Vigor gesehen hat, der für ihn sein Leben hingab.«

Es dauerte zwei Wochen, bis Faith wieder reisen konnte. Alvin achtete darauf, daß er und seine Jungen für ihren Unterhalt hart arbeiteten. Sie rodeten ein gutes Stück Land, hackten das Winterholz, errichteten für Makepeace Smith ein paar Holzkohlehaufen und verbreiterten den Weg. Sie fällten auch vier große Bäume und bauten eine kräftige Brücke über den Hatrack River, eine bedeckte Brücke, damit die Leute sogar in einem Regensturm noch diesen Fluß überqueren konnten, ohne daß auch nur ein Tropfen sie berührte.

Vigors Grab war das dritte auf dem kleinen Friedhof, neben dem von Peggys beiden toten Schwestern. Die Familie betete dort am Morgen, als sie weiterfuhren. Dann bestiegen sie ihren Wagen und zogen gen Westen. »Aber wir werden immer einen Teil von uns hier zurücklassen«, sagte Faith, und Alvin nickte.

Kleinpeggy sah sie davonfahren, dann rannte sie zum Dachstuhl hinauf, öffnete die Schachtel und hielt Kleinalvins Mutterkuchen in der Hand. Keine Gefahr – zumindest nicht für den Augenblick. Vorläufig in Sicherheit. Sie legte die Haut fort und schloß den Deckel. Baby Alvin, aus dir sollte lieber etwas Ordentliches werden, sagte sie, sonst hast du mächtig viel Ärger um nichts und wieder nichts gemacht.

6 Der Dachbalken

Äxte hallten, und kräftige Männer sangen Lieder bei der Arbeit. Das neue Kirchengebäude des Reverend Philadelphia Thrower ragte hoch über die Gemeinschaftsweide von Vigor Township. Alles geschah so viel schneller, als Reverend Thrower jemals erwartet hatte. Kaum war die erste Wand des Gemeindehauses vor ein oder zwei Tagen errichtet worden, als dieser betrunkene, einäugige Rote hereinspaziert kam und sich taufen ließ, so als genügte der bloße Anblick des Kirchengebäudes, um ihn der Zivilisation und dem Christentum näher zu bringen. Wenn ein solch glücklicher Roter wie Lolla-Wossiky zu Jesus gelangen konnte, welche anderen Wunder der Bekehrung mochten in dieser

Wildnis erst vollbracht werden, wenn sein Gotteshaus vollendet war und er seine eigentliche Arbeit aufgenommen hatte.

Doch Reverend Thrower war nicht nur glücklich, denn es gab auch Feinde der Zivilisation, die sehr viel stärker waren als die heidnischen Roten. Was diesen Tag besonders verdunkelte, war die Tatsache, daß Alvin Miller wieder nicht zu den Arbeitern zählte. Und die Entschuldigungen seiner Frau hatten sich mittlerweile erschöpft. Die Suche nach einem ordentlichen Steinbruch für Mühlsteine war beendet, er hatte sich einen Tag lang ausgeruht und hätte eigentlich hier sein müssen.

»Was ist los, ist er krank?« fragte Thrower.

Faith kniff die Lippen zusammen. »Wenn ich sage, daß er nicht kommen *will*, Reverend Thrower, soll das nicht bedeuten, daß er nicht kommen *kann*.«

Diese Antwort bestätigte Throwers Argwohn. »Habe ich ihn irgendwie beleidigt?«

Faith seufzte und wandte den Blick von ihm ab, sah zu den Pfählen und Balken des Gemeindehauses hinüber. »Ihr selbst nicht, mein Herr, jedenfalls nicht so, wie ein Mann auf einem anderen herumtrampelt, wie man so sagt.« Plötzlich erregte etwas ihre Aufmerksamkeit. »Was ist das denn?«

Unmittelbar am Gebäude waren die meisten Männer damit beschäftigt, Taue an den Dachbalken zu befestigen, um ihn emporziehen zu können; eine schwierige Aufgabe, weil zu allem Überfluß einige kleinen Jungen miteinander im Staub rangen und leicht unter ihre Stiefel gerieten. »Al!« rief Faith. »Alvin Junior, sofort läßt du ihn los!« Sie machte zwei Schritte auf die Staubwolke zu, die den heroischen Kampf der Sechsjährigen einhüllte.

Doch Reverend Thrower war nicht gewillt, sie das Gespräch auf eine solche Weise abbrechen zu lassen. »Mistress Faith«, sagte Reverend Thrower scharf, »Alvin Miller ist der erste Siedler in dieser Gegend, und die Leute achten ihn sehr. Wenn er aus irgendeinem Grund gegen mich sein sollte, wird dies meinem Amt sehr schaden. Ihr könntet mir wenigstens sagen, was ich getan habe, um ihn zu verärgern.«

Faith blickte ihm in die Augen, als wollte sie abschätzen, ob er es ertragen würde, die Wahrheit zu hören. »Mein Herr, Eure törichte Predigt«, sagte sie.

»Töricht?«

»Natürlich können Sie es gar nicht anders wissen, da Sie aus England stammen und ...«

»Aus Schottland, Mistress Faith.«

»Und da sie ja auf Schulen erzogen wurden, wo man nicht viel von ...«

»An der Universität von Edinburgh. Nicht besser wissen? Also, ich ...«

»Von Zaubern und Zeichen, Sprüchen und Beschwörungen und dergleichen.«

»Ich weiß sehr wohl, daß die Behauptung, solch finstere Kräfte zu benutzen, in den Ländern des Lordprotektors ein schweres Vergehen darstellt, das mit dem Feuertod bestraft wird, wiewohl Eure Lordschaft in seiner Barmherzigkeit diejenigen nur verbannt, die ...«

»Na, seht Ihr, genau das meine ich!« erwiderte sie triumphierend. »Dann bringt man Euch so was ja wohl kaum auf der Universität bei, nicht wahr? Aber wir leben hier nun einmal so, und es gleich Aberglauben zu nennen ...«

»Ich habe es Hysterie genannt.«

»Das ändert nichts an der Tatsache, daß es funktioniert.«

»Ich habe durchaus begriffen, daß Ihr *glaubt*, es würde funktionieren«, antwortete Thrower geduldig. »Aber alles auf der Welt ist entweder eine Frage der Wunder oder der Wissenschaft. In früheren Zeiten kamen die Wunder von Gott, aber diese Zeiten sind vorbei. Heute müssen wir uns an die Wissenschaft und nicht an die Magie wenden, wenn wir Werkzeuge erhalten wollen, mit denen wir die Welt verändern können.«

An ihrer starren Miene erkannte Thrower, daß er nicht viel Eindruck auf sie machte.

»Wissenschaft!« sagte sie. »So wie das Betasten von Kopfhöckern?«

Er bezweifelte, daß sie sich sonderlich viel Mühe gegeben hatte, ihre Verachtung zu verbergen. »Die Phrenologie«, erwiderte er kühl, »ist noch eine sehr junge Wissenschaft, und sie hat gewiß auch noch viele Mängel, aber ich versuche, festzustellen ...«

Sie lachte auf – ein mädchenhaftes Lachen, das sie sehr viel jünger erscheinen ließ als eine Frau, die vierzehn Kinder geboren hatte. »Verzeiht, Reverend Thrower, aber mir fiel gerade ein, wie Measure es ›mit der Rute nach Gehirnen suchen‹ nannte und wie er meinte, daß Ihr damit in dieser Gegend wohl nur wenig Erfolg haben würdet.«

Wahre Worte, dachte Reverend Thrower, aber er war klug genug, um es nicht auszusprechen. »Mistress Faith, ich habe gesprochen, wie ich es tat, damit die Leute begreifen, daß es in der Welt von heute überlegenere Denkweisen gibt und daß wir uns nicht länger von den Illusionen fesseln lassen müssen, die ...«

Doch es hatte keinen Zweck. Ihre Geduld war am Ende. »Mein Junge wird gleich noch einen Stoß von einem Holzbalken abbekommen, wenn er die anderen Jungen nicht in Frieden läßt, Reverend, also müßt Ihr mich wohl entschuldigen.« Und dann ging sie, um sich auf den sechsjährigen Alvin und den dreijährigen Calvin zu stürzen wie die Geißel Gottes persönlich. Kaum jemand konnte so laut und leidenschaftlich schimpfen wie sie. Auch er konnte sie noch schreien hören, obschon der Wind in entgegengesetzte Richtung blies.

Welche Ignoranz, dachte Thrower bei sich. Ich werde hier nicht nur als Mann Gottes unter Fast-Heiden gebraucht, sondern auch als Mann der Wissenschaft unter abergläubischen Toren. Irgend jemand flüstert einen Fluch, und dann, sechs Monate später, geschieht irgend etwas Schlimmes mit dem Opfer – das tut es immer, jedem widerfährt mindestens zweimal im Jahr etwas Schlimmes –, und dann sind sie völlig sicher, daß ihr Fluch eine böse Wirkung hatte. Post hoc ergo propter hoc.

In Britannien lernten die Studenten schon im Trivium, solche elementaren Fehler der Logik zu vermeiden. Hier dagegen war so etwas eine Lebensart. Der Lordprotektor hatte völlig recht, jene zu bestrafen, die in Britannien die magischen Künste ausübten, wenngleich es Thrower lieber gewesen wäre, wenn er es wegen Dummheit und nicht wegen Ketzerei getan hätte. Es als Ketzerei zu behandeln, verlieh der Sache viel zuviel Gewicht, so als wäre sie etwas, vor dem man sich eher fürchten mußte, anstatt sie zu verachten.

Vor drei Jahren, gleich nachdem ihm der Doktor der Theologie verliehen worden war, hatte Thrower plötzlich erkannt, wieviel Schaden der Lordprotektor tatsächlich anrichtete. Er erinnerte sich daran als einen Wendepunkt seines Lebens; denn war es nicht auch das erste Mal gewesen, daß der Besucher zu ihm gekommen war? Es war in seinem kleinen Zimmer im Pfarrhaus von St. James Church in Belfast gewesen, wo er als Priester in Stellung war, seine erste Stelle nach der Ordination. Er hatte gerade eine Weltkarte betrachtet, als sein Blick auf Amerika geschweift war, dorthin, wo Pennsylvania deutlich eingezeichnet gewesen war, wie es sich von den holländischen und schwedischen Kolonien nach Westen erstreckte, bis sich die Grenzlinien in dem seltsamen Land jenseits des Mizzipy verliefen. Es war, als sei die Karte zum Leben erwacht, und er hatte die Menschenflut geschaut, die in der Neuen Welt eintraf. Gute Puritaner, loyale Kirchenmänner und seriöse Kaufleute gingen alle nach New England; Papisten, Royalisten und Taugenichtse aller Art begaben sich in das rebellische Sklavenland von Virginia, Carolina und Jacobia, die sogenannten Kronkolonien. Die Sorte von Leuten, die dann, wenn sie erst einmal ihren Platz gefunden hatten, für immer dort blieben.

Doch nach Pennsylvania gingen andere Menschen: Deutsche, Holländer, Schweden und Hugenotten flohen aus ihren Heimatländern und verwandelten die Kolonie Pennsylvania in einen Abfallkübel, gefüllt mit dem schlimmsten menschlichen Abschaum des Kontinents. Und was noch schlimmer war – sie blieben nicht *dort*. Diese törichten Leute gingen in Philadelphia an Land, stellten fest, daß die besiedelten – Thrower nannte sie nicht die »zivilisierten« – Teile Pennsylvanias für sie zu übervölkert waren und begaben sich gen Westen ins Land der Roten, um sich dort eine Farm aufzubauen. Was tat es schon, daß der Lordprotektor ihnen ausdrücklich untersagte, sich dort anzusiedeln! Was scherten sich solche Heiden schon um das Gesetz! Land war es, was sie begehrten, so als würde der bloße Besitz von Erde einen Bauern gleich zu einem Edelmann machen.

Dann hatte sich Throwers Vision von Amerika aus dem Düsteren ins wahrhaft Finstere verwandelt. In seiner Vision sah er vorher, wie der König von Frankreich jenen abscheulichen korsischen Obristen Bonaparte nach Kanada entsenden würde, wo seine Leute von der französischen Festungsstadt Detroit aus die Roten aufwiegeln würden. Die Roten würden über die Siedler herfallen und sie vernichten; zwar mochten sie nur Abschaum sein, doch immerhin waren sie überwiegend englischer Abschaum, und die Vision von der wilden Brutalität der Roten ließ Throwers Haut sich zusammenziehen.

Doch selbst wenn die Engländer siegten, würde das Amerika westlich der Appalachees niemals christliches Land werden. Entweder bekämen es die verdammten papistischen Franzosen und Spanier, oder die ebenso verdammten heidnischen Roten behielten es, oder die heruntergekommenste Sorte von Engländern siedelte dort und würde sich um Christus und den Lordprotektor einen Teufel scheren. Somit würde ein weiterer Kontinent dem Herrn Jesus Christus verlorengehen. Es war eine solch grauenhafte Vision gewesen, daß Thrower laut aufgeschrien hatte, in dem Glauben, daß niemand ihn in seinem kleinen Zimmer würde hören können.

Aber es hatte ihn doch jemand gehört. »Das ist ein Lebenswerk für einen Gottesmann«, hatte eine Stimme hinter ihm gesagt. Thrower war sofort erschrocken herumgefahren; doch die Stimme war sanft und warmherzig gewesen und das Gesicht alt und gütig. Thrower hatte sich sofort keinen Augenblick lang mehr gefürchtet, trotz der Tatsache, daß Tür und Fenster fest verschlossen gewesen waren, so daß kein Mensch in seine Kammer hätte eintreten können.

Da er glaubte, daß dieser Mann zu jener Offenbarung

gehörte, die er soeben geschaut hatte, sprach Thrower ihn respektvoll an. »Mein Herr, wer immer Ihr sein mögt, ich habe die Zukunft Nordamerikas geschaut, und mir erscheint sie wie ein Sieg des Teufels.«

»Der Teufel siegt überall dort«, hatte der Mann erwidert, »wo Gottesmänner den Mut verlieren und ihm das Feld überlassen.«

Dann war der Mann plötzlich verschwunden.

In diesem Augenblick hatte Thrower gewußt, was sein Lebenswerk sein würde. In die Wildnis Amerikas zu kommen, eine Landkirche zu bauen und den Teufel in seinem eigenen Land zu bekämpfen. Er hatte drei Jahre gebraucht, um das Geld aufzutreiben und die Erlaubnis seiner Vorgesetzen in der Schottischen Kirche einzuholen, doch nun war er hier, die Pfähle und Balken seiner Kirche hoben sich, ihr weißes und nacktes Holz wies gegen den dunklen, barbarischen Wald, aus dem man es gehauen hatte.

Natürlich blieb es nicht aus, daß angesichts eines derart großartigen Werks auch der Teufel davon Notiz nahm. Und ganz offensichtlich war der wichtigste Anhänger des Teufels in Vigor Township Alvin Miller. Auch wenn all seine Söhne am Bau des Kirchenhauses halfen, wußte Thrower doch, daß dies nur Faiths Werk war. Die Frau hatte sogar zugegeben, daß sie im Innersten ihrer Seele der Church of Scotland nahestand, obwohl sie in Massachusetts geboren war; ihre Mitgliedschaft würde bedeuten, daß Thrower eine Gemeinde rechnen konnte – vorausgesetzt, daß Alvin Miller nicht alles zunichte machte.

Aber genau das würde er, da er sich von etwas verletzt fühlte, das Thrower unbedacht gesagt oder getan hatte. Der Streit um den Glauben an Zauberei ließ sich leider Gottes nun einmal nicht vermeiden. Die Fronten waren klar abgesteckt. Thrower stand auf der Seite der Wissenschaft und des Christentums, und auf der anderen befanden sich alle Mächte der Finsternis und des Aberglaubens: die tierische, fleischliche Natur des Menschen mit Alvin Miller als ihrem wichtigsten Vorkämpfer. In meinem Kampf um unseren Herrn stehe ich erst am Anfang, dachte Thrower.

Wenn ich diesen ersten Gegner nicht besiege, werde ich niemals mehr siegen können.

»Pastor Thrower!« rief Alvins ältester Junge, David. »Wir sind bereit, den Dachbalken zu heben!«

Thrower setzte sich in Trab, dann erinnerte er sich wieder seiner Würde und legte den Rest der Strecke im Schritttempo zurück. Nichts in den Evangelien deutete an, daß der Herr jemals gerannt sei – er war immer nur geschritten, wie es seiner hohen Stellung geziemte. Ein Priester sollte ein Schatten Jesu Christi sein, sollte auf Seinem Weg einherschreiten und Ihn dem Volk gegenüber vertreten. Näher würden diese Menschen dem Anblick der Majestät Gottes niemals kommen. Es war Reverend Throwers Pflicht, die Vitalität seiner Jugend zu leugnen und im gemessenen Tempo eines alten Mannes einherzuschreiten, auch wenn er erst vierundzwanzig war.

»Ihr wollt doch den Dachbalken segnen, nicht wahr?« fragte einer der Farmer namens Ole, ein Schwede von den Ufern des Delaware; im Herzen also ein Lutheraner, doch war er durchaus willens, beim Bau einer presbyterianischen Kirche hier im Wobbish-Tal zu helfen, da die nächstgelegene andere Kirche die papistische Kathedrale zu Detroit war.

»In der Tat«, erwiderte Thrower. Er legte die Hand auf den schweren, mit Äxten behauenen Balken.

»Reverend Thrower«, rief eine Kinderstimme hinter ihm, so durchdringend und laut, wie es nur ein Kind konnte. »Ist das nicht auch eine Art Zauber, ein Stück Holz zu segnen?«

Thrower drehte sich um und sah, wie Faith Miller den Jungen bereits aufforderte zu schweigen. Er war erst sechs Jahre alt, doch schon jetzt wurde deutlich, daß Alvin Junior einmal ebenso viele Schwierigkeiten machen würde wie sein Vater. Vielleicht sogar noch mehr – Alvin Senior hatte wenigstens die Güte besessen, dem Bau der Kirche fernzubleiben.

»Macht nur weiter«, sagte Faith. »Macht Euch nichts aus ihm. Ich habe ihm noch nicht beigebracht, wann er reden darf und wann er schweigen soll.«

Obwohl die Hand seiner Mutter sich fest auf seinen Mund preßte, waren die Augen des Jungen geradewegs, auf ihn gerichtet. Und als Thrower sich wieder umwandte, bemerkte er, daß alle erwachsenen Männer ihn erwartungsvoll anblickten. Die Frage des Kindes war eine Herausforderung, der er etwas entgegnen mußte, sonst würde er vor eben jenen Männern, die zu bekehren er gekommen war, als Heuchler oder Tor abgestempelt werden.

»Ich schätze, wenn du denken solltest, daß mein Segen tatsächlich etwas am Wesen des Dachbalkens änderte«, erwiderte er, »dann wäre das der Zauberei verwandt. Aber in Wirklichkeit bietet dieser Dachbalken selbst nur den *Anlaß.* Wen ich hier wirklich segne, das ist die Christengemeinde, die sich unter diesem Dach versammeln wird. Und daran ist nichts Magisches. Wir bitten hier um die Macht und die Liebe Gottes, und nicht etwa um ein Mittel gegen Warzen oder einen Zauber gegen den Bösen Blick.«

»Schade«, murmelte ein Mann. »Ein Mittel gegen Warzen könnte ich gut gebrauchen.«

Alle lachten, doch die Gefahr war gebannt. Wenn der Dachbalken gehoben wurde, würde es ein christlicher Akt sein und kein heidnischer.

Er segnete den Balken, wobei er darauf achtete, das übliche Gebet so abzuwandeln, daß es dem Balken selbst ausdrücklich *keine* besonderen Eigenschaften übertrug. Dann zogen die Männer am Seil, und Thrower sang »O Herr, der auf der mächt'gen See« mit der vollen Lautstärke seines prächtigen Baritons, um ihnen für ihre Arbeit den Rhythmus und auch die Kraft zu geben.

Die ganze Zeit über war er sich jedoch nur zu sehr der Gegenwart des jungen Alvin Junior bewußt, doch nicht nur wegen seiner törichten Frage. Das Kind war ebenso einfältig wie die meisten Kinder – Thrower bezweifelte, daß es etwas Böses beabsichtigt hatte. Was ihn jedoch an dem Kind anzog, war keine Eigenschaft des Jungen selbst, vielmehr etwas an den Leuten in seiner Nähe. Sie schienen ständig auf ihn zu achten. Nicht als ob sie ihn ständig *angesehen* hätten – dann hätten sie den ganzen Tag nichts anderes zu tun gehabt, so viel rannte er umher, sondern als wären sie sich seiner stets bewußt, so wie der Koch am Priesterkolleg sich stets der Anwesenheit seines Hundes bewußt gewesen war, ohne jemals zu ihm zu sprechen oder in seiner Arbeit auch nur innezuhalten.

Und es war auch nicht nur die Familie des Jungen, die so sorgfältig auf ihn achtete. Alle verhielten sich so – die Deutschen, die Skandinavier, die Engländer, die Neuankömmlinge und die Alteingesessenen gleichermaßen. Als wenn der Schutz und die Pflege dieses Jungen ein Gemeinschaftsvorhaben gewesen wäre wie der Bann einer Kirche.

»Langsam, langsam, langsam!« rief Wastenot, der neben dem östlichen Stützpfahl saß, um den schweren Balken an Ort und Stelle zu lenken. Genauso mußte es sein, damit die Balken sich gegenseitig stützten und ein kräftiges Dach ergaben.

»Zu weit in deine Richtung«, rief Measure. Er stand auf dem Gerüst über dem Kreuzbalken, auf dem der kurze Pfahl ruhte, der die beiden Dachbalken an der Stelle stützen sollte, wo ihre abgerundeten Enden in der Mitte aufeinandertrafen. Dies war die wichtigste Stelle des ganzen Dachs; sie mußten die Enden der beiden schweren Balken auf das obere Ende eines Pfahls legen, der kaum zwei Handspannen breit war. Deshalb stand Measure auch dort, denn er hatte seinem Namen mittlerweile alle Ehre gemacht und war scharfäugig und vorsichtig.

»Richtig!« rief Measure. »Noch mehr!«

»Wieder in meine Richtung!« rief Wastenot.

»Langsam!« rief Measure.

»Legt ab!« rief Wastenot.

Dann rief auch Measure sein »Legt ab!«, und die Männer am Boden lösten die gespannten Seile. Als die Leinen erschlafften, stießen sie ein Jubeln hervor, denn nun zog sich der Dachbalken durch die halbe Länge der Kirche. Es war zwar keine Kathedrale, aber das größte Gebäude, an das je ein Mensch im Umkreis von hundert Meilen zu denken gewagt hatte. Schon die bloße Tatsache seiner Errichtung hatte bewirkt, daß die Siedler gekommen waren, um zu bleiben; und weder die Franzosen noch die Spanier, weder die Cavaliers noch die Yankees, ja nicht einmal die wilden Roten mit ihren Feuerpfeilen – kein Mensch würde diese Leute dazu bewegen, diesen Ort jemals wieder zu verlassen.

Und so begab sich Reverend Thrower ins Innere, zusammen mit all den anderen, um zum ersten Mal den Himmel von einem Dachbalken eingenommen zu sehen, der nicht weniger als vierzig Fuß lang war – und das war erst die Hälfte dessen, was einmal sein würde. Meine Kirche, dachte Thrower, ist schon jetzt viel prachtvoller als das meiste, was ich in Philadelphia selbst zu Gesicht bekommen habe.

Oben auf dem schwachen Gerüst war Measure damit beschäftigt, einen Holzpflock durch die Kerbe am Ende des Dachbalkens hinein in das Loch am oberen Teil des Stützpfahl zu treiben. Wastenot leistete die gleiche Arbeit an seinem Ende. Diese Pflöcke würden den Balken an Ort und Stelle halten, bis die Querstreben ausgelegt werden konnten. War das erledigt, so würde der Dachbalken so fest sein, daß sie den Kreuzbalken fast entfernen könnten, würde er nicht dort für den Leuchter benötigt, der die Kirche bei Nacht erhellen sollte. Bei Nacht, damit das getönte Glas die Dunkelheit draußen erhellen konnte. Von einem solch wunderbaren Ort träumte Reverend Thrower. Sollten die schlichten Gemüter dieser Leute doch vor Ehrfurcht verstummen, wenn sie diesen Ort erblickten, um über die Herrlichkeit Gottes nachzudenken.

Plötzlich wurde Thrower aus seinen Gedanken gerissen. Measure stieß einen Angstschrei aus, und alle mußten entsetzt mitansehen, daß der mittlere Pfeiler unter den Hieben von Measures Schlegel auf den Holzpflock gesplittert war und zu zittern begonnen hatte. Das riß den Balken am anderen Ende aus Wastenots Händen und zerschmetterte das Gerüst wie Zunder. Der Dachbalken schien einen Augenblick in der Luft schwebenzubleiben, völlig waagerecht, dann donnerte er herab, als hätte der Herr selbst ihn zu Boden geschleudert.

Reverend Thrower ahnte, daß jemand unmittelbar unter diesem Balken stehen würde, genau dort, wo er zu Boden gehen würde. Er wußte es, weil er sich des Jungen *bewußt* war, den sein eigener Schrei »Alvin!« an genau der falschen Stelle stehenbleiben ließ.

Im nächsten Moment sah Thrower, wie recht er hatte. Seine Ahnung bewahrheitete sich. Dort unten stand Alvin und blickte zu den Balken herauf, der ihn erschlagen würde. Ja, der Junge würde zerschmettert werden, zermalmt, sein Blut würde über das weiße Holz des Kirchbodens spritzen. Diesen Fleck bekomme ich nie wieder heraus, dachte Thrower – ein wahnwitziger Gedanke, doch im Augenblick des Todes konnte niemand sein eigenes Denken beherrschen.

Thrower sah den Aufprall wie einen blendenden Lichtblitz. Er hörte das Krachen von Holz. Er hörte die Schreie. Dann erblickte er den Balken am Boden, genau dort, wo sich Alvin befunden hatte, aber – o Wunder! – in der Mitte war der Balken in zwei Teile gespalten, und zwischen den beiden Teilen stand Alvin, sein Gesicht aschfahl von Entsetzen.

Unversehrt. Der Junge war völlig unversehrt.

Thrower verstand weder Deutsch noch Schwedisch, doch er wußte sehr wohl, was das aufgeregte Gerede in seiner Nähe bedeutete. Sollen sie doch Gott lästern – ich muß verstehen, was hier geschehen ist, dachte Thrower. Er schritt zu dem Jungen hinüber, legte die Hände auf den Kopf des Kindes, suchte nach einer Verletzung. Nicht ein Haar war ihm gekrümmt worden, doch der Kopf des Jungen fühlte sich warm an, sehr warm, als hätte er neben einem Feuer gestanden. Dann kniete Thrower sich nieder und musterte das Holz des Dachbalkens. Es war so säuberlich durchgeschnitten, als wäre das Holz eben so gewachsen, gerade breit genug, um den Jungen völlig zu verfehlen.

Im nächsten Augenblick kam auch Als Mutter, nahm ihren Jungen auf, schluchzend vor Erleichterung. Auch Kleinalvin weinte. Doch Thrower mußte sich um anderes kümmern. Schließlich *war* er ein Mann der Wissenschaft, und was er hier gesehen hatte, war unmöglich. Er ließ die Männer die Länge des Dachbalkens abschreiten und ließ ihn erneut abmessen. Der Balken lag in seiner ursprünglichen Länge auf dem Boden – das Ostende ebensoweit vom Westende entfernt, wie es sein sollte. Das jungengroße Stück in der Mitte war einfach verschwunden. Verschwunden in einem kurzen Feuerblitz, der Alvins Kopf und die Enden des Holzes so heiß wie Kohlen zurückgelassen, zugleich aber in keiner Weise gezeichnet oder versengt hatte.

Dann fing Measure am Querbalken zu schreien an, von dem er an den Armen herabhing; er hatte sich nach dem Einsturz des Gerüsts daran festklammern können. Wantnot und Calm kletterten hinauf und holten ihn unbeschadet herunter. Reverend Thrower widmete alledem keine Aufmerksamkeit. Das einzige, woran er denken konnte, war ein sechsjähriger Junge, der unter einem herabstürzenden Dachbalken stehen konnte, so daß der Balken auseinanderbrach und Platz für ihn machte. Wie das Rote Meer sich für Moses geteilt hatte, zur rechten Hand und zur linken.

»Siebenter Sohn«, murmelte Wastenot. Der Junge saß auf dem herabgestürzten Dachbalken, knapp neben von der Bruchstelle.

»Wie?« fragte Reverend Thrower.

»Nichts«, sagte der junge Mann.

»Du hast ›siebenter Sohn‹ gesagt«, sagte Thrower. »Aber der kleine Calvin ist doch der siebente.«

Wastenot schüttelte den Kopf. »Wir hatten noch einen Bruder. Er ist wenige Minuten nach Als Geburt gestorben.« Wastenot schüttelte erneut den Kopf. »Der siebente Sohn eines siebenten Sohnes.«

»Aber dann ist er ja eine Teufelsbrut!« sagte Thrower entsetzt.

Wastenot sah ihn voller Verachtung an. »Vielleicht glaubt ihr in England so etwas, aber wir hier sehen in so einem einen Heiler, vielleicht aber auch einen Rutengänger, und zwar einen sehr guten, egal, was er sein mag.« Dann dachte Wastenot an etwas und grinste. »›Teufelsbrut‹«, wiederholte er, die Worte bösartig betonend. »Klingt mir eher nach Hysterie.«

Voller Zorn schritt Thrower aus der Kirche.

Er fand Mistress Faith auf einem Schemel sitzend, wie sie Alvin im Schoß hielt und ihn sanft tadelte. »Habe dir doch gesagt, du sollst nicht einfach loslaufen, ohne hinzusehen, immer unterwegs, kann dich ja niemals stillhalten, da wird man ja kirre, wenn man auf dich aufpassen soll ...« Dann erblickte sie Thrower, der vor ihr stand, und verstummte.

»Keine Sorge«, sagte sie schließlich, »ich werde ihn nicht wieder hierher mitnehmen.«

»Das beruhigt mich um seiner Sicherheit willen«, erwiderte Thrower. »Wenn ich daran denken müßte, daß meine Kirche um den Preis des Lebens eines Kindes hätte erbaut werden müssen, so hätte ich lieber den Rest meines Lebens im Freien gepredigt.«

Sie musterte ihn eindringlich und erkannte, daß er es von ganzem Herzen ernst meinte. »Ist nicht Eure Schuld«, sagte sie. »Er war schon immer ein tapsiger Junge. Er scheint Dinge zu überleben, an denen jedes gewöhnliche Kind sterben würde.«

»Ich würde ... ich würde gerne begreifen, was dort drinnen geschehen ist.«

»Der Dachbalken hat gewackelt, natürlich«, sagte sie. »So etwas passiert schon einmal.«

»Ich meine, wie er ihn verfehlen konnte. Der Balken ist auseinandergebrochen, noch bevor er seinen Kopf berührt hat. Ich möchte gerne seinen Kopf befühlen, wenn ich darf ...«

»Nicht einmal eine Schramme daran«, erwiderte sie.

»Ich weiß. Ich möchte fühlen, ob ich feststellen kann ...«

Sie verdrehte die Augen und murmelte: »Rutengehen nach Gehirnen«, zugleich nahm sie aber auch die Hände fort, damit er den Kopf des Kindes befühlen konnte: ganz langsam und vorsichtig, um die Landkarte des jungen Schädels verstehen zu lernen und die Furchen und die Ausbuchtungen zu lesen. Dazu mußte er kein Buch konsultieren, die Bücher waren ohnehin Unfug, sie brachten ausnahmlos nur idiotische Verallgemeinerungen wie: »Der Rote hat stets einen Höcker unmittelbar über dem Ohr, was Wildheit und Kannibalismus anzeigt«, obwohl die Roten natürlich ebenso viele Kopfformen aufwiesen wie die Weißen. Nein, Thrower vertraute diesen Büchern nicht – doch hatte er *tatsächlich* einiges über Leute mit besonderen Fähigkeiten in Erfahrung gebracht, und Höcker hatten sie alle gemeinsam. Er hatte gewisse Erfahrungswerte herausbekommen, gleichsam eine Karte der menschlichen Schädelformen entworfen; wie er seine Hände über Als Kopf fahren ließ, kannte er sich also aus.

Doch nichts Bemerkenswertes entdeckte er. Kein Merkmal, das sich über die anderen erhob. So durchschnittlich war Alvins Schädel, daß er ein Lehrbuchbeispiel für eine normale Kopfform abgegeben hätte, wären solche lesenswerten Lehrbücher überhaupt vorhanden gewesen.

Er nahm die Finger wieder von dem Kopf, und der Junge, der unter seinen Händen aufgehört hatte zu weinen, drehte sich auf dem Schoß seiner Mutter zu ihm um. »Reverend Thrower«, sagte er, »Eure Hände sind so kalt, daß ich fast erfriere.« Dann sprang er vom Schoß seiner Mutter und rannte davon, dem deutschen Jungen etwas zurufend, mit dem er vorher so heftig gerangelt hatte.

Faith lachte reumütig. »Seht Ihr, wie schnell die Kinder vergessen können?«

»Und Ihr auch«, erwiderte er.

Sie schüttelte den Kopf. »Ich nicht«, sagte sie. »Ich vergesse nicht das geringste.«

»Ihr lächelt bereits wieder.«

»Ich *lebe weiter*, Reverend Thrower. Ich lebe einfach weiter. Das ist nicht dasselbe, wie zu vergessen.«

Er nickte.

»Also ... sagt mir, was Ihr entdeckt habt«, sagte sie.

»Entdeckt?«

»Beim Befühlen seiner Höcker. Beim Gehirnruten. Hat er eins?«

»Normal. Absolut normal. An seinem Schädel ist nichs Auffälliges.«

Sie grunzte. »*Nichts* ungewöhnlich?«

»So ist es.«

»Na, wenn Ihr mich fragt, dann ist das aber wirklich ungewöhnlich, sofern jemand nur klug genug ist, um es zu bemerken.« Sie nahm den Schemel auf und trug ihn davon, im Gehen nach Al und Cally rufend.

Nach einem kurzen Augenblick begriff Reverend Thrower, daß sie recht hatte. Niemand war so vollkommen durchschnittlich. Jeder Mann hatte *irgendeinen* Zug, der stärker ausgeprägt war als die anderen. Es war nicht normal, daß Al so gut ausgewogen war. Jede nur erdenkliche Fähigkeit zu besitzen, die sich am Schädel ablesen ließ, und dies in genau gleichmäßigen Proportionen. Das Kind war alles andere als durchschnittlich, es war außergewöhnlich, obgleich Thrower keine Ahnung hatte, was es für sein Leben bedeuten würde. Ein Hansdampf in allen Gassen, der nichts richtig beherrschte? Oder ein Meister aller Dinge?

Aberglaube hin, Aberglaube her, Thrower geriet ins Grübeln. Der siebente Sohn eines siebenten Sohnes, eine erstaunliche Kopfform und das Wunder – ein anderes Wort fand er dafür nicht – des Dachbalkens. Nach dem Gesetz der Natur hätte jedes gewöhnliche Kind heute den Tod gefunden. Doch irgend jemand oder irgend etwas beschützte dieses Kind, und das Gesetz der Natur hatte nachgeben müssen.

Als das Gerede verstummt war, machten die Männer sich wieder an ihre Arbeit. Der ursprüngliche Balken war natürlich nutzlos geworden, und so trugen sie die beiden Teile hinaus. Nach allem, was geschehen war, hegten sie keine Absicht, die Balken noch irgendwie weiterzuverwenden. Statt dessen machten sie sich ans Werk, bis zum späten Nachmittag hatten sie einen neuen Balken gefertigt und das Gerüst wieder aufgebaut Bei Anbruch der Nacht stand das ganze Dachgerüst endlich. Niemand sprach mehr von dem wundersamen Vorfall, zumindest nicht in Throwers Gegenwart, und als er den zersplitterten Stützpfahl suchen ging, konnte er ihn nirgendwo mehr finden.

7 Altar

Alvin Junior hatte keine Angst, als er den Balken fallen sah, er hatte auch keine Angst, als er zu beiden Seiten neben ihm auf den Boden krachte. Doch als all die Erwachsenen anfingen, Freudentänze zu vollführen, ihn zu umarmen und flüsternd zu ihm sprechen, *da* bekam er Angst. Erwachsene taten oft so seltsame Dinge.

Wie Papa, der neben dem Feuer auf dem Fußboden saß und einfach nur die Splitterteile des Stützpfahls musterte, das Holzstück, das unter dem Gewicht des Dachbalkens auseinandergebrochen war und ihn hatte in die Tiefe stürzen lassen. Eigentlich durfte weder Papa noch sonst jemand große alte Splitterstücke und schmutziges Holz ins Haus bringen. Doch heute war Mama genauso verrückt wie Papa. Als er mit den großen alten Holzsplittern aufgetaucht war, hatte sie sich einfach nur vorgebeugt, den Teppich aufgerollt und war Papa aus dem Weg gegangen.

Na ja, wer Papa nicht aus dem Weg ging, wenn er diesen sonderbaren Gesichtsausdruck hatte, der war auch viel zu dumm, um es zu überleben. David und Calm hatten Glück, sie konnten in ihre eigenen Häuser auf ihren eigenen Lichtungen zurückkehren, wo ihre eigenen Frauen ihnen ein Abendessen kochten, und sie konnten es sich aussuchen, ob sie verrückt werden wollten oder nicht. Die anderen hatten nicht soviel Glück. Wenn Papa und Mama verrückt waren, mußten sie es auch werden. Nicht eines der Mädchen zankte sich mit den anderen, und alle halfen sie, das Abendessen aufzutragen und danach wieder abzuräumen. Wastenot und Wantnot gingen hinaus und hackten Holz und molken die Kühe, ohne einander auch nur in den Arm zu knuffen, ganz zu schweigen von irgendwelchen Ringkämpfen, was für Alvin Junior eine große Enttäuschung war, weil er doch immer gegen den Verlierer ringen durfte. Measure saß einfach nur am Feuer, schnitzte einen großen Löffel für Mamas Kochtopf; er hob nicht einmal den Blick, doch wie alle anderen wartete er darauf, daß Papa wieder er selbst wurde und irgend jemanden anbrüllte.

Normal verhielt sich heute nur Calvin, der Dreijährige. Das Problem war nur, daß für den normal bedeutete, wie ein Kätzchen auf Mäusejagd hinter Alvin herzuzotteln. Er kam niemals nahe genug heran, um mit Alvin Junior zu *spielen* oder um ihn zu berühren oder mit ihm zu sprechen. Er war einfach nur da, immer nur am Rande des Geschehens, so daß Alvin immer gerade aufblickte, wenn Calvin den Blick abwandte, oder kurz sein Hemd aufblitzen sah, wenn er sich hinter eine Tür duckte, oder manchmal mitten in der Nacht nur ein Atmen vernahm, das ihm sagte, daß Calvin nicht auf seiner Pritsche lag, sondern direkt neben Alvins Bett stand und *ihn beobachtete.* Niemandem sonst schien das aufzufallen. Es war schon über ein Jahr her, seit Alvin ihn gebeten hatte, damit aufzuhören. Wenn Alvin Junior jemals gesagt hätte: »Ma, Cally belästigt mich«, hätte Mama einfach nur geantwortet: »Al Junior, er hat kein Wort gesagt, er hat dich nicht angefaßt, und wenn du es nicht magst, daß er so ruhig dasteht, ist das dein Pech, denn mir paßt es gut. Ich wünschte mir wirklich, daß einige meiner anderen Kinder lernen würden, so still zu sein.« Alvin überlegte sich, daß nicht etwa Calvin heute *normal* war, es war lediglich so, daß der Rest der Familie sich seinem gewöhnlichen Grad der Verrücktheit angepaßt hatte.

Papa starrte unentwegt das gesplitterte Holz an. Dann und wann legte er es so zusammen, wie es vorher gewesen war. Einmal fragte er gedankenverloren: »Measure, bist du sicher, daß du alle Teile mitgebracht hast?«

Measure erwiderte: »Jedes einzelne Stück, Pa. Ich hätte nicht einmal mehr zusammenbekommen, wenn ich mich hinuntergebeugt und es wie ein Hund aufgeschleckt hätte.«

Ma hörte natürlich zu. Papa hatte einmal gesagt, daß Ma, wenn sie aufpaßte, mitten im Sturm, während die Mädchen mit dem Geschirr klapperten und die Jungen Holz hackten, auf eine halbe Meile Entfernung noch ein Eichhörnchen furzen hören konnte. Alvin Junior fragte sich manchmal, ob das bedeuten sollte, daß Ma mehr von Hexerei verstand, als sie zugab, denn er hatte einmal im Wald keine drei Ellen von einem Eichhörnchen entfernt über eine

Stunde lang dagesessen und es nicht einmal Rülpsen gehört.

Jedenfalls war sie heute abend hier im Haus, so daß sie natürlich hörte, was Papa gefragt hatte, und sie hörte auch, was Measure antwortete, und da sie genauso verrückt war wie Papa, schimpfte sie sofort los, als hätte Measure den Namen des Herrn geschändet. »Hüte deine Zunge, junger Mann, denn der Herr sprach zu Moses auf dem Berg, ehre deinen Vater und deine Mutter, auf daß deine Tage zahlreich seien auf dem Land, das der Herr dein Gott dir gegeben hat. Wenn du frech mit deinem Vater redest, dann verkürzt du dein eigenes Leben um Tage und Wochen und sogar *Jahre,* und deine Seele ist nicht gerade in einem solchen Zustand, als daß du dir ein frühzeitiges Erscheinen vor dem Jüngsten Gericht wünschen solltest!«

Measure machte sich nur halb so wenig Sorgen über sein ewiges Leben wie darüber, daß Mama ihn ausschimpfte. Er versuchte überhaupt nicht, sich damit herauszureden, daß er doch gar nicht frech oder aufmüpfig sein wollte – nur ein Narr würde das tun, wenn Mama so in Fahrt war. Er zuckte einfach nur zusammen, blickte eingeschüchtert drein und bat sie um ihre Vergebung. Als sie schließlich mit ihrer Strafpredigt fertig war, hatte der arme Measure sich schon ein halbes Dutzend Mal entschuldigt, so daß sie sich schließlich wieder an ihre Näharbeit machte.

Dann hob Measure den Blick und zwinkerte Alvin Junior zu.

»Das habe ich gesehen«, sagte Mama, »und wenn du nicht in die Hölle kommst, dann werde ich persönlich eine Eingabe an Sankt Petrus richten, um dich dorthin zu schikken.«

»Diese Eingabe würde ich selbst unterschreiben«, sagte Measure und blickte so unterwürfig drein wie ein Hündchen, das gerade auf den Stiefel seines Herrn Pipi gemacht hatte.

»Und ob du das würdest«, erwiderte Mama, »und noch dazu in Blut, denn bis ich mit dir fertig bin, hast du genügend offene Wunden am Leib, um zehn Schreiberlinge ein ganzes Jahr lang mit strahlend roter Tinte zu versorgen.«

Alvin Junior konnte sich nicht mehr beherrschen. Ihre schreckliche Drohung belustigte ihn. Obwohl er wußte, daß er mit seinem Leben spielte, öffnete er den Mund, um zu lachen. Ihm war klar, wenn er lachte, würde Mama ihm vielleicht eine schallende Ohrfeige verpassen oder sie stampfte vielleicht sogar ihren harten, kleinen Fuß auf seinen nackten Fuß, wie einmal bei David, als der zu ihr gesagt hatte, daß sie manchmal lieber hätte nein sagen lernen sollen, bevor sie dreizehn Mäuler zu bekochen hatte.

Das hier war eine Sache von Leben und Tod, beängstigender als der Dachbalken, der ihn schließlich nie getroffen hatte, was man von Mama nicht behaupten konnte. Also fing er das Lachen ab, noch bevor es sich freistrampelte und verwandelte es in das erstbeste, was ihm zu sagen einfiel.

»Mama«, sagte er, »Measure kann dann gar keine Eingabe mehr in Blut unterschreiben, weil er dann ja schon tot ist, und tote Leute können nicht mehr bluten.«

Mama blickte ihm in die Augen und sprach langsam und betont: »Wenn ich ihnen das sage, tun sie es doch.«

Nun, das gab schließlich den Ausschlag. Alvin Junior platzte einfach laut lachend heraus. Und das ließ die Hälfte der Mädchen ebenfalls loslachen. Was wiederum Measure zum Lachen brachte. Und schließlich lachte auch Mama. Alle lachten sie, bis sie fast nur noch kreischten und Mama begann, ihre Kinder ins Bett zu schicken, Alvin Junior eingeschlossen.

All diese Aufregung hatte Alvin Junior ziemlich aufgekratzt zurückgelassen. Er hatte noch nicht gelernt, daß er seine Unruhe manchmal besser zügeln sollte. Matilda, die sechzehn war und sich für eine Dame hielt, stieg unmittelbar vor ihm die Stufen empor. Alle verabscheuten es, irgendwo hinter Matilda hergehen zu müssen, weil sie solch zarte, damenhafte Schritte machte. Measure meinte immer, daß er lieber im Gänsemarsch hinter dem Mond herschreiten würde, weil der sich schneller bewegte. Nun befand sich Matildas Hinterteil unmittelbar vor Al Juniors Gesicht, schwankte vor und zurück, und er dachte an Measures Worte und daran, daß Matildas Hinterteil ziemlich genauso rund war wie der Mond, und dann überlegte er sich, wie es wohl wäre, den Mond *anzufassen,* und ob er sich wohl so hart anfühlen würde wie der Rücken eines Käfers oder so glibschig wie eine Schnecke. Und wenn ein sechsjähriger Junge, der sich ohnehin schon aufgekratzt fühlte, einen solchen Gedanken in den Kopf bekam, dauerte es keinen Augenblick, bis er seine Finger zwei Zoll tief in zartem Fleisch vergraben hatte.

Matilda konnte richtig gut schreien.

Möglicherweise hätte sich Al auf der Stelle eine Ohrfeige gefangen, nur daß Wastenot und Wantnot unmittelbar hinter ihm waren, die ganze Sache mitansahen und Matilda so laut auslachten, daß sie anfing zu weinen und die Treppe emporfloh, immer zwei Stufen auf einmal und überhaupt nicht mehr damenhaft. Wastenot und Wantnot trugen Alvin die Treppe hinauf, sie hielten ihn dabei so hoch, daß ihm ein bißchen schwindelig wurde, und sangen dieses alte Lied über St. Georg, wie er den Drachen tötete, nur daß sie diesmal von St. Alvin sangen, und wo das Lied normalerweise davon handelte, wie er tausendmal in den alten Drachen hineinstieß und sein Schwert im Feuer nicht schmolz, verwandelten sie *Schwert* in *Finger,* so daß selbst Measure lachen mußte.

»Das ist ein schmutziges, schmutziges Lied!« rief die zehnjährige Mary, die draußen vor der Tür der großen Mädchen Wache stand.

»Hört lieber auf, dieses Lied zu singen«, sagte Measure, »bevor Mama euch noch hört.«

Alvin Junior verstand nie so recht, weshalb Mama dieses Lied nicht mochte, aber es stimmte, daß die Jungen es niemals in ihrer Gegenwart sangen, Die Zwillinge hörten auf zu singen und kletterten die Leiter zum Dachstuhl hinauf. In diesem Augenblick flog die Tür zum Zimmer der großen Mädchen auf, und Matilda steckte den Kopf heraus, die Augen ganz rot vom Weinen, und schrie: »Das wird dir noch leid tun!«

»Ooh, es tut mir ja so leid, es tut mir ja so leid«, quiekte Wantnot daraufhin.

Erst dann fiel Alvin ein, daß er, falls die Mädchen Rache

nehmen sollten, das Hauptopfer sein würde. Calvin galt noch immer als das Baby, so daß er in Sicherheit war, und die Zwillinge waren älter und größer und immer zu zweit. Wenn die Mädchen sich also aufregten, fiel zuerst immer Alvin ihrem Zorn zum Opfer. Matilda war sechzehn, Beatrice fünfzehn, Elizabeth vierzehn, Anne zwölf und Mary war zehn, und alle zogen sie das Herumhacken auf Alvin so gut wie allen anderen Freizeitbeschäftigungen vor, die die Bibel erlaubte. Einmal, als sie Alvin über alle Maßen gequält hatten und nur Measures kräftige Arme verhinderten, daß er auf brutalste Weise mit einer Heugabel ermordet worden war, hatte Measure eingeworfen, daß die Qualen der Hölle höchstwahrscheinlich darin bestehen würden, zusammen mit fünf Frauen im selben Haus wohnen zu müssen. Seit dieser Zeit fragte Alvin sich, welche Sünde er wohl vor seiner Geburt begangen haben mochte, um es verdient zu haben, schon als Halbverdammter aufzuwachsen.

Alvin begab sich in das kleine Zimmer, das er sich mit Calvin teilte, und setzte sich dort einfach hin, darauf wartend, daß Matilda kommen und ihn umbringen würde. Doch sie kam und kam nicht. Endlich begriff er, daß sie wahrscheinlich wartete, bis die Kerzen alle gelöscht waren, damit niemand wissen konnte, welche von seinen Schwestern hereingeschlüpft war und ihm das Lebenslicht ausgepustet hatte. Der Himmel wußte sehr wohl, daß er ihnen allein schon in den letzten beiden Monaten reichlich Gründe geliefert hatte, um ihn sich tot zu wünschen. Er versuchte zu erraten, ob sie ihn mit Matildas Daunenkissen ersticken würden – was das erste Mal sein würde, daß er es jemals berühren dürfte – oder ob er mit Beatrices kostbarer Schere im Herzen sterben würde, als ihm plötzlich klar wurde, daß er, wenn er nicht binnen der nächsten fünfundzwanzig Sekunden aufs Örtchen gelangte, sich auf peinlichste Weise in die Hosen machen würde.

Aber natürlich war schon jemand auf dem Örtchen. Alvin stand hüpfend und schreiend drei Minuten lang davor, und noch immer kam niemand heraus. Ihm kam der Gedanke, daß es möglicherweise eines der Mädchen war, in diesem Fall wäre dies der teuflischste Plan, den sie je ausgeheckt hätten, ihm nämlich den Zugang zum Örtchen zu verweigern, wo sie doch genau wußten, daß er Angst davor hatte, nach Einbruch der Dunkelheit in den Wald zu gehen. Das war eine schreckliche Rache. Wenn er sich selbst beschmutzte, würde er sich so sehr schämen, daß er wahrscheinlich seinen Namen ändern und weglaufen mußte, und das war sehr viel schlimmer als ein Piekser in den Hintern.

Schließlich war er zornig genug, um die letztmögliche Drohung auszustoßen. »Wenn du nicht sofort rauskommst, dann mache ich hier vor die Tür, dann trittst du hinein, wenn du rauskommst!«

Er wartete, doch da der Jemand auf dem Örtchen *nicht* sagte: »Wenn du das tust, dann lasse ich dich meine Schuhe ablecken«, was doch eigentlich die übliche Erwiderung gewesen wäre, kam Al zum ersten Mal der Gedanke, daß womöglich doch keine seiner Schwestern auf dem Örtchen saß. Mit Sicherheit jedoch war es keiner der Jungen. Was nur noch zwei Möglichkeiten offenließ, eine schlimmer als die andere. Al war so wütend auf sich, daß er sich mit der Faust gegen den Kopf hieb, doch damit wurde die Sache auch nicht besser. Papa würde ihm wahrscheinlich eine Tracht Prügel verabreichen, noch schlimmer aber würde Mama sein. Sie würde ihn wahrscheinlich ausschimpfen, was schon schlimm genug war, aber wenn sie wirklich übler Laune sein sollte, würde sie diesen kalten Gesichtsausdruck aufsetzen und ganz leise sagen: »Alvin Junior, ich habe ja immer darauf gehofft, daß wenigstens einer meiner Jungen ein geborener Gentleman sein würde, aber jetzt muß ich einsehen, daß mein Leben umsonst gewesen ist«, was ihn sich immer so mies fühlen ließ, wie er sich nur fühlen konnte, ohne gleich zu sterben.

Daher war er fast erleichtert, als sich die Tür öffnete und Papa vor ihm stand.

»Kann ich in Sicherheit aus dieser Tür treten?« fragte er kühl.

»Ja«, erwiderte Alvin Junior.

»Wie?«

»Jawohl, Herr Papa.«

»Bist du sicher? Hier draußen gibt es ein paar wilde Tiere, die es für schlau halten, ihr Geschäft auf dem Boden vor der Tür des Örtchens zu machen. Ich sage dir eins, wenn es so ein Tier hier geben sollte, dann werde ich eine Falle aufstellen und es eines Nachts am Hinterteil erwischen. Und wenn ich es dann am Morgen vorfinde, dann nähe ich ihm sein Spundloch zu und lasse es laufen, damit es sich aufbläht und im Wald stirbt.«

»Tut mir leid, Papa.«

Papa schüttelte den Kopf und begann, auf das Haus zuzuschreiten. »Ich weiß nicht, was mit deinen Eingeweiden los ist, Junge. Im einen Augenblick mußt du nicht, und im nächsten stirbst du schon fast.«

»Na ja, wenn du einfach noch ein zweites Örtchen bauen würdest, hätte ich keine Schwierigkeiten«, brummte Al Junior. Doch Papa hörte ihn nicht, weil Alvin es tatsächlich erst aussprach, nachdem die Tür des Örtchens verschlossen und Papa ins Haus zurückgekehrt war.

Alvin wusch sich sehr lange die Hände an der Pumpe, weil er sich vor dem fürchtete, was ihn im Haus erwartete. Doch dann, allein hier draußen in der Dunkelheit, bekam er es aus anderen Gründen mit der Angst zu tun. Jedermann sagte, daß ein Weißer es niemals hören konnte, wenn ein Roter durch die Wälder schritt, und seine großen Brüder machten sich einigen Spaß daraus, Alvin zu erzählen, daß immer dann, wenn er allein draußen war, vor allem bei Nacht, einige Rote im Wald ihn beobachteten, mit ihren Tommy-Hawks mit den Feuersteinklingen spielten und es sie nur danach juckte, seinen Skalp zu bekommen. Bei hellem Tageslicht glaubte Alvin es nicht, aber in der Nacht durchzog ihn Eiseskälte, und er dachte daran, daß er nicht einmal wußte, wo der Rote wohl gerade stand. Vielleicht direkt hinter ihm, neben dem Schweinestall und so leise, daß die Schweine nicht einmal grunzten und die Hunde weder bellten noch sonst etwas taten. Und dann würden sie seine Leiche finden, ganz haarlos und blutig, und *dann* würde es zu spät sein. So schlimm seine Schwestern auch waren – und sie waren wirklich *schlimm* –, meinte Al doch, daß es immer noch besser sei zurückzukehren, als an dem Feuerstein eines roten Mannes zu sterben. So flog er denn fast von der Pumpe zum Haus hinüber und blickte sich *nicht* um, um nachzusehen, ob der Rote wirklich da war.

Sobald die Tür wieder geschlossen war, vergaß er seine Furcht vor den lautlosen, unsichtbaren Roten. Im Haus war alles sehr still, was an sich schon ziemlich verdächtig war. Die Mädchen waren niemals so still, bevor Papa sie nicht mindestens dreimal pro Nacht angebrüllt hatte. Also war Alvin sehr vorsichtig, während er hinaufging, spähte bei jedem Schritt nach vorn, blickte so oft über die Schulter zurück, daß ihm schon das Genick weh zu tun begann. Als er schließlich in seinem Zimmer angekommen war und die Tür geschlossen hatte, war er so zittrig, daß er fast schon hoffte, sie würden endlich tun, was sie vorhatten, um es hinter sich zu bringen.

Doch sie taten und taten es nicht. Er sah sich im Kerzenlicht im Zimmer um, drehte sein Bett um, blickte in jede Ecke, doch er entdeckte nichts. Calvin schlief, den Daumen in den Mund gesteckt, was bedeuten mußte, daß sie, wenn sie *tatsächlich* in seinem Zimmer umhergeschlichen waren, es schon vor geraumer Weile getan haben mußten. Er begann sich zu fragen, ob die Mädchen sich ausnahmsweise dazu entschieden hatten, ihn in Frieden zu lassen oder ihre schmutzigen Streiche sogar den Zwillingen zu spielen. Es würde ein völlig neues Leben für ihn anbrechen, wenn die Mädchen anfangen sollten, nett zu sein. So als würde ein Engel herabsteigen und ihn aus der Hölle emporheben.

So schnell er konnte, zog er seine Kleider aus, faltete sie zusammen und legte sie neben seinem Bett auf den Schemel, damit sie am Morgen nicht voller Küchenschaben waren. Er hatte eine Art Abmachung mit den Schaben. Sie konnte in alles hineinkriechen, was sich am Boden befand, durften aber weder in Calvins noch in Alvins Bett und auch nicht auf seinen Schemel. Als Gegenleistung zertrampelte Alvin sie nie. Als Folge davon war Alvins Zimmer so etwas wie das Küchenschabenallerheiligste des Hauses, doch da sie sich an die Abmachung hielten, waren er und Calvin die einzigen, die niemals aufwachten und Küchenschaben in ihrem Bett fanden.

Er nahm sein Nachthemd vom Haken und streifte es über den Kopf.

Irgend etwas biß ihn unter dem Arm. Der stechende Schmerz ließ ihn aufschreien. Etwas anderes biß ihn an der Schulter. Was immer es war, es befand sich überall in seinem Nachthemd, und als er es von sich riß, knabberte es weiterhin überall an ihm herum. Endlich hatte er es abgelegt und fuhr, mit den Händen über die Haut, um die Insekten oder was immer es sein mochte abzustreifen.

Dann griff er hinunter und nahm vorsichtig sein Nachthemd auf. Er sah nichts, was hastig davongeeilt wäre, und selbst als er es schüttelte und schüttelte, fiel kein Insekt heraus. Dafür etwas anderes. Es glitzerte einen Augenblick im Kerzenlicht und gab ein winziges, plinkendes Geräusch, als es auf den Boden fiel.

Erst dann bemerkte Alvin Junior das erstickte Kichern aus dem Nachbarzimmer. Oh, sie hatten ihm doch wieder einen Streich gespielt! Er setzte sich auf die Bettkante, pickte Nadeln aus seinem Nachthemd und stach sie in die untere Ecke seiner Steppdecke. Er hätte nie geglaubt, daß sie so verrückt sein könnten, den Verlust von einer von Mamas kostbaren Stahlnadeln zu riskieren, nur um sich an ihm zu rächen. Doch er hätte es wissen müssen. Mädchen hielten sich nie an irgendwelche Spielregeln so wie Jungen. Wenn ein Junge einen im Ringkampf umschubste, dann stürzte er sich entweder auf einen oder wartete, bis man wieder aufgestanden war, so oder so befand man sich dann auf gleicher Stufe – entweder beide aufrecht stehend oder beide am Boden liegend. Doch Al wußte aus schmerzvoller Erfahrung, daß Mädchen einen traten, wenn man am Boden lag, und sich gegen einen verbündeten, wann immer sie dazu Gelegenheit hatten. Wenn sie kämpften, so kämpften sie, um den Kampf möglichst schnell zu beenden, was der Sache immer jeden Spaß nahm.

Heute nacht war es genauso. Es war keine gerechte Strafe, da hatte er sie mit seinem Finger gepiekst und sie hatten ihn mit Nadeln übersät. Vielleicht blutete er sogar, so tief hatten sie eingestochen. Alvin glaubte, daß Matilda nicht einmal eine Schramme hatte, obwohl er sich wünschte, sie hätte eine.

Alvin Junior war nicht gemein, o nein, aber wie er so auf der Bettkante saß, Nadeln aus seinem Nachthemd holte und die Schaben beobachtete, die in den Bodenritzen ihren Geschäften nachgingen, mußte er sich einfach vorstellen, wie es wohl wäre, wenn all diese Schaben einem bestimmten Zimmer einen kleinen Besuch abstatteten.

Also kniete er auf dem Boden nieder, stellte die Kerze dort ab und begann, den Schaben etwas zuzuflüstern, genau wie an jenem Tag, da er mit ihnen das Abkommen geschlossen hatte. Er erzählte ihnen alles über schöne glatte Laken und weiche, glibschige Haut, über die sie krabbeln konnten, am meisten aber über Matildas seidenes Gänsedaunenkissen. Doch das schien die Schaben nicht sonderlich zu interessieren. Nichts als hungrig sind sie, dachte Alvin. Ihnen ist nur Essen wichtig. Also begann er, ihnen von den allerköstlichsten Speisen zu erzählen, die sie jemals im Leben bekommen hatten. Die Schaben wurden sofort aufmerksam und kamen näher, um ihm zuzuhören, obwohl nicht eine von ihnen an ihm heraufkrabbelte, was völlig den Bestimmungen des Abkommens entsprach. Soviel zu essen, wie ihr euch nur wünschen könnt, überall auf dieser weichen rosa Haut verteilt. Und sicher lauert dort nicht die leiseste Gefahr, ihr braucht euch nicht die geringsten Sorgen zu machen, ihr braucht dort einfach nur hineinzukrabbeln und das Essen auf der weichen rosa, glibschigen, glatten Haut zu suchen.

Tatsächlich huschten einige Schaben unter Alvins Tür hinaus, dann mehr und mehr von ihnen, und schließlich verschwand die ganze Truppe in einem einzigen großen Kavallerieangriff unter der Tür, ohne jede Angst, weil Al ihnen gesagt hatte, daß es nichts zu fürchten gab.

Keine zehn Sekunden, da hörte er aus dem Nachbarzimmer den ersten Aufschrei. Und schon eine Minute später war das ganze Haus in einem solchen Aufruhr, daß man hätte glauben können, es würde brennen. Kreischende Mädchen, schreiende Jungen und große alte Stiefel, die umherstampften, als Papa die Treppe hinaufgeeilt kam und Schaben zerquetschte. Al fühlte sich so glücklich wie ein Schwein, das sich im Schlamm suhlte.

Schließlich begannen die Dinge sich im Nebenzimmer zu beruhigen. Gleich würden sie kommen, um nach ihm und Calvin zu sehen, daher blies er die Kerze aus, huschte unter die Laken und flüsterte den Schaben zu, sie sollten sich verstecken. Und tatsächlich, wenig später ertönten draußen im Gang auch schon Mamas Schritte. Im allerletzten Augenblick fiel Alvin Junior ein, daß er ja gar nicht sein Nachthemd trug. Er ließ die Hand hervorschießen, packte das Nachthemd und riß es unter das Laken, gerade als sich die Tür öffnete. Dann konzentrierte er sich darauf, leicht und regelmäßig zu atmen.

Mama und Papa kamen mit Kerzen herein. Er hörte, wie sie Calvins Laken umschlugen, um es nach Schaben zu überprüfen und fürchtete schon, daß sie auch sein Bett untersuchen würden, denn es war eine Sünde, splitternackt zu schlafen wie ein Tier. Aber die Mädchen, die genau wußten, daß er unmöglich nach ihrem Streich schon schlafen konnte, hatten natürlich Angst davor, von Alvin verpetzt zu werden, daher sorgten sie dafür, daß Mama und Papa das Zimmer schnell wieder verließen. Alvin behielt eine völlig reglose Miene bei, zuckte nicht einmal mit den Augenlidern. Die Kerze verschwand, leise schloß sich die Tür.

Er wartete ab, und tatsächlich öffnete die Tür sich bald wieder. Er hörte nackte Füße über den Boden trappeln. Dann spürte er Annes Atem und vernahm ihr Flüstern: »Wir wissen zwar nicht, wie du das gemacht hast, Alvin Junior, aber wir wissen genau, daß du diese Schaben auf uns gehetzt hast.«

Alvin tat so, als würde er überhaupt nichts hören. Er schnarchte sogar ein bißchen.

»Mich legst du nicht rein, Alvin Junior. Heute nacht solltest du lieber nicht einschlafen, denn wenn du es tust, wirst du nie wieder aufwachen, hast du mich gehört?«

Draußen vor dem Zimmer fragte Papa gerade: »Wohin ist Anne verschwunden?«

Sie ist hier drin, Papa, und droht, mich umzubringen, dachte Alvin. Aber natürlich sprach er es nicht laut aus. Außerdem wollte sie ihm ja sowieso nur Angst einjagen.

»Wir lassen es wie einen Unfall aussehen«, sagte Anne. »Du hast ja ständig Unfälle, da wird niemand es für einen Mord halten.«

Alvin begann, ihr immer und immer mehr zu glauben.

»Wir werden deine Leiche hinaustragen und sie in das Loch vom Örtchen stopfen, dann werden alle glauben, daß du dich erleichtern wolltest und hineingefallen bist.«

Das würde tatsächlich funktionieren, dachte Alvin. Es sah Anne ähnlich, daß sie sich so einen teuflischen Plan ausdachte; sie war unschlagbar darin, einen heimlich zu kneifen und bereits zehn Fuß weit entfernt zu sein, noch bevor man angefangen hatte zu kreischen. Deshalb hielt sie ihre Fingernägel auch immer so lang und spitz. Schon jetzt konnte Alvin einen dieser spitzen Nägel spüren, wie er über seine Wange kratzte.

Die Tür ging ein Stückchen weiter auf. »Anne«, flüsterte Mama, »komm sofort da raus.«

Der Fingernagel hörte auf zu kratzen. »Ich wollte nur sichergehen, daß Kleinalvin in Ordnung ist.« Ihre nackten Füße trippelten wieder aus dem Zimmer, und die Tür schloß sich.

Er wußte, daß er eigentlich über Annes Drohungen zu Tode verängstigt sein müßte, doch das war er nicht. Er hatte die Schlacht gewonnen. Er stellte sich vor, wie die Schaben von oben bis unten über die Mädchen krochen, und er fing an zu lachen, doch er durfte sich nicht verraten, sondern mußte dieses Lachen unterdrücken, mußte so ruhig atmen, wie er nur konnte. Sein ganzer Körper zitterte bei dem Versuch, das Lachen aufzuhalten.

Es war jemand im Raum.

Er konnte nichts hören, und als er die Augen öffnete, konnte er auch niemanden erkennen. Doch er wußte, daß jemand da war. Aber nicht durch die Tür eingetreten, also mußte der Jemand durch das offene Fenster gekommen sein. Das ist doch einfach nur albern, sagte Alvin sich, hier drinnen ist keine Menschenseele. Doch er blieb still liegen.

Alles Lachen war von ihm gewichen, weil er es fühlen konnte, daß jemand dort stand. Nein, das ist ein Alptraum, nicht mehr, ich bin immer noch erschrocken von dem Gedanken an die Roten, die mich draußen beobachten, oder vielleicht auch von Annes Drohung; wenn ich einfach hier mit geschlossenen Augen liegenbleibe, wird es schon wieder verschwinden.

Die Schwärze im Inneren von Als Augenlidern wurde rosa. Licht war plötzlich in seinem Zimmer. Ein Licht, so hell wie der Tag. Auf der ganzen Welt gab es keine Kerze, nein, nicht einmal eine Laterne, die so hell leuchten konnte. Al öffnete die Augen, und all seine Furcht verwandelte sich in Entsetzen, denn nun sah er, daß das, was er befürchtet hatte, wirklich war.

Am Fußende seines Betts stand ein Mann, der so leuchtete, als wäre er aus Sonnenlicht. Das Licht im Raum strahlte aus seiner Haut hervor, aus seiner Brust, dort, wo sein Hemd aufgerissen war, aus seinem Gesicht, aus seinen Händen. Und in einer dieser Hände ein Messer, ein scharfes Stahlmesser. Ich werde sterben, dachte Al. Genau wie Anne es mir versprochen hat, nur daß es für seine Schwestern nicht die geringste Möglichkeit gab, eine derart mächtige Erscheinung wie diese heraufzubeschwören. Dieser helle leuchtende Mann war von allein gekommen, soviel war sicher, und er wollte Alvin Junior wegen seiner Sünden umbringen und nicht etwa, weil jemand anders ihn auf ihn angesetzt hatte.

Dann schien es so, als würde das Licht des Mannes sich durch Alvins Haut bohren und in ihn eindringen, und da wich alle Furcht von ihm. Der leuchtende Mann hatte zwar ein Messer dabei, und vielleicht war er auch wirklich in den Raum getreten, ohne die Tür auch nur einen winzigen Spalt aufzuschieben, doch er wollte Alvin nichts Böses. Also entspannte Alvin sich ein wenig und zappelte sich im Bett ein bißchen hoch, bis er fast saß, den leuchtenden Mann im Auge und darauf wartend, was er tun würde.

Der leuchtende Mann nahm sein helles Stahlmesser und führte die Klinge gegen seine andere Handfläche – und schnitt zu. Alvin sah das glitzernde rote Blut aus der

Wunde in der Hand des leuchtenden Mannes strömen, seinen Unterarm hinab und vom Ellenbogen hinunter auf den Boden tropfen. Doch hatte er keine vier Tropfen geschaut, als er plötzlich eine Vision hatte. Er konnte das Zimmer seiner Schwestern erkennen, aber es war völlig verändert. Die Betten war sehr hoch, und seine Schwestern waren Riesinnen, so daß er nichts sehen konnte außer großen ollen Füßen und Beinen. Da begriff er, daß er das Zimmer aus der Sicht eines winzigen Wesens betrachtete, nämlich einer Küchenschabe. In seiner Vision krabbelte er eilig voran, von Hunger erfüllt, völlig furchtlos, wissend, daß es, wenn er nur auf einen dieser Füße krabbeln konnte, soviel Nahrung geben würde, wie er sich nur wünschte. Also eilte er weiter, kletterte, krabbelte, suchte. Doch es gab keine Nahrung, statt dessen griffen riesige Hände nach ihm und schubsten ihn fort, und ein großer, riesiger Schatten war plötzlich über ihm, und er spürte den harten, stechenden Schmerz des Todes.

Nicht nur einmal, sondern viele Male. Zigmal spürte er diese Hoffnung auf Nahrung, diese Zuversicht, daß ihm nichts geschehen würde, und dann die Enttäuschung, nichts zu essen zu bekommen, und das Entsetzen und das Erstaunen und – den Tod. Jedes kleine, vertrauensselige Leben betrogen, zerquetscht, zerschlagen.

Und dann war er in seiner Vision einer der Überlebenden, einer, dem es gelang, vor den stampfenden Stiefeln zu fliehen, unter die Betten, in die Ritzen der Wände hinein. Er floh aus dem Raum des Todes, aber nicht zurück an den alten Ort, nicht zurück in das sichere Zimmer, denn das war nicht mehr sicher, sondern der Ort, wo die Lügen herkamen, das war der Raum des Verräters, der sie hierher geschickt hatte, um zu sterben. In dieser Vision gab es natürlich keine Worte. Es konnte keine Worte geben, keinen klaren Gedanken im Hirn einer Schabe. Aber *Al* hatte Worte und Gedanken, und er wußte besser als jede Schabe, was die Schaben gelernt hatten. Man hatte ihnen etwas in dieser Welt versprochen, man hatte sie sich dessen *sicher* gemacht, und dann war es eine Lüge gewesen. Der Tod war etwas Fürchterliches, ja, fliehe diesen Raum; aber im anderen Raum war noch etwas Schlimmeres als der Tod – dort war die Welt verrückt geworden, ein Ort, wo alles passieren konnte und wo man niemandem mehr trauen durfte.

Dann endete die Vision. Alvin saß da, die Hände auf die Augen gepreßt, verzweifelt schluchzend. Sie haben gelitten, schrie er stumm heraus, und ich habe es ihnen angetan, ich habe sie verraten. Deshalb ist der leuchtende Mann gekommen, um mir das zu zeigen. Ich habe gemordet.

Nein, nicht gemordet! Wer hätte jemals gesagt, daß das Töten von Schaben Mord war?

Aber es spielte keine Rolle, wie andere Leute darüber dachten, überlegte Al. Der leuchtende Mann war gekommen, um ihm zu zeigen, daß Mord Mord war.

Und nun war der leuchtende Mann verschwunden. Als Al die Augen öffnete, war niemand mehr im Raum außer Cally, der fest schlief. Er konnte auch nicht mehr Vergebung bitten. In schierer Pein schloß Al Junior die Augen und weinte noch etwas.

Wie lang war das her? Ein paar Sekunden? Oder war Alvin eingeschlafen und hatte nicht bemerkt, wieviel Zeit verstrichen war? Egal wie lang – jedenfalls kam das Licht zurück. Wieder drang es in ihn hinein, nicht nur durch seine Augen, sondern bis in sein Herz, flüsterte ihm zu, beruhigte ihn. Wieder öffnete Alvin die Augen, schaute das Gesicht des leuchtenden Mannes und wartete darauf, daß er etwas sagen würde. Als er nichts sagte, glaubte Alvin, daß *er* an der Reihe sei, also stammelte er ein paar Worte; sie waren so schwach im Vergleich zu den Gefühlen in seinem Herzen. »Es tut mir leid, ich werde es nie wieder tun, ich werde ...«

Er plapperte nur so vor sich hin und konnte nicht einmal sich selbst sprechen hören, so durcheinander war er. Doch das Licht wurde einen Augenblick lang heller, und er spürte eine Frage in seinem Geist. Zwar wurde kein Wort gewechselt, aber er erkannte dennoch, daß der leuchtende Mann von ihm wissen wollte, *was* ihm denn leid tat.

Und als er darüber nachdachte, wußte Alvin nicht mehr genau, was eigentlich verkehrt gewesen war. Bestimmt doch nicht das Töten selbst – man konnte schließlich verhungern, wenn man nicht gelegentlich ein Schwein schlachtete, außerdem war es doch wohl kein Mord, wenn ein Wiesel eine Maus tötete, oder?

Dann senkte sich das Licht wieder auf ihn herab, und er hatte eine weitere Vision. Diesmal keine Schaben. Nun erblickte er einen Roten Mann, der nach einem Reh rief, damit es kam und starb. Das Reh näherte sich, zitternd und mit geweiteten Augen, weil es wußte, daß es zum Sterben kam. Der Rote ließ einen Pfeil hervorschnellen, und im nächsten Moment traf er auch schon die Flanke des Rehs. Die Beine des Tieres bebten. Es stürzte. Alvin wußte, daß in dieser Vision überhaupt keine Sünde war, denn sterben und töten waren zwei verschiedene Seiten des Lebens. Der Rote tat recht und ebenso das Reh, denn beide gehorchten ihrem natürlichen Gesetz.

Wenn das Böse, das er getan hatte, also nicht im Tod der Schaben lag, worin dann? In der Macht, die er besaß? In seiner Fähigkeit, dafür zu sorgen, daß die Dinge dort hingingen, wo er sie hinhaben wollte, daß sie genau an der richtigen Stelle zerbrachen, in seinem Verstehen darum, wie die Dinge sein sollten? Das hatte er als ziemlich nützlich empfunden, wie er all die Dinge gemacht und repariert hatte, die ein Junge in einem Haushalt auf dem wilden Land eben so machte und reparierte. Er konnte die beiden Stücke eines gebrochenen Sensengriffs zusammenfügen, so fest zusammen, daß sie auf alle Zeiten zusammenblieben, ohne Leim oder Nagel. Oder auch zwei Stücke zerrissenen Leders, er brauchte sie nicht einmal zu nähen. Seine Fertigkeit hatte er bei den Schaben angewandt, indem er ihnen beibrachte, das zu tun, was er wollte. War diese Fähigkeit etwa eine Sünde?

Der leuchtende Mann hörte seine Frage, noch bevor er Worte dafür gefunden hatte. Wieder schob ihn das Licht, wieder kam eine Vision. Diesmal sah er sich selbst, wie er mit den Händen gegen einen Stein drückte, der wie Butter unter seinen Händen zerschmolz und genau die Form annahm, die er haben wollte, glatt und rund, ein Ball, eine Kugel, die immer größer und größer wurde, bis sie zu einer ganzen Welt geworden war, geformt, wie seine Hände sie erschaffen hatten, mit Bäumen und Tieren, die rannten und sprangen, flogen und schwammen, krabbelten und gruben. Nein, er verfügte über keine schreckliche Macht, sondern eine wunderbare, wenn er nur lernte, sie zu nutzen.

Nun, wenn es nicht das Sterben und nicht seine Macht waren, was habe ich denn dann falsch gemacht?

Diesmal zeigte ihm der leuchtende Mann überhaupt nichts, keinen Lichtausbruch, keine Vision. Statt dessen kam die Antwort einfach aus dem Inneren seines eigenen Selbst. In einem Augenblick hatte er sich noch viel zu dumm gefühlt, um seine eigene Bösartigkeit zu begreifen, und im nächsten sah er sie so klar, wie man sie nur sehen konnte.

Verwerflich war nicht der Tod der Schaben, sondern allein die Tatsache, daß alles nur seinem eigenen Vergnügen gedient hatte. Er hatte die Schaben in den Tod geschickt und seinen Schwestern geschadet, nur damit er im Bett liegen und sich vor Lachen schütteln konnte, weil er sich *gerächt* hatte ...

Der leuchtende Mann hörte die Gedanken von Alvins Herz, jawohl, und Alvin Junior sah, wie ein Feuer aus seinem blitzenden Auge hervorsprang und ihn ins Herz traf. Er hatte es erraten. Er hatte recht.

Also leistete Alvin das feierlichste Versprechen seines ganzen Lebens. Er hatte eine Fähigkeit, und er würde sie nutzen, aber er würde sich an gewisse Gesetze halten, auch wenn es ihn umbrachte. »Ich werde es niemals mehr für mich selbst anwenden«, sagte Alvin Junior. Und als er diese Worte aussprach, hatte er das Gefühl, als würde sein Herz brennen, so heiß war es darin.

Der leuchtende Mann verschwand wieder.

Alvin lehnte sich zurück, glitt unter die Decke, erschöpft vom Weinen und matt vor Erleichterung. Er hatte etwas Schlimmes getan. Doch solange er seinen Schwur hielt und seine Fähigkeit nur benutzte, um anderen Menschen zu helfen und sie niemals benutzte, um sich selbst zu helfen, solange würde er ein guter Junge sein und brauchte sich nicht zu schämen. Er fühlte sich so leicht im Kopf, als wäre er aus einem Fiebertraum erwacht, und so ähnlich war es ja auch, denn er war von einer Bösartigkeit geheilt worden, die eine Weile in ihm herangewachsen war.

Während er so dalag, spürte Alvin erneut, wie das Licht im Raum anschwoll. Doch diesmal kam es nicht von dem leuchtenden Mann. Als er die Augen öffnete, erkannte er, daß das Licht aus ihm selbst hervorkam. Seine eigenen Hände leuchteten, sein eigenes Gesicht mußte ebenso glühen wie das des leuchtenden Mannes. Er warf seine Dekken zurück und sah, daß sein ganzer Körper von einem Licht erstrahlte, das so blendend war, daß er es kaum ertrug, sich selbst zu betrachten. Bin ich das? dachte er.

Nein, nicht ich. Ich leuchte so, weil ich etwas tun soll. Genau wie der leuchtende Mann etwas für mich getan hat, muß ich auch etwas tun. Aber für wen soll ich etwas tun?

Plötzlich war der leuchtende Mann wieder am Fußende seines Bettes, doch er leuchtete nicht mehr. Nun erst begriff Al Junior, daß er diesen Mann kannte. Es war Lolla-Wossiky, dieser einäugige Whiskey-Rote, der sich vor ein paar Tagen hatte taufen lassen, noch immer in den Kleidern des Weißen Mannes, die sie ihm gegeben hatten, als er Christ geworden war. Mit dem Licht in seinem Inneren konnte Alvin nun klarer sehen als jemals zuvor. Er sah, daß es nicht der Fusel war, der diesen armen Roten Mann vergiftete, und es war auch nicht der Verlust des einen Auges, der ihn verkrüppelte, sondern etwas viel Finstereres, etwas, das wie Schimmel im Inneren seines Kopfes wuchs.

Der Rote Mann machte drei Schritte vor und kniete neben dem Bett nieder, sein Gesicht war nur ein kleines Stück von Alvins Augen entfernt. Was willst du von mir? Was soll ich tun?

Zum ersten Mal öffnete der Mann seine Augen und sprach. »Mach alle Dinge ganz«, sagte er. Im nächsten Augenblick begriff Al Junior, daß der Mann es in seiner eigenen Sprache gesagt hatte, doch Al hatte es so deutlich verstanden, als wäre es das Englisch des Lordprotektors persönlich gewesen. Mach alle Dinge ganz.

Nun, das war ja schließlich Als Fertigkeit: Dinge zu reparieren, dafür zu sorgen, daß die Dinge so liefen, wie sie sollten. Das Problem war nur, daß er selbst nicht so richtig begriff, wie er das anstellte, außerdem hatte er keinerlei Vorstellung, wie er etwas reparieren sollte, das lebendig war.

Aber vielleicht brauchte er es auch gar nicht zu verstehen. Vielleicht mußte er einfach nur *handeln*. Also hob er die Hand, streckte sie so vorsichtig aus, wie er konnte, und berührte Lolla-Wossikys Wange unter dem kaputten Auge. Nein, das war nicht richtig. Er hob den Finger, bis er das schlaffe Augenlid berührte, dort, wo das andere Auge des Roten sein mußte. Ja, dachte er. Sei ganz.

Die Luft knisterte. Lichtfunken. Al stöhnte auf und riß die Hand zurück.

Alles Licht war aus dem Raum verschwunden. Nun kam nur noch das Mondlicht durch das Fenster herein. Von der Helligkeit war nicht einmal mehr ein Glimmern übrig. Ganz so, als wäre er gerade aus einem Traum erwacht.

Alvins Augen brauchten eine Minute, um sich an die Lichtverhältnisse zu gewöhnen. Es war kein Traum, soviel war sicher. Denn dort stand der Rote, der einst der leuchtende Mann gewesen war. Man träumt nicht, wenn neben dem Bett ein Roter Mann kniet, aus dessen gesundem Auge die Tränen hervorströmten, während das andere Auge, wo man ihn gerade berührt hatte …

»Es hat nicht geklappt«, flüsterte Alvin. »Es tut mir leid.«

Es war mehr als schändlich, daß der leuchtende Mann ihn von seiner schrecklichen Bösartigkeit errettet hatte, aber er hatte nichts für ihn tun können. Der Rote Mann sagte jedoch kein Wort des Vorwurfs. Statt dessen griff er mit beiden großen, kräftigen Händen nach Alvins nackten Schultern und drückte ihn eng an sich, küßte ihn auf die Stirn, hart und fest, wie ein Vater seinen Sohn oder wie wahre Freunde vor dem Tag, da sie sterben werden. Dieser Kuß und alles, was er enthielt, Hoffnung, Vergebung, Liebe – laß mich ihn niemals vergessen, sagte Alvin stumm.

Lolla-Wossiky sprang auf die Beine, bewegte sich flink wie ein Junge, gar nicht wie ein Betrunkener. Verändert, er war *tatsächlich* verändert. Alvin kam der Gedanke, daß er möglicherweise *doch* etwas geheilt hatte, etwas, das tiefer ging als diese Augen. Vielleicht hatte er ihn von der Gier nach Whiskey befreit.

Doch wenn das stimmte, so wußte Al doch, daß nicht er selbst dieses Wunder vollbracht hatte. Es war das Licht gewesen, das sich für eine Weile in ihm befunden hatte; das Feuer, das ihn gewärmt hatte, ohne ihn zu verbrennen.

Der Rote Mann stürzte zum Fenster hinüber, schwang sich über den Sims und verschwand. Alvin hörte nicht einmal, wie seine Füße draußen den Boden berührten, so leise war er.

Wie lange hatte das gedauert? Stunden über Stunden? Würde bald der Tag anbrechen? Oder waren nur wenige Augenblicke verstrichen, seit Anne ihm etwas ins Ohr geflüstert und die Familie sich beruhigt hatte?

Nicht so wichtig. Alvin konnte nicht schlafen, nicht nach alledem, was passiert war. Warum war dieser Rote zu ihm gekommen? Was hatte all das zu bedeuten, das Licht, das Lolla-Wossiky erfüllt hatte und dann auch ihn? Er konnte einfach nicht hier im Bett liegenbleiben, so erregt, wie er war. Also stand er auf, glitt so schnell er konnte in sein Nachthemd und schlüpfte aus der Tür.

Draußen im Gang hörte er Stimmen. Mama und Papa unten waren noch immer auf. Zunächst wollte er hinunterstürzen und ihnen erzählen, was ihm alles geschehen war. Doch dann bemerkte er, wie sie sich unterhielten; voller Zorn und Furcht. Keine gute Zeit, um ihnen von einem Traum zu erzählen. Auch wenn Alvin wußte, daß es überhaupt kein Traum gewesen war, *sie* würden es wie einen Traum behandeln. Und nun, da er richtig darüber nachdachte, wußte er, daß er ihnen überhaupt nichts davon erzählen durfte. Sollte er etwa sagen, daß *er* die Schaben ins Zimmer seiner Schwester geschickt hatte? Dann würde alles herauskommen, die Nadeln, das Gepieke, die Drohungen, auch wenn es für Alvin schon Monate, ja *Jahre* her war. Nichts davon spielte jetzt noch eine Rolle, verglichen mit dem Eid, den er geleistet hatte, und der Zukunft, die vor ihm lag – aber für Mama und Papa würde es eine Rolle spielen.

Also schlich er sich auf Zehenspitzen den Gang und die Treppe hinunter, gerade so weit, um zuhören zu können, ohne entdeckt zu werden.

Es dauerte nur wenige Minuten, bis er sich näher herantraute. Er kroch weiter hinunter, um in den großen Raum spähen zu können. Papa saß auf dem Boden, von Holz umgeben. Al Junior war überrascht, daß Papa noch immer das Holz untersuchte, selbst nachdem das Unglück mit den Schaben geschehen war. Er hatte sich inzwischen vorgebeugt, das Gesicht in den Händen vergraben. Mama kniete vor ihm, zwischen ihnen lagen die größten Holzstücke.

»Er lebt, Alvin«, sagte Mama. »Alles andere ist unwichtig.«

Papa hob den Kopf und sah sie an. »Es war Wasser, das in diesen Baum gesickert ist, um zu frieren und wieder zu tauen, lange bevor wir ihn gefällt haben. Und wir haben ihn gerade so gefällt, daß die Schwachstelle an der Oberfläche nicht zu erkennen war. Aber er war innen dreifach gebrochen, wartete nur auf das Gewicht des Dachbalkens. Das hat das Wasser angerichtet.«

»Wasser«, wiederholte Mama verächtlich.

»Vierzehnmal hat das Wasser versucht, ihn umzubringen.«

»Kinder geraten immer in Gefahr.«

»Damals, als du auf einem feuchten Boden ausgerutscht bist, während du ihn gerade im Arm hieltest. Damals, als David den kochenden Kessel umwarf. Dreimal hat er sich verirrt, und wir haben ihn am Flußufer wiedergefunden. Im letzte Winter, als das Eis auf dem Tippy-Canoe brach ...«

»Bildest du dir ein, daß er das erste Kind ist, das jemals ins Wasser gefallen ist?«

»Das giftige Wasser, das ihn Blut erbrechen ließ. Der schlammbedeckte Büffel, der ihn auf der Weide angegriffen hat ...«

»Schlammbedeckt. Jeder weiß doch, daß Büffel sich suhlen wie die Schweine. Das hat überhaupt nichts mit Wasser *zu tun.*«

Plötzlich schlug Papa mit der Faust hart auf den Boden. Das Geräusch hallte wie ein Gewehrschuß durchs Haus. Mama erschrak und schaute zur Treppe empor, dorthin, wo die Kinder schliefen. Alvin Junior huschte blitzschnell wieder die Treppe hinauf und wartete, daß sie ihm befahl, wieder ins Bett zurückzukehren. Doch sie hatte ihn anscheinend nicht gesehen, denn sie rief überhaupt nichts und kam ihm auch nicht nach.

Als er sich auf Zehenspitzen wieder hinabschlich, schritten sie immer noch, nur ein wenig leiser.

Papa flüsterte, doch in seinen Augen loderte Feuer. »Wenn du glaubst, daß das hier *nichts* mit Wasser zu tun hat, dann bist *du* die Wahnsinnige.«

Mama wirkte jetzt ganz eisig. Alvin Junior kannte diesen Blick – wütender konnte Mama gar nicht mehr werden. Da gab es keine Ohrfeigen, kein Ausschimpfen. Nur Kälte und Schweigen, und jedes Kind, das von ihr so behandelt wurde, sehnte sich schon bald nach dem Tod und den Qualen der Hölle, weil es dort wenigstens wärmer wäre.

Bei Papa schwieg sie nicht, doch ihre Stimme war entsetzlich kalt. »Der Heiland selbst hat Wasser vom Samariterbrunnen getrunken.«

»Ich kann mich aber nicht daran erinnern, daß Jesus in diesen Brunnen hineingefallen wäre«, erwiderte Papa.

Alvin Junior dachte daran, wie er sich am Schöpfeimer festgehalten hatte, während er in die Dunkelheit hinabgestürzt war, bis das Seil an der Winde griff und der Eimer dicht oberhalb des Wassers hängenblieb. Man hatte ihm erzählt, daß er damals keine zwei Jahre alt gewesen war, doch noch immer träumte er manchmal, wie er tiefer und tiefer in den Brunnen fiel und wie es immer dunkler und dunkler um ihn wurde. In seinen Träumen war der Brunnen zehn Meilen tief, und er stürzte endlos lange in die Tiefe, bevor er endlich aufwachte.

»Dann denk mal an folgendes, Alvin Miller, da du ja meinst, du würdest die Heilige Schrift kennen.«

Papa wollte protestieren, daß er nichts dergleichen gesagt habe.

»Der Teufel selbst hat zum Herrn in der Wüste gesagt, daß die Engel Jesus auffangen würden, auf daß sein Fuß nicht einmal einen Stein berühre.«

»Ich weiß wirklich nicht, was das mit Wasser zu tun haben soll ...«

»Es ist ja wohl offensichtlich, daß ich betrogen worden wäre, wenn ich dich wegen deines Verstandes geheiratet hätte.«

Papas Gesicht lief rot an. »Nenn du mich keinen Einfaltspinsel, Faith. Ich weiß, was ich weiß, und ...«

»Er hat einen Schutzengel, Alvin Miller. Er hat jemanden, der über ihn wacht.«

»Du und deine heiligen Schriften. Du und deine Engel.«

»Dann erkläre du mir mal, wie er diese vierzehn Unfälle überleben konnte, ohne daß ihm dabei auch nur ein Haar gekrümmt wurde. Wie viele andere Jungen werden denn sechs Jahre alt, ohne jemals verletzt zu werden?«

Plötzlich sah Papas Gesicht ganz merkwürdig aus, ein bißchen verzerrt, als fiele es ihm schwer, überhaupt etwas zu sagen. »Ich sage dir, es gibt etwas, das ihn töten will. Ich *weiß* es.«

»Du weißt überhaupt nichts dergleichen.«

Papa sprach noch langsamer, preßte die Worte hervor, als würden sie ihm Schmerzen bereiten. »Ich *weiß* es.«

Er hatte solche Mühe mit dem Sprechen, daß Mama einfach fortfuhr, ohne seine Entgegnung zu beachten. »Wenn es irgendeinen Teufelsplan gibt, ihn umzubringen – was ich nicht behaupte, Alvin –, dann gibt es jedenfalls einen noch stärkeren himmlischen Plan, ihn zu retten.«

Dann, auf einmal, hatte Papa überhaupt keine Mühe mehr mit dem Sprechen. Papa versuchte nur nicht mehr, das Schwierige auszusprechen, und Alvin Junior fühlte sich im Stich gelassen, aber er wußte auch, daß sein Papa nicht aufgegeben hätte, es sei denn, irgendeine schreckliche Kraft hinderte ihn am Reden. Papa war ein starker Mann, überhaupt nicht feige. Und Papa so geschlagen zu sehen, das ließ den Jungen ängstlich werden. Natürlich hatte Kleinalvin mitgekriegt, daß Mama und Papa über ihn sprachen, auch wenn er nicht alles verstand, was sie sagten. Papa jedenfalls glaubte, daß irgend jemand Alvin Junior tot haben wollte, doch wenn Papa versuchte, seinen wirklichen Beweis vorzubringen, dann stopfte ihm irgend etwas den Mund und ließ ihn verstummen.

Alvin Junior war sofort klar, daß das, was Papa zum Schweigen brachte, das genaue Gegenteil des leuchtenden Lichtes war, das Alvin und den Roten heute nacht erfüllt hatte. Es gab etwas, das wollte, daß Alvin stark und gut wurde. Und es gab noch etwas anderes, das Alvin tot haben wollte. Was immer das Gute war, es konnte ihm seine schreckliche Sünde vor Augen führen und ihm beibringen, wie er sie auf alle Zeiten ausschließen konnte. Aber das böse Ding besaß die Macht, Papas Mund zum Schweigen zu bringen, den stärksten, besten Mann zu schlagen, den Al Junior jemals gekannt hatte.

Als Papa seine Einwände fortsetzte, wußte sein siebenter Sohn, daß er dabei nicht den Beweis vorbrachte, auf den es eigentlich ankam. »Weder Teufel noch Engel«, sagte Papa, »es sind die Elemente des Universums, siehst du denn nicht, daß er ein Verstoß gegen die Natur ist? Es ist Macht in ihm, wie du und ich sie nicht einmal erahnen können. Soviel Macht in einem Wesen, daß die Natur selbst es nicht aushält – soviel Macht, daß er sich selbst schützt, sogar wenn er gar nicht weiß, daß er es tut.«

«Und wenn der siebente Sohn eines siebenten Sohns soviel Macht haben sollte, wo bleibt dann *deine* Macht, Alvin Miller? Du bist auch ein siebenter Sohn – das ist doch angeblich auch etwas Besonderes, aber ich sehe dich nicht beim Rutengehen oder ...»

»Du weißt nicht, was ich tue ...«

»Ich weiß, was du *nicht* tust. Ich weiß, daß du nicht glaubst ...«

»Ich glaube an alles Wahre ...«

»Ich weiß, daß alle anderen Männer unten auf dem Gemeindeplatz sind und diese prachtvolle Kirche bauen, nur du nicht ...«

»Dieser Prediger ist ein Narr ...«

»Denkst du niemals darüber nach, daß Gott vielleicht deinen kostbaren siebenten Sohn dazu verwenden könnte, um dich zur Umkehr und zur Buße zu bewegen?«

»Ach, an so einen Gott glaubst du also? Von der Sorte, die versucht, kleine Jungen umzubringen, damit ihre Papas zum Gottesdienst gehen?«

»Der Herr hat deinen Jungen *gerettet*, als Zeichen seiner Liebe und seines Mitleids ...«

»Der Liebe und des Mitleids, die meinen Vigor sterben ließen ...«

»Aber eines Tages wird seine Geduld am Ende sein ...«

»Und dann wird er wieder einen von meinen Söhnen ermorden.«

Sie schlug ihm ins Gesicht. Alvin Junior sah es mit eigenen Augen. Es war kein Schlag, wie sie ihn ihren Söhnen gelegentlich verpaßte, wenn sie frech oder faul gewesen waren, sondern ein schwerer Hieb, der ihm fast das Gesicht fortgerissen hätte. Rücklings stürzte er zu Boden.

»Ich sage dir eines, Alvin Miller.« Ihre Stimme war so kalt, daß sie schon brannte. »Wenn diese Kirche fertig ist und du keinen Handschlag dafür getan hast, dann wirst du aufhören, mein Ehemann zu sein, und ich werde aufhören, deine Ehefrau zu sein.«

Wenn noch mehr Worte gewechselt wurden, so hörte Alvin Junior sie jedenfalls nicht mehr. Er saß in seinem Bett, erschreckt darüber, daß ein solch gräßlicher Gedanke tatsächlich gedacht und sogar ausgesprochen werden konnte. Heute nacht hatte er sich schon so oft gefürchtet, vor dem Schmerz, vor dem Sterben, als Anne ihm mörderische Pläne ins Ohr geflüstert hatte, und am meisten, als der leuchtende Mann gekommen war, um ihm seine Sünde zu zeigen. Doch das hier war etwas anderes. Das war das Ende des ganzen Universums, das Ende der einzigen sicheren Sache, die es gab: Mama davon reden zu hören, nicht mehr mit Papa zusammenzusein. Er lag in seinem Bett, alle möglichen Gedanken tanzten in seinem Kopf herum, so schnell, daß er nicht einen von ihnen festhalten konnte, und schließlich blieb ihm in all dieser Verwirrung nichts anderes mehr übrig als einzuschlafen.

Am Morgen dachte er, daß möglicherweise alles nur ein Traum gewesen sei. Doch auf dem Boden am Fußende seines Bettes entdeckte er Blutflecken, die von dem leuchtenden Mann stammen mußten. Und den Streit seiner Eltern hatte er sich auch nicht nur eingebildet. Papa hielt ihn nach dem Frühstück an und sagte ihm: »Du bleibst heute bei mir, Al.«

Mamas Miene ließ keinen Zweifel daran offen, daß ihre Worte von letzte Nacht auch heute noch galten.

»Ich will beim Bau der Kirche helfen«, sagte Alvin Junior. »Ich fürchte mich nicht vor Dachbalken.«

»Du bleibst heute bei mir. Du wirst mir helfen, etwas zu bauen.« Papa schluckte und zwang sich, Mama nicht anzublicken. »Diese Kirche wird einen Altar brauchen, und ich glaube, wir können einen richtig schönen bauen, der in diese Kirche paßt, sobald das Dach und die Wände stehen.« Papa blickte Mama an und lächelte ein Lächeln, das Alvin Junior einen Schauer über den Rücken jagte. »Meinst du, daß dem Prediger das gefallen wird?«

Das verblüffte Mama, soviel war sicher. Doch Alvin Junior wußte auch, daß sie nicht zu denen gehörte, die einen Ringkampf nur deswegen aufgaben, weil dem anderen ein Wurf gelungen war. »Was kann der Junge schon helfen?« fragte sie. »Er ist ja kein Zimmermann.«

»Er hat ein gutes Auge«, sagte Papa. »Wenn er Leder flicken und verarbeiten kann, kann er auch ein paar Kreuze am Altar anbringen. Damit er schön aussieht.«

»Measure ist ein besserer Holzschnitzer«, warf Mama ein.

»Dann lasse ich den Jungen die Kreuze eben *einbrennen.*« Papa legte die Hand auf Alvin Juniors Kopf. »Und wenn er den ganzen Tag hier sitzen bleibt und in der Bibel liest, dieser Junge wird jedenfalls nicht mehr zu dieser Kirche hinuntergehen, bevor die letzte Bank angebracht ist.«

Papas Stimme klang hart genug, um seine Worte in Stein einmeißeln zu können. Mama sah Alvin Junior an, dann richtete sie den Blick auf Alvin Senior. Schließlich kehrte sie ihnen den Rücken zu und begann damit, den Korb mit Essen für jene zu füllen, die zur Kirche gehen würden.

Alvin Junior ging nach draußen, wo Measure gerade das Gespann anschirrte und Wastenot und Wantnot den Wagen mit Dachstreben für die Kirche beluden.

»Hast du wieder vor, dich in der Kirche aufzubauen?« fragte Wantnot.

»Wir könnten Holzbalken auf dich herabfallen lassen, dann kannst du sie mit dem Kopf in Streben teilen«, meinte Wastenot.

»Komme nicht mit«, erwiderte Alvin Junior.

Wastenot und Wantnot tauschten wissende Blicke aus.

»Hm, Pech«, meinte Measure. »Aber wenn es zwischen Mama und Papa kalt wird, droht dem ganzen Wobbish Tal ein Schneesturm.« Er zwinkerte Alvin Junior zu, genau wie er es gestern abend getan hatte, als Mama richtig wütend geworden war.

Dieses Zwinkern brachte Alvin auf den Gedanken, daß er Measure eine Frage stellen konnte, die er normalerweise nicht ausgesprochen hätte. Er kam näher heran, damit die anderen seine Stimme nicht hörten. Measure begriff, was Alvin wollte, und kauerte sich direkt neben dem Wagenrad nieder, um Alvin anzuhören.

»Measure, wenn Mama an Gott glaubt und Papa nicht, woher weiß ich dann, wer von beiden recht hat?«

»Ich glaube, daß Pa durchaus an Gott glaubt«, meinte Measure.

»Aber wenn er es nicht tut. Wie soll ich mich dann zurechtfinden, wenn Mama eine Sache sagt und Papa eine andere?«

Measure wollte erst eine flapsige Bemerkung machen, doch dann bremste er sich – Alvin konnte es an seinem Gesicht ablesen, wie er sich dazu entschied, ernsthaft zu antworten. »Al, ich muß dir sagen, daß ich mir selbst wünschte, es zu wissen. Manchmal glaube ich, daß niemand nichts weiß.«

»Papa sagt, daß man weiß, was man mit den eigenen Augen sieht. Mama sagt, daß man weiß, was man mit dem Herzen spürt.«

»Und was meinst *du?*«

»Woher soll *ich* das wissen, Measure? Ich bin doch erst sechs.«

»Ich bin zweiundzwanzig, Alvin, ich bin ein erwachsener Mann, und ich weiß es immer noch nicht. Ich schätze, daß Mama und Papa es auch nicht wissen.«

»Na ja, wenn sie es nicht *wissen,* warum regen sie sich denn so darüber auf?«

»Oh, so ist das eben, wenn man verheiratet ist. Man streitet sich die ganze Zeit, aber niemals über das, über das man sich zu streiten glaubt.«

»Worüber streiten sie sich denn dann in Wirklichkeit?«

Diesmal erkannte Alvin, daß Measure erst daran dachte, ihm die Wahrheit zu sagen, doch dann überlegte er es sich anders. Er stand auf und zauste Alvins Haar; ein sicheres Anzeichen für Alvin, daß ein Erwachsener ihn belügen würde, so wie sie Kinder immer belogen, als könnte man Kindern niemals die Wahrheit anvertrauen. »Ach, ich schätze, sie streiten sich einfach nur, um sich reden zu hören.«

Meistens hörte Alvin sich die Lügen der Erwachsenen einfach nur an, ohne etwas zu sagen, doch diesmal sprach er mit Measure, und von Measure wollte er nicht angelogen werden.

»Wie alt muß ich erst werden, bevor du mir die Wahrheit sagst?« fragte Alvin.

In Measures Augen blitzte für einen Augenblick der Zorn auf – niemand ließ sich gerne einen Lügner heißen –, doch dann grinste er: »Alt genug, um die Antwort selbst erraten zu können, aber jung genug, damit es dir noch etwas nützt.«

»Wann ist das?« wollte Alvin wissen. »Ich will, daß du mir die Wahrheit jetzt sagst.«

Measure kauerte sich wieder nieder. »Das kann ich nicht immer tun, denn manchmal wäre es einfach zu schwierig. Manchmal müßte ich Dinge erklären, die ich nicht erklären kann. Manchmal gibt es Dinge, die man nur verstehen kann, wenn man lange genug gelebt hat.«

Alvin war wütend, und er wußte, daß sein Gesichtsausdruck das auch verriet.

»Sei nicht so böse auf mich, kleiner Bruder. Manche Dinge kann ich dir nicht sagen, weil ich sie einfach selbst nicht weiß, und das ist keine Lüge, aber auf eines kannst du zählen. Wenn ich es dir sagen *kann*, werde ich es tun, und wenn ich es nicht kann, dann werde ich das sagen und nicht so tun als ob.«

Das war das Fairste, was ein Erwachsener Alvin jemals gesagt hatte. »Dieses Versprechen mußt du aber auch halten, Measure.«

»Ich werde es halten oder lieber sterben, darauf kannst du rechnen.«

»Ich werde es nämlich nicht vergessen.« Alvin erinnerte sich an den Schwur, den er dem leuchtenden Mann letzte Nacht abgeleistet hatte. »Ich weiß auch ein Versprechen zu halten.«

Measure lachte, zog Alvin an sich und drückte ihn gegen seine Schulter. »Du bist genauso schlimm wie Mama«, sagte er. »Du gibst einfach nicht auf.«

»Ich kann nicht anders«, erwiderte Alvin. »Wenn ich anfange, dir zu glauben, woher soll ich dann wissen, wann ich damit aufhören muß?«

»Hör niemals damit auf«, antwortete Measure.

Dann kam Calm auf seiner alten Mähre herbeigeritten, und Mama trat mit dem Essenskorb hinaus. Alle, die zum Gehen fertig waren, verschwanden nun. Papa führte Alvin Junior hinüber zur Scheune. Sofort half Alvin dabei, die Bretter zu kerben. Seine Stücke paßten besser zusammen als Papas, weil Al seine Fertigkeit *dazu* verwenden konnte. Dieser Altar sollte allen gehören, so daß er das Holz dazu bringen konnte, so genau zusammenzupassen, daß es niemals mehr auseinanderfallen würde. Alvin dachte sogar daran, Papas Fugen genauso haltbar zu machen, doch als er es versuchte, stellte er fest, daß Papa selbst etwas von dieser Fertigkeit besaß. Das Holz fügte sich zwar nicht zu einem durchgehenden Stück zusammen wie bei Alvin, aber es paßte gut genug.

Papa sagte nicht viel. Das brauchte er auch nicht. Sie wußten beide, daß Alvin Junior die Fähigkeit besaß, Dinge passend zu machen. Bei Nachtanbruch war der ganze Altar zusammengebaut und gebeizt. Als sie ins Haus zurückschritten, ruhte Papas Hand fest auf Alvins Schulter. Sie schritten so eng nebeneinander, als wären sie beide Teil desselben Körpers, als wäre Papas Hand gerade aus Alvins Hals hervorgewachsen. Alvin spürte den Puls in Papas Finger, und er schlug im selben Rhythmus mit dem Blut in seiner eigenen Kehle.

Mama stand am Feuer, als sie eintraten. Sie drehte sich um und sah sie an. »Wie steht es?« fragte sie.

»Das ist das glatteste Stück Holz, das ich je gesehen habe«, meinte Alvin Junior.

»In der Kirche gab es heute keinen einzigen Unfall mehr«, erzählte Mama.

»Hier ist auch alles richtig gut gelaufen«, erwiderte Papa.

Um nichts in der Welt hätte Alvin Junior erklären können, warum Mamas Worte sich anhörten wie »Ich gehe nicht weg« und warum Papas Worte klangen wie »Bleib immer bei mir«. Aber er wußte, daß er nicht verrückt war, so etwas zu denken, denn im selben Augenblick hob Measure, der ausgestreckt vor dem Feuer lag, den Blick und zwinkerte, daß nur Alvin Junior es sehen konnte.

8 Der Besucher

Reverend Thrower gestattete sich selbst nur wenige Laster, eines davon aber war es, das Freitagsessen bei den Weavers einzunehmen. Die Bezeichnung Freitag*abendessen* war allerdings treffender, da die Weavers Kaufleute und Warenhersteller waren und mittags nur eine kleine Mahlzeit zu sich nahmen. Man sagte von Eleanor Weaver, daß sie einen alten Baumstamm nehmen und ihn dazu bringen konnte, so lieblich zu schmecken wie Kanincheneintopf. Doch nicht nur das hervorragende Essen lockte Thrower Weaver, den die Leute ›Brustwehr des Herrn‹ nannten, denn er war ein Kirchgänger, der seine Bibel kannte, so daß man eine gehaltvolle Konversation pflegen konnte, nicht ganz so erhaben wie die Unterhaltung mit hochgebildeten Kirchenmännern natürlich, aber immerhin gepflegter als alles andere sonst in dieser finsteren Wildnis.

Sie aßen gewöhnlich in einem Raum hinter dem Geschäft der Weavers, der sowohl als Küche wie als Werkstatt und Bibliothek diente. Eleanor rührte gelegentlich den Topf um, und der Duft von gekochtem Wild und vom frischgebackenem Brot vermischte sich mit den Gerüchen des hinteren Seifensiederschuppens und des Talgs, das sie hier für das Kerzenmachen verwendeten. »Oh, wir sind etwas von allem«, hatte Brustwehr Weaver beim ersten Besuch des Reverend Thrower gesagt. »Wir stellen Dinge her, die jeder Farmer hier für sich selbst herstellen kann – aber wir machen es besser, und wenn sie uns die Sachen abkaufen, erspart ihnen dies stundenlange Arbeit, so daß sie mehr Zeit haben, um Land zu roden, es zu bebauen und zu bepflanzen.«

Der Laden selbst, der den vorderen Teil des Gebäudes ausmachte, war bis zur Decke mit Regalen bestückt, die angefüllt waren mit Dingen, die von Wagen aus dem Osten herbeigeschafft worden waren. Baumwolltuche aus den Spinnereien und Dampfwebereien von Irrakwa, Zinnteller und eiserne Töpfe und Herde aus den Schmelzereien von Pennsylvania und Suskwahenny, prächtige Töpferwaren und kleine Kommoden und Kisten der Zimmerleute New Englands und sogar ein paar kostbare Gewürzsäcke, die in New Amsterdam aus dem Orient angeschifft worden waren. Weaver hatte einmal gestanden, daß es die ganzen Ersparnisse seines Lebens gekostet hatte, die Waren zu kaufen, und daß es keineswegs sicher sei, daß er hier, in diesem dünn besiedelten Land, zu Wohlstand gelangen würde. Doch Reverend Thrower hatte den ständigen Wagenstrom vom unteren Wobbish und vom Tippy-Canoe bemerkt und sogar einige wenige, die weit aus dem Westen, aus dem Land des Noisy River gekommen waren.

Nun, da sie darauf warteten, daß Eleanor verkündete, das Wildbret sei fertig, stellte Reverend Thrower ihm eine Frage, die ihm schon eine Weile zu schaffen gemacht hatte.

»Ich habe gesehen, was die Leute wegschleppen«,

meinte Reverend Thrower, »und ich kann mir nicht im leisesten denken, womit sie Euch bezahlen. Niemand hier macht irgendwelches Bargeld, und es gibt auch nicht viel einzutauschen, was man wieder im Osten verkaufen könnte.«

»Sie bezahlen mit Talg und Holzkohle, mit Asche und gutem Holz, und natürlich mit Nahrung für Eleanor und mich und ... wer immer noch kommen mag.« Nur ein Narr hätte nicht bemerkt, daß Eleanor schon rund genug geworden war, um die Hälfte der Schwangerschaft hinter sich gebracht zu haben. »Aber hauptsächlich«, sagte Weaver, »kaufen sie auf Kredit.«

»Kredit! An Farmer, deren Skalps im nächsten Winter in Fort Detroit ebensogut gegen Musketen oder Schnaps eingetauscht werden könnten?«

»Es wird weitaus mehr über das Skalpieren geredet, als daß skalpiert würde«, meinte Brustwehr Weaver. »Die Roten hier sind nicht dumm. Sie wissen von den Irrakwa, und wie sie im Kongreß von Philadelphia ebenso ihre Sitze bekommen wie die Weißen. Sie wissen, wie sie Musketen erwerben, Pferde, Farmen, Felder und Städte, genau wie in Pennsylvania oder Suskwahenny oder New Orange. Sie wissen von den Cherriky von Appalachee und wie die dort ihr Land bebauen und Seite an Seite mit Tom Jeffersons Weißen Rebellen kämpfen, um ihr Land unabhängig vom König und den Cavaliers zu halten.«

»Möglicherweise ist Euch aber auch der ständige Zustrom vom Flachbooten aufgefallen, die den Hio hinauffahren, und die Wagen, die nach Westen kommen, und die gefällten Bäume und die Blockhäuser, die überall entstehen.«

»Ich vermute, teilweise habt Ihr wohl recht, Reverend«, meinte Weaver. »Ich schätze, die Roten könnten sich in die eine Richtung ebenso entwickeln wie in die andere. Vielleicht versuchen sie, uns alle umzubringen, vielleicht versuchen sie aber auch, sich niederzulassen und mit uns zusammenzuleben. Mit uns zu leben, wäre nicht gerade leicht für sie – sie sind das Stadtleben nicht sonderlich gewohnt, während es für die Weißen die natürlichste Sache von der Welt ist. Aber gegen uns zu kämpfen, das muß noch schlimmer sein, denn wenn sie das tun, werden sie den Tod finden. Vielleicht glauben sie ja, daß sie Weiße umbringen können, um damit andere abzuschrecken. Aber sie wissen ja auch nicht, wie es in Europa zugeht, wie der Traum vom eigenen Land die Leute dazu bringen kann, fünftausend Meilen weit zu reisen, um schwerer zu arbeiten als jemals zuvor in ihrem Leben und um Kinder zu begraben, die in der Heimat vielleicht hätten überleben können, weil es immer noch besser ist, sein eigener Herr zu sein als irgendeinem anderen Herrn zu dienen. Bis auf Gott den Herrn.«

»Und so ist das mit Euch auch?« fragte Thrower. »Alles riskieren, nur für Land?«

Weaver blickte seine Frau Eleanor an und lächelte. Sie erwiderte das Lächeln nicht, wie Thrower bemerkte, doch zugleich bemerkte er auch, daß ihre Augen schön und tief waren, als kannte sie Geheimnisse, die sie ernst machten, auch wenn sie in ihrem Herzen eigentlich fröhlich sein mochte.

»Nicht Land, wie die Farmer es besitzen, ich bin kein Farmer, das kann ich Euch verraten«, erwiderte Weaver. »Es gibt auch andere Möglichkeiten, Land zu besitzen. Versteht Ihr, Reverend Thrower? Ich gewähre ihnen jetzt Kredit, weil ich an dieses Land glaube. Wenn sie kommen, um mit mir Handel zu treiben, lasse ich mir von ihnen den Namen all ihrer Nachbarn nennen und lasse sie grobe Karten von den Farmen und Flüssen zeichnen, wo sie leben, und von den Wegen und Flüssen auf ihrem Weg hierher. Ich lasse sie Briefe mitbringen, die andere geschrieben haben, und ich schreibe ihnen ihre Briefe und schaffe sie zurück nach Osten zu den Menschen, die sie zurückgelassen haben. Ich weiß, wo alles und jedermann sich im ganzen oberen Wobbish und Noisy River Land befindet und wie man dorthin gelangt.«

Reverend Thrower blinzelte und lächelte. »Mit anderen Worten, Bruder Weaver, Ihr seid die Regierung.«

»Sagen wir es einmal so: Sollte die Zeit kommen, da eine Regierung nützlich wäre, wäre ich bereit zu dienen«, antwortete Brustwehr. »Und in zwei, drei Jahren, wenn immer mehr Leute vorbeiziehen und immer mehr anfangen, Dinge wie Ziegel und Töpfe und Steingut herzustellen, Schränke und Fässer, Bier und Käse und Viehfutter, nun, wohin werden die sich wohl wenden, um alles zu verkaufen oder zu kaufen? An den Laden, der ihnen Kredit gewährte, als ihre Frauen sich noch nach dem Tuch für ein buntes, helles Kleid sehnten oder als sie einen Eisentopf oder einen Ofen brauchten, um die Winterkälte abzuhalten.«

Philadelphia Thrower zog es vor, nicht zu erwähnen, daß er etwas weniger Vertrauen in die Wahrscheinlichkeit hegte, daß die dankbaren Leute Brustwehr-Gottes Weaver treu blieben. Und außerdem, dachte Thrower, könnte ich ja auch irren. Und selbst wenn Brustwehr nicht alles verwirklichen sollte, wovon er träumt, so wird er ein gutes Werk getan und dabei geholfen haben, dieses Land für die Zivilisation zu erschließen.

Das Essen war fertig. Eleanor verteilte das Ragout. Als sie eine prächtige weiße Schüssel vor ihn stellte, mußte Reverend Thrower lächeln. »Ihr müßt sehr stolz auf Euren Gatten sein und auf alles, was er vollbringt.«

Anstatt jedoch unterwürfig zu lächeln, wie Thrower es erwartet hatte, platzte Eleanor fast lauthals lachend los. Brustwehr-Gottes dagegen war nicht so zurückhaltend. Er prustete nur so. »Reverend Thrower, Ihr macht mir wirklich Spaß«, meinte Brustwehr. »Wenn ich bis zu den Ellenbogen in Kerzentalg stecke, steckt Eleanor bis zu ihren in Seife. Wenn ich den Leuten ihre Briefe schreibe und sie verschicke, zeichnet Eleanor Landkarten und hält die Namen für unser kleines Zensusbuch fest. Es gibt nichts, was ich täte, bei dem Eleanor mir nicht zur Seite stünde, und nichts, was sie täte, bei dem ich ihr nicht zur Seite stünde. Vielleicht mit Ausnahme ihres Kräutergartens, für den sie sich mehr interessiert als ich. Und das Bibellesen, für das ich mich mehr interessiere als sie.«

»Nun, es ist gut, daß sie ihrem Gatten eine rechtschaffene Hilfe ist«, meinte Reverend Thrower.

»Wir sind einander Hilfen«, erwiderte Brustwehr-Gottes.

Er sagte es lächelnd, und Thrower erwiderte sein Lächeln, doch der Geistliche war ein wenig entäuscht, daß Brustwehr so ein Pantoffelheld war, um in aller Offenheit einzugestehen, daß er nicht Herr seines eigenen Geschäfts oder seines eigenen Heims war. Doch was konnte man angesichts der Tatsache schon anderes erwarten, daß Eleanor in dieser seltsamen Familie Miller aufgewachsen war? Man konnte von der ältesten Tocher von Alvin und Faith Miller wohl kaum erhoffen, daß sie sich ihrem Ehegatten so fügte, wie der Herr es vorgesehen hatte.

Das Wildbret jedoch war das beste, das Thrower jemals gekostet hatte. »Sehr gut«, bemerkte er. »Ich hätte nicht geglaubt, daß Wildbret so schmecken kann.«

»Sie schneidet vorher das Fett ab«, erklärte Brustwehr, »und gibt etwas Huhn dazu.«

»Jetzt, da Ihr es erwähnt«, sagte Thrower, »schmecke ich es in der Brühe durch.«

»Und das Wildfett wandert in die Seife«, fügte Brustwehr hinzu. »Wir werfen niemals etwas fort, sofern wir es noch irgendwie verwenden können.«

»Genau wie der Herr es will«, bemerkte Thrower. Dann machte er sich ans Essen. Er aß gerade seine zweite Schüssel Ragout, als er eine Bemerkung machte, die er für ein scherzhaftes Kompliment hielt. »Mrs. Weaver, Eure Küche ist so gut, daß ich schon fast an Zauberei glauben könnte.«

Thrower hatte allenfalls ein leises Lachen erwartet. Statt dessen senkte Eleanor den Blick so verschämt, als hätte er sie des Ehebruchs bezichtigt, und Brustwehr-Gottes richtete sich steif auf. »Ich muß Euch doch bitten, dieses Thema in diesem Haus nicht zu erwähnen«, sagte er.

Reverend Thrower versuchte sich zu entschuldigen. »Ich habe es doch nicht ernst gemeint«, sagte er. »Unter rational denkenden Christen ist so etwas doch ein Scherz, nicht wahr? Es gibt soviel Aberglauben, und ich ...«

Eleanor stand auf und verließ das Zimmer.

»Was habe ich nur gesagt?« fragte Thrower.

Brustwehr seufzte. »Ach, das konntet Ihr unmöglich wissen«, erklärte er. »Es ist ein Streit, der schon lange vor unserer Heirat begonnen hat, als ich in diese Gegend kam.

Ich begegnete ihr, als sie mit ihren Brüdern kam, um mir beim Bau meiner ersten Blockhütte zu helfen – die heutige Seifensiederscheune. Sie begann damit, etwas Speerminze auf meinen Boden zu verstreuen und irgendeinen Reim aufzusagen, und ich schrie sie an, damit aufzuhören und mein Haus zu verlassen. Ich zitierte ihr die Bibel, die Stelle, wo es heißt, du sollst eine Hexe nicht am Leben lassen. Das war eine reichlich unangenehme halbe Stunde, das dürft Ihr mir glauben.«

»Ihr habt sie eine Hexe genannt, und sie hat Euch doch geheiratet?«

»Bis dahin haben wir uns noch einige Male unterhalten.«

»Sie glaubt doch nicht mehr an so etwas, oder?«

Brustwehr zog die Augenbrauen zusammen. »Das ist keine Frage des Glaubens, sondern eine Frage des Tuns, Reverend. Sie tut es nicht mehr. Als Ihr sie mehr oder weniger dessen beschuldigt habt, hat sie das erregt. Denn Ihr müßt wissen, sie hat mir versprochen, es nicht mehr zu tun.«

»Aber als ich mich entschuldigt habe, warum hat sie da ...«

»Nun, so ist das eben. Ihr habt Eure Denkweise, aber Ihr könnt ihr nicht erzählen, daß Anrufungen und Kräuter und Beschwörungen keine Macht besäßen, denn sie hat selbst einiges mitangesehen, was Ihr nicht einfach wegerklären könnt.«

»Aber ein Mann wie Ihr, der so bibelfest und weltgewandt ist, Ihr könntet doch Eure Frau davon überzeugen, den Aberglauben ihrer Kindheit aufzugeben.«

Brustwehr legte seine Hand sanft auf Reverend Throwers Hand. »Reverend, ich muß Euch etwas sagen, von dem ich nicht geglaubt hätte, daß ich es jemals einem Erwachsenen mitteilen müßte. Ein guter Christ weigert sich, diese Dinge in seinem Leben zuzulassen, weil der einzige rechte Weg die verborgenen Kräfte ins Leben einzuführen, das Gebet und die Gnade des Herrn Jesus Christus ist. Aber nicht etwa deswegen, weil es nicht *funktionieren* würde.«

»Aber das tut es doch auch nicht«, wandte Thrower ein.

»Die Mächte des Himmels sind wirklich, auch die Schau der Engel und ihre Besuche sowie alle Wunder, die in der Schrift bezeugt werden. Doch die Mächte des Himmels haben überhaupt nichts damit zu tun, daß junge Paare sich verlieben oder mit dem Heilen von Diphtherie oder damit, Hühner dazu zu bringen, mehr Eier zu legen, oder mit den all den anderen albernen kleinen Dingen, die die unwissenden gemeinen Leute mit ihrem sogenannten geheimen Wissen anstellen. Es gibt nichts, was sich durch Rutengehen ode Beschwörungen oder sonst etwas tun ließe, das man nicht durch einfache wissenschaftliche Untersuchung erklären könnte.«

Brustwehr antwortete lange nichts. Das Schweigen verunsicherte Thrower, doch wußte er nicht, was er noch sagen sollte. Ihm war noch nie der Gedanke gekommen, daß Brustwehr möglicherweise an solche Dinge *glauben* könnte – eine neue, verblüffende Perspektive. Schließlich war es eine Sache, sich der Hexerei zu enthalten, weil sie Unfug war, aber eine ganz andere, an sie zu glauben und sich ihrer zu enthalten, weil sie unrechtmäßig war. Für Thrower war die Verachtung der Hexerei eine bloße Angelegenheit der Vernunft, während sie für Brustwehr und Eleanor ein erhebliches Opfer darstellte.

Bevor er eine Möglichkeit gefunden hatte, diesen Gedanken zu äußern, lehnte sich Brustwehr jedoch auf seinem Stuhl zurück und wechselte das Thema.

»Schätze, Eure Kirche ist fast fertig.«

Erleichtert folgte Reverend Thrower Brustwehr auf sichereren Boden. »Gestern ist das Dach fertig geworden, und heute haben sie alle Bretter an den Wänden befestigen können. Morgen wird sie mit Fensterläden versehen, und wenn wir sie erst lackiert und die Türen eingehängt haben, wird sie so wasserdicht sein wie man es sich nur denken kann.«

»Ich lasse das Glas für die Fenster per Schiff kommen«, sagte Brustwehr. Dann zwinkerte er. »Ich habe nämlich das Problem des Transports auf dem Eriesee gelöst.«

»Wie habt Ihr das denn geschafft? Die Franzosen versenken doch jedes Boot, selbst wenn es aus Irrakwa kommt.«

»Ganz einfach. Ich habe das Glas in Montreal bestellt.«

»Französisches Glas für die Fenster einer britischen Kirche!«

»Einer amerikanischen Kirche«, berichtigte ihn Brustwehr. »Und Montreal ist auch eine Stadt in Amerika. Außerdem mögen die Franzosen zwar versuchen, uns loszuwerden, bis dahin stellen wir jedoch einen Markt für ihre Manufakturen dar, daher hat der Gouverneur, der Marquis de la Fayette, nichts dagegen, daß seine Leute einen Handelsgewinn machen, solange wir noch hier sind. Sie verschiffen die Ware um den Michigansee herum und bringen sie dann den St. Joseph hinauf und den Tippy-Canoe hinunter.«

»Werden sie es vor dem schlechten Wetter noch schaffen?«

»Ich glaube schon«, erwiderte Brustwehr, »sonst bekommen sie nämlich keine Bezahlung.«

»Ihr seid ein erstaunlicher Mann«, sagte Thrower. »Aber ich wundere mich doch, daß Ihr dem britischen Protektorat so wenig Loyalität entgegenbringt.«

»Nun, so ist das eben«, meinte Brustwehr. »Ihr seid unter dem Protektorat aufgewachsen, daher denkt Ihr noch immer wie ein Engländer.«

»Ich bin Schotte, mein Herr.«

»Dann eben Brite. In Eurem Land wurde doch jeder, von dem das Gerücht umging, er würde die geheimen Künste ausüben, sofort ins Exil geschickt, kaum daß man sich um einen Prozeß bemüht hätte, nicht wahr?«

»Wir versuchen gerecht zu sein – aber die kirchlichen Gerichte sind schnell, und es gibt keine Möglichkeit des Einspruchs.«

»Nun, dann denkt doch einmal darüber nach. Wenn jeder, der ein Talent für die geheimen Künste besaß, in die amerikanischen Kolonien verbannt wurde, wie solltet Ihr da jemals in Eurer Jugend auch nur die Spur von Hexerei kennenlernen?«

»Ich habe sie nicht kennenlernt, weil es so etwas nicht gibt.«

»*In Britannien* gibt es so etwas nicht. Aber es ist der Fluch der guten Christen in Amerika, weil wir bis zum Hals in Fackeln, Rutengängern, Sumpfstampfern und Hexern stehen, und hier kann kein Kind auch nur vier Fuß groß werden, ohne irgendwann einmal gegen den Abwehrzauber eines anderen zu prallen oder zum Opfer des Alles-sagen-Zaubers irgendeines Tunichguts zu werden, so daß es alles ausspricht, was ihm gerade in den Sinn kommt, und im Umkreis von zehn Meilen jedermann beleidigt.«

»Ein Alles-sagen-Zauber! Also wirklich, Bruder Brustwehr, Ihr wißt doch sicherlich selbst, daß schon eine Spur Schnaps ebensoviel erreichen kann.«

»Nicht bei einem zwölfjährigen Jungen, der nie in seinem Leben auch nur einen Tropfen davon angerührt hat.«

Offensichtlich sprach Brustwehr aus eigener Erfahrung, doch das änderte nichts an den Tatsachen. »Es gibt immer auch andere Erklärungen.«

»Es gibt jede Menge Erklärungen, die man sich für alles mögliche ausdenken kann«, meinte Brustwehr. »Aber ich will Euch eins sagen. Ihr könnt getrost gegen die Zauberei predigen und werdet immer noch eine Gemeinde behalten. Aber wenn Ihr weiterhin sagt, daß Zauberei nicht *funktioniert*, nun, ich schätze, dann werden die meisten Leute sich wohl fragen, warum sie den ganzen Weg zur Kirche zurücklegen müssen, nur um sich die Predigt eines Narren anzuhören.«

»Ich muß die Wahrheit so sagen, wie ich sie sehe«, warf Thrower ein.

»Ihr könntet aber auch beispielsweise mitzusehen, wie ein Mann in seinem Geschäft betrügt, aber deshalb müßt Ihr doch seinen Namen nicht gleich von der Kanzel herab nennen, oder? Nein, mein Herr, Ihr würdet weiterhin einfach Ehrlichkeit predigen und darauf hoffen, daß Eure Appelle irgenwann durchdringen.«

»Ihr wollt damit sagen, daß ich einen indirekten Zugang wählen sollte.«

»Dort draußen steht ein wirklich prächtiges Kirchengebäude, Reverend Thrower, und es wäre nicht halb so prächtig, wenn da nicht Euer Traum gewesen wäre, wie es zu sein hat. Aber die Leute hier denken, daß es *ihre* Kirche ist. Sie haben das Holz gehauen, sie haben sie gebaut, sie steht auf Gemeindeland. Und es wäre wirklich eine Schande, wenn Ihr so stur wäret, daß sie Eure Kanzel einfach einem anderen Prediger überantworten sollten.«

Lange Zeit starrte Reverend Thrower auf den leeren Teller vor sich. Er dachte an die Kirche, nicht im ungestrichenen, rohen Zustand, in dem sie sich jetzt noch befand, sondern wie sie fertig war, mit Bänken und hoch aufragender Kanzel. Es geht nicht nur um den Ort, sagte er sich, sondern auch darum, was ich hier vollbringen kann. Ich würde meine christliche Pflicht vernachlässigen, wenn ich es zuließe, daß dieser Ort unter die Herrschaft von abergläubischen Toren wie Alvin Miller und seiner Familie gerät. Wenn meine Mission darin besteht, das Böse und den Aberglauben zu vernichten, dann muß ich unter den Unwissenden und Abergläubischen leben. Nach und nach werde ich ihnen das Wissen um die Wahrheit bringen. Und wenn ich die Eltern nicht überzeugen kann, so kann ich mit der Zeit immerhin die Kinder bekehren. Mein Amt ist eine Lebensaufgabe, warum sollte ich es da wegwerfen, nur um für wenige Augenblicke die Wahrheit zu sagen?

»Ihr seid ein weiser Mann, Bruder Brustwehr.«

»Ihr auch, Reverend Thrower. Ich glaube, selbst wenn wir hier und dort unterschiedlicher Meinung sein mögen, so wollen wir auf lange Sicht doch dasselbe. Wir wollen, daß dieses ganze Land zivilisiert und christlich wird. Und keiner von uns hätte etwas dagegen, wenn Vigor Church einmal zu Vigor City würde, ja wenn Vigor City zur Hauptstadt des ganzen Landes Wobbish würde. Drüben in Philadelphia redet man sogar schon davon, Hio dazu einzuladen, sich als Staat zu konstituieren und sich anzuschließen, und Appalachee wird man mit Sicherheit ein solches Angebot machen. Warum nicht auch eines Tages Wobbish? Warum nicht eines Tages ein Land haben, das sich von einem Meer zum anderen erstreckt, mit Weißen und Roten, in dem jeder von uns die Freiheit hat, die Regierung zu wählen, die wir haben wollen?«

Es war ein guter Traum. Und Thrower konnte sich selbst auch darin sehen. Der Mann, der das Kanzelamt der größten Kirche in der größten Stadt des Landes innehielt, würde zum geistlichen Führer eines ganzen Volkes werden. Einige Minuten lang glaubte er so sehr an seinen Traum, daß ihm, nachdem er Brustwehr freundlich für die Mahlzeit gedankt und das Haus verlassen hatte, schier die Luft wegblieb, als er sehen mußte, daß Vigor Township im Augenblick lediglich aus Brustwehrs großem Laden und seinen Außengebäuden bestand, aus einer eingezäunten Gemeindeweide, auf der ein Dutzend Schafe grasten, und aus dem Rohbau einer großen neuen Kirche.

Und dennoch – die Kirche war fast fertig, die Wände waren *da*, das Dach war gedeckt. Er war ein rational denkender Mensch. Er mußte erst etwas Konkretes sehen, bevor er an einen Traum glauben konnte, doch diese Kirche war nun schon konkret genug, und zusammen mit Brustwehr würde er auch den Rest des Traumes Wirklichkeit werden lassen können. Diese Kirche war groß genug, damit sich dort die Menschen einer großen Stadt trafen. Und was sollte während der Woche geschehen? Er würde seine Bildung nur vergeuden, wenn er in dieser Gegend nicht eine Schule für die Kinder errichtete. Ihnen das Lesen beizubringen, das Schreiben, das Rechnen, und vor allem das *Denken*, um allen Aberglauben aus ihrem Geist zu entfernen, damit nichts anderes übrigblieb als reines Wissen und der Glaube an den Heiland.

In Gedanken vertieft bemerkte er nicht, daß er nicht auf die Farm von Peter McCoy flußabwärts zuging, wo ihn in der alten Blockhütte sein Bett erwartete. Statt dessen schritt er die Anhöhe zum Kirchengebäude empor. Erst als er ein paar Kerzen entzündet hatte, begriff er, daß er tatsächlich vorhatte, die Nacht hier zu verbringen. Diese halbfertige Kirche war sein Zuhause wie kein anderer Ort auf Erden. Der harzige Geruch erweckte in ihm das Verlangen, Hymnen zu singen, die er noch niemals gehört hatte, und so saß er summend da, die Seiten des Alten Testaments umblätternd, ohne überhaupt wahrzunehmen, daß das Papier mit Worten bedruckt war.

Er hörte sie erst, als sie den Holzboden betraten. Dann hob er den Blick und sah zu seiner Überraschung Mistress

Faith, gefolgt von den achtzehnjährigen Zwillingen Wastenot und Wantnot. Die beiden Jungen trugen eine große Holzkiste. Es dauerte einen Augenblick, bevor er begriff, daß die Kiste einen Altar darstellen sollte. Es war ein recht schöner Altar, wunderschön gebeizt, das Holz war so eng verfugt, daß jeder Schrankmacher stolz darauf gewesen wäre. Und in die Bretter, die den oberen Teil des Altars umgaben, waren zwei Kreuzreihen eingebrannt.

»Wo wollt Ihr ihn hinhaben?« fragte Wastenot.

»Vater hat gesagt, wir sollen ihn heute abend herbringen, jetzt, da die Wände und das Dach fertig sind.«

»Vater?« fragte Thrower.

»Er hat ihn ausdrücklich für Euch angefertigt«, sagte Wastenot. »Und der kleine Al hat die Kreuze selbst eingebrannt, weil er hier ja nicht mehr weiter arbeiten durfte.«

Inzwischen stand Thrower bei ihnen und konnte genauer feststellen, daß der Altar liebevoll angefertigt worden war. So ein Werk hätte er von Alvin Miller am wenigsten erwartet. Und die vollkommen gleichmäßigen Kreuze sahen überhaupt nicht wie die Arbeit eines sechsjährigen Kindes aus.

»Hierhin«, sagte er und führte sie an die Stelle, wo er sich den Altar vorgestellt hatte. Auf dem hellen Holzboden wirkte der dunkel gebeizte Altar so vollkommen, daß Thrower die Tränen in die Augen traten. »Sagt ihnen, daß er wunderschön ist.«

Faith und die Jungen lächelten so breit, wie sie nur konnten. »Ihr seht also, daß er nicht Euer Feind ist«, sagte Faith, und Thrower konnte nur zustimmend nicken.

»Ich bin auch nicht sein Feind«, entgegnete er. Und er sagte nicht: Ich werde ihn mit Liebe und Geduld besiegen, aber ich *werde* siegen, und dieser Altar ist ein sicheres Zeichen dafür, daß er sich im tiefsten Inneren seines Herzens heimlich danach sehnt, daß ich ihn von der Finsternis der Unwissenheit erlöse.

Sie hielten sich nicht lange auf, sondern schritten schnell durch die Nacht wieder zurück nach Hause. Thrower stellte seine Kerze auf den Boden neben den Altar – niemals *darauf*, da das nach Papismus aussehen würde – und kniete zu einem Danksagungsgebet nieder. Die Kirche war weitgehend fertig, und schon stand ein wunderschöner Altar darin, erbaut von dem Mann, den er am meisten gefürchtet hatte, die Kreuze eingebrannt von dem seltsamen Kind, das den zwanghaften Aberglauben dieser unwissenden Menschen am stärksten symbolisierte.

»Du bist so voller Stolz«, sagte eine Stimme hinter ihm.

Er drehte sich um, lächelte bereits, denn er war immer froh, wenn der Besucher erschien. Aber der Besucher lächelte nicht. »So voller Stolz.«

»Verzeiht mir«, sagte Thrower. »Ich bereue es bereits. Und dennoch – kann ich denn etwas gegen meine Freude ausrichten angesichts dessen, welch großes Werk hier begonnen wurde?«

Der Besucher berührte sanft den Altar, seine Finger suchten die Kreuze. »Das hat *er* gemacht, nicht wahr?«

»Alvin Miller.«

»Und der Junge?«

»Die Kreuze. Ich hatte schon so sehr befürchtet, daß sie Diener des Teufels sein könnten ...«

Der Besucher musterte ihn scharf. »Und weil sie nun einen Altar gebaut haben, meinst du, das würde das Gegenteil beweisen?«

Ein Schauer der Furcht durchlief ihn, und Thrower flüsterte: »Ich glaubte nicht, daß der Teufel das Zeichen des Kreuzes benutzen könnte ...«

»Du bist eben so abergläubisch wie alle anderen«, erwiderte der Besucher kühl. »Die Papisten bekreuzigen sich die ganze Zeit. Glaubst du, das wäre ein Zauber gegen den Teufel?«

»Wie soll ich dann überhaupt irgend etwas wissen können?« fragte Thrower. »Wenn der Teufel einen Altar herstellen und ein Kreuz ziehen kann ...«

»Nein, Thrower, mein lieber Sohn, es sind keine Teufel, weder der eine noch der andere. Du wirst den Teufel schon erkennen, wenn du ihn siehst. Wo andere Menschen Haare auf dem Kopf haben, hat der Teufel die Hörner eines Stiers. Wo andere Menschen Füße haben, besitzt der Teufel die gespaltenen Hufe eines Ziegenbocks. Wo andere

Menschen Hände besitzen, hat der Teufel die großen Pranken eines Bären. Und einer Sache sei dir sicher: Wenn er kommt, wird er keine Altäre für dich bauen.« Dann legte der Besucher beide Hände auf den Altar. »Das ist jetzt *mein* Altar«, sagte er, »egal, wer ihn gebaut hat, ich kann ihn zu meinem Zwecke nutzen.«

Thrower weinte vor Erleichterung. »Jetzt ist er geweiht, Ihr habt ihn geheiligt.« Und er streckte eine Hand vor, um den Altar zu berühren.

»Halt!« flüsterte der Besucher. Obwohl es beinahe ohne Stimme geschah, besaß sein Wort die Kraft, die Wände zum Beben zu bringen. »Hör mich erst an«, sagte er.

»Ich höre Euch immer zu«, erwiderte Thrower. »Obwohl ich nicht weiß, weshalb Ihr einen solch unwürdigen Wurm wie mich dazu auserwählt haben solltet.«

»Selbst ein Wurm kann durch die Berührung des Fingers Gottes wachsen«, sagte der Besucher. »Nein, versteh mich nicht falsch – ich bin nicht der Herr der Heerscharen. Bete mich nicht an.«

Doch Thrower konnte sich nicht beherrschen. Er weinte vor Hingabe, kniete vor diesem weisen und mächtigen Engel nieder. Ja, ein Engel, daran hegte Thrower keinen Zweifel, obwohl der Besucher keine Flügel besaß und Kleider trug, wie man sie im Parlament erwartet hätte.

»Der Mann, der den Altar erbaut hat, ist verwirrt. Nach Mord steht ihm der Sinn, und wenn er hinreichend herausgefordert wird, wird dieser Drang hervortreten. Und der Junge, der die Kreuze gemacht hat, ist tatsächlich so außergewöhnlich, wie du glaubst. Doch ist er bisher noch keinem Leben zum Guten oder zum Bösen geweiht worden. Beide Pfade liegen noch offen vor ihm, und er ist noch offen für jede Beeinflussung. Verstehst du mich?«

»Ist das meine Arbeit?« fragte Thrower. »Soll ich alles andere vergessen und mich der Aufgabe ergeben, das Kind der Rechtschaffenheit zuzuführen?«

»Wenn du allzu ergegeben wirkst, werden seine Eltern dich ablehnen. Statt dessen solltest du dein Amt so ausüben, wie du es vorhattest. Doch in deinem Herzen wirst du alles auf dieses außergewöhnliche Kind ausrichten, um es für meine Sache zu gewinnen. Denn wenn er vierzehn Jahre geworden ist und mir immer noch nicht dient, werde ich ihn vernichten.«

Schon der bloße Gedanke, daß Alvin Junior etwas zustoßen oder daß er getötet werden könnte, war für Thrower unerträglich. Er erfüllte ihn mit einem solchen Gefühl des Verlusts, wie es kein Vater und keine Mutter hätte empfinden können. »Ich werde alles tun, was ein schwacher Mensch vermag, um das Kind zu retten«, rief er, und die Qual verwandelte seine Stimme beinahe in einen Schrei.

Der Besucher nickte, lächelte sein schönes und liebevolles Lächeln und streckte Thrower die Hand entgegen. »Ich vertraue dir«, sagte er leise. Seine Stimme war wie heilendes Wasser auf einer brennenden Wunde. »Ich weiß, daß du Gutes tun wirst. Und was den Teufel angeht, so brauchst du *ihn* nicht zu fürchten.«

Thrower griff nach der dargebotenen Hand, um sie mit Küssen zu bedecken; doch als er sie berühren wollte, griff er ins Leere: Der Besucher war wieder verschwunden.

9 Geschichtentauscher

Es gab einmal eine Zeit, wie sich Geschichtentauscher gut erinnern konnte, da er einen Baum besteigen und über Hunderte von Quadratmeilen dichten Wald blicken konnte. Eine Zeit, da Eichen hundert Jahre alt wurden oder älter, eine Zeit, da der Wald so dicht war, daß er kaum vom Licht der Sonne durchdrungen wurde.

Doch diese Welt ewiger Dämmerung verging mehr und mehr. Zwar gab es noch immer Gegenden, wo Rote leise dem Wild nachschlichen und wo Geschichtentauscher das Gefühl hatte, sich in der Kathedrale Gottes zu befinden. Doch solche Stellen waren inzwischen so selten geworden, daß Geschichtentauscher in diesem letzten Jahr der Wanderschaft nicht einen Tag gereist war, an dem er einen Baum hätte erklimmen können, ohne im Walddach eine

Unterbrechung wahrzunehmen. Das ganze Land zwischen dem Hio und dem Wobbish wurde besiedelt, langsam aber gleichmäßig, und schon jetzt konnte Geschichtentauscher von einem Hügel aus drei Dutzend Kochfeuer erblicken, die ihre Rauchsäulen geradewegs in die kalte Herbstluft emporschickten. Und in jeder Richtung hatte man den Wald gerodet, hatte das Land gepflügt, es bepflanzt und beackert und hatte geerntet, so daß dort, wo einst große Bäume die Erde vor dem Auge des Himmels abgeschirmt hatten, der Boden nun nackt war und darauf wartete, daß der Winter seine Scham bedeckte.

Geschichtentauscher erinnerte sich an seine Vision vom betrunkenen Noah: Noah, nackt, mit offenhängendem Mund, ein halb ausgegossener Becher, der noch immer an seinen gekrümmten Fingern hing; Cham, nicht weit entfernt, verächtlich lachend; und Japheth und Sem, die sich rückwärts näherten, um einen Mantel über ihren Vater zu legen, damit sie nicht erblickten, was ihr Vater in seiner Trunkenheit offengelegt hatte. Voller Erregung begriff Geschichtentauscher, daß genau diesen Anblick jener prophetische Augenblick vorhergesagt hatte. Daß er, Geschichtentauscher, hoch in einem Baumwipfel sitzend, das nackte Land in seinem Stupor daliegen sah, wie es auf die keusche Bedeckung des Winters wartete. Es war eine erfüllte Prophezeiung, etwas, auf das man zwar hoffte, das man im eigenen Leben aber nicht erwarten durfte.

Andererseits war die Geschichte vom betrunkenen Noah möglicherweise überhaupt keine Figurine dieses Augenblicks. Warum sollte es nicht umgekehrt sein? Warum nicht das gerodete Land als Figurine des trunkenen Noah?

Als er den Baum hinabgestiegen war, war Geschichtentauscher in übler Stimmung. Er dachte nach und dachte nach, versuchte seinen Geist zu öffnen, um Visionen zu schauen, um ein guter Prophet zu sein. Doch jedes Mal, wenn er glaubte, daß er etwas fest in den Griff bekommen hatte, verschob es sich, veränderte es sich. Er dachte einen Gedanken zuviel, und schon löste sich das ganze Gewebe wieder auf, und er war ebenso verunsichert wie zuvor.

Am Fuße des Baumes öffnete er sein Bündel. Daraus

holte er das *Buch der Geschichten* hervor, das er damals, im Jahre '85 für den Alten Ben gemacht hatte. Vorsichtig schnallte er den versiegelten Teil auf, dann schloß er die Augen und blätterte in den Seiten. Er öffnete die Augen wieder und fand seinen Finger auf den *Sprichwörtern der Hölle* ruhend. Natürlich – in einer solchen Zeit! Sein Finger berührte zwei Sprichworte, beide von eigener Hand geschrieben. Das eine hatte eine besondere Bedeutung, das andere jedoch schien passend. »Ein Narr sieht nicht denselben Baum, den ein Weiser sieht.«

Doch je mehr er versuchte, die Bedeutung dieses Sprichworts für diesen Augenblick zu erkennen, um so weniger Verbindungen zur Gegenwart entdeckte er, mit Ausnahme dessen, daß es eben Bäume erwähnte. Daher versuchte er es schließlich doch mit dem ersten Sprichwort: »Wenn der Tor in seiner Torheit beharrlich wäre, würde er weise werden.«

Aha! Es sagte ihm also doch etwas. Dies war die Stimme der Prophezeiung, festgehalten, als er in Philadelphia lebte, noch bevor er seine Reise überhaupt begonnen hatte, in einer Nacht, da das *Buch der Sprichworte* für ihn zum Leben erwacht war und er wie in Flammenschrift die Wörter erblickte, die darin enthalten sein sollten. In jener Nacht war er so lange aufgeblieben, bis das Licht der Morgendämmerung die Feuer der Seiten zum Erlöschen gebracht hatte. Als dann der Alte Ben die Treppen heruntergepoltert kam, um sich vor dem Frühstück hereinzumuffeln, war er stehengeblieben und hatte schnüffelnd die Luft geprüft. »Rauch«, hatte er gesagt. »Hast du versucht, das Haus abzubrennen, Bill?«

»Nein, Sir«, hatte Geschichtentauscher geantwortet, »aber ich habe eine Vision davon gehabt, was Gott mit dem Buch der Sprichworte sagen wollte, und ich habe sie niedergeschrieben.«

»Du bist von Visionen besessen«, hatte der Alte Ben geantwortet. »Die einzige wirkliche Vision stammt nicht von Gott, sondern aus den innersten Verstecken des menschlichen Geistes. Wenn du willst, kannst du das gern als Sprichwort aufschreiben. Es ist viel zu agnostisch, als daß ich es für den Poor Richard's Almanac benutzen könnte.«

»Schaut!« hatte Geschichtentauscher gesagt.

Der Alte Ben hatte hingesehen und die letzten Flammen erblickt, wie sie gerade erloschen. »Hm, wenn das nicht eine äußerst ungewöhnliche Art ist, mit Buchstaben zu verfahren! Und du hast mir gesagt, daß du kein Zauberer wärst!«

»Das bin ich auch nicht. Gott hat mir dies gegeben.«

»Gott oder der Teufel? Wenn du von Licht umgeben bist, Bill, woher willst du da wissen, daß es die Herrlichkeit Gottes ist und nicht die Flammen der Hölle?«

»Ich weiß es nicht«, hatte Geschichtentauscher voller Verwirrung geantwortet. Weil er damals noch jung gewesen war, noch nicht einmal dreißig, war er in der Gegenwart des großen Mannes leicht zu verwirren gewesen.

»Oder vielleicht hast du selbst es dir auch gegeben, weil du die Wahrheit so eindringlich haben wolltest.« Der Alte Ben hatte den Kopf schräg gelegt, um die Seiten der Stichworte durch die unteren Linsen seiner Brille zu betrachten. »Die Buchstaben haben sich richtig eingebrannt. Seltsam, nicht wahr, daß man mich einen Zauberer nennt, der ich keiner bin, und daß du, der einer bist, dich weigerst, es zuzugeben!«

»Ich bin ein Prophet. Oder ... möchte einer sein.«

»Wenn eine deiner Prophezeiungen Wirklichkeit wird, Bill Blake, dann werde ich es glauben. Aber erst dann.«

In den darauf folgenden Jahren hatte Geschichtentauscher nach der Erfüllung auch nur einer einzigen Prophezeiung gesucht. Doch jedesmal, wenn er geglaubt hatte, eine solche Erfüllung gefunden zu haben, konnte er im Hinterkopf die Stimme des Alten Ben hören, der eine andere Erklärung dafür anbot und ihn dafür verhöhnte, daß er glaubte, daß eine Beziehung zwischen Prophezeiung und Realität wahr sein könnte.

»Niemals *wahr*«, pflegte der Alte Ben zu sagen. »Nützlich ... also da ist schon etwas dran. Dein Geist stellt eine Verbindung her, die nützlich ist. Aber *Wahrheit* ist eine andere Sache. Das würde bedeuten, daß du eine Verbindung entdeckt hättest, die unabhängig von deiner Wahrnehmung existiert, die also existieren würde, ob du sie bemerktest oder nicht. Und ich muß feststellen, daß ich nie in meinem Leben eine solche Verbindung geschaut habe. Es gibt Zeiten, da ich den Verdacht hege, daß es keine solchen Verbindungen gibt, daß alle Verbindungen und Ähnlichkeiten nur Geschöpfe des Denkens sind und keine Substanz besitzen.«

»Warum löst sich dann der Boden unter unseren Füßen nicht auf?« hatte Geschichtentauscher gefragt.

»Weil es uns gelungen ist, ihn davon zu überzeugen, unsere Körper nicht durchzulassen. Vielleicht war es auch Sir Isaac Newton, der war ja so ein beharrlicher, überzeugender Bursche. Und wenn Menschen ihn auch anzweifeln mögen, der Erdboden tut es jedenfalls nicht, und deshalb hält er durch.« Der Alte Ben hatte gelacht. Alles war ihm ein Spaß. Er konnte sich nicht einmal dazu aufraffen, an seinen eigenen Skeptizismus zu glauben.

Nun, da er am Fuße des Baumes saß, mit geschlossenen Augen, stellte Geschichtentauscher wieder eine Verbindung her: eine Verbindung zwischen der Geschichte von Noah mit dem Alten Ben. Der Alte Ben war Cham, der die nackte Wahrheit schaute und sie auslachte, während all die treuen Söhne von Kirche und Universität rückwärts heranschritten, um sie wieder zu bedecken, damit die lächerliche Wahrheit nicht geschaut werden konnte. So hielt die Welt die Wahrheit weiterhin für kraftvoll strotzend und stolz, weil sie sie nie in einem solch schändlichen Augenblick geschaut hatte.

Das ist eine wahre Verbindung, dachte Geschichtentauscher. Das ist die Bedeutung der Geschichte. Das ist die Erfüllung der Prophezeiung. Die Wahrheit ist lächerlich, wenn wir sie sehen; und wenn wir sie verehren wollen, dürfen wir es uns niemals gestatten, sie zu schauen.

In diesem Augenblick der Entdeckung sprang Geschichtentauscher auf. Er mußte sofort jemanden finden, dem er diese große Erkenntnis mitteilen konnte, solange er selbst noch daran glaubte. Wie sein eigenes Sprichwort sagte: »Die Zisterne umschließt; der Springbrunnen fließt über.«

Wenn er seine Geschichte nicht erzählte, würde sie feucht und muffig werden, verkümmerte sie in seinem Inneren, wogegen sie frisch und tugendhaft bleiben würde, wenn er sie weitergab.

Welche Richtung sollte er nehmen? Der Waldweg, der keine drei Ruten entfernt war, führte zu einer großen weißen Kirche mit einem eichenhohen Turm – er hatte sie, auf einem Baum sitzend, keine Meile entfernt gesehen. Es war das größte Gebäude, das Geschichtentauscher seit seinem letzten Besuch in Philadelphia zu sehen bekommen hatte. Ein derart großes Gebäude, in dem sich Menschen zusammenfinden konnten, bedeutete, daß die Leute in dieser Gegend viel Platz für Neuankömmlinge zu haben schienen. Ein gutes Zeichen für einen wandernden Geschichtentauscher, der vom Vertrauen der Fremden lebte, die ihn aufnehmen und nähren konnten, obwohl er doch nichts mit sich führte, um dafür zu bezahlen, bis auf sein Buch, sein Gedächtnis, zwei kräftige Arme und stämmige Beine, die ihn zehntausend Meilen getragen hatten und noch mindestens fünftausend weitere schaffen würden.

Der Weg war zerfurcht von Wagenspuren, was bedeutete, daß er viel benutzt wurde. An den niedrigen Stellen war er mit Bohlen verstärkt, so daß die Wagen im regendurchtränkten Boden nicht einsackten. Der Ort war also anscheinend auf dem Weg, eine Stadt zu werden. Möglicherweise bedeutete die große Kirche gar keine Offenheit – vielleicht kündete sie eher von Ehrgeiz. Darin liegt die Gefahr, wenn man irgend etwas beurteilt, dachte Geschichtentauscher; es gibt hundert mögliche Ursachen für jede Wirkung und hundert mögliche Wirkungen für jede Ursache. Er dachte daran, diesen Gedanken niederzuschreiben, entschied sich jedoch dagegen. Denn er trug keinerlei Spuren außer denen seiner eigenen Seele – weder die Markierungen des Himmels noch die der Hölle. Daran erkannte er, daß er ihm nicht gegeben worden war. Er hatte den Gedanken selbst erzwungen. Also konnte er keine Prophezeiung und folglich auch nicht wahr sein.

Der Weg endete auf einer Gemeinschaftsweide unweit vom Fluß, wie Geschichtentauscher am Geruch des strömenden Wassers erkannte. Um die Weide herum waren mehrere Gebäude verteilt, das größte aber war ein gekalktes, zweistöckiges Brettergebäude mit einem kleinen Schild, auf dem stand: ›Weaver's‹.

Wenn ein Haus ein Schild trägt, überlegte Geschichtentauscher, dann bedeutet das in der Regel, daß der Besitzer möchte, daß die Leute es erkennen, auch wenn man ihnen nie den Weg gesagt hat, was wiederum nichts anderes heißt, als daß das Haus für Fremde offensteht. Also schritt Geschichtentauscher darauf zu und klopfte an.

»Einen Moment!« ertönte ein Ruf im Inneren. Geschichtenerzähler wartete auf der Veranda. An einem Ende hingen mehrere Körbe, von denen die langen Blätter verschiedener Kräuter herabbaumelten. Geschichtentauscher erkannte viele von ihnen, die für unterschiedliche Zwecke nützlich waren, etwa für das Heilen, das Finden, das Versiegeln und das Erinnern. Er erkannte auch, daß die Körbe so angeordnet waren, daß sie, von einem bestimmten Punkt nahe dem Boden der Tür aus betrachtet, ein vollkommenes Hexagramm bildeten. Dieser Effekt war sogar derart deutlich, daß Geschichtentauscher sich zuerst niederkauerte und schließlich sogar auf den Boden der Veranda legte, um es richtig zu erkennen. Die Farben, die an den genau richtigen Stellen an den Körben angebracht waren, bewiesen, daß es kein Zufall war. Es war ein ausgezeichnetes Schutzhexagramm, auf die Eingangstür ausgerichtet.

Geschichtentauscher versuchte sich zu überlegen, warum jemand einen solch mächtigen Zauber errichten und doch danach streben sollte, ihn zu verbergen. Ja, Geschichtentauscher war wahrscheinlich die einzige Person weit und breit, die die Macht eines Hexagramms hinreichend spürte, um darauf aufmerksam zu werden. Er lag noch immer auf dem Boden und grübelte darüber nach, als die Tür aufging und ein Mann fragte: »Seid Ihr so müde, Fremder?«

Geschichtentauscher sprang auf. »Habe nur Eure Kräuteranordnung bewundert. Ein erstaunlicher Garten, Sir.«

»Es ist der Garten meiner Frau«, erwiderte der Mann.

»Sie beschäftigt sich ständig damit. Muß alles genau so haben.«

War der Mann ein Lügner? Nein, entschied Geschichtentauscher. Er wollte nicht die Tatsache verbergen, daß die Körbe und die heraushängenden, miteinander verschlungenen Blätter ein Hexagramm ergaben. Er wußte es einfach nicht. Irgend jemand – wahrscheinlich seine Frau – hatte unbemerkt einen Schutz für dieses Haus errichtet.

»Sieht mir genau richtig aus«, meinte Geschichtentauscher.

»Ich habe mich schon gewundert, wie jemand hier eintreffen kann, ohne daß ich den Wagen oder das Pferd höre. Aber so, wie Ihr ausseht, seid Ihr wohl zu Fuß gekommen.«

»Das bin ich in der Tat, Sir«, erwiderte Geschichtentauscher.

»Und euer Bündel erscheint mir auch nicht voll genug, um viele Tauschobjekte enthalten zu können.«

»Ich tausche auch keine *Dinge,* Sir«, sagte Geschichtentauscher.

»Was denn? Was läßt sich außer Dingen schon handeln und tauschen?«

»Arbeit, zum Beispiel«, erwiderte Geschichtentauscher. »Ich arbeite für Kost und Unterkunft.«

»Für einen Wanderer seid Ihr schon ein alter Mann.«

»Ich bin Siebenundfünfzig geboren, so daß mir noch gut siebzehn Jahre bleiben, bis ich meine dreimal zwanzig und zehn Jahre aufgebraucht habe. Und außerdem verfüge ich über einige Talente.«

Sofort schien der Mann zurückzuweichen. Nicht etwa körperlich – es waren seine Augen, die plötzlich einen distanzierten Ausdruck bekamen, als er sagte: »Meine Frau und ich erledigen unsere eigene Arbeit hier, da unsere Söhne noch recht klein sind. Wir bedürfen keiner Hilfe.«

Nun stand eine Frau hinter ihm, ein Mädchen, das noch jung genug war, um kein verhärmtes und verwittertes Gesicht zu haben, obgleich sie ernst aussah. Sie trug einen Säugling in den Armen und wandte sich an ihren Mann an.

»Wir haben genug, um heute abend noch einen weiteren Esser zu beköstigen, Brustwehr ...«

Die Miene ihres Mannes verhärtete sich. »Meine Frau ist großzügiger als ich, Fremder. Ich werde es Euch geradeheraus sagen. Ihr habt davon gesprochen, ein paar Talente zu besitzen, und nach meiner Erfahrung bedeutet das, daß Ihr möglicherweise behaupten könntet, über geheime Kräfte zu verfügen. Derlei Dinge werde ich in einem christlichen Haus nicht dulden.«

Geschichtentauscher musterte ihn scharf und blickte dann verständnislos zu der Frau. So standen die Dinge also: Sie arbeitete mit Zaubern und Beschwörungen, die sie vor ihrem Mann verbergen konnte, während er jedes Anzeichen davon ablehnte. Wenn ihr Mann jemals die Wahrheit erfahren würde, fragte sich Geschichtentauscher, was würde dann wohl mit der Frau geschehen? Der Mann – Brustwehr – schien zwar nicht von der mordlustigen Art zu sein, doch konnte man nie wissen, welch Gewalttätigkeit durch die Adern eines Mannes strömen mochte, nachdem die Fluten des Zorns erst einmal die Dämme durchbrochen hatten.

»Ich verstehe Eure Vorsicht, Sir«, antwortete Geschichtentauscher.

»Ich weiß, daß Ihr Euren Schutz habt«, sagte Brustwehr. »Ein einsamer Mann, der die ganze Zeit zu Fuß durch die Wildnis schreitet? Die bloße Tatsache, daß Ihr noch immer Euer Haar auf dem Kopf tragt, besagt doch schon, daß Ihr die Roten abgewehrt haben müßt.«

Geschichtentauscher grinste, zog seine Mütze vom Kopf und zeigte seine Glatze. »Ist das eine wirkliche Abwehr, sie mit der gespiegelten Herrlichkeit der Sonne zu blenden?« fragte er. »Für meinen Skalp bekommen sie jedenfalls keinen Lohn.«

»Um die Wahrheit zu sagen«, meinte Brustwehr, »so sind die Roten in dieser Gegend friedlicher als die meisten. Der einäugige Prophet hat sich am anderen Ende des Wobbish eine Stadt gebaut, wo er die Roten lehrt, keinen Schnaps zu trinken.«

»Das ist ein guter Rat für jeden Menschen«, meinte

Geschichtentauscher. Und er dachte: ein Roter Mann, der sich selbst Prophet nennt. »Bevor ich wieder von hier fortgehe, muß ich diesen Mann kennenlernen und mit ihm ein paar Worte wechseln.«

»Mit *Euch* wird er wohl nicht sprechen«, wandte Brustwehr ein. »Es sei denn, Ihr könntet Eure Hautfarbe verändern. Seit er vor ein paar Jahren seine erste Vision hatte, hat er zu keinem Weißen mehr gesprochen.«

»Wird er mich töten, wenn ich es versuchen sollte?«

»Unwahrscheinlich. Er lehrt sein Volk, keine Weißen zu töten.«

»Das ist ebenfalls ein guter Rat«, meinte Geschichtentauscher.

»Gut für die Weißen, aber möglicherweise nicht unbedingt für die Roten. Es gibt Leute wie dieser sogenannte Gouverneur Harrison unten in Carthage City, die den Roten nur Böses wünschen, ob sie friedlich sind oder nicht.« Brustwehr wirkte immer noch gereizt, doch immerhin sprach er, noch dazu aus ehrlichem Herzen. Geschichtentauscher traute jenen Menschen sehr viel, die ihre Meinung allen mitteilten, sogar Fremden und Feinden. »Jedenfalls«, fuhr Brustwehr fort, »glauben nicht alle Roten an die friedlichen Worte des Propheten. Jene, die Ta-Kumsaw folgen, schüren Unruhe, unten am Hio, und sehr viele Leute ziehen nach Norden ins obere Wobbish-Land. Es wird Euch also nicht an Häusern fehlen, die willens sind, einen Bettler aufzunehmen – auch dafür könnt Ihr den Roten danken.«

»Ich bin kein Bettler, Sir«, antwortete Geschichtentauscher. »Wie ich schon sagte, ich bin bereit zu arbeiten.«

»Zweifellos mit Talenten und verborgener List.«

Die Feindseligkeit des Mannes stand im krassen Widerspruch zur sanften, willkommenden Art seiner Frau. »Was habt Ihr denn für Fertigkeiten, mein Herr?« fragte die Frau. »Eurer Rede nach zu urteilen, seid Ihr ein gebildeter Mann. Ihr seid doch wohl kein Lehrer, oder?«

»Meine Fertigkeit drückt sich bereits in meinem Namen aus«, antwortete er. »Geschichtentauscher. Ich habe das Talent zum Geschichtenerzählen.«

»Sie zu erfinden? Hierzulande nennen wir so etwas

Lügen.« Je mehr die Frau versuchte, sich mit Geschichtentauscher anzufreunden, um so kühler wurde ihr Ehemann.

»Ich habe das Talent, Geschichten zu behalten. Aber ich erzähle nur jene, von denen ich glaube, daß sie wahr sind, Sir. Und ich bin auch nur schwer zu überzeugen. Wenn Ihr mir Eure Geschichten erzählt, werde ich Euch meine erzählen, und an diesem Tausch würden wir beide gewinnen, da niemand von uns das verliert, womit er angefangen hat.«

»Ich habe keine Geschichten«, sagte Brustwehr, obwohl er gerade eine Geschichte vom Propheten und eine andere von Ta-Kumsaw erzählt hatte.

»Das ist eine traurige Nachricht, und wenn dem so sein sollte, dann bin ich tatsächlich ans falsche Haus geraten.« Geschichtentauscher erkannte, daß er wirklich besser weiterzog. Selbst wenn Brustwehr nachgab und ihn einließ, würde er von Mißtrauen umgeben bleiben, und Geschichtentauscher konnte nirgendwo leben, wo die Leute ihn die ganze Zeit genau beobachteten. »Ich wünsche Euch einen guten Tag.«

Doch Brustwehr ließ ihn nicht so leicht ziehen. Er nahm Geschichtentauschers Worte als Herausforderung. »Warum sollte das traurig sein? Ich lebe ein ruhiges, gewöhnliches Leben.«

»Keinem Menschen erscheint sein eigenes Leben als gewöhnlich«, erwiderte Geschichtentauscher, »und wenn er sagt, daß es so sei, so ist das eine Geschichte von jener Art, wie ich sie nie erzähle.«

»Heißt Ihr mich etwa einen Lügner?« wollte Brustwehr wissen.

»Ich frage Euch nur, ob Ihr einen Ort wißt, wo mein Talent willkommen wäre.«

Geschichtentauscher sah, wenngleich Brustwehr es nicht tat, wie die Frau mit den Fingern der rechten Hand eine Beruhigung durchführte und mit der Linken das Handgelenk ihres Mannes hielt. Es war sehr geschmeidig ausgeführt, und der Mann mußte schon sehr gut daran gewöhnt sein, da er sich spürbar entspannte, als sie ein Stück vortrat, um zu antworten. »Freund«, sagte sie, »wenn Ihr den Weg hinter jenem Hügel dort nehmt und ihm bis ans Ende folgt, über die Brücken zweier Bäche, so gelangt Ihr zum Haus von Alvin Miller, und ich weiß, daß man Euch dort aufnehmen wird.«

»Ha«, sagte Brustwehr.

»Danke«, erwiderte Geschichtentauscher. »Aber woher könnt Ihr so etwas wissen?«

»Sie werden Euch so lange aufnehmen, wie Ihr bleiben wollt, und Euch nie fortschicken, solange ihr Bereitschaft zeigt, ihnen zur Hand zu gehen.«

»Bereit bin ich stets, Milady«, sagte Geschichtentauscher.

»*Immer* bereit?« fragte Brustwehr. »Niemand ist immer bereit. Ich dachte, Ihr würdet stets die Wahrheit sagen.«

»Ich sage stets, was ich glaube. Ob es auch die Wahrheit ist, dessen bin ich mir ebensowenig gewiß wie jeder andere Mensch.«

»Warum nennt Ihr mich dann ›Sir‹, obwohl ich kein Ritter bin, und nennt sie ›Milady‹, obwohl sie von ebenso gemeiner Herkunft ist wie ich?«

»Oh, ich glaube nicht an die Ritterschläge des Königs, deshalb. Der heißt einen Mann einen Ritter, weil er ihm einen Gefallen schuldig ist, ob es ein wahrer Ritter sein mag oder nicht. Und alle seine Damen an seinem Hof werden ›Ladys‹ genannt, für das, was sie zwischen den königlichen Laken tun. So werden diese Worte unter den Cavaliers benutzt – die Hälfte der Zeit nichts als Lügen. Aber Eure Frau, Sir, hat wie eine wahre Lady gehandelt, anmutig und gastfreundlich. Und Ihr, Sir, habt Euch wie ein wahrer Ritter verhalten, indem Ihr Euren Haushalt vor den Gefahren geschützt habt, die Ihr am meisten fürchtet.«

Brustwehr lachte laut los. »Ihr redet so einschmeichelnd daher, daß ich wetten will, Ihr müßt eine halbe Stunde am Salz lutschen, um den Zuckergeschmack wieder aus dem Mund zu bekommen.«

»Das ist meine Fertigkeit«, erwiderte Geschichtentauscher. »Aber ich habe auch andere Möglichkeiten zu sprechen, wenn es die rechte Zeit dafür ist. Ich wünsche Euch einen guten Nachmittag, ebenso Eurer Frau und Euren Kindern und Eurem christlichen Hause.«

Geschichtentauscher schritt auf das Gras der Gemeindeweide hinaus. Die Kühe beachteten ihn nicht, weil er *tatsächlich* einen Schutz hatte, wenngleich nicht von jener Sorte, wie Brustwehr sie jemals zu sehen bekommen würde. Geschichtentauscher saß eine Weile im Sonnenschein da, um sein Gehirn aufzuwärmen, in der Hoffnung, daß ihm ein Gedanke käme. Doch es funktionierte nicht. Er hatte fast nie einen wertvollen Gedanken am Nachmittag. Wie das Sprichwort sagte: »Denke am Morgen, handle zu Mittag, iß am Abend, schlafe in der Nacht.« Jetzt war es zu spät fürs Denken, zu früh fürs Essen.

Er schritt den Weg zur Kirche entlang, die ein gutes Stück von der Weide entfernt war. Wenn ich ein wirklicher Prophet wäre, dachte er, wüßte ich, wie es um mich stünde. Ich wüßte, ob ich einen Tag hierbliebe oder eine Woche oder einen Monat. Ich wüßte, ob Brustwehr mein Freund sein würde, wie ich hoffe, oder mein Feind, wie ich befürchte. Ich wüßte, ob seine Frau sich eines Tages befreien würde, um ihre Kräfte in aller Offenheit zu verwenden. Ich wüßte, ob ich diesem Roten Propheten einmal von Angesicht zu Angesicht gegenüberstehen würde.

Doch solcherlei Gedanken führten zu nichts, wie er genau wußte. Das war die Art Sehen, die eine Fackel beherrschte – er hatte oft genug mitangesehen, wie sie es taten, und es hatte ihn mit Furcht erfüllt, denn es war nicht gut, wenn ein Mensch allzuviel von seinem Lebensweg im voraus wußte. Nein, was er sich als Fertigkeit wünschte, war die Gabe der Prophezeiung, nicht die kleinen Handlungen von Männern und Frauen in ihren kleinen Winkeln der Welt zu schauen, sondern vielmehr den großen Strom der Ereignisse, wie sie von Gott gelenkt wurden. Oder von Satan – da war Geschichtentauscher nicht wählerisch, denn beide besaßen eine recht gute Vorstellung davon, was sie mit der Welt vorhatten, so daß wahrscheinlich jeder von ihnen einige Dinge über die Zukunft wußte. Natürlich war es wahrscheinlich *angenehmer*, von Gott zu hören. Die Spuren des Bösen, mit denen er bisher in seinem Leben in Verbindung geraten war, hatten alle auf die eine oder andere Weise Schmerzen verursacht.

Die Kirchentür stand offen, denn es war ein warmer Herbsttag. Das Gotteshaus wirkte innen ebenso stattlich wie außen, doch um einiges freundlicher: ein heller und luftiger Ort mit gekalkten Wänden und Glasfenstern. Sogar die Bänke und die Kanzel waren von hellem Holz. Dunkel hier war einzig der Altar, so daß er sofort seine Aufmerksamkeit erregte. Und weil er ein Talent für diese Art von Dingen besaß, entdeckte er auf ihm Spuren einer Flüssigkeit.

Langsam schritt er auf den Altar zu, langsam, weil so ein Ding eigentlich nicht in einer christlichen Kirche hätte stehen dürfen. Als er näher gekommen war, gab es jedoch keinen Zweifel mehr. Es war die gleiche Spur, die er auf dem Gesicht des Mannes in DeKane gesehen hatte, der seine eigenen Kinder zu Tode gequält und es den Roten angelastet hatte. Dieselbe Spur hatte er auf dem Schwert wahrgenommen, das George Washington geköpft hatte. Es war wie eine dünne Schicht schmutzigen Wassers, unsichtbar, es sei denn, man blickte es aus einem bestimmten Winkel an. Doch für Geschichtentauscher war es immer sichtbar – er hatte ein Auge dafür.

Er streckte die Hand vor und legte den Zeigefinger vorsichtig auf die deutlichste Spur. Es bedurfte all seiner Kraft, ihn auch nur einen Augenblick dort zu behalten, so sehr brannte es, es ließ seinen ganzen Arm zittern und schmerzen bis hinauf zur Schulter.

»Ihr seid willkommen im Haus Gottes«, sagte eine Stimme.

Geschichtentauscher, der seinen verbrannten Finger in den Mund gesteckt hatte, drehte sich zu dem Sprechenden um. Der Mann war wie ein Prediger des Schottischen Ritus gekleidet – ein Presbyterianer, wie man sie hier in Amerika nannte.

»Ihr habt Euch doch wohl keinen Splitter zugezogen, oder?« fragte der Prediger.

Es wäre leichter gewesen, einfach nur zu sagen: »Ja, ich habe mir einen Splitter zugezogen.« Doch Geschichtentauscher erzählte nur Geschichten, die er auch glaubte. »Prediger«, sagte Geschichtentauscher, »der Teufel hat seine Hand auf diesen Altar gelegt.«

Sofort verschwand das fröhliche Lächeln des Predigers. »Woher wißt Ihr, daß es der Handabdruck des Teufels ist?«

»Die Fähigkeit zu sehen ist eine Gabe Gottes«, sagte Geschichtentauscher.

Der Prediger musterte ihn eindringlich, unsicher, ob er ihm glauben sollte oder nicht. »Dann könntet Ihr also auch feststellen, was von Engeln berührt wurde?«

»Ich glaube, ich könnte Spuren feststellen, wenn gute Geister eingegriffen hätten. Ich habe solche Markierungen schon gesehen.«

Der Prediger hielt inne, als wollte er eine sehr wichtige Frage stellen, als würde er sich aber auch vor der Antwort fürchten. Dann erschauerte er, das Verlangen nach Aufklärung wich von ihm, und nun sprach er mit einer gewissen Verachtung. »Unsinn. Das gemeine Volk könnt Ihr vielleicht narren, aber ich bin in England erzogen worden und lasse mich nicht von Gerede über verborgene Mächte in die Irre führen.«

»Oh«, sagte Geschichtentauscher. »Ihr seid ein gebildeter Mann.«

»Und Ihr ebenfalls, Eurer Rede nach zu urteilen«, meinte der Prediger. »Aus dem Süden Englands, würde ich sagen.«

»Von der Kunstakademie des Lordprotektors«, erwiderte Geschichtentauscher. »Ich bin als Kunststecher ausgebildet worden. Da Ihr vom Schottischen Ritus seid, glaube ich, daß Ihr meine Arbeit im Buch Eurer Sonntagsschule gesehen habt.«

»Ich achte nie auf derlei Dinge«, erwiderte der Prediger. »Stiche sind eine Verschwendung von Papier, auf das man besser Worte der Wahrheit drucken sollte. Es sei denn, sie veranschaulichen Dinge, die das Auge des Künstlers tatsächlich geschaut hat, wie beispielsweise die Anatomie. Doch was der Künstler in seiner Vorstellung erschaffen mag, übt keine größere Macht auf mein Auge aus als das, was ich mir selbst vorstelle.«

Geschichtentauscher folgte diesem Gedanken bis zu seiner Wurzel. »Was, wenn der Künstler zugleich ein Prophet wäre?«

Der Prediger schloß die Augen halb. »Die Zeit der Propheten ist vorbei. Wie dieser abtrünnige Heide, dieser einäugige betrunkene Rote Mann am anderen Flußufer, sind alle, die behaupten, Propheten zu sein, heute nur noch Scharlatane. Und ich habe auch keinen Zweifel, daß, wenn Gott auch nur einen Künstler die Gabe der Prophezeiung verliehe, wir schon bald ganze Scharen von Zeichnern und Färbern hätten, die für Propheten gehalten werden wollten, vor allem dann, wenn es ihre Bezahlung erhöhte.«

Geschichtentauscher antwortete milde, doch ließ er den unausgesprochenen Vorwurf des Predigers nicht auf sich beruhen. »Ein Mann, der anderen das Wort Gottes gegen Bezahlung predigt, sollte nicht jene kritisieren, die danach streben, ihren Lebensunterhalt dadurch zu verdienen, indem sie die Wahrheit offenbaren.«

»Ich wurde geweiht«, antwortete der Prediger. »Künstler weiht niemand. Die weihen sich selbst.«

Genau, wie Geschichtentauscher es erwartet hatte. Sobald er befürchtete, daß seine Vorstellungen aus eigener Kraft nicht mehr bestehen konnten, zog sich der Prediger auf Autoritäten zurück. Vernünftige Streitgespräche aber waren unmöglich, wenn Autoritäten zum Schiedsrichter gemacht wurden; Geschichtentauscher kehrte zum wichtigeren Thema zurück. »Der Teufel hat seine Finger auf diesen Altar gelegt«, sagte er. »Ich habe mir den Finger verbrannt, als ich die Stelle berührt habe.«

»Ich habe mir meine Finger nie verbrannt«, meinte der Prediger.

»Das wundert mich nicht«, meinte Geschichtentauscher. »*Ihr* seid ja auch geweiht worden.«

Geschichtentauscher strengte sich gar nicht erst an, die Verachtung in seinem Tonfall zu verbergen, und das erzürnte den Prediger. Geschichtentauscher machte es jedoch nichts aus, wenn die Leute auf ihn wütend wurden. Es bedeutete, daß sie zuhörten und ihm wenigstens zur Hälfte glaubten. »Wenn Ihr solch scharfe Augen habt, so sagt mir doch eins«, sagte der Prediger. »Sagt mir, ob auch ein Bote Gottes den Altar berührt hat.«

Es war offensichtlich, daß der Prediger diese Frage als Prüfung verstand. Geschichtentauscher hatte keinerlei Vorstellung, welche Antwort der Prediger für die richtige hielt. Aber es spielte auch kaum eine Rolle; Geschichtentauscher würde ehrlich antworten, egal was. »Nein«, erwiderte er.

Es war die falsche Antwort. Der Prediger grinste. »Einfach so? Ihr könnt einfach so sagen, daß er es nicht getan hat?«

Geschichtentauscher überlegte sich einen Augenblick, daß der Prediger vielleicht glauben mochte, daß seine eigenen geweihten Hände die Spuren von Gottes Willen hinterlassen hätten. Diesen Gedanken würde er sofort widerlegen. »Die meisten Prediger hinterlassen keine Lichtspuren auf Gegenständen, die sie berühren. Nur sehr wenige sind jemals heilig genug dafür.« Doch der Prediger hatte gar nicht an sich gedacht. »Jetzt habt Ihr genug geredet«, meinte er. »Ich weiß jetzt, daß Ihr ein Betrüger seid. Verlaßt meine Kirche.«

»Ich bin kein Betrüger«, antwortete Geschichtentauscher. »Ich mag mich vielleicht irren, aber ich lüge niemals.«

»Und ich glaube niemals einem Menschen, der behauptet, daß er niemals lüge.«

»Der Mensch geht immer davon aus, daß die anderen ebenso tugendhaft sind wie er selbst«, meinte Geschichtentauscher.

Das Gesicht des Predigers verfärbte sich vor Zorn. »Verschwindet von hier, sonst werfe ich Euch hinaus!«

»Ich gehe gern«, antwortete Geschichtentauscher. Forsch schritt er zur Tür hinüber. »Ich hoffe, ich werde nie in eine Kirche zurückkehren müssen, deren Prediger es nicht einmal überrascht, daß Satan seinen Altar berührt hat.«

»Es hat mich nicht überrascht, weil ich Euch nicht geglaubt habe.«

»Ihr habt mir sehr wohl geglaubt«, widersprach Geschichtentauscher. »Und Ihr glaubt auch, daß ein Engel ihn berührt hat. Das ist die Geschichte, die Ihr für wahr haltet. Aber ich sage Euch, daß kein Engel ihn berühren kann, ohne eine Spur zu hinterlassen, die ich sehen würde. Und ich sehe dort nur eine einzige Spur.«

»Lügner! Ihr selbst seid vom Teufel ausgesandt, hier im Hause Gottes Eure Nekromantie zu versuchen! Fort! Hinaus! Ich beschwöre Euch, auf daß Ihr geht!«

»Ich dachte, Männer der Kirche wie Ihr würden keine Beschwörungen ausführen.«

»Hinaus!« Der Prediger schrie das letzte Wort so laut, daß die Adern an seiner Stirn hervortraten. Geschichtentauscher setzte seinen Hut wieder auf und schlenderte davon. Er hörte, wie hinter ihm die Tür zugeschlagen wurde. Er wanderte über eine hügelige Weide von ausgetrocknetem Herbstgras, bis er auf den Pfad stieß, der zu dem Haus hinaufführte, von dem die Frau gesprochen hatte. Dort, wo man ihn, wie sie sicher war, aufnehmen würde.

Geschichtentauscher war sich dessen jedoch nicht so sicher. Er machte niemals mehr als drei Besuche an einem Ort – wenn er beim dritten Versuch kein Haus gefunden hatte, das ihn aufzunehmen bereit war, war es besser weiterzuwandern. Dieses Mal war der erste Halt ungewöhnlich schlecht verlaufen und der zweite noch schlimmer.

Doch rührte seine Unruhe nicht nur daher, daß die Dinge schlecht liefen. Selbst wenn die Leute am letzten Ort auf den Boden fallen und seine Füße küssen würden, würde Geschichtentauscher doch ein merkwürdiges Gefühl haben, was ein Verweilen betraf. Er war in eine Stadt gefahren, die so christlich war, daß ihr führender Bürger keine verborgenen Mächte in seinem Hause duldete – und doch trug der Altar der Kirche die Spur des Teufels. Noch schlimmer war die Art der Täuschung. Die verborgenen Mächte wurden unmittelbar vor Brustwehrs Augen eingesetzt, und zwar von der Person, die er am meisten liebte und der er am meisten vertraute; während der Prediger in der Kirche davon überzeugt war, daß Gott den Altar für sich beansprucht hatte und nicht etwa der Teufel. Was konnte Geschichtentauscher da noch an diesem Ort oben auf dem Hügel anderes erwarten als noch mehr Wahnsinn, noch mehr Täuschung? Verrückte Menschen umgarnten einander, soviel wußte Geschichtentauscher aus den Erfahrungen seiner Vergangenheit.

Die Frau hatte recht: Über die Bäche führten Brücken. Doch nicht einmal das war ein gutes Zeichen. Einen Strom zu überbrücken war eine Notwendigkeit; einen Fluß zu überbrücken eine Freundlichkeit gegenüber Reisenden. Doch warum bauten sie solch komplizierte Brücken über Bäche, die so schmal waren, daß sogar ein Mann vom Alter Geschichtentauschers über sie hätte hinwegspringen können, ohne einen Fuß zu benetzen? Die Brücken waren stabil und auf beiden Ufern fest in der Erde verankert, und beide besaßen sie auch gut gedeckte Strohdächer. Es gibt Leute, die zahlen Geld dafür, um in Gasthöfen zu nächtigen, die nicht annährend so dicht und trocken sind wie diese Brücken, dachte Geschichtentauscher.

Mit Sicherheit bedeutete dies, daß die Leute am Ende des Pfads mindestens ebenso seltsam waren wie jene, die er bisher kennengelernt hatte. Mit Sicherheit hätte er sich wieder abwenden sollen. Die Vernunft verlangte, daß er fortging.

Doch Vernunft war nicht Geschichtentauschers starke Seite. So hatte der Alte Ben vor Jahren einmal zu ihm gesagt: »Du wirst eines Tages noch ins Maul der Hölle hineingehen, Bill, nur um festzustellen, warum der Teufel so schlechte Zähne hat.« Es gab einen Grund für diese Brükken, und Geschichtentauscher spürte, daß dies eine Geschichte bedeuten würde, die es wert war, in seinem Buch festgehalten zu werden.

Schließlich war es ja nur eine Meile. Als der Pfad gerade den Anschein erweckte, als würde er in den undurchdringlichen Wald führen, machte er eine scharfe Wendung nach Norden und führte auf das schönste Anwesen, das Geschichtentauscher jemals erblickt hatte, schöner sogar als jene in den ruhigen, besiedelten Ländereien von New Orange und Pennsylvania. Das Haus war groß und gut gebaut, mit genau zugeschnittenen Holzblöcken, was bedeutete, daß es eine dauerhafte Bleibe sein sollte. Außerdem gab es Scheunen, Schuppen und Ställe, die das Anwesen fast zu einem eigenen Dorf machten. Eine Rauchfahne, die sich eine halbe Meile pfadaufwärts in den Himmel emporzog, verriet ihm, daß er wohl nicht ganz falsch geraten hatte. Es gab einen weiteren Haushalt in der Nähe, der den Pfad mit dem anderen teilte, was wiederum bedeutete, daß es sich wahrscheinlich um Verwandtschaft handelte. Zweifellos verheiratete Kinder, und alle bestellten das Land gemeinsam, um des größeren Wohlstands aller willen. Es war eine gute Sache, wußte Geschichtentauscher, wenn Brüder so aufwachsen konnten, daß sie einander gern genug hatten, um gegenseitig ihre Äcker zu pflügen.

Geschichtentauscher ging stets auf das Haus zu. Es war besser, sein Kommen sofort anzukündigen, als umherzuschleichen und für einen Räuber gehalten zu werden. Doch als er sich diesmal dem Haus nähern wollte, merkte er, wie er ganz plötzlich sehr benommen wurde und sich nicht mehr erinnern konnte, was er zu tun beabsichtigt hatte. Ein solch mächtiger Abwehrschutz ergriff ihn, daß er gar nicht spürte, wie er fortgetrieben worden war, bis er schon die halbe Strecke den Hügel hinuntergegangen war, auf ein Steingebäude neben einem Bach zu. Er blieb abrupt stehen, verängstigt, denn niemand besaß genug Macht, dachte er, um ihn zurückzudrängen, ohne daß er merkte, was geschah. Dieser Ort war ebenso seltsam wie die beiden vorhergehenden, und er wollte nichts damit zu tun haben.

Doch als er versuchte, umzukehren, denselben Weg zurückzunehmen, den er gekommen war, geschah wieder das gleiche. Er stellte fest, wie er den Hügel hinunter auf das Gebäude mit den Steinmauern zuging.

Wieder blieb er stehen, und diesmal murmelte er: »Wer immer du bist und was immer du willst, entweder gehe ich aus eigenem, freiem Willen oder überhaupt nicht.«

Sogleich spürte er in seinem Rücken eine Brise, die ihn auf das Gebäude zuschob. Aber er wußte auch, daß er umkehren konnte, wenn er wollte. Gegen den Widerstand der Brise zwar, aber er hätte es gekonnt. Das beruhigte ihn erheblich. Was immer es für Zwänge waren, die man ihm auferlegt hatte, sie waren jedenfalls nicht dazu gedacht, ihn zu versklaven. Und das, so wußte er, war eines der Merkmale eines gütigen Zaubers – und nicht der verborgenen Fesseln eines Peinigers.

Der Pfad machte eine leichte Biegung nach links, den Bach entlang, und nun erkannte er, daß das Gebäude eine Mühle war, denn es gab da einen Fluder und ein großes Rad, das sich dort befand, wo für gewöhnlich das Wasser floß. Doch heute strömte kein Wasser im Fluder, und als er nahe genug herangekommen war, um durch die riesige, scheunengroße Tür zu spähen, entdeckte er auch, warum. Die Mühle war nicht nur für den Winter geschlossen, sie war noch nie benutzt worden. Die Zahnräder waren alle angebracht, aber der große runde Mühlstein war nicht vorhanden. Es gab nur ein Fundament aus behauenen Kopfsteinen.

Die Mühle war mindestens fünf Jahre alt, nach dem Efeu und dem Moosbewuchs zu urteilen. Es war sehr viel Arbeit gewesen, dieses Mühlhaus zu bauen, und doch wurde es als gewöhnlicher Heuschober verwendet.

Im Inneren, hinter der großen Tür, schaukelte ein Wagen vor und zurück, auf dem zwei Jungen, auf einer halben Ladung Heu stehend, miteinander balgten. Die Jungen waren offensichtlich Brüder, der eine ungefähr zwölf Jahre alt, der andere vielleicht neun, und der einzige Grund, weshalb der Jüngere nicht vom Wagen geworfen wurde, war der, daß der ältere Junge sich vor Lachen kaum halten konnte. Natürlich bemerkten sie Geschichtentauscher nicht.

Sie achteten auch nicht auf den Mann, der am Rande des Heubodens stand, eine Mistgabel in der Hand, und zu ihnen hinuntersah. Geschichtentauscher glaubte erst, daß der Mann sie voller Stolz betrachtete, wie ein Vater. Doch dann kam er nahe genug, um zu erkennen, wie er die Gabel hielt. Wie einen Speer, wurfbereit. Einen einzigen Moment lang sah Geschichtentauscher vor sich, was geschehen würde – wie die Gabel geworfen wurde, sich ins Fleisch eines der Jungen bohrte und ihn mit Sicherheit tötete. Es war Mord, was Geschichtentauscher schaute.

»Nein!« rief er. Er stürzte durch die Tür, seitlich am Wagen entlang und blickte zu dem Mann auf dem Heuboden empor.

Der Mann stieß die Gabel ins Heu neben sich und hob es über den Rand auf den Wagen, wo noch immer die beiden Jungen rangelten. »Ich habe euch hierher gebracht, um zu arbeiten, ihr beiden Bärenjungen, und nicht, damit ihr miteinander balgt.« Der Mann lächelte. Er blinzelte Geschichtentauscher zu. Ganz so, als hätte ihm nicht einen Moment zuvor die Mordlust in den Augen gestanden.

»Seid gegrüßt, junger Bursche«, sagte der Mann.

»Nicht ganz so jung«, erwiderte Geschichtentauscher. Er nahm seine Mütze ab, so daß sein kahler Schädel sein Alter verriet.

Die Jungen gruben sich wieder aus dem Heu hervor. »Weshalb habt Ihr gerufen, Mister?« fragte der Jüngere.

»Ich hatte befürchtet, daß jemand zu Schaden kommen würde«, antwortete Geschichtentauscher.

»Oh, wir ringen immer so«, meinte der ältere Junge. »Mein Name ist Alvin, genau wie mein Pa.« Das Grinsen des Jungen wirkte ansteckend. So verängstigt er heute auch von soviel dunklen Dingen war, blieb Geschichtentauscher doch nichts andere übrig, als das Lächeln zu erwidern und die angebotene Hand zu nehmen. Alvin Junior besaß einen Handschlag wie ein erwachsener Mann, so kräftig war er. Geschichtentauscher lobte ihn deswegen.

»Oh, er hat Euch seine Fischhand gegeben. Wenn er erst einmal mit Euch ringt und kämpft, dann liebt er es, Eure Hand zusammenzuquetschen wie eine Himbeere.«

Auch der Jüngere gab ihm die Hand. »Ich bin sieben Jahre alt, und Al Junior ist zehn.« Jünger, als sie aussahen. Beide hatten sie diesen unangenehmen, bitteren Körpergeruch, den kleine Jungen bekamen, wenn sie sehr angestrengt spielten. Aber Geschichtentauscher machte das nichts aus. Doch der Vater verwirrte ihn. War es nur eine Einbildung gewesen, daß Geschichtentauscher gedacht hatte, er wollte die Jungen töten? Welcher Mann konnte eine Mörderhand gegen solch prächtige Jungen erheben?

Der Mann hatte die Heugabel auf dem Boden gelassen,

war die Leiter heruntergeklettert und kam nun mit ausgestreckten Armen auf Geschichtentauscher zu, als wollte er ihn an sich drücken.

»Willkommen, Fremder«, sagte er Mann. »Ich bin Alvin Miller, und da hier sind meine beiden jüngsten Söhne, Alvin Junior und Calvin.«

»Cally«, berichtigte ihn der Jüngere.

»Er mag es nicht, daß unsere Namen sich reimen«, meinte Alvin Junior. »Alvin und Calvin. Ihr müßt wissen, daß man ihn ähnlich genannt hat wie mich, in der Hoffnung, daß er auch mal so ein prachtvoller Mann wird. Wirklich schade, daß es nicht funktioniert hat.«

Calvin verpaßte ihm in gespieltem Zorn einen Stoß. »Soweit ich das sehe, war er nur ein erster Versuch, und als ich kam, da haben sie es endlich richtig gemacht.«

»Wir nennen sie meistens Al und Cally«, warf der Vater ein.

»Meistens nennt ihr uns ›Halt's Maul!‹ und ›Komm gefälligst her!‹«, sagte Cally.

Al Junior verpaßte ihm einen Hieb auf die Schulter und warf ihn zu Boden. Woraufhin sein Vater seinem Hinterteil den Stiefel gab und ihn kopfüber durch die Tür trat. Alles nur zum Spaß. Es wurde niemand verletzt. Wie konnte ich nur glauben, daß hier ein Mord stattfindet? dachte Geschichtentauscher.

»Habt Ihr eine Nachricht zu überbringen? Einen Brief?« fragte Alvin Miller. Nun, da die Jungen draußen waren und einander über die Weide hinweg anbrüllten, konnten die Erwachsenen sich miteinander unterhalten.

»Ich bedaure«, erwiderte Geschichtentauscher. »Ich bin nur ein gewöhnlicher Reisender. Eine junge Dame in der Stadt meinte, daß ich hier oben einen Ort zum Schlafen finden könnte. Im Austausch für irgendwelche gute, harte Arbeit, die Ihr für mich haben mögt.«

Alvin Miller grinste. »Dann laßt mich doch erst einmal sehen, wieviel Arbeit Ihr leisten könnt.« Er schob einen Arm vor, doch nicht um seine Hand zu schütteln, und packte Geschichtentauscher am Vorderarm, gleichzeitig stemmte er seinen rechten Fuß gegen den rechten Fuß von

Geschichtentauscher. »Meint Ihr, Ihr könntet mich umwerfen?« fragte Alvin Miller.

»Sagt mir eins, bevor wir anfangen«, erwiderte Geschichtentauscher, »bekomme ich ein besseres Abendessen, wenn ich Euch umwerfe oder wenn ich es nicht tue?«

Alvin Miller legte den Kopf zurück und heulte wie ein Roter. »Wie lautet Euer Name, Fremder?«

»Geschichtentauscher.«

»Nun, Mr. Geschichtentauscher, ich hoffe, daß Euch der Geschmack von Erde behagt, denn die werdet Ihr hier als erstes zu essen bekommen.«

Geschichtentauscher spürte, wie der Griff an seinem Unterarm sich verstärkte. Seine eigenen Arme waren durchaus kräftig, aber nicht so wie der Griff dieses Mannes. Doch ein Wurfwettkampf war nicht nur eine Frage der Kraft. Es gehörte auch Witz dazu. Unter Alvin Millers Druck sackte er langsam freiwillig zusammen, lange bevor er den Mann dazu gezwungen hatte, seine ganze Kraft einzusetzen. Dann riß er plötzlich mit aller Macht in dieselbe Richtung, in die Miller schob. Meistens genügte das, um einen größeren Mann zum Sturz zu bringen – doch Alvin Miller war vorbereitet, riß in die andere Richtung und schleuderte Geschichtentauscher so weit, daß er mitten zwischen den Steinen landete, die das Fundament für den fehlenden Mühlstein bildeten.

Es hatte keine böse Absicht darin gelegen, sondern nur die reine Freude am Wettkampf. Kaum lag Geschichtentauscher am Boden, als Miller ihm auch schon wieder aufhalf und fragte, ob er sich irgend etwas gebrochen habe.

»Ich bin ja nur froh, daß Euer Mühlstein noch nicht an Ort und Stelle war«, meinte Geschichtentauscher, »sonst könntet Ihr mir nämlich jetzt wieder das Gehirn in den Kopf zurückschieben.«

»Wie bitte? Ihr seid hier im Wobbish-Land, Mann! Hier draußen braucht man kein Gehirn!«

»Nun, Ihr habt mich also geworfen«, sagte Geschichtentauscher. »Bedeutet das jetzt, daß Ihr es mir nicht gestatten werdet, mir ein Bett und eine Mahlzeit zu verdienen?«

»Zu verdienen? Nein, mein Herr. So etwas dulde ich

nicht.« Doch das Grinsen auf seinem Gesicht sprach der Härte seiner Worte Hohn. »Nein, nein, Ihr könnt arbeiten, wenn ihr mögt, weil ein Mann gerne das Gefühl hat, sich sein Auskommen zu verdienen. Aber die Wahrheit ist, daß ich Euch auch bleiben ließe, wenn Ihr zwei gebrochene Beine hättet und uns keinerlei Hilfe wärt. Wir haben ein Bett, das für Euch bereit steht, und ich verwette eine Sau gegen eine Heidelbeere, daß die Jungs Faith bereits gesagt haben, sie soll noch eine Schüssel für das Abendessen bereitstellen.«

»Das ist gütig von Euch, Sir.«

»Nicht der Rede wert«, erwiderte Alvin Miller. »Seid Ihr sicher, daß Ihr Euch nichts gebrochen habt? Ihr seid wirklich ziemlich hart auf die Steine geprallt.«

»Dann nehme ich an, daß Ihr wohl lieber nachsehen solltet, ob keiner von diesen Steinen zerbrochen ist, Sir.«

Alvin lachte wieder, klopfte ihm auf den Rücken und führte ihn zum Haus.

Und was für ein Haus das war! Nicht einmal in der Hölle hätte es mehr Gekreische und Gebrüll geben können. Miller versuchte, ihm alle Kinder einzeln vorzustellen. Doch seine vier älteren Töchter waren mit einem halben Dutzend Aufgaben so beschäftigt, wie man es sich nur denken konnte, jede von ihnen im Streit mit allen anderen, von einer Zankerei zur anderen wandernd, während ihre Arbeit sie von einem Zimmer ins andere führte. Das schreiende Baby war ein Enkelkind, ebenso die fünf Kleinkinder, die auf und unter dem Eßtisch Rundköpfe und Cavaliers spielten. Die Mutter, Faith, schien das laute Drumherum gar nicht zu bemerken, während sie in der Küche arbeitete. Gelegentlich streckte sie den Arm vor, um irgendein Kind zu knuffen, doch ansonsten ließ sie sich bei ihrem Werk nicht unterbrechen – und ebensowenig in ihrem ständigen Strom von Befehlen, Zurechtweisungen, Drohungen und Beschwerden. »Wie bewahrt Ihr Euch in alledem noch den Verstand?« fragte Geschichtentauscher sie.

»Verstand?« fragte sie ihn scharf. »Meint Ihr etwa, daß jemand, der Verstand hätte, so etwas ertragen könnte?«

Miller führte ihn in einen Nebenraum: »Euer Zimmer,

solange Ihr bleiben wollt.« Ein großes Bett stand da mit einem Federkissen und mehreren Decken, und die eine Wand grenzte an den Kamin, so daß es warm war. Ein solches Zimmer hatte man Geschichtentauscher während seiner ganzen Wanderschaft noch nie angeboten. »Versprecht mir nur, daß Euer Name in Wirklichkeit nicht Prokrustes ist«, sagte er.

Miller verstand die Anspielung nicht, doch das spielte keine Rolle, denn er deutete den Ausdruck auf Geschichtentauschers Gesicht richtig. »Geschichtentauscher, wir bringen unsere Gäste nicht im schlechtesten Zimmer unter, sondern im besten. Und jetzt will ich kein Wort mehr davon hören.«

»Dann müßt Ihr mich aber auch morgen für Euch arbeiten lassen.«

»Oh, es gibt viel zu tun, wenn Ihr geschickte Hände habt. Und wenn Ihr Euch nicht schämt, Frauenarbeit zu tun, so könnte meine Frau durchaus eine Hilfe gebrauchen. Wir werden sehen, was der Tag bringt.« Mit diesen Worte verließ Miller den Raum und schloß die Tür hinter sich.

Die Tür dämpfte den Lärm des Hauses kaum, doch er glich einer Musik, die Geschichtentauscher zu hören nichts ausmachte. Es war erst Nachmittag, doch er nahm sein Bündel ab und zog die Stiefel aus, dann ließ er sich auf der Matratze nieder. Sie raschelte wie eine Strohzecke, es lag aber eine Federmatratze obenauf, so daß sie tief und weich war. Zudem war das Stroh frisch, und an den Herdsteinen hingen getrocknete Kräuter, die ihm den Geruch von Thymian und Rosmarin verliehen. Habe ich jemals in Philadelphia auf einem solch weichen Bett geruht? Oder vorher, in England? Nicht, seitdem ich meiner Mutter Schoß verlassen habe, dachte er.

Die Art, wie die geheimen Kräfte in diesem Haus eingesetzt wurden, wirkte keineswegs zurückhaltend; das Hexzeichen war ganz offen über die Tür gemalt worden. Er erkannte das Muster wieder. Es war kein Friedensstifter, mit dem jede Gewalttätigkeit in der Seele dessen, der hier schlief, gedämpft werden sollte, auch keine Warnung ober Abwehrzeichen. Nichts davon war dazu gedacht, das Haus vor dem Gast zu schützen oder den Gast vor dem Haus. Es war lediglich zur Bequemlichkeit hergestellt worden, zu nichts sonst. Und es war vollkommen, außerordentlich fein gemalt, in den genau richtigen Proportionen. Es war nicht einfach, ein genaues Hexzeichen zu malen, da es aus Dreiern bestand. Geschichtentauscher konnte sich nicht daran erinnern, daß er jemals ein so vollkommenes Zeichen gesehen hatte.

Daher überraschte es ihn auch nicht, wie er sich auf dem Bett ausstreckte, zu spüren, daß die Muskeln seines Körpers sich entspannten, als wollten dieses Bett und dieses Zimmer die Müdigkeit einer fünfundzwanzigjährigen Wanderschaft vertreiben. Ihm fiel ein, daß er darauf hoffte, im Tod einmal das Grab als ebenso bequem wie dieses Bett zu erfahren.

Als Alvin Junior ihn wachrüttelte, duftete das ganze Haus nach Salbei, Pfeffer und gedünstetem Rindfleisch. »Ihr habt Zeit, den Abort zu benutzen, Euch zu waschen und zum Essen zu kommen«, sagte der Junge.

»Ich muß wohl eingeschlafen sein«, erwiderte Geschichtentauscher.

»Dafür habe ich das Hexzeichen auch angebracht«, meinte der Junge. »Funktioniert gut, nicht?« Dann rannte er aus dem Zimmer.

Fast im selben Augenblick hörte Geschichtentauscher, wie eines der Mädchen dem Jungen die allerschlimmsten Drohungen an den Kopf warf. Der Streit setzte sich mit vollster Lautstärke fort, während Geschichtentauscher hinaus zum Abort ging, und als er wieder eintrat, war das Geschrei noch immer im Gange – obwohl Geschichtentauscher glaubte, daß diesmal möglicherweise eine andere Schwester schrie.

»Ich schwöre, daß ich dir heute nacht im Schlaf ein Stinktier an die Fußsohlen nähen werde, Al Junior!« Geschichtentauscher hatte schon oft Geschrei gehört. Manchmal war es eines der Liebe, manchmal eines des Hasses. Wenn es aus dem Haß geboren war, pflegte er so schnell zu verschwinden, wie er nur konnte. In diesem Haus jedoch konnte er bleiben.

Da er sich Hände und Gesicht gewaschen hatte, war er sauber genug, daß Goody Faith es ihm gestattete, die Brotlaibe zum Tisch zu tragen – »solange ihr das Brot nicht mit Eurem schmutzigen Hemd berührt«. Dann stellte Geschichtentauscher sich in die Reihe, die Schüssel in der Hand, während die ganze Familie in die Küche marschierte und mit dem größten Teil einer Sau unter sich verteilt, wieder hervorkam.

Faith, nicht Miller selbst forderte eines der Mädchen zum Gebet auf, und Geschichtentauscher bemerkte, daß Miller nicht einmal die Augen schloß, wenngleich alle Kinder die Köpfe gesenkt und die Hände gefaltet hatten. Es war, als sei das Gebet etwas, das er zwar duldete, aber nicht ermunterte. Ohne danach fragen zu müssen, begriff Geschichtentauscher, daß Alvin Miller und der Prediger unten in der prächtigen weißen Kirche überhaupt nicht gut miteinander auskamen. Geschichtentauscher kam zu dem Schluß, daß Miller möglicherweise sogar ein Sprichwort aus seinem Buch schätzen würde: »So wie die Raupe sich die schönsten Blätter aussucht, um darauf ihre Eier zu legen, so legt der Priester seinen Fluch auf die schönsten Freuden.«

Zu Geschichtentauschers Überraschung verlief das Mahl keineswegs so laut und turbulent. Jedes Kind berichtete, was es an diesem Tag getan hatte, und alle hörten zu, manchmal Rat oder Lob aussprechend. Schließlich, als der Eintopf verzehrt war und Geschichtentauscher mit einem Stück Brot die letzten Reste in seiner Schüssel aufsaugte, wandte Miller sich ihm zu, so wie er sich an alle anderen in der Familie gewandt hatte.

»Und Euer Tag, Geschichtentauscher. Habt Ihr ihn gut verbracht?«

»Ich bin vor dem Mittag einige Meilen gewandert und habe einen Baum bestiegen«, erzählte Geschichtentauscher. »Dann sah ich einen Kirchturm, der mich zu einer Stadt führte. Dort fürchtete sich ein Christenmensch vor meinen verborgenen Kräften, obgleich er keine von ihnen sah, und ebenso ein Prediger, wenngleich dieser behauptete, daß er nicht glaubte, daß ich welche hätte. Aber ich suchte weiter nach einer Mahlzeit und nach einem Bett sowie nach einer Gelegenheit, mir beides durch Arbeit zu verdienen, und eine Frau sagte, daß die Leute am Ende eines bestimmten Wagenpfads mich aufnehmen würden.«

»Das war wohl unsere Tochter Eleanor«, meinte Faith.

»Ja«, erwiderte Geschichtentauscher. »Ich sehe jetzt, daß sie die Augen ihrer Mutter hat, die immer gelassen sind, egal, was gerade geschieht.«

»Nein, Freund«, widersprach Faith, »es ist nur, daß diese Augen Zeiten geschaut haben, seit denen es nicht mehr einfach ist, mich aus der Ruhe zu bringen.«

»Ich hoffe, daß ich die Geschichte solcher Zeiten zu hören bekommen, bevor ich wieder aufbreche«, erwiderte Geschichtentauscher.

Faith wandte den Blick ab, während sie eine weitere Scheibe Käse auf das Brot eines Enkelkinds legte.

Geschichtentauscher jedoch fuhr mit seinem Tagesbericht fort, denn er wollte nicht zeigen, daß sie ihn möglicherweise durch ihr Schweigen in Verlegenheit gebracht hatte. »Dieser Wagenpfad war äußerst merkwürdig«, sagte er. »Es gab bedeckte Brücken, die über Bäche führten, die ein Kind hätte durchwaten und ein Mann überschreiten können. Ich hoffe, die Geschichte dieser Brücken zu hören, bevor ich wieder aufbreche.«

Wieder wich alles seinem Blick aus.

»Und als ich aus dem Wald trat, fand ich eine Mühle ohne Mühlstein vor, und zwei Jungen, die auf einem Wagen rangen, und einen Müller, der mir den schlimmsten Wurf meines Lebens verpaßte, dazu eine Familie, die mich aufnahm und mir das beste Zimmer im ganzen Haus gab, obwohl ich doch ein Fremder war und obwohl sie nicht wußten, ob ich ein guter oder ein böser Mensch bin.«

»Natürlich seid Ihr gut«, warf Al Junior ein.

»Darf ich eine Frage stellen? Ich habe schon viele gastfreundliche Menschen erlebt und habe in vielen glücklichen Häusern gewohnt, aber keines war glücklicher als dieses, und keines war ganz so froh, mich zu sehen.«

Alle am Tisch verstummten. Schließlich hob Faith den Kopf und lächelte ihn an. »Ich bin froh, daß Ihr uns glücklich vorgefunden habt«, sagte sie. »Aber wir erinnern uns auch an andere Zeiten; vielleicht ist unser jetziges Glück durch die Erinnerung an das Leid größer geworden.«

»Aber warum nehmt Ihr einen Mann wie mich auf?«

Miller selbst antwortete: »Weil auch wir einmal Fremde waren und weil gute Menschen uns aufgenommen haben.«

»Ich habe eine Weile in Philadelphia gelebt, und da fällt es mir ein, Euch zu fragen, ob Ihr zu der Gesellschaft der Freunde gehört?«

Faith schüttelte den Kopf. »Ich bin Presbyterianerin. Und viele der Kinder auch.«

Geschichtentauscher sah Miller an.

»Ich bin nichts«, sagte er.

»Ein Christ ist nicht nichts«, meinte Geschichtentauscher.

»Ich bin auch kein Christ.«

»Ah«, sagte Geschichtentauscher. »Also ein Deist, wie Tom Jefferson.« Die Kinder murmelten, als er den Namen des großen Mannes erwähnte.

»Geschichtentauscher, ich bin ein Vater, der seine Kinder liebt, ein Ehemann, der seine Frau liebt, ein Farmer, der seine Schulden bezahlt, und ein Müller ohne Mühlstein.« Dann erhob sich der Mann vom Tisch und schritt davon. Sie hörten, wie sich die Haustür schloß.

Geschichtentauscher wandte sich Faith zu. »Oh, Milady, ich fürchte, jetzt bereut Ihr es, daß ich Euer Haus betreten habe.«

»Ihr stellt sehr viele Fragen«, meinte sie.

»Ich habe Euch meinen Namen genannt, und mein Name gibt Aufschluß über mein Tun. Wann immer ich spüre, daß es eine Geschichte gibt, die wichtig und wahr ist, so hungere ich danach. Und wenn ich sie höre und an sie glaube, dann erinnere ich mich auf alle Zeiten an sie und erzähle sie immer wieder, wo immer ich hingehe.«

»So verdient Ihr Euch Euren Lebensunterhalt?« fragte eines der Mädchen.

»Ich verdiene mir meinen Lebensunterhalt, indem ich beim Ausbessern von Wagen helfe und Gräben aushebe und Fäden spinne und alles andere tue, was getan werden muß. Aber mein Lebenswerk sind Geschichten, und die tausche ich, eine gegen die andere. Ihr mögt jetzt vielleicht glauben, daß Ihr mir keine Eurer Geschichten erzählen wollt, und das behagt mir gut, denn ich habe nie eine Geschichte genommen, die nicht freiwillig erzählt wurde. Ich bin kein Dieb. Aber seht Ihr, ich habe bereits eine Geschichte – die Dinge, die mir heute widerfahren sind. Die gütigsten Menschen und das weichste Bett zwischen dem Mizzipy und dem Alph.«

»Wo ist denn der Alph? Ist das ein Fluß?« fragte Cally.«

»Wie, wollt Ihr eine Geschichte hören?« fragte Geschichtentauscher.

»Ja!« riefen die Kinder im Chor.

»Aber nicht über den Fluß Alph«, meinte Al Junior. »Den gibt es doch nicht wirklich.«

Geschichtentauscher sah ihn erstaunt an. »Woher hast du das gewußt? Hast du etwa Lord Byrons Sammlung der Dichtung von Coleridge gelesen?«

Al Junior sah etwas verwirrt um sich.

»Wir haben hier nicht viele Bücher«, erklärte Faith. »Der Prediger erteilt ihnen Bibelstunden, damit sie lesen lernen.«

»Woher wußtest du dann, daß es den Fluß Alph nicht wirklich gibt?«

Al Junior verzog das Gesicht, als wollte er sagen: Stell mir keine Fragen, wenn ich die Antworten selbst nicht kenne. »Ich möchte eine Geschichte von Jefferson hören. Ihr habt seinen Namen so ausgesprochen, als wäret Ihr ihm begegnet.«

»Oh, das bin ich auch. Ich habe auch das Schwert gesehen, mit dem George Washington geköpft wurde. Ich habe sogar König Robert den Zweiten gesehen, bevor die Franzosen sein Schiff versenkten und es ihn auf den Meeresboden herabriß.«

»Wo er auch hingehörte«, murmelte Faith.

»Wenn nicht noch tiefer«, meinte eines der älteren Mädchen.

»Dazu sage ich gerne amen. Es heißt in Appalachee, daß soviel Blut an seinen Händen klebte, daß selbst seine Knochen davon braungefärbt waren, so daß nicht einmal die gierigsten Fische daran nagen wollten.«

Die Kinder lachten.

»Noch mehr als eine Geschichte über Tom Jefferson«, sagte Al Junior, »möchte ich gerne eine Geschichte vom größten amerikanischen Zauberer hören. Ich wette, Ihr habt Ben Franklin kennengelernt.«

Wieder verblüffte ihn das Kind. Woher wußte der Junge, daß er von allen Geschichten jene über Ben Franklin am liebsten erzählte? »Ihn gekannt? O ja, ein wenig«, sagte Geschichtentauscher und wußte, daß die Art, wie er es sagte, ihnen alle Geschichten verhieß, auf die sie hoffen durften. »Ich habe nur ein halbes Jahr mit ihm zusammengelebt, und jede Nacht waren da acht Stunden, in denen ich nicht mit ihm zusammen war – daher kann ich nicht behaupten, daß ich *viel* über ihn weiß.«

Al Junior beugte sich über die Tischplatte, seine Augen leuchteten und zuckten nicht. »War er wirklich ein Macher?«

»Jede dieser Geschichten zu ihrer Zeit«, sagte Geschichtentauscher. »Solange Euer Vater und Eure Mutter bereit sind, mich hierzubehalten, und solange ich glaube, daß ich mich nützlich mache, werde ich bleiben und Tag und Nacht Geschichten erzählen.«

»Fangen wir mit Ben Franklin an«, beharrte Alvin Junior. »Hat er wirklich den Blitz aus dem Himmel herabgezogen?«

10 Visionen

Alvin Junior erwachte schweißgebadet aus einem Alptraum. Er keuchte, als hätte er gerade versucht, davonzulaufen, dabei wußte er, daß es kein Davonlaufen gab. Mit geschlossenen Augen lag er da, fürchtete sich eine Weile davor, sie zu öffnen, denn er wußte, daß der böse Traum auch dann immer noch dasein würde. Vor langer Zeit, als er noch sehr klein gewesen war, hatte er noch aufgeschrien, wenn dieser Alptraum kam. Doch als er versucht hatte, ihn Papa und Mama zu erklären, hatten sie immer dasselbe gesagt. »Aber das ist doch *nichts*, Sohn. Willst du mir erzählen, daß du dich so vor *nichts* fürchtest?« Da hatte er sich beigebracht, nur noch leise vor sich hinzuschluchzen und niemals laut aufzuschreien, wenn der Traum kam.

Er öffnete die Augen, und der Traum floh in die Ecken des Raums zurück, wo er ihn nicht unmittelbar anschauen mußte. Das erleichterte ihn schon etwas. Bleib da und laß mich in Ruhe, sagte er stumm.

Dann begriff er, daß es schon voller Tag war und daß Mama seine schwarzen Hosen und die Jacke aus grobem Tuch herausgelegt hatte und dazu ein sauberes Hemd. Seine Sonntags-in-die-Kirche-gehen-Kleider. Fast wäre er lieber zu seinem Alptraum zurückgekehrt, als mit so einem Gedanken zu erwachen.

Alvin Junior haßte den Sonntagmorgen. Er haßte es, sich fein anziehen zu müssen, so daß er sich nicht auf den Boden setzen oder sich ins Gras knien oder sich auch nur vorbeugen konnte, ohne sich irgendwie schmutzig zu machen und ohne daß Mama ihm gleich sagte, er solle den Tag des Herrn mehr ehren. Er haßte es, den ganzen Morgen auf Zehenspitzen durchs Haus schleichen zu müssen, weil Sabbat war und es am Sabbat keinen Lärm geben durfte. Am schlimmsten aber haßte er den Gedanken, vorne auf einer harten Bank sitzen zu müssen, wo Reverend Thrower ihn anschaute, während er über die Höllenfeuer predigte, die jene Gottlosen erwarteten, die die wahre Religion verachteten und ihr Vertrauen auf das schwache Verständnis des Menschen setzten.

Dabei verabscheute Alvin die Religion gar nicht wirklich, sondern nur Reverend Thrower; vor allem wegen der vielen Stunden in der Schule, nun, da die Erntezeit vorüber war. Alvin Junior war ein guter Leser, und beim Rechnen bekam er auch meistens die richtigen Ergebnisse. Doch das genügte dem blöden Thrower nicht. Er mußte auch immer gleich Religion dazu unterrichten. Die anderen Kinder – die Schweden und die Knickerbocker von flußaufwärts, die

Schotten und die Englischen von flußabwärts bekamen immer nur Prügel, wenn sie frech waren oder dreimal hintereinander eine falsche Antwort gaben. Alvin Junior jedoch bekam von Thrower bei jeder Gelegenheit den Rohrstock, so schien es ihm, und dabei ging es auch nie um das Bücherwissen, sondern immer nur um Religion.

Natürlich war es da keine große Hilfe, daß Alvin die Bibel immer zu den unpassendsten Zeiten komisch fand. Das hatte Measure gesagt, damals, als Alvin aus der Schule davongelaufen und sich in Davids Haus versteckt hatte, bis Measure ihn endlich am Abend aufgespürt hatte. »Wenn du bloß nicht immer lachen würdest, wenn er aus der Bibel vorliest, würdest du auch nicht so oft gehauen werden.«

Aber es war doch *komisch!* Wenn Jonatan all diese Pfeile gen Himmel schoß und sie ihr Ziel verfehlten. Wenn Jerobeam nicht genügend Pfeile aus seinem Fenster verschoß. Wenn der Pharao immer neue Raffiniertheiten erfand, um die Israeliten am Fortgehen zu hindern. Wenn Samson so blöd war, daß er Delilah sein Geheimnis anvertraute, noch nachdem sie ihn bereits zweimal verraten hatte. »Wie soll ich das denn verhindern, daß ich lachen muß?«

»Denk einfach an die Schwielen an deinem Hintern«, meinte Measure. »Das sollte dir das Grinsen eigentlich aus dem Gesicht vertreiben.«

»Aber das fällt mir doch immer erst ein, *nachdem* ich bereits gelacht habe.«

»Dann wirst du wahrscheinlich so lange keinen Stuhl brauchen, bis du fünfzehn geworden bist«, sagte Measure. »Denn Mama nimmt dich niemals von dieser Schule, und Thrower wird dich niemals in Frieden lassen, und du kannst dich nicht auf alle Zeiten in Davids Haus verstekken.«

»Warum nicht?«

»Weil, wenn du dich vor deinem Feind versteckst, es dasselbe ist, als würdest du ihn gewinnen lassen.«

Measure wollte ihn also nicht in seinem Versteck lassen, und er mußte zurückkehren – um auch noch von Pa eine Tracht Prügel zu bekommen, weil er allen einen Schrecken eingejagt hatte, indem er davongelaufen war und sich so lange versteckt hielt. Trotzdem hatte Measure ihm irgendwie geholfen. Es war ein Trost zu wissen, daß auch ein anderer bereit war, auszusprechen, daß Thrower sein Feind war. Alle anderen erzählten immer nur, wie gottesfürchtig und gebildet Thrower war und wie *nett* es doch von ihm sei, die Kinder am Born seiner Weisheit zu tränken, daß Alvin am liebsten gekotzt hätte.

Obwohl Alvin nun seine Miene in der Schule meistens beherrschte und weniger oft verprügelt wurde, war der Sonntag der scheußlichste Kampf von allen, weil er dann immer auf dieser harten Bank saß und Thrower zuhören mußte, wobei er die Hälfte der Zeit am liebsten lauthals losgelacht hätte. Während er die andere Hälfte ihr am liebsten aufgestanden wäre, um zu rufen: »Das ist so ziemlich das Dämlichste, was ich von einem Erwachsenen jemals gehört habe!« Er hatte sogar das Gefühl, daß Pa ihn nicht sonderlich hart verhauen würde, wenn er Thrower so etwas sagte, da Pa noch nie viel von dem Mann gehalten hatte. Aber Mama – die würde ihm niemals vergeben, wenn er im Hause des Herrn Gott lästerte.

Der Sonntagmorgen, entschied er, soll den Sündern einen Vorgeschmack auf den ersten Tag der Ewigkeit in der Hölle geben.

Wahrscheinlich würde Mama es nicht einmal Geschichtentauscher erlauben, heute auch nur die allerwinzigste Geschichte zu erzählen, es sei denn, sie stammte aus der Bibel. Und da Geschichtentauscher anscheinend niemals Geschichten aus der Bibel erzählte, schätze Alvin Junior, daß der heutige Tag nichts Gutes bringen würde.

Mamas Stimme tönte die Treppe hinauf. »Alvin Junior, ich bin es so leid, daß du immer drei Stunden brauchst, um dich Sonntag morgens anzuziehen, daß ich dich gleich nackt mit in die Kirche schleppe!«

»Ich bin gar nicht nackt!« rief Alvin hinunter. Doch da er gerade sein Nachthemd trug, war das wahrscheinlich noch *schlimmer*, als nackt zu sein. Er riß sich das Flanellnachthemd vom Leib, hängte es an einen Haken und begann, sich so schnell wie möglich anzuziehen.

Es war schon sonderbar. Jeden anderen Tag brauchte er

nur nach seinen Kleidern zu greifen, ohne überhaupt nachzudenken, und dann waren die auch da, jedes Teil, das er haben wollte. Hemd, Hose, Strümpfe, Schuhe. Doch an einem Sonntagmorgen schien es, als würden die Kleider vor seiner Hand davonlaufen. Dann griff er nach seinem Hemd und erwischte die Hose. Er griff nach einer Socke und bekam einen Schuh zu fassen.

Als Mama also schließlich gegen die Tür polterte, war es daher nicht allein Alvins Schuld, daß er noch nicht einmal seine Hose angezogen hatte.

»Du hast das Frühstück verpaßt! Du bist noch immer halbnackt! Wenn du dir einbildest, daß die ganze Familie deinetwegen zu spät in die Kirche kommt, dann ...«

»... bilde ich *dir* gleich was ein«, sagte Alvin.

Es war doch gar nicht *seine* Schuld, daß sie immer dasselbe sagte. Aber sie wurde so wütend auf ihn, als hätte er so tun müssen, als würde es ihn *überraschen*, sie es in diesem Sommer zum neunzigstenmal sagen zu hören. O ja, sie war ganz und gar bereit, ihn zu verhauen, oder sogar nach Pa zu rufen, als plötzlich Geschichtentauscher zu seiner Rettung kam.

»Goody Faith«, sagte Geschichtentauscher, »ich kümmere mich gerne darum, daß er in die Kirche kommt, wenn Ihr schon mit den anderen vorgeht.«

Kaum hatte Geschichtentauscher gesprochen, als Mama herumwirbelte und versuchte zu verbergen, wie zornig sie gewesen war. Sofort begann Alvin, einen Beruhigungszauber auf sie zu legen – mit der rechten Hand, wo sie es nicht sehen konnte, denn wenn sie es bemerkt hätte, hätte sie ihm sicherlich den Arm gebrochen. Ein Beruhigungszauber funktionierte nicht so gut, wenn man den anderen nicht berühren konnte, aber da sie sich schon mächtig anstrengte, vor Geschichtentauscher ruhig *auszusehen*, klappte es doch ganz ordentlich.

»Ich möchte Euch wirklich keine Umstände machen«, sagte Mama.

»Das sind keine Umstände, Goody Faith«, erwiderte Geschichtentauscher. »Ich tue schon wenig genug, um Euch Eure Güte zu erwidern.«

»Wenig genug!« Inzwischen war die Verwirrung aus Mamas Stimme fast völlig gewichen. »Mein Mann sagt aber, daß Ihr für zwei Erwachsene arbeitet. Und wenn Ihr den Kleinen Geschichten erzählt, erlebe ich hier in diesem Haus mehr Frieden und Ruhe als … als *jemals* zuvor.« Sie drehte sich wieder zu Alvin um, doch nun war ihr Zorn mehr gespielt als echt. »Wirst du tun, was Geschichtentauscher dir sagt, und ganz schnell in die Kirche kommen?«

»Ja, Mama«, antwortete Alvin Junior. »So schnell ich kann.«

»Also gut. Ich danke Euch recht freundlich, Geschichtentauscher. Wenn Ihr diesen Jungen dazu bringen könnt, zu gehorchen, dann ist das mehr, als irgend jemand bisher geschafft hat, seit er das Sprechen gelernt hat.«

»Er ist ein richtiger Lausejunge«, sagte Mary draußen auf dem Gang.

»Halt den Mund, Mary«, sagte Mama, »sonst stopfe ich dir die Unterlippe in die Nase und zwicke sie dort fest, damit er geschlossen *bleibt*.«

Alvin seufzte erleichtert. Wenn Mama solch widersinnige Drohungen ausstieß, bedeutete das, daß sie nicht mehr wütend war. Mary stolzierte erhobenen Hauptes den Gang entlang, aber Alvin kümmerte sich gar nicht mehr darum. Er grinste einfach nur Geschichtentauscher an, und der alte Mann grinste zurück.

»Hast du Schwierigkeiten, dich für den Kirchgang anzuziehen, Junge?« fragte Geschichtentauscher.

»Lieber würde ich mich mit Talg bekleiden und durch eine Herde hungriger Bären wandern«, meinte Alvin Junior.

»Es überleben aber mehr Menschen den Kirchgang als Begegnungen mit Bären.«

»Aber nicht sehr viel mehr.«

Schon bald war er angezogen. Doch es gelang ihm, Geschichtentauscher dazu zu überreden, den kürzeren Weg zu nehmen, was bedeutete, daß sie durch den Wald über den Hügel hinter dem Haus gehen würden. Da es draußen ziemlich kalt war und eine Weile nicht geregnet hatte, würde es nicht schlammig sein, und Mama würde ihre kleine Abweichung wahrscheinlich nicht einmal bemerken. Und was Mama nicht wußte, würde ihm nicht weh tun.

»Mir ist aufgefallen«, sagte Geschichtentauscher, als sie den laubbedeckten Anhang emporkletterten, daß dein Vater nicht mit deiner Mutter und Cally und den Mädchen losgegangen ist.«

»Er geht nicht in diese Kirche«, sagte Alvin. »Er meint, Reverend Thrower wäre ein Esel. Natürlich sagt er das nicht, wenn Mama es hören kann.«

»Nein, wahrscheinlich nicht«, meinte Geschichtentauscher.

Oben auf dem Gipfel des Hügels blieben sie stehen und blickte über Weideland auf die Kirche hinunter. Der Kirchenhügel versperrte den Blick auf die Stadt Vigor Church. Inmitten des herbstlichen braunen Grases wirkte die Kirche wie das weißeste Dinge der Welt. Alvin konnte Wagen sehen, die noch immer in Richtung Kirche fuhren, und Pferde, die gerade auf der Weide an den Pfählen festgemacht wurden.

Wenn sie sich jetzt beeilten, würden sie wahrscheinlich bereits auf ihren Plätzen sitzen, noch bevor Reverend Thrower mit der Hymne begonnen hatte.

Aber Geschichtentauscher begann nicht damit, den Hügel hinunterzugehen. Er setzte sich einfach auf einen Baumstumpf und fing an, ein Gedicht zu rezitieren. Alvin hörte genau zu, weil Geschichtentauschers Gedichte sehr gescheit und lustig waren.

Ich trat in den Garten der Liebe
Und sah, was ich niemals geschaut:
Dort wo im Grün ich einst spielte
Ward eine Kapelle erbaut.

Die Tore waren verschlossen
Und ›Du sollst nicht‹ stand drüber geschrieben,
Da dreht' ich mich um, schaut' im Garten
Wo die lieblichen Blumen geblieben.

Und ich sah, daß er war voller Gräber
Und statt Blumen der Gruften Gestein,
Priester in schwarzen Kutten schritten im Kreise umher
Zu Fesseln mit dornigen Strängen all meine Freude und all mein Begehr.

Oh, Geschichtentauscher hatte wirklich ein seltsames Talent, denn noch während er das Gedicht rezitierte, verwandelte sich vor Alvins Augen die ganze Welt. Die Weiden und Bäume sahen aus wie ein einziger Frühlingsruf, von lebhaftem Gelbgrün, mit Zehntausenden von Blüten, und das Weiße der Kapelle in ihrer Mitte leuchtete nicht länger, sondern hatte statt dessen die staubige, kalkige Weißtönung alten Gesteins angenommen. »Zu Fesseln mit dornigen Strängen, all meine Freude und all mein Begehr«, wiederholte Alvin. »Ihr habt wohl nicht viel für Religion übrig.«

»Ich atme die Religion mit jedem Zug«, widersprach Geschichtentauscher. »Ich sehne mich nach Visionen und suche nach den Spuren von Gottes Hand. Doch auf dieser Welt sehe ich mehr Spuren des anderen. Eine Spur aus glitzerndem Schleim, der mich verbrennt, wenn ich ihn berühre. Gott ist dieser Tage ein wenig distanziert, Al Junior, aber Satan fürchtet sich nicht davor, sich zusammen mit der Menschheit im Schlamm zu suhlen.«

»Thrower sagt, seine Kirche ist das Haus Gottes.«

Geschichtentauscher aber saß einfach nur da und sagte ganz lange überhaupt nichts.

Schließlich fragte Alvin ihn geradeheraus: »Habt Ihr in dieser Kirche Teufelsspuren geschaut?«

In den Tagen, da Geschichtentauscher schon bei ihnen gewesen war, hatte Alvin erkannt, daß Geschichtentauscher niemals wirklich log. Aber wenn er nicht auf eine Antwort festgelegt werden wollte, pflegte er ein Gedicht aufzusagen. So verfuhr er auch jetzt.

»O Rose, du bist krank.
Der unsichtbare Wurm
Der flieget in der Nacht
Im heulend', heftig' Sturm

Hat deine Bettestatt
Aus Scharlachfreud' gefunden
Und seine dunkel Lieb'
Dein Leben bald zerschunden.

Alvin hatte keine Geduld mit solch verworrenen Antworten. »Wenn ich etwas hören möchte, was ich nicht verstehen kann, kann ich gleich Isaias lesen.«

»Das ist Musik in meinen Ohren, mein Junge, wenn du mich mit dem größten aller Propheten vergleichst.«

»Kann kein besonders großartiger Prophet sein, wenn kein Mensch ein Wort von dem verstehen kann, was er geschrieben hat.«

»Oder er wollte vielleicht, daß wir alle Propheten werden.«

»Ich habe nicht viel für Propheten übrig«, meint Alvin. »So, wie ich das sehe, sterben sie genauso wie alle anderen auch.« Das war etwas, was er seinen Vater einmal hatte sagen hören.

»Jeder stirbt irgendwann«, meinte Geschichtentauscher, »aber viele von denen, die gestorben sind, leben in ihren Worten weiter.«

»Worte bleiben nie wirklich«, erwiderte Alvin. »Also wenn ich etwas *mache,* dann ist es das Ding, das ich gemacht habe. Zum Beispiel, wenn ich einen Korb mache, dann ist das ein Korb. Wenn er zerrissen wird, ist er ein zerrissener Korb. Aber wenn ich Worte sage, dann kann man die völlig verdrehen. Thrower kann dieselben Worte nehmen, die ich gesagt habe, und sie so verdrehen, bis sie das genaue Gegenteil dessen bedeuten, was ich sagte.«

»Sieh es einmal auf andere Weise, Alvin. Wenn du einen Korb herstellst, bleibt es immer nur ein einfacher Korb. Aber wenn du Worte sagst, dann kann man die immer und immer wieder wiederholen, auch tausend Meilen von dem Ort entfernt, wo du sie zum ersten Mal gesagt hast. Worte können die Herzen der Menschen erreichen, aber Dinge sind nie mehr als das, was sie eben sind.«

Alvin hörte dem Geschichtentauscher aufmerksam zu und hatte plötzlich ein seltsames Bild vor Augen: Worte, so unsichtbar wie Luft, die aus Geschichtentauschers Mund kamen und sich von einer Person zur anderen ausbreiteten. Sie wurden immer größer, blieben aber die ganze Zeit unsichtbar.

Dann veränderte sich die Vision plötzlich. Er sah die Worte aus dem Mund des Predigers hervortreten, wie ein Zittern in der Luft, sah sie sich ausbreiten, alles durchdringen – und plötzlich wurde daraus ein Alptraum, der entsetzliche Traum, der ihn heimsuchte, im Wachen oder im Schlafen, und der sein Herz zerdrückte, daß er am liebsten gestorben wäre. Die Welt erfüllte sich mit einem unsichtbaren, bebenden *Nichts*, das alles durchdrang und auseinanderriß. Alvin konnte es sehen, wie es auf ihn zugerollt kam, wie ein riesiger Ball, der immer größer wurde ...

Geschichtentauscher schüttelte ihn, und Alvin öffnete die Augen. Die bebende Luft zog sich allmählich zurück, doch Alvin spürte sie immer noch, ein wenig entfernt, so wachsam wie ein Wiesel, bereit, sofort davonzuflitzen, wenn er den Kopf umwandte.

»Was ist los mit dir, Junge?« fragte Geschichtentauscher. Er sah verängstigt aus.

»Nichts«, sagte Alvin.

»Erzähl mir nicht, daß es nichts ist«, widersprach Geschichtentauscher. »Ich habe gesehen, wie dich plötzlich eine Angst überfiel, als würdest du eine schreckliche Vision schauen.«

»Das war keine Vision«, sagte Alvin. »Ich hatte einmal eine Vision, daher weiß ich das.«

»Ach ja?« fragte Geschichtentauscher. »Was war das denn für eine Vision?«

»Ein leuchtender Mann«, erwiderte Alvin. »Ich habe noch nie jemandem davon erzählt, und ich möchte auch jetzt nicht damit anfangen.«

Geschichtentauscher drang nicht in ihn ein. »Und das, was du jetzt gesehen hast, wenn das keine Vision war – nun, was war es dann?«

»Es war nichts.« Das war nicht gelogen, aber er wußte auch, daß es keine befriedigende Antwort war. Er *wollte* allerdings auch nicht antworten. Wann immer er Leuten davon erzählte, machten sie sich nur über ihn lustig, weil er sich wegen eines Nichts anstellte wie ein kleines Kind.

Doch Geschichtentauscher ließ sich mit einer solchen Antwort nicht abspeisen. »Al Junior, ich habe mich schon mein ganzes Leben nach einer wahren Vision gesehnt, und du hast eine geschaut, hier am hellichten Tage. Du mußt etwas Entsetzliches gesehen haben, denn dir stockte der Atem, also erzähl mir jetzt, was es war.«

»Ich habe es Euch erzählt! Es war nichts!« Und dann, ruhiger: »Es ist *nichts*, aber ich kann es sehen. Dann wird die Luft richtig zittrig, wo immer sie hingeht.«

»Es ist nichts, aber nicht unsichtbar?«

»Es dringt in alles ein, in die kleinsten Ritzen und reißt alles auseinander. Es zittert und zittert, bis von den Dingen nichts mehr übrig ist als Staub, und dann duchzittert es den Staub, und ich versuche, es abzuhalten, aber es wird größer und größer, es überrollt alles andere, bis es den ganzen Himmel und die ganze Erde ausfüllt.« Alvin konnte sich nicht mehr beherrschen. Er zitterte vor Kälte, obwohl er so dick eingemummt war wie ein Bär.

»Wie oft hast du das schon gesehen?«

»Seit ich mich erinnern kann. Es überfällt mich dann und wann. Meistens denke ich einfach an andere Dinge, dann bleibt es zurück.«

»Wo?«

»Irgendwo weit entfernt.« Alvin kniete sich nieder, und dann setzte er sich erschöpft, setzte sich mit seiner Sonntagshose mitten ins feuchte Gras, doch er bemerkte es kaum. »Als Ihr davon gesprochen habt, wie die Worte sich immer und immer weiter ausdehnen, habe ich es wieder gesehen.«

»Ein Traum, der immer wiederkommt, versucht uns die Wahrheit mitzuteilen«, meinte Geschichtentauscher.

Der alte Mann war so eifrig, was diese Sache anging, daß Alvin sich fragte, ob er wirklich begriff, wie grauenerregend sie war. »Das ist nicht eine von Euren Geschichten, Geschichtentauscher.«

»Es wird aber eine werden«, erwiderte Geschichtentauscher, »sobald ich sie verstanden haben.«

Geschichtentauscher setzte sich neben ihn und dachte sehr lange schweigend nach. Auch Alvin saß stumm da, verbog mit den Fingern Grashalme. Nach einer Weile wurde er ungeduldig. »Vielleicht könnt Ihr auch nicht alles verstehen«, meinte er. »Vielleicht ist das nur eine Verrücktheit in mir. Vielleicht bekomme ich ja auch bloß irgendwelche Anfälle von Wahnsinn.«

»Da«, sagte Geschichtentauscher, ohne überhaupt zu bemerkten, daß Alvin etwas gesagt hatte. »Jetzt ist mir ein Sinn eingefallen. Laß ihn mich sagen, dann werden wir mal sehen, ob wir daran glauben.«

Alvin schätzte es nicht, ignoriert zu werden. »Oder vielleicht bekommt *Ihr* Wahnsinnsanfälle, habt Ihr darüber schon einmal nachgedacht, Geschichtentauscher?«

Geschichtentauscher wischte Alvins Zweifel beiseite. »Das ganze Universum ist nur ein Traum in Gottes Geist, und solange er schläft, glaubt er daran und die Dinge bleiben wirklich. Was du siehst, das ist Gott, wie er aufwacht, wie er ganz langsam aufwacht und wie sein Wachsein sich durch den Traum zieht, das Universum auflöst, bis er sich schließlich aufsetzt, die Augen reibt und sagt: ›Oh, was für ein Traum, ich wünschte, ich könnte mich noch an ihn erinnern‹, und in diesem Augenblick sind wir alle verschwunden.« Begierig sah er Alvin an. »Wie war das?«

»Wenn Ihr das glauben solltet, Geschichtentauscher, dann seid Ihr wirklich ein verdammter Narr, genau wie Brustwehr Weaver es sagt.«

»Ach, das sagt er, ja?« Plötzlich ließ Geschichtentauscher die Hand hervorschießen und packte Alvin am Handgelenk. Alvin war so überrascht davon, daß er fallenließ, was er eben noch gehalten hatte. »Nein! Heb es auf! Schau dir an, was du getan hast!«

»Ich habe nur ein bißchen herumgefummelt, herrje!«

Geschichtentauscher griff hinunter und nahm auf, was Alvin hatte fallenlassen. Es war ein winziger Korb, kaum ein Zoll im Durchmesser, aus Herbstgräsern gefertigt. »Gerade hast du das hier gemacht.«

»Ich schätze, schon«, meinte Alvin.

»Warum hast du es getan?«

»Ich habe es einfach nur gemacht.«

»Du hast nicht einmal darüber nachgedacht?«

»Es ist ja nicht gerade ein großartiger Korb. Ich habe sie früher für Cally gemacht. Damals hat er sie Käferkörbe genannt. Sie fallen ziemlich schnell wieder auseinander.«

»Du hast eine Vision von *nichts* gehabt, und dann mußtest du *etwas* machen.«

Alvin musterte den Korb. »Wird wohl so sein.«

»Machst du das immer?«

Alvin dachte an die anderen Zeiten zurück, da er die zitternde Luft wahrgenommen hatte. »Ich mache immer irgendwelche Dinge«, erwiderte er. »Hat nicht viel zu bedeuten.«

»Aber du fühlst dich erst dann wieder in Ordnung, wenn du etwas gemacht hast. Nachdem du die Vision des Nichts geschaut hast, findest du erst wieder zu deinem Frieden, nachdem du etwas gefertigt hast.«

»Vielleicht muß ich es einfach nur abarbeiten.«

»Nicht einfach nur *arbeiten*, nicht wahr, Junge? Holzhakken würde das nicht für dich bringen, Eiersammeln, Wasserschleppen, Heumähen, all das erleichert dich nicht.«

Nun begann Alvin das Muster zu erkennen, das Geschichtentauscher entdeckt hatte. Es stimmte, soweit er sich zurückerinnern konnte. Er war manchmal nach einem solchen Traum in der Nacht aufgewacht und war seiner eigenen Unruhe nicht mehr Herr geworden, bis er irgendeine Webarbeit erledigt, einen Heuhaufen aufgestapelt oder aus Getreideresten für eine der Basen eine Puppe gebastelt hatte. Ebenso, wenn die Vision ihn bei Tag heimsuchte – dann konnte er keine gewöhnliche Arbeit mehr ordentlich verrichten, bevor er nicht etwas erschaffen hatte, das zuvor nicht dagewesen war, und wenn es nicht mehr sein mochte als ein Steinhaufen.

»Es stimmt doch, nicht wahr? Du tust das jedesmal, nicht wahr?«

»Meistens.«

»Dann will ich dir den Namen des Nichts nennen. Es ist der Entmacher.«

»Nie davon gehört«, meinte Alvin.

»Ich auch nicht, bis jetzt. Das liegt daran, weil es gerne im geheimen bleibt. Es ist der Feind all dessen, was existiert. Es möchte alles nur in Stücke hauen und diese Stücke wiederum in andere Stücke, bis überhaupt nichts mehr übrigbleibt.«

»Wenn man etwas in Stücke haut und aus diesen Stükken weitere macht, dann bekommt man aber nicht *nichts*«, wandte Alvin ein. »Dann hat man einfach nur haufenweise kleine Stücke.«

»Halt den Mund und hör dir die Geschichte an«, meinte Geschichtentauscher.

Alvin war es gewohnt, daß man so barsch mit ihm redete, daher verwunderte ihn dieser Ton des alten Mannes nicht sonderlich.

»Ich spreche hier nicht von Gut und Böse«, fuhr Geschichtentauscher fort. »Nicht einmal der Teufel könnte es sich leisten, hier alles zu zerstören, nicht wahr, sonst würde er nämlich aufhören zu existieren, genau wie alles andere. Die bösesten Kreaturen wollen nicht etwa alles vernichten – sie wollen es nur für sich ausbeuten.«

Alvin hatte das Wort *ausbeuten* noch nie gehört, doch es klang ziemlich unangenehm.

»Daher sollten in dem großen Krieg zwischem dem Entmacher und allem anderen Gott und der Teufel auf derselben Seite kämpfen. Doch der Teufel, der weiß das nicht, so daß er allzu häufig dem Entmacher dient.«

»Wollt Ihr damit sagen, daß der Teufel sich selbst schlagen will?«

»Meine Geschichte handelt nicht vom Teufel«, sagte Geschichtentauscher. »Im großen Krieg gegen den Entmacher in deiner Vision sollten alle Männer und alle Frauen auf der Welt Verbündete sein. Doch der große Feind bleibt unsichtbar, so daß niemand merkt, wenn er ihm ungewollt dient. Sie erkennen nicht, daß der Krieg der Verbündete des Entmachers ist, weil er alles niederreißt, was er berührt. Sie verstehen nicht, daß Feuer, Mord, Verbrechen, Habgier und Wollust die dünnen Bande zerreißen, die Menschen zu Völkern, Städten, Familien, Freunden und Seelen machen.«

»Ihr müßt wohl doch ein richtiger Prophet sein«, meinte Alvin Junior, »ich verstehe nämlich nichts von dem, was Ihr da sagt.«

»Ein Prophet«, murmelte Geschichtentauscher, »aber es waren deine Augen, die gesehen haben. Jetzt erkenne ich die Qual des Aaron: die Wahrheit sprechen zu müssen, ohne jedoch jemals eine eigene Vision zu haben.«

»Ihr macht aber ziemlich viel aus meinen Alpträumen.«

Geschichtentauscher schwieg, er saß am Boden, die Ellenbogen auf die Knie gestemmt, das Kinn völlig niedergeschlagen auf die Handflächen gestützt. Alvin versuchte zu begreifen, wovon der Mann sprach. Es war ganz sicher, daß das, was er in seinen schlimmen Träumen sah, kein Ding war, also mußte es dichterisches Gerede sein, vom Entmacher zu sprechen wie von einer Person. Aber vielleicht stimmte es ja, vielleicht war der Entmacher nicht irgend etwas, das er sich nur einbildete, sondern existierte wirklich, und vielleicht war Al Junior der einzige Mensch, der ihn sehen konnte. Vielleicht drohte der Welt eine schreckliche Gefahr, und vielleicht war es Alvins Aufgabe, sie abzuwehren, sie zurückzuschlagen, das Ding im Zaum zu halten. Ganz gewiß war, daß Alvin es nicht ertrug, wenn der Traum ihn heimsuchte, daß er ihn vertreiben wollte. Doch nie wußte er, wie er das tun konnte.

»Angenommen, ich glaube Euch«, sagte Alvin. »Angenommen, es gibt so etwas wie den Entmacher. Dann kann ich doch nicht die geringste verdammte Sache dagegen tun.«

Ein langsames Lächeln zog sich über Geschichtentauschers Gesicht. Er hob den kleinen Käferkorb auf, der im Gras lag. »Sieht das hier wie eine verdammte Sache aus?«

»Das ist nur ein Haufen Gras.«

»Es *war* einmal ein Haufen Gras«, widersprach Geschichtentauscher. »Und wenn du es wieder auseinanderrupfst, wird es wieder ein Haufen Gras sein. Aber jetzt, hier und jetzt, ist es mehr als das.«

»Nur ein kleiner Käferkorb.«

»Etwas, das du gemacht hast.«

»Na ja, von allein wächst Gras bestimmt nicht so.«

»Und als du es gemacht hast, da hast du den Entmacher zurückgeschlagen.«

»Nicht weit«, meinte Alvin.

»Nein«, stimmte Geschichtentauscher ihm zu. »Aber durch das Machen eines einzigen Käferkorbs hast du ihn zurückgeschlagen.«

Plötzlich wurde Alvin alles klar. Die ganze Geschichte, die Geschichtentauscher zu erzählen versuchte. Alvin kannte alle möglichen Gegensätze auf der Welt: Gut und Böse, Licht und Dunkelheit, Freiheit und Sklaverei, Liebe und Haß. Aber einen noch viel tieferen Gegensatz gab es zwischen dem Machen und dem Entmachen. So tief, daß kaum jemand bemerkte, daß dies der größte Gegensatz von allen war. Aber *er* bemerkte es, und das machte den Entmacher zu seinem Feind. Deshalb suchte der Entmacher ihn im Schlaf heim. Schließlich besaß Alvin ja sein besonderes Talent, Dinge in Ordnung zu bringen, sie in jenen Zustand zu versetzen, in dem sie sein sollten.

»Ich glaube, meine *richtige* Vision handelte von derselben Sache«, meinte Alvin.

»Du brauchst mir nicht von dem leuchtenden Mann zu erzählen«, warf Geschichtentauscher ein. »Ich möchte dich nicht ausspionieren.«

»Ihr meint, daß Ihr immer nur zufällig spioniert?« fragte Alvin.

Für eine solche Bemerkung hätte er Zuhause eine Ohrfeige bekommen, doch Geschichtentauscher lachte nur.

»Ich habe etwas Böses getan und wußte es nicht einmal«, erzählte Alvin. »Der leuchtende Mann kam und blieb am Fußende meines Bettes stehen und zeigte mir erst eine Vision von dem, was ich getan hatte, damit ich wußte, daß es böse war. Ich kann Euch sagen, ich habe geweint, weil ich erkannte, wie böse ich gewesen war. Doch dann zeigte er mir, wofür mein Talent gedacht ist, und nun sehe ich, daß es dieselbe Sache ist, von der Ihr sprecht. Ich habe einen Stein gesehen, den ich aus einem Berg zog; er war rund wie eine Kugel, und als ich näher hinsah, entdeckte ich, daß es die ganze Welt war, mit Wäldern, Bergen und

Tieren. Dafür ist mein Talent gedacht, um zu versuchen, die Dinge in Ordnung zu bringen.«

Geschichtentauschers Augen glitzerten. »Der leuchtende Mann hat dir eine solche Vision gezeigt«, sagte er. »Eine solche Vision, für die ich selbst mein Leben hergeben würde.«

»Nur weil ich mein Talent benutzt habe, um anderen zu schaden, nur für mein eigenes Vergnügen«, erklärte Alvin. »Damals habe ich das feierlich Versprechen abgelegt, Talent niemals für mich selbst zu verwenden, sondern immer nur für andere.«

»Ein gutes Versprechen«, meinte Geschichtentauscher. »Ich wünschte, alle Männer und alle Frauen auf der Welt würden einen solchen Eid leisten und ihn auch halten.«

»Jedenfalls weiß ich daher, daß er ... der Entmacher keine Vision ist. Nicht einmal der leuchtende Mann war eine Vision. Was er mir *gezeigt* hat, *das* war eine Vision, aber wie er dort stand, war er *wirklich.*«

»Und der Entmacher?«

»Er ist *da.* Ich bilde mir ihn nicht nur ein.«

Geschichtentauscher nickte, ohne den Blick von Alvin zu nehmen.

»Ich muß Dinge machen«, sagte Alvin. »Schneller, als er sie zerstören kann.«

»So schnell kann niemand Dinge machen«, wandte Geschichtentauscher ein. »Wenn alle Menschen auf der Welt aus aller Erde viele, viele Millionen Ziegel machten und jeden Tag ihres Lebens an einer Mauer bauten, dann würde die Mauer schneller zerbröckeln, als sie sie bauen könnten. Manche Teile der Mauer würden sogar schon zusammenbrechen, bevor sie sie erbaut haben.«

»Aber eine Mauer kann doch nicht zusammenbrechen, bevor man sie überhaupt gebaut hat«, widersprach Alvin.

»Wenn die Menschen lange genug arbeiten, zerbröckeln die Ziegel zu Staub, wenn sie sie aufnehmen, verfaulen ihre eigenen Hände und tropfen wie Schleim von ihren Knochen herab, bis Ziegel und Fleisch und Knochen sich gleichermaßen in Staub auflösen. Dann wird der Entmacher niesen, und der Staub wird sich so unendlich weit verteilen, daß er niemals wieder zusammenfinden kann. Dann wird das Universum kalt sein, stumm, still, dunkel, und der Entmacher hat endlich zur Ruhe gefunden.«

Alvin versuchte in Geschichtentauschers Worten einen Sinn zu erkennen. Genauso verwirrt war er, wann immer Thrower in der Schule über Religion sprach. Er konnte nicht anders, er mußte seine Fragen stellen, auch wenn so etwas die Leute oft böse machte. »Wenn die Dinge schneller auseinanderbrechen, als sie erschaffen werden, wie kommt es dann, daß überhaupt noch etwas da ist? Warum hat der Entmacher nicht schon längst gewonnen? Was tun wir dann hier?«

Geschichtentauscher war nicht Reverend Thrower. Alvins Frage machte ihn nicht zornig. Er zog nur die Augenbrauen zusammen und schüttelte den Kopf. »Ich weiß es nicht. Du hast recht. Dann *könnten* wir gar nicht hier sein. Dann wäre unsere Existenz unmöglich.«

»Na, wir *sind* aber hier, falls Euch das noch nicht aufgefallen sein sollte«, meinte Alvin. »Was ist das für eine dumme Geschichte, wenn wir einander bloß anschauen müssen, um zu erkennen, daß sie nicht wahr ist?«

»Ich gebe zu, daß sie ihre Probleme mit sich bringt.«

»Ich dachte, Ihr würdet immer nur Geschichten erzählen, die Ihr glaubt.«

»Während ich sie erzählte, habe ich auch daran geglaubt.«

Geschichtentauscher sah so traurig aus, daß Alvin die Hand ausstreckte und sie dem Mann auf die Schulter legte, obwohl sein Mantel so dick war und Alvins Hand so klein, daß er sich nicht sicher war, ob Geschichtentauscher es überhaupt spürte. »Ich habe sie auch geglaubt. Zumindest. eine Weile.«

»Dann ist auch *etwas* Wahrheit darin. Vielleicht nicht viel, aber etwas.« Geschichtentauscher sah erleichtert aus.

Doch Alvin konnte die Sache nicht auf sich beruhen lassen. »Nur weil Ihr es glaubt, muß es noch nicht so sein.«

Geschichtentauschers Augen weiteten sich. Jetzt habe ich es geschafft, dachte Alvin. Jetzt habe ich ihn so zornig gemacht, wie ich Thrower immer zornig mache. Daher war er nicht überrascht, als Geschichtentauscher ihm beide Arme entgegenstreckte, Alvins Gesicht zwischen die Hände nahm und mit solcher Kraft zu ihm sprach, daß sich die Worte tief in Alvins Stirn eingruben. »Alles, was zu glauben möglich ist, ist auch ein Abbild der Wahrheit.«

Und diese Worte *durchfuhren* ihn tatsächlich; er verstand sie, obwohl er nicht ausdrücken konnte, was genau er verstand. Alles, was zu glauben möglich ist, ist auch ein Abbild der Wahrheit, zumindest liegt etwas Wahres darin. Und wenn ich es im Geiste durchgehe, dann kann ich vielleicht feststellen, was daran wahr ist und was falsch ...

Alvin erkannte noch etwas anderes: All seine Streitgespräche mit Thrower liefen auf eines hinaus, nämlich daß Alvin, wenn ihm etwas nicht einleuchte, nicht daran glaubte, und dann konnten ihn auch noch soviele Zitate aus der Bibel nicht überzeugen. Geschichtentauscher sagte ihm gerade, daß er *im Recht* war, sich zu weigern, an Dinge zu glauben, die keinen Sinn ergaben. »Geschichtentauscher, soll das heißen, daß das, was ich *nicht* glaube, auch nicht wahr sein *kann*?«

Geschichtentauscher hob die Augenbrauen und antwortete wieder mit einem Sprichwort. »Die Wahrheit kann nie so erzählt werden, daß sie verstanden wird, ohne geglaubt zu werden.«

Alvin war die Sprichworte leid. »Würdet Ihr mir ausnahmsweise einmal geradeheraus antworten!«

»Das Sprichwort *ist* die Wahrheit, Junge. Ich weigere mich, an ihm herumzudeuteln, nur damit es einem verwirrten Geist entspricht.«

»Na, wenn mein Geist verwirrt ist, dann ist das alles Eure Schuld. Euer ganzes Gerede von Ziegelsteinen, die schon zerbröckeln, noch bevor die Mauer erbaut wurde ...«

»Hast du das denn nicht geglaubt?«

»Vielleicht habe ich es geglaubt. Ich schätze, wenn ich versuchen sollte, das ganze Gras dieser Weide zu Käferkörben zu flechten, dann würde das Gras wahrscheinlich abgestorben und zu Nichts verfault sein, bevor ich am anderen Ende angelangt wäre. Ich schätze, wenn ich alle Bäume von hier bis zum Noisy River in Scheunen verwandeln wollte, dann wären die Bäume alle tot und umgestürzt, bevor ich jemals den letzten erreicht hätte. Man kann kein Haus aus verfaulten Stämmen bauen.«

»Ich wollte gerade sagen: ›Menschen können nichts Dauerhaftes aus vergänglichen Teilen bauen.‹ Das ist das Gesetz. Aber so, wie du es ausgedrückt hast, lautet das Sprichwort des Gesetzes: ›Man kann kein Haus aus verfaulten Stämmen bauen.‹«

»Ich habe ein Sprichwort gesagt?«

»Und wenn wir nach Hause zurückgekehrt sind, dann schreibe ich es in mein Buch.«

»In den versiegelten Teil?« fragte Alvin. Dann fiel ihm ein, daß er dieses Buch nur einmal gesehen hatte, als er spät in der Nacht durch eine Bodenritze nach unten geblickt hatte, wo Geschichtentauscher im Zimmer unter ihm bei Kerzenlicht geschrieben hatte.

Geschichtentauscher blickte ihn scharf an. »Ich hoffe, daß du niemals versucht hast, dieses Siegel aufzuzaubern.«

Alvin war beleidigt. Er mochte ja durch Ritzen spähen, aber *schnüffeln* tat er nie. »Zu wissen, daß Ihr nicht wollt, daß ich diesen Teil lese, ist besser als jedes dämliche Siegel, und wenn Ihr das nicht wißt, dann seid Ihr auch nicht mein Freund. Ich schnüffle nicht in Euren Geheimnissen.«

»Meinen Geheimnissen?« Geschichtentauscher lachte. »Ich versiegle diesen Teil, weil ich dort selbst hineinschreibe und einfach nicht möchte, daß andere in diesen Teil des Buchs schreiben.«

»Schreiben andere denn in den vorderen Teil?«

»Ja, das tun sie.«

»Na, was schreiben sie denn? Kann ich auch etwas reinschreiben?«

»Sie schreiben einen Satz über das Wichtigste, was sie jemals getan oder mit eigenen Augen gesehen haben. Dieser eine Satz ist alles, was ich benötige, um mich an ihre Geschichte erinnern zu können. Wenn ich also in eine andere Stadt komme, in ein anderes Haus, dann kann ich das Buch öffnen, den Satz lesen und die Geschichte erzählen.«

Alvin fiel etwas ein: Geschichtentauscher hatte doch mit

Ben Franklin zusammengelebt. »Hat Ben Franklin auch in Euer Buch geschrieben?«

»Er hat sogar den allerersten Satz hineingeschrieben.«

»Er hat das Wichtigste hineingeschrieben, was er je getan hat?«

»Das hat er.«

»Nun, was *war* es denn?«

Geschichtentauscher erhob sich. »Komm mit mir zurück ins Haus, mein Junge, dann zeige ich es dir. Und unterwegs erzähle ich dir die Geschichte, um zu erklären, was er geschrieben hat.«

Alvin sprang auf und zerrte den alten Mann förmlich zu dem Pfad hinüber, der zurück zum Haus führte. »Dann kommt!« Alvin wußte nicht, ob Geschichtentauscher beschlossen hatte, nicht in die Kirche zu gehen, oder ob er es einfach nur vergessen hatte – was immer auch der Grund war, Alvin war mit dem Verlauf des Vormittags mehr als zufrieden. Ein Sonntag ohne Kirche, das war ein Sonntag, den es zu leben lohnte. Wenn man dem noch Geschichtentauschers Geschichten und die eigene Handschrift des Machers Ben in einem Buch hinzuzählte, war es ein wahrhaft vollkommener Tag.

»Wir sind nicht in Eile, Junge. Ich werde schon nicht vor dem Mittag sterben, und du auch nicht, und Geschichten brauchen ihre Zeit, um erzählt zu werden.«

»War es etwas, was er gemacht hat?« fragte Alvin. »Die wichtigste Sache?«

»Tatsächlich war es das.«

»Ich wußte es doch! Die Zwei Gläser-Brille? Der Ofen?«

»Die Leute haben immer zu ihm gesagt, Ben, du bist ein wirklicher Macher. Aber er hat es immer bestritten. So wie er bestritten hat, daß er ein Zauberer sei. Ich habe kein Talent für die geheimen Mächte, hat er gesagt. Ich nehme einfach nur Stücke von Dingen und füge sie auf eine bessere Weise zusammen. Es gab auch schon Öfen, bevor ich meinen Ofen gemacht habe. Es gab Brillen, bevor ich meine Brille schuf. Ich habe niemals wirklich etwas *erschaffen*, wie es ein wirklicher Macher, ein *Schöpfer* täte. Ich gebe Euch

Brillen mit zwei Gläsern, aber ein *Macher* würde Euch neue Augen geben.«

»Er meinte, daß er niemals *irgend etwas* gemacht hätte?«

»Das habe ich ihn auch eines Tages gefragt. Am selben Tag, da ich mit meinem Buch anfing. Ich habe zu ihm gesagt: ›Ben, was ist das Wichtigste, was Ihr je gemacht habt?‹ Und dann fing er so an, wie ich es gerade erzählt habe, daß er niemals wirklich etwas mache, und ich sagte zu ihm: ›Ben, das glaubt Ihr selbst nicht, und ich glaube es auch nicht.‹ Und da sagte er: ›Bill, du hast mich durchschaut. Es gibt tatsächlich etwas, was ich gemacht habe, und es ist das Wichtigste, was ich jemals getan habe!«

Geschichtentauscher verstummte, schlurfte den Abhang hinab durch hohes Laub, das unter seinen Füßen laut flüsterte.

»Nun, was war es denn?«

»Willst du nicht lieber warten, bis du nach Hause gekommen bist und es selbst lesen kannst?«

Alvin wurde wütend. »Ich hasse es, wenn Leute etwas wissen und es nicht sagen wollen!«

»Kein Grund, die Fassung zu verlieren, Junge. Ich werde es dir sagen. Was er geschrieben hat, war folgendes: Das einzige, was ich jemals wirklich gemacht habe, waren Amerikaner.«

»Das ergibt doch keinen Sinn. Amerikaner werden *geboren.*«

»Nein, ganz so ist es nicht, Alvin. *Babys* werden geboren. In England genauso wie in Amerika. Es ist also nicht die Geburt, die sie zu Amerikanern macht.«

Darüber dachte Alvin einen Augenblick nach. »Es geht darum, *in* Amerika geboren zu werden.«

»Nun, das stimmt schon. Aber bis vor ungefähr fünfzig Jahren hat man ein Baby, das in Philadelphia geboren wurde, niemals ein amerikanisches Baby genannt. Es war ein pennsylvanisches Baby. Und Babys in New Amsterdam waren Knickerbocker, und Babys in Boston waren Yankees, und Babys in Charleston waren Jakobiter oder Cavaliers oder irgend so etwas.«

»Das sind sie immer noch«, wandte Alvin ein.

»Das sind sie in der Tat, mein Junge, aber außerdem sind sie noch etwas anderes. All diese Namen, überlegte sich der Alte Ben, teilen uns in Weiße, Rote und Schwarze, in Puritaner und Presbyterianer, in Holländer, Schweden, Franzosen und Engländer. Der Alte Ben hat gesehen, wie ein Weißer Mann niemals einem Roten ganz traute, einfach nur weil sie *anders* waren. Und er hat sich gefragt, wenn wir all diese Namen haben, die uns voneinander trennen, warum sollten wir dann nicht auch einen Namen haben, der uns miteinander verbindet? Er hat mir einer Menge Namen gespielt, die bereits in Gebrauch waren. Koloniale, zum Beispiel. Aber er mochte es nicht, uns alle Koloniale zu nennen, denn damit hätten wir den Blick immer zurück nach Europa gewandt, und außerdem sind die Roten doch gar keine Kolonialen.«

»Er wollte einen Namen, den wir alle gleichermaßen tragen konnten«, meinte Alvin.

»Ganz genau. Und es gab eine Sache, die wir alle gemeinsam hatten. Wir lebten alle auf demselben Kontinent. Nordamerika. Also dachte er daran, uns Nordamerikaner zu nennen. Aber das war zu lang. Daher ...«

»Amerikaner.«

»Das ist ein Name, der zu jedem Fischer gehört, der an der zerklüfteten Küste von West Anglia lebt, ebensosehr wie zu einem Baron, der im südwestlichen Teil von Dryden über seine Sklaven herrscht. Er eignet dem Mohikanerhäuptling in Irrakwa ebenso wie dem Knickerbockerkaufmann in New Amsterdam. Der Alte Ben wußte, daß wir einmal ein Volk werden würden, wenn die Leute erst einmal anfingen, sich als Amerikaner zu sehen. Nicht einfach nur als Teil irgendeines müden, alten europäischen Landes, sondern als einzige neue Nation hier in einem neuen Land. Also begann er damit, dieses Wort in allem zu verwenden, das er schrieb. Der Poor Richard's Almanac war voller Aussagen über Amerikaner hier und Amerikaner dort. Und der Alte Ben schrieb an jedermann Briefe, in denen er Dinge sagte wie: Streit über Landansprüche ist ein Problem, das Amerikaner gemeinsam lösen müssen. Europäer können unmöglich begreifen, was Amerikaner zum Leben brauchen. Warum sollten Amerikaner für europäische Kriege sterben? Warum sollten Amerikaner an unseren Gerichtshöfen an europäische Präzedenzfälle gebunden sein? Innerhalb von fünf Jahren gab es kaum noch einen Menschen von New England bis Jacobia, der sich nicht zumindest teilweise als Amerikaner fühlte.«

»Aber das war doch nur ein Name.«

»Aber der Name, mit dem wir uns alle bezeichnen. Und dazu gehören alle anderen auf diesem Kontinent, die bereit sind, den Namen anzunehmen. Der Alte Ben hat hart dafür gearbeitet, um sicherzugehen, daß dieser Name so viele Leute wie möglich einschloß. Ohne jemals ein anderes öffentliches Amt als das des Postmeisters innezuhaben, hat er ganz allein einen Namen in eine Nation verwandelt. Angesichts des Königs, der im Süden über die Cavaliers herrschte, und der Männer des Lordprotektors, die im Norden New England regierten, sah er vor sich nichts als Chaos und Krieg mit Pennsylvania als Krisenherd. Er wollte diesen Krieg verhindern, und er benutzte den Namen ›Amerikaner‹, um ihn abzuwehren. So brachte er die New Englander dazu, Pennsylvania nicht zu verärgern, und er bewegte die Cavaliers dazu, ungemeine Anstrengungen zu unternehmen, um pennsylvanische Unterstützung zu gewinnen. Er war es, der für einen amerikanischen Kongreß agitierte, der die Handelspolitik und ein einheitliches Landrecht bestimmen sollte.

Und schließlich«, fuhr Geschichtentauscher fort, »kurz bevor er mich einlud, von England herüberzukommen, schrieb er den Amerikanischen Pakt und brachte die sieben ursprünglichen Kolonien dazu, ihn zu unterschreiben. Das war nicht einfach, mußt du wissen – sogar die Anzahl der Staaten war ein großer Streitpunkt. Die Holländer sahen, daß die meisten Einwanderer in Amerika Engländer, Iren und Schotten waren, und sie wollten nicht geschluckt werden – daher gestattete der Alte Ben es ihnen, New Netherland in drei Kolonien zu unterteilen, damit sie mehr Stimmen im Kongreß besaßen. Als dann Suskwahenny sich von dem Territorium abspaltete, das von New Sweden und

Pennsylvania beansprucht wurde, löste sich damit ein weiterer Konflikt auf.«

»Das sind aber erst sechs Staaten«, wandte Alvin ein.

»Der Alte Ben gestattete es niemandem, den Pakt zu unterzeichnen, es sei denn, daß Irrakwa als siebter Staat miteingeschlossen wurde, und zwar mit festgesetzten Grenzen, wo die Roten sich selbst regieren konnten. Es gab sehr viele Menschen, die nur eine Weiße Nation haben wollten, doch der Alte Ben wollte nichts davon hören. Die einzige Möglichkeit, Frieden zu erhalten, so sagte er, bestand darin, daß alle Amerikaner sich zusammenfanden. Deshalb gestattet sein Pakt auch keine Sklaverei oder auch nur Leibeigenschaft. Deshalb duldet sein Pakt es nicht, daß irgendeine Religion mehr Bedeutung haben soll als eine andere. Deshalb läßt es sein Pakt nicht zu, daß die Regierung eine Druckerpresse schließen oder einen Redner zum Schweigen bringen darf. Weiße, Schwarze und Rote; Papisten, Puritaner und Presbyterianer; Reiche, Arme, Bettler, Diebe – wir alle leben unter denselben Gesetzen. Eine Nation aus einem einzigen Wort erschaffen.«

»Amerikaner.«

»Verstehst du jetzt, warum er es als seine größte Tat bezeichnet hat?«

»Wie kommt es, daß der Pakt selbst nicht wichtiger ist?«

»Der Pakt, das waren nur die Worte. Der Name ›Amerikaner‹ war die Idee, die die Worte schuf.«

»Er umfaßt immer noch nicht die Yankees und die Cavaliers, und den Krieg hat er auch nicht verhindert, denn die Leute von Appalachee kämpfen noch immer gegen den König.«

»Aber er umschließt *doch* all diese Leute, Alvin. Erinnerst du dich an die Geschichte von George Washington in Shenandoah? Damals war er Lord Potomac, der die größte Armee des Königs Robert gegen den armseligen Lumpenhaufen anführte, der alles war, was Ben Arnold geblieben war. Es war ganz klar, daß Lord Potomacs Cavaliers am Morgen die kleine Festung stürmen und damit Tom Jeffersons Rebellion den Todesstoß versetzen würde. Aber Lord Potomac hatte in den Kriegen gegen die Franzosen an der

Seite von Jeffersons Leuten gekämpft. Und Tom Jefferson war früher sein Freund gewesen. In der Tiefe seines Herzens ertrug er es nicht, an die morgige Schlacht zu denken. Wer war schon König Robert, daß seinetwegen soviel Blut vergossen werden sollte? Alles, was diese Rebellen wollten, war, ihr eigenes Land zu besitzen, und sie wollten, daß der König ihnen keine Barone vorsetzte, sie mit Steuern auspumpen und ebenso sicher in Sklaven verwandeln konnte, wie jeden Schwarzen in den Kronkolonien. In dieser Nacht hat er überhaupt nicht geschlafen.«

»Er hat gebetet«, sagte Alvin.

»Ja, das erzählt Thrower uns«, erwiderte Geschichtentauscher scharf. »Aber niemand weiß es wirklich. Und als er am nächsten Tag zu den Truppen sprach, hat er kein Wort übers *Beten* verloren. Aber er hat tatsächlich über das Wort gesprochen, das Ben Franklin erschuf. Er schrieb einen Brief an den König, in dem er von seinem Kommando zurücktrat und all sein Land und seine Titel aufgab. Er unterzeichnete ihn nicht als ›Lord Potomac‹, er unterzeichnete ihn als ›George Washington‹. Dann stand er am Morgen auf und stellte sich vor die Blauröcke des Königs und sagte ihnen, was er getan hatte und daß es ihre freie Wahl sei, ob sie ihren Offizieren gehorchen und in die Schlacht ziehen oder statt dessen zur Verteidigung von Tom Jeffersons großer Freiheitserklärung losmarschieren wollten. Er sagte: ›Die Wahl liegt bei euch, aber was mich betrifft ...‹«

Alvin kannte die Worte, wie sie jeder Mann, jede Frau und jedes Kind auf dem Kontinent kannte. Nun bedeuteten ihm die Worte um so mehr, und er brüllte sie laut hervor: »›Mein amerikanisches Schwert wird niemals einen Tropfen amerikanisches Blut vergießen!‹«

»Und dann, als der größte Teil seiner Armee hingegangen war, um sich den Rebellen von Appalachee anzuschließen, mit ihren Gewehren und ihrem Pulver, ihren Wagen und ihren Vorräten, befahl er dem obersten Offizier der Männer, die dem König treu ergeben geblieben waren, ihn zu verhaften. ›Ich habe meinen Eid auf den König gebrochen‹, sagte er. ›Wohl geschah es um einer höheren Sache willen, dennoch habe ich meinen Eid gebrochen und werde den Preis für meinen Verrat zahlen.‹ Und bezahlt hat er, jawohl, bezahlt mit einer Klinge durch seinen Hals. Doch wie viele Menschen außerhalb des Königshofs glauben, daß es wirklich Verrat gewesen sei?«

»Kein einziger«, erwiderte Alvin.

»Und hat der König seitdem auch nur eine einzige Schlacht gegen die Appalachees schlagen können?«

»Keine einzige.«

»Kein einziger Mann auf jenem Schlachtfeld in Shenandoah war ein Bürger der Vereinigten Staaten. Nicht einer von ihnen lebte unter dem Amerikanischen Pakt. Und doch, als George Washington von amerikanischen Schwertern und amerikanischem Blut sprach, da verstanden die diesen Namen so, daß er sie selbst bezeichnete. Und nun sage mir etwas, Alvin Junior, hatte der Alte Ben etwa unrecht, als er sagte, daß das Größte, was er jemals erschaffen hatte, ein einziges Wort war?«

Alvin hätte geantwortet, doch in diesem Augenblick betraten sie die Veranda des Hauses, und die Tür schwang auf, und Ma stand vor ihnen. Ihre Miene sagte Alvin, daß er in Schwierigkeiten geraten würde, und er wußte auch weshalb.

»Ich wollte wirklich in die Kirche gehen, Ma!«

»Viele tote Leute wollten in den Himmel gehen«, erwiderte sie, »und sind auch nicht dort angekommen.«

»Es war meine Schuld, Goody Faith«, warf Geschichtentauscher ein.

»Das war es ganz bestimmt nicht, Geschichtentauscher«, sagte sie.

»Wir haben uns unterhalten, Goody Faith, und ich fürchte, ich habe den Jungen abgelenkt.«

»Dieser Junge wurde schon abgelenkt geboren«, sagte Ma, ohne den Blick von Alvins Gesicht zu nehmen. »Er schlägt seinem Vater nach. Wenn man ihn nicht anschirrt und sattelt und zur Kirche reitet, kommt er nie dort an, und wenn man seine Füße nicht an den Kirchenboden festnagelt, ist er in der nächsten Minute schon wieder aus der Tür verschwunden. Ein zehnjähriger Junge, der den Herrn haßt, das ist genug, um seine Mutter sich wünschen zu lassen, daß er nie geboren worden wäre.«

Die Worte trafen Alvin Junior mitten ins Herz.

»Das ist ein schrecklicher Wunsch«, sagte Geschichtentauscher. Seine Stimme war ganz leise, und schließlich richtete Ma ihren Blick auf das Gesicht des alten Mannes.

»Ich wünsche es auch *nicht*«, sagte sie schließlich.

»Es tut mir leid, Mama«, sagte Alvin Junior.

»Kommt herein«, sagte sie. »Ich bin aus der Kirche gegangen, um euch zu suchen, und jetzt ist nicht mehr genug Zeit, um noch vor Ende der Predigt wieder dort zu sein.«

»Wir haben über sehr viele Dinge gesprochen, Mama«, erzählte Alvin. »Über meine Träume und Ben Franklin und ...«

»Die einzige Geschichte, die ich von dir hören will«, antwortete Ma, »ist der Klang einer gesungenen Hymne. Wenn du schon nicht in die Kirche gehst, dann wirst du dich in der Küche zu mir setzen und mir Hymnen vorsingen, während ich das Essen mache.«

So bekam Alvin den Satz des Alten Ben in Geschichtentauschers Buch vorläufig nicht zu sehen. Ma ließ ihn bis zum Abendessen singen und arbeiten, und nach dem Essen blieben Pa und die großen Jungen und Geschichtentauscher sitzen, um die morgige Expedition zu planen, mit der sie einen Mühlstein vom Granitberg holen wollten.

»Das tue ich für Euch«, sagte Pa zu Geschichtentauscher, »also solltet Ihr besser mitkommen.«

»Ich habe Euch nie darum gebeten, einen Mühlstein zu beschaffen.«

»Seit Ihr hier seid, ist kein Tag vergangen, da Ihr nicht etwas darüber gesagt hättet, welch eine Schande es doch sei, daß eine solch prächtige Mühle nur als Heuschober dient, wo die Leute hier doch gutes Mehl brauchen.«

»Soweit ich mich erinnern kann, habe ich das nur einmal gesagt.«

»Nun, vielleicht«, erwiderte Pa, »aber jedes Mal, wenn ich Euch erblicke, muß ich an diesen Mühlstein denken.«

»Das liegt ja nur daran, weil Ihr Euch wünscht, daß der Mühlstein dagewesen wäre, als Ihr mich geworfen habt.«

»Das wünscht er sich aber gar nicht!« rief Cally. »Denn dann wärt Ihr jetzt tot!«

Geschichtentauscher grinste nur, und Papa grinste zurück. Schließlich brachten die Frauen die Neffen und Nichten zum Sonntagsessen herüber, und sie ließen sich von Geschichtentauscher so oft das Lachlied vorsingen, bis Alvin schon dachte, daß er einen Schreianfall bekommen würde, wenn er noch einen weiteren Refrain des »Ha, ha, hi« zu hören bekäme.

Erst nach dem Essen, nachdem die Neffen und Nichten alle wieder gegangen waren, holte Geschichtentauscher sein Buch.

»Ich habe mich schon gefragt, ob Ihr dieses Buch jemals öffnen würdet«, bemerkte Pa.

»Habe nur auf den richtigen Zeitpunkt gewartet.« Dann erklärte Geschichtentauscher, wie die Leute darin ihre wichtigste Tat eintrugen.

»Ich hoffe, daß Ihr nicht von *mir* erwartet, daß ich etwas hineinschreibe«, meinte Pa.

»Oh, ich würde Euch gar nicht hineinschreiben lassen, noch nicht. Ihr habt mir ja noch nicht einmal die Geschichte Eurer wichtigsten Tat erzählt.« Geschichtentauschers Stimme wurde noch leiser. »Vielleicht habt Ihr Eure wichtigste Tat ja auch noch gar nicht *begangen.*«

Daraufhin sah Pa ein bißchen wütend aus, vielleicht auch ein wenig verängstigt. »Zeigt mir, was in diesem Buch steht, was andere Leute für so fürchterlich wichtig gehalten haben.«

»Oh«, machte Geschichtentauscher. »Ihr könnt lesen?«

»Ich teile Euch hiermit mit, daß ich in Massachusetts eine Yankee-Ausbildung genossen habe, noch bevor ich heiratete und mich als Müller in West Hampshire niedergelassen habe und *lange* bevor ich hierher kam. Im Vergleich zu einer *Londoner* Ausbildung wie Eurer, Geschichtentauscher, mag das nicht viel wert sein, aber Ihr könntet kein Wort schreiben, das ich nicht lesen könnte, es sei denn, es ist auf Lateinisch.«

Geschichtentauscher antwortete nicht. Er öffnete nur das Buch. Pa las den ersten Satz. »Das einzige, was ich wirklich jemals gemacht habe, waren Amerikaner.« Pa blickte zu Geschichtentauscher empor. »Wer hat *das* geschrieben?«

»Der alte Ben Franklin.«

»Soviel, wie ich gehört habe, war der einzige Amerikaner, den der jemals gemacht hat, unehelich.«

»Vielleicht wird Al Junior es Euch später erklären«, entgegnete Geschichtentauscher.

Während sie sich unterhielten, kroch Alvin vor sie, um sich die Handschrift des Alten Ben anzuschauen. Sie sah überhaupt nicht anders aus als andere. Alvin war ein wenig enttäuscht, obwohl er nicht hätte sagen können, was er eigentlich erwartet hatte. Hätten die Buchstaben etwa aus Gold sein sollen? Natürlich nicht. Es gab keinen Grund, weshalb die Worte eines großen Mannes anders aussehen sollten als die Worte eines Narren.

Und doch war er irgendwie enttäuscht. Er griff nach dem Buch und blätterte einige Seiten um und wellte sie dabei mit den Fingern. Die Worte waren alle gleich: rauhe Tinte auf vergilbendem Papier.

Plötzlich schoß ein Lichtblitz aus dem Buch hervor und blendete ihn einen Augenblick.

»Spiel nicht so mit den Seiten«, sagte Papa. »Sonst zerreißt du noch eine.«

Alvin wandte sich zu Geschichtentauscher um. »Was ist denn das für eine Seite mit dem Licht?« fragte er. »Was steht denn dort?«

»Licht?« fragte Geschichtentauscher.

Alvin begriff, daß er es als einziger gesehen hatte.

»Such die Seite selbst«, sagte Geschichtentauscher.

»Er wird sie nur zerreißen«, meinte Papa.

»Er wird schon vorsichtig sein«, erwiderte Geschichtentauscher.

Aber Papa klang zornig. »Ich habe gesagt, du sollst das Buch in Ruhe lassen, Alvin Junior.«

Alvin wollte gerade gehorchen, da fühlte er Geschichtentauschers Hand auf seiner Schulter. Geschichtentauschers Stimme war ruhig, und Alvin spürte, wie sich die

Finger des alten Mannes zu einem Zeichen der Abwehr bewegten. »Der Junge hat etwas in dem Buch gesehen«, sagte Geschichtentauscher, »und ich möchte, daß er es für mich wieder sucht.«

Zu Alvins Überraschung gab Papa nach. »Wenn es Euch nichts ausmacht, daß dieser achtlose, faule Junge Euer Buch zerfetzt«, murmelte er und verstummte.

Alvin wandte sich wieder dem Buch zu und blätterte vorsichtig die Seiten um, eine nach der anderen. Schließlich hatte er eine erreicht, aus der ein Licht hervortrat, das ihn zuerst blendete, aber langsam matter wurde, bis das Licht nur noch von einem einzelnen Satz ausstrahlte, dessen Buchstaben brannten.

»Seht Ihr sie brennen?« fragte Alvin.

»Nein«, sagte Geschichtentauscher. »Aber ich rieche den Rauch. Berühre die Worte, die für dich brennen.«

Alvin streckte die Hand vor und berührte vorsichtig den Anfang des Satzes. Zu seiner Überraschung war die Flamme nicht heiß, obwohl sie ihn zunächst wärmte. Sie wärmte ihn bis auf die Knochen. Er erschauerte, als die letzte Herbstkälte aus seinem Körper entwich. Er lächelte, so hell war alles in ihm. Doch kaum hatte er sie berührt, da erlosch die Flamme, kühlte sich ab, war verschwunden.

»Was steht dort?« fragte Mama. Sie stand an der anderen Seite des Tisches vor ihnen.

Geschichtentauscher las vor. »Ein Macher ist geboren.«

»Es hat keinen Macher oder Schöpfer mehr gegeben«, sagte Mama, »seit jenem, der das Wasser in Wein verwandelt hat.«

»Vielleicht nicht, aber das hat sie jedenfalls geschrieben«, sagte Geschichtentauscher.

»Wer hat es geschrieben?« wollte Mama wissen.

»Ein kleines Mädchen. Es ist ungefähr fünf Jahre her ...«

»Welche Geschichte gehörte zu ihrem Satz?« fragte Alvin Junior.

Geschichtentauscher schüttelte den Kopf.

»Ihr habt doch gesagt, daß Ihr die Leute nie hineinschreiben laßt, es sei denn, Ihr kennt ihre Geschichte.«

»Sie hat es hineingeschrieben, als ich gerade nicht hinsah«, erklärte Geschichtentauscher. »Ich habe es erst bei meinem nächsten Halt bemerkt.«

»Woher wißt Ihr dann, daß sie es gewesen ist?« fragte Alvin.

»Sie war es«, erwiderte er. »Sie war die einzige dort, die den Zauber hätte öffnen können, den ich damals auf dieses Buch gelegt hatte.«

»Dann wißt Ihr also gar nicht, was es bedeutet? Ihr könnt mir nicht einmal sagen, warum ich diese Buchstaben habe brennen sehen?«

Geschichtentauscher schüttelte den Kopf. »Wenn ich mich recht erinnere, war sie die Tochter eines Gastwirts. Sie sprach nur sehr wenig, und wenn sie es tat, so war es immer völlig wahr. Nicht eine Lüge, nicht einmal, um gütig zu sein. Sie galt als etwas widerspenstig. Doch wie das Sprichwort sagt: Wenn du immer sagst, was du denkst, wird der böse Mann dich meiden. Oder irgend etwas ähnliches.«

»Und ihr Name?« fragte Mama. Überrascht hob Alvin den Blick. Mama hatte die leuchtenden Buchstaben nicht gesehen, warum wollte sie nur unbedingt erfahren, wer sie geschrieben hatte?

»Tut mir leid«, sagte Geschichtentauscher. »Ich erinnere mich im Augenblick nicht an ihren Namen. Und wenn ich mich erinnerte, so würde ich ihn nicht sagen, und ich werde auch nicht sagen, ob ich noch weiß, wo sie lebte. Ich möchte nicht, daß die Leute sie aufsuchen und um Antworten belästigen, die sie möglicherweise nicht geben will. Aber soviel will ich sagen. Sie war eine Fackel und sah mit wahren Augen. Wenn sie also schrieb, daß ein Macher geboren wurde, so glaube ich es, und deshalb habe ich ihre Worte auch im Buch gelassen.«

»Eines Tages möchte ich ihre Geschichte hören«, sagte Alvin. »Ich möchte wissen, warum die Buchstaben so hell waren.«

Er hob den Blick wieder und sah, wie Mama und Geschichtentauscher einander fest in die Augen blickten.

Und dann, irgendwie in der Ferne spürte er den Entmacher, bebend, unsichtbar, darauf wartend, die Welt zu vernichten. Ohne auch nur darüber nachzudenken, zog Alvin den vorderen Teil seines Hemdes aus der Hose und verknotete die Ecken miteinander. Der Entmacher zögerte, dann zog er sich zurück.

11 Mühlstein

Geschichtentauscher erwachte. Draußen war es immer noch dunkel, aber es war Zeit aufzustehen. Er setzte sich auf, streckte sich ein wenig und freute sich, wie ausgeruht er war, seit er auf einem weichen Bett schlief. Es könnte mir gefallen, hier zu leben, dachte er.

Der Speck war so fett, daß er ihn in der Küche brutzeln hörte. Er wollte gerade seine Stiefel anziehen, als Mary an der Tür klopfte. »Ich bin mehr oder weniger vorzeigbar«, sagte er.

Sie trat ein, reichte ihm zwei Paar langer, dicker Socken. »Ich habe sie selbst gestrickt«, sagte sie.

»Solchen Socken würde ich nicht einmal in Philadelphia zu kaufen bekommen.«

»Im Winter wird es hier im Wobbish-Land ziemlich kalt, und ...« Sie beendete den Satz nicht. Schüchtern zog sie den Kopf ein und huschte wieder aus dem Raum.

Geschichtentauscher zog die Socken an und streifte die Stiefel darüber, dann grinste er. Er hatte kein schlechtes Gewissen, Geschenke anzunehmen. Er arbeitete genauso hart wie alle anderen und hatte sehr viel dazu beigetragen, die Farm winterfest zu machen.

Ohne irgendwelche Hilfe hatte er die Mühle für einen Mühlstein vorbereitet. Er selbst hatte das Heu vom Mühlenboden auf Karren geladen. Die Zwillinge, deren eigene Farmen ihnen noch nicht soviel Arbeit machten, da sie erst in diesem Sommer geheiratet hatten, hatten die Wagen in der großen Scheune entladen. Alles war geschehen, ohne daß Miller selbst auch nur eine Heugabel hätte anrühren müssen.

Andere Dinge jedoch liefen nicht so gut. Ta-Kumsaw und seine Shaw-Nee-Roten vertrieben so viele Leute unten aus Carthage, daß die Weißen Angst bekamen. Zwar war erfreulich, daß der Prophet in seiner großen Stadt auf der anderen Seite des Flusses ständig davon redete, daß seine Roten niemals die Hand zum Krieg erheben würden. Aber es gab sehr viele Rote, die so dachten wie Ta-Kumsaw, nämlich daß man die Weißen am besten nach Europa zurücktreiben sollte. Man sprach vom Krieg; es hieß, daß Bill Harrison unten in Carthage nur zu begierig war, dieses Feuer zu schüren, ganz zu schweigen von den Franzosen in Detroit, die die Roten ständig drängten, die amerikanischen Siedler in jenem Land anzugreifen, das die Franzosen als Teil Kanadas beanspruchten.

Die Leute in der Stadt Vigor Church redeten ständig darüber, aber Geschichtentauscher wußte, daß Miller das Gerede nicht allzu ernst nahm. Er hielt die Roten für Landtölpel, die nichts anderes wollten, als soviel Whiskey zu saufen, wie sie nur bekommen konnten. Geschichtentauscher hatte diese Einstellung schon früher beobachtet, allerdings nur in New England. Yankees schienen niemals zu begreifen, daß die Roten von New England, die überhaupt noch Mumm besaßen, alle schon längst nach Irrakwa übergesiedelt waren. Sicherlich würde es den Yankees die Augen öffnen, wenn sie sähen, daß die Irrakwa schwer arbeiteten, etwa mit Dampfmaschinen, die direkt aus England stammten. Eines Tages würden die Yankees erwachen und feststellen, daß die Roten keineswegs alle schnapstoll waren, und dann würden einige Weiße sich ganz schön abstrampeln müssen, um noch mit ihnen Schritt zu halten.

Bisher jedenfalls schenkte Miller dem Kriegsgerede keine sonderliche Beachtung. »Jedermann weiß doch, daß es in den Wäldern Rote gibt. Man kann sie nicht daran hindern, sich dort herumzutreiben, aber bisher fehlen mir noch keine Hühner, daher ist es also auch noch kein Problem.«

»Noch etwas Speck?« fragte Miller. Er schob Geschichtentauscher den Speck über den Tisch zu.

»Ich bin es nicht gewohnt, am Morgen soviel zu essen«, sagte Geschichtentauscher. »Seit ich hier bin, habe ich zu jeder Mahlzeit mehr zu essen bekommen, als ich sonst den ganzen Tag verzehrt habe.«

»Dann bekommt Ihr wenigstens etwas Fleisch auf die Knochen«, sagte Faith. Sie legte zwei heiße Brötchen auf seinen Teller, die mit Honig beschmiert waren.

»Ich bekommen keinen Bissen mehr herunter«, protestierte Geschichtentauscher.

Da glitten die Brötchen von Geschichtentauschers Teller. »Nehme sie schon«, meinte Al Junior.

»Greif nicht einfach so über den Tisch«, sagte Miller. »Und außerdem kannst du nicht beide Brötchen essen.«

In beunruhigend kurzer Zeit bewies Al Junior, daß sein Vater sich geirrt hatte. Dann wuschen sie sich den Honig von den Händen, legten die Handschuhe an und gingen hinaus zum Wagen. Im Osten erschien gerade das erste Licht, als David und Calm, die ein Stück farmabwärts wohnten, herbeigeritten kamen. Al Junior kletterte hinten auf den Wagen, zu den ganzen Werkzeugen und Seilen und Zelten und Vorräten – es würde einige Tage dauern, bevor sie zurückkehrten.

»Also ... warten wir noch auf die Zwillinge und auf Measure?« fragte Geschichtentauscher.

Miller schwang sich auf den Kutscherbock. »Measure ist schon vorangeritten, er fällt Bäume für den Schlitten. Und Wastenot und Wantnot bleiben hier, reiten Streife von Haus zu Haus.« Er grinste. »Kann die Frauenzimmer doch nicht ungeschützt zurücklassen, wo soviel über wilde Rote geredet wird, die hier umherstreifen, oder?«

Geschichtentauscher erwiderte das Grinsen. Offensichtlich war Miller doch nicht so selbstgefällig, wie er manchmal wirkte.

Bis zum Steinbruch war es ein recht langer Weg. Sie kamen am Wrack eines Wagens vorbei, in dessen Mitte ein zerborstener Mühlstein ruhte. »Das war unser erster Versuch«, erklärte Miller. »Aber dann ist eine Achse trockengelaufen und eingeklemmt, als wir diesen steilen Berg herabfuhren, worauf der ganze Wagen unter dem Gewicht des Steins zusammenbrach.«

Später gelangten sie an einen recht großen Fluß. Miller

erzählte, wie sie versucht hatten, zwei Mühlsteine auf Flößen zu befördern, und wie das Floß jedesmal gesunken war.

»Wir haben Pech gehabt«, sagte Miller, doch seine Miene verfinsterte sich, als hätte irgendein Unhold persönlich dafür gesorgt, daß die Dinge mißlangen.

»Deshalb werden wir diesmal auch einen Schlitten und Rollen verwenden«, erklärte Al Junior und beugte sich von hinten über den Bock. »Und wenn etwas zerbrechen sollte, sind es nur Baumstämme, und dafür haben wir jede Menge Nachschub.«

»Solange es nicht regnet«, wandte Miller ein. »Oder schneit.«

»Der Himmel sieht nicht nach Regen aus«, meinte Geschichtentauscher.

»Der Himmel ist ein Lügner«, erwiderte Miller. »Gleichgültig, was ich tue, mir stellt sich immer das Wasser in den Weg.«

Als sie zum Steinbruch kamen, stand die Sonne bereits hoch am Himmel, obwohl es noch früher Morgen war. Natürlich würde der Rückweg sehr viel länger dauern. Measure hatte bereits sechs kräftige junge Bäume und ungefähr zwanzig kleinere gefällt. David und Calm machten sich sofort an die Arbeit, schälten Äste ab und machten sie so glatt und rund wie möglich. Zu Geschichtentauschers Überraschung nahm Al Junior den Sack mit dem Steinmetzwerkzeug auf und ging auf die Felsen zu.

»Wo gehst du hin?« fragte Geschichtentauscher.

»Oh, ich muß eine gute Stelle für das Hauen finden«, erwiderte Al Junior.

»Er hat ein Auge für Gestein«, erklärte Miller. Doch sagte er nicht alles, was er wußte.

»Und wenn du den Stein gefunden hast, was tust du dann?« fragte Geschichtentauscher.

»Na, dann haue ich ihn eben.« Alvin stolzierte mit der Arroganz eines Jungen den Pfad hinauf, der wußte, daß er im Begriff war, die Arbeit eines Erwachsenen zu tun.

»Hat auch ein Händchen für Gestein«, fügte Miller hinzu.

»Aber er ist doch erst zehn Jahre alt«, wandte Geschichtentauscher ein.

»Der hat schon seinen ersten Stein gehauen, als er sechs war«, erwiderte Miller.

»Wollt Ihr damit sagen, daß es ein Zaubertalent ist?«

»Ich will damit überhaupt nichts sagen.«

»Wollt Ihr mir eins beantworten, Al Miller? Sagt mir doch, ob Ihr zufällig ein siebenter Sohn seid.«

»Warum fragt Ihr?«

»Es heißt unter jenen, die von derlei Dingen etwas verstehen, daß der siebente Sohn eines siebenten Sohnes mit dem Wissen darum geboren wird, wie die Dinge unter ihrer Oberfläche ausschauen. Deshalb sind sie auch solch gute Rutengänger.«

»Ach, heißt es das?«

Measure trat herbei, stellte sich vor seinem Vater auf, stemmte die Fäuste in die Hüften und blickte ihn beinahe empört an. »Pa, was soll es schon schaden, es ihm zu erzählen? Es weiß doch ohnehin schon jeder hier in der Gegend.«

»Vielleicht bin ich ja der Meinung, daß Geschichtentauscher schon viel mehr weiß, als ich möchte.«

»So etwas zu sagen, ist aber undankbar, Pa, zu einem Mann, der sich mehr als einmal als Freund erwiesen hat.«

»Er braucht mir nichts zu erzählen, was ich seiner Meinung nach nicht erfahren soll«, warf Geschichtentauscher ein.

»Dann werde ich es Euch erzählen«, erwiderte Measure. »Pa ist tatsächlich ein siebenter Sohn.«

»Und Al Junior auch«, fügte Geschichtentauscher hinzu. »Habe ich recht? Ihr habt es nie erwähnt, aber ich würde doch sagen, daß wenn ein Mann einem Sohn, der nicht sein Erstgeborener ist, seinen eigenen Namen gibt, so wird das wohl sein siebenter sein.«

»Unser ältester Bruder Vigor ist wenige Minuten nach Al Juniors Geburt im Hatrack River gestorben«, erklärte Measure.

»Hatrack«, wiederholte Geschichtentauscher.

»Kennt Ihr diesen Ort?« fragte Measure.

»Ich kenne *jeden* Ort. Aber aus irgendeinem Grund erweckt dieser Name in mir den Gedanken, daß ich mich schon früher daran hätte erinnern sollen, und ich weiß nicht weshalb. Der siebente Sohn eines siebenten Sohnes. Zaubert er den Mühlstein aus dem Fels hervor?«

»So drücken wir das nicht aus«, sagte Measure.

»Er haut«, sagte Miller. »Genau wie jeder Steinmetz.«

»Er ist zwar ein *großer* Junge, aber er ist immer noch ein Junge«, wandte Geschichtentauscher ein.

»Sagen wir so«, erklärte Measure, »wenn *er* den Stein haut, dann ist er etwas weicher, als wenn *ich* ihn haue.«

»Ich würde es zu schätzen wissen«, warf Miller ein, »wenn Ihr unten bleiben und beim Holzglätten und -kerben helfen könntet. Wir brauchen einen guten, festen Schlitten und einige wirklich runde, glatte Rollen.« Was er nicht sagte, was Geschichtentauscher aber genau heraushörte, war: Bleib hier unten und stell nicht zu viele Fragen über Al Junior.

Also arbeitete Geschichtentauscher zusammen mit David, Measure und Calm bis in den Nachmittag hinein, wobei sie die ganze Zeit ein ständiges Klirren von Eisen auf Stein hörten. Alvin Juniors Schläge gab den Rhythmus für ihre Arbeit vor, wenngleich niemand es offen aussprach.

Doch Geschichtentauscher gehörte nicht zu denen, die schweigend arbeiten konnten. Da die anderen nicht allzu gesprächig waren, erzählte er die ganze Zeit Geschichten. Und da er es mit erwachsenen Männern zu tun hatte, ging es in seinen Geschichten nicht nur um Abenteuer und Heldentum und tragische Tode.

Tatsächlich widmete er den größten Teil des Nachmittags der Sage von John Adams: Wie sein Haus in Boston von einem Mob niedergebrannt wurde, nachdem er für zehn Frauen einen Freispruch erreicht hatte, die der Hexerei angeklagt worden waren. Wie Alex Hamilton ihn nach Manhattan Island eingeladen hatte, wo die beiden eine gemeinsame Rechtskanzlei eröffneten. Wie es ihnen in zehn Jahren gelungen war, die holländische Regierung dazu zu bewegen, die unbeschränkte Einwanderung von nicht holländisch sprechenden Menschen zu gestatten, bis

Engländer, Schotten, Waliser und Iren in New Amsterdam und New Orange eine Mehrheit und in New Holland eine große Minderheit bildeten. Wie sie im Jahre 1780 Englisch zur zweiten offiziellen Sprache erklären ließen, gerade rechtzeitig für die holländischen Kolonien, die drei der sieben ursprünglichen Staaten des Amerikanischen Pakts bildeten.

»Ich wette, daß die Holländer diese Jungs gehaßt haben, als sie erst einmal damit fertig waren«, meinte David.

»Nein, dafür waren sie viel zu gute Politiker«, widersprach Geschichtentauscher. »Beide lernten sie Holländisch besser zu sprechen als die meisten Holländer, und sie zogen ihre Kinder auf holländischen Schulen holländischsprechend auf. Die waren so holländisch, daß, als Alex Hamilton sich um das Amt des Gouverneurs von New Amsterdam und John Adams um das Amt des Präsidenten der Vereinigten Staaten bewarb, beide in den holländischen Teilen von New Netherland besser abschnitten als bei den Schotten und Iren.«

»Ich schätze, wenn ich mich um das Bürgermeisteramt bewerben sollte, könnte ich wohl diese Schweden und Holländer flußabwärts dazu bewegen, für mich zu stimmen«, sagte David.

»Für dich würde nicht einmal *ich* stimmen«, meinte Calm.

»*Ich* schon«, sagte Measure. »Und ich hoffe, daß du dich eines Tages *tatsächlich* als Bürgermeister bewirbst.«

»Das kann er gar nicht«, wandte Calm ein. »Das hier ist ja nicht einmal eine richtige Stadt.«

»Das wird sie aber einmal werden«, meinte Geschichtentauscher. »So etwas habe ich schon öfter gesehen. Wenn die Mühle erst einmal arbeitet, wird es nicht mehr lange dauern, und zwischen Eurer Mühle und Vigor Church leben dreihundert Leute.«

»Meint Ihr?«

»Im Augenblick kommen die Leute vielleicht drei- oder viermal im Jahr zu Brustwehrs Geschäft«, sagte Geschichtentauscher. »Aber wenn sie dort Mehl erhalten, werden sie sehr viel öfter kommen. Dann werden sie Eure Mühle eine Weile lang jeder anderen im Umkreis vorziehen, denn Ihr habt eine ausgebaute Straße und gute Brücken.«

»Wenn die Mühle Geld abwirft«, sagte Measure, »wird Pa bestimmt einen Buhrstein aus Frankreich bestellen. In West Hampshire hatten wir einmal einen, bevor die Flut die Mühle vernichtete. Und ein Buhrstein bedeutet feines weißes Mehl.«

»Und weißes Mehl bedeutet gute Geschäfte«, sagte David. »Wir Älteren, wir erinnern uns noch daran.«

Er lächelte wehmütig. »Damals waren wir beinahe reich.«

»Also«, meinte Geschichtentauscher. »Bei all dem Verkehr hier wird es nicht nur einen Laden und eine Kirche und eine Mühle geben. Unten im Wobbish gibt es guten weißen Ton. Da wird es nicht ausbleiben, daß auch ein Töpfer sein Geschäft aufmacht und Töpfer- und Steingut für das ganze Gebiet herstellt.«

»Ich wünschte mir, daß *das* möglichst bald käme«, bemerkte Calm. »Meine Frau sagt, daß sie es wirklich leid ist, das Essen immer auf Blechtellern servieren zu müssen.«

»So wachsen Städte«, erklärte Geschichtentauscher. »Ein guter Laden, eine Kirche, dann eine Mühle, dann eine Töpferei. Und übrigens auch Ziegeleien. Und wenn es eine Stadt gibt ...«

»... dann kann David Bürgermeister werden«, sagte Measure.

»Ich nicht«, widersprach David. »Dieses ganze Politikgeschäft ist mir zuviel. Brustwehr will so etwas haben, nicht ich.«

»Brustwehr will König werden«, meinte Calm.

»Das ist aber eine unschöne Bemerkung«, sagte David.

»Aber sie stimmt«, erwiderte Calm. »Der würde doch sogar versuchen, Gott zu werden, wenn er glaubte, daß der Posten zu haben wäre.«

Measure erklärte Geschichtentauscher: »Calm und Brustwehr kommen nicht gut miteinander aus.«

»Ein sauberer Ehemann, der seine Frau eine Hexe nennt«, meinte Calm verbittert.

»Warum sollte er sie so nennen?« fragte Geschichtentauscher.

»Mit Sicherheit nennt er sie *jetzt* nicht mehr so«, sagte Measure. »Sie hat ihm versprochen, damit aufzuhören. All ihre Fähigkeiten für die Küche. Es ist eine Schande, eine Frau dazu zu zwingen, ihren Haushalt nur mit beider Hände Arbeit zu führen.«

»Das genügt«, sagte David. Geschichtentauscher bemerkte seinen warnenden Blick aus dem Augenwinkel.

Offensichtlich trauten sie Geschichtentauscher noch nicht genug, um ihn in die Wahrheit einzuweihen. Also ließ der alte Mann sie sein Geheimnis über ihre Schwester Eleanor wissen. »Es scheint mir, daß sie allerdings mehr davon benutzt, als Brustwehr errät«, warf Geschichtentauscher ein. »Auf ihrer Veranda steht ein raffiniertes Hexzeichen aus Körben. Und sie hat vor meinen Augen einen Beruhigungszauber auf ihn angewandt, an jenem Tag, da ich in der Stadt eintraf.«

Für einen Moment hielten die Brüder mit der Arbeit inne. Jeder schwieg, niemand sah Geschichtentauscher an. Jeder dachte nur, daß der alte Mann Eleanors Geheimnis gekannt und niemandem davon erzählt hatte. Auch nicht Brustwehr-Gottes Weaver. Dennoch war es eine Sache, daß er es wußte, eine andere aber, es ihm zu bestätigen. Also sagten sie nichts und machten sich einfach nur wieder daran, den Schlitten zu kerben und zu vertäuen.

Geschichtentauscher brach das Schweigen, indem er wieder zum eigentlichen Thema zurückkam. »Es ist nur eine Frage der Zeit, bevor diese westlichen Gebiete genügend Einwohner haben, um sich selbst Staaten zu nennen, und um sich um Aufnahme in den Amerikanischen Pakt zu bewerben. Wenn das geschieht, wird man ehrliche Männer brauchen, die solche Ämter innehaben.«

»Hier im wilden Land werdet Ihr keinen Hamilton oder Adams oder Jefferson finden«, meinte David.

»Vielleicht nicht«, erwiderte Geschichtentauscher. »Aber wenn ihr ortsansässigen Jungen nicht eure eigene Regierung aufstellt, dann könnt ihr darauf wetten, daß es jede Menge Leute in den Städten geben wird, die bereit sind, es für euch zu tun. So wurde Aaron Burr Gouverneur von Suskwahenny, bevor Daniel Boone ihn neunundneunzig erschoß.«

»So, wie Ihr es erzählt, klingt es ja wie Mord«, meinte Measure. »Es war aber ein faires Duell.«

»So, wie ich die Sache sehe«, widersprach Geschichtentauscher, »ist ein Duell nichts als eine Abmachung zwischen zwei Mördern, die übereingekommen sind, abwechselnd zu versuchen, einander umzubringen.«

»Nicht, wenn einer davon ein alter Landjunge in Lederkleidung ist und der andere ein verlogener, betrügerischer Stadtmensch«, meinte Measure.

»Ich will keinen Aaron Burr haben, der versucht, Gouverneur des Lands Wobbish zu werden«, warf David ein. »Und diese Sorte Mann ist auch Bill Harrison unten in Carthage City. Eher würde ich für Brustwehr stimmen als für den.«

»Und ich würde eher für dich als für Brustwehr stimmen«, meinte Geschichtentauscher.

David grunzte. Er fuhr damit fort, Seil um die Kerben der Schlittenhölzer zu wickeln und sie miteinander zu verschnüren. Geschichtentauscher tat das gleiche auf der anderen Seite. Als er die beiden Seilenden miteinander verbinden wollte, unterbrach ihn Measure: »Wartet mal, ich hole Al Junior.« Im Laufschritt eilte Measure die Anhöhe zum Steinbruch empor.

Geschichtentauscher ließ die Seilenden fallen. »Alvin Junior macht die Knoten? Ich hätte eigentlich gedacht, daß erwachsene Männer wie ihr sie fester hinbekommt.«

David grinste. »Er hat ein Talent dafür.«

»Hat sonst niemand von euch Talente?« fragte Geschichtentauscher.

»Ein paar.«

»David hat ein Talent für Damen«, meinte Calm.

»Calm hat tanzende Füße beim Heufest. Gibt auch keinen, der so fiedelt wie er«, sagte David. »Ist zwar manchmal ein bißchen schräg, aber er hält den Geigenbogen ganz schön beschäftigt.«

»Measure ist ein präziser Schütze«, sagte Calm. »Er hat

ein Auge für Dinge, die so weit weg sind, daß die meisten Leute sie gar nicht sehen können.«

»Wir haben unsere Talente«, meinte David. »Die Zwillinge haben eine Art, zu wissen, wann sich Ärger zusammenbraut, und dafür dort immer gerade rechtzeitig aufzutauchen.«

»Und Pa, der baut Sachen zusammen. Wenn wir Möbel bauen, lassen wir ihn alle Fugen machen.«

»Die Frauen haben Frauentalente.«

»Aber«, fügte Calm hinzu, »so einen wie Al Junior gibt es kein zweites Mal.«

David nickte ernst. »Es ist nur, Geschichtentauscher, daß er nichts davon zu wissen scheint. Ich meine, er ist irgendwie immer überrascht, wenn alles gutgeht. Er ist richtig stolz, wenn wir ihm eine Aufgabe geben.«

»Er ist ein guter Junge«, meinte Calm.

»Ein bißchen tolpatschig«, sagte David.

»Nicht *tolpatschig«*, widersprach Calm. »Meistens ist es ja nicht seine *Schuld.«*

»Sagen wir einfach, daß in seiner Gegenwart Unfälle eben öfter vorkommen.«

»Ich würde nicht sagen, daß er ein Unglücksrabe wäre oder so«, meinte Calm.

»Nein, Unglücksrabe würde ich nicht sagen.«

Geschichtentauscher bemerkte, daß sie tatsächlich beide das Wort ›Unglücksrabe‹ gesagt hatten. Natürlich sagte er nichts, denn schließlich war es ja die dritte Stimme, die ein Unglück wahr werden ließ. Sein Schweigen war die beste Abwehr gegen ein mögliches Unglück. Die beiden Brüder begriffen und schwiegen ebenfalls.

Nach einer Weile kam Measure mit Al Junior den Hügel herab. Geschichtentauscher wagte es nicht, die dritte Stimme zu sein, da er zuvor am Gespräch teilgenommen hatte. Doch es würde noch schlimmer sein, wenn Alvin als nächster sprach, da er ja mit einem Unglücksraben in Verbindung gebracht worden war. Daher hielt Geschichtentauscher seinen Blick auf Measure gerichtet und hob die Augenbrauen, um Measure anzuzeigen, daß von ihm eine Antwort erwartet wurde.

Measure beantwortete die Frage, von der er glaubte, daß Geschichtentauscher sie ihm gestellt hatte. »Oh, Pa ist oben am Fels. Hält Wache.«

Geschichtentauscher hörte, wie David und Calm erleichtert aufseufzten. Die dritte Stimme hatte keinen Unglücksraben im Sinn gehabt, so daß Alvin Junior in Sicherheit war.

Nun konnte Geschichtentauscher sich ungehindert fragen, *weshalb* Miller meinte, im Steinbruch Wache halten zu müssen. »Was soll einem Felsen schon passieren? Ich habe noch nie gehört, daß die Roten Steine stehlen würden.«

Measure zwinkerte. »Manchmal können mächtig seltsame Dinge passieren, vor allem mit Mühlsteinen.«

Alvin scherzte jetzt mit David und Calm, während er die Knoten band. Er strengte sich an, um sie so fest wie möglich zu bekommen, doch Geschichtentauscher sah, daß sein Talent sich nicht im Knoten selbst offenbarte. Während Al Junior die Seile verschnürte, schienen sie sich wie von allein ins Holz zu winden, und zwar in allen Kerben, was den ganzen Schlitten fester zusammenzog.

»Das ist fest genug, um auch als Floß dienen zu können«, sagte Al Junior und machte einen Schritt zurück, um sein eigenes Werk zu bewundern.

»Na ja, diesmal treibt es auf fester Erde«, meinte Measure. »Pa sagt, daß er in Wasser nicht einmal mehr hineinpissen wird.«

Da die Sonne im Westen allmählich unterging, begannen sie, ein Feuer zu entfachen. Den Tag über hatte die Arbeit sie warmgehalten, doch in der Nacht würden sie ein Feuer brauchen, um die Tiere abzuwehren und die Kälte zu ertragen.

Miller kam nicht herunter, nicht einmal zum Abendessen, und als Calm aufstand, um seinem Vater auf dem Hügel das Essen zu bringen, erbot sich Geschichtentauscher, mitzukommen.

»Ich weiß nicht«, erwiderte Calm. »Das braucht Ihr wirklich nicht.«

»Ich möchte aber.«

»Pa – er hat es nicht gern, wenn sich viele Leute zu einer

solchen Zeit am Felsen versammeln.« Calm wirkte ein wenig verlegen. »Er ist ein Müller, und es ist sein Stein, der dort gehauen wird.«

»Ich bin nicht viele Leute«, erwiderte Geschichtentauscher. Calm sagte nichts mehr, und Geschichtentauscher folgte ihm den Fels hinauf.

Unterwegs kamen sie an zwei Stellen vorbei, wo früher schon Gestein gehauen worden war. Die Brocken aus behauenem Gestein hatte man dazu verwendet, um eine glatte Rampe vom Felsen hinunter zu bauen. Die Schnitte im Stein waren fast vollkommen rund. Geschichtentauscher hatte schon viele behauene und beschnittene Steine gesehen, doch nie solche – vollkommen rund, mitten in der Felswand. Meistens schlug man ein Stück heraus und rundete es erst am Boden ab. Calm ging seinetwegen nicht langsamer, so daß Geschichtentauscher keine Gelegenheit hatte, noch genauer hinzusehen, doch soweit er das beurteilen konnte, gab es keine Möglichkeit, wie der Steinhauer in *diesem* Steinbruch die Rückseite des Steins hatte schneiden können.

An der neuen Stelle sah es ganz genauso aus. Miller rechte gerade Steinsplitter zu einer ebenen Rampe vor dem Mühlstein zusammen. Geschichtentauscher ging ein Stück zurück und musterte in den letzten Flecken des Tageslichts die Felswand. Ganz allein arbeitend, hatte Al Junior an einem einzigen Tag die Vorderseite des Mühlsteins glattgehauen. Der Stein war praktisch poliert, noch immer an der Felswand hängend. Darüber hinaus war sogar schon das Mittelloch hineingeschnitten worden, um den Hauptschaft der Mühlenmaschine aufzunehmen. Es war vollends ausgehauen. Und auf der ganzen Welt gab es keine Möglichkeit, wie jemand einen Meißel anbringen konnte, um die Rückseite abzuschlagen.

»Das ist aber ein ordentliches Talent, das der Junge da hat«, meinte Geschichtentauscher.

Miller nickte zustimmend.

»Habe gehört, daß Ihr die Nacht hier oben verbringen wollt«, sagte Geschichtentauscher.

»Richtig gehört.«

»Würde Euch Gesellschaft stören?« fragte Geschichtentauscher.

Calm rollte die Augen.

Doch nach einer kleinen Weile zuckte Miller die Schultern. »Wie Ihr wollt.«

Calm blickte Geschichtentauscher mit weiten Augen an und hob die Augenbrauen, als wollte er sagen, daß es immer noch Zeichen und Wunder gäbe.

Nachdem Calm Millers Essen abgestellt hatte, ging er wieder davon. Miller legte den Rechen beiseite. »Habt Ihr schon gegessen?«

»Ich gehe Holz sammeln für das Feuer«, erwiderte Geschichtentauscher. »Solange es noch etwas hell ist. Eßt Ihr erst einmal.«

»Paßt auf Schlangen auf«, sagte Miller. »Die meisten haben sich zwar schon zum Winter zurückgezogen, aber man kann nie wissen.«

Geschichtentauscher achtete auf Schlangen, bekam aber keine zu sehen.

Schon bald hatten sie ein gutes Feuer, das die ganze Nacht brennen würde.

Im Licht des Feuers lagen sie in ihre Decken gehüllt. Geschichtentauscher fiel auf, daß Miller ein paar Ellen von dem Steinbruch entfernt weicheren Boden hätte finden können. Doch anscheinend war es von größter Wichtigkeit, den Mühlstein im Auge zu behalten.

Geschichtentauscher begann zu reden. Er sprach davon, wie schwer es für Väter sein mußte, mitanzusehen, wie ihre Söhne aufwuchsen, so voller Hoffnung für die Jungen, doch niemals wissend, wann der Tod kommen und das Kind fortholen würde. Es war ein Thema, auf das Alvin Miller nach einigem Zögern einging. Er erzählte die Geschichte von seinem ältesten Jungen Vigor, der im Hatrack River umgekommen war, nur wenige Minuten nach Alvin Juniors Geburt. Und dann kam er auf die vielen Momente zu sprechen, da Al Junior beinahe gestorben wäre. »Immer das Wasser«, sagte Miller zum Schluß. »Es glaubt mir zwar keiner, aber so ist es. Immer das Wasser.«

»Die Frage lautet«, meinte Geschichtentauscher, »ist das

Wasser böse, will es einen guten Jungen vernichten? Oder ist es gut und versucht es, eine böse Macht zu vernichten?«

Eine solche Frage hätte viele Männer wütend gemacht, doch Geschichtentauscher hatte es schon lange aufgegeben, zu erraten, wie Miller auf etwas reagieren würde.

»Das habe ich mich auch schon gefragt«, entgegnete Miller ohne sonderliche Erregung. »Ich habe ihn genau beobachtet, Geschichtentauscher. Natürlich besitzt er ein Talent, die Menschen dazu zu bringen, ihn zu lieben. Sogar seine Schwestern. Seit er alt genug war, um in ihr Essen zu spucken, hat er sie gnadenlos gepeinigt. Und doch gibt es nicht eine von ihnen, der nicht irgend etwas einfiele, um ihm eine besondere Freude zu machen. Sie bringen es zwar fertig, seine Socken zuzunähen oder Ruß auf seinen Stuhl zu schmieren, aber zugleich würden sie für ihn sterben.«

»Ich habe festgestellt«, meinte Geschichtentauscher, »daß manche Leute die Fähigkeit haben, die Liebe anderer zu gewinnen, ohne sie jemals verdient zu haben.«

»Ich habe darüber auch schon nachgedacht«, erwiderte Miller. »Aber der Junge weiß gar nicht, daß er dieses Talent besitzt. Er bringt die Menschen nicht durch Tricks dazu, zu tun, was er will. Er läßt sich von mir bestrafen, wenn er etwas Falsches getan hat. Und wenn er wollte, könnte er mich durchaus daran hindern.«

»Wieso denn?«

»Weil er weiß, daß ich manchmal, wenn ich ihn sehe, in ihm meinen Sohn Vigor erblicke, meinen Erstgeborenen, und dann kann ich ihm nicht weh tun, auch wenn der Schmerz zu seinem Besten wäre.«

Möglich, daß diese Begründung zum Teil der Wahrheit entsprach, überlegte Geschichtentauscher. Aber mit Sicherheit war es nicht die ganze Wahrheit.

Ein wenig später, nachdem Geschichtentauscher das Feuer geschürt hatte, erzählte Miller die Geschichte, deretwegen Geschichtentauscher gekommen war.

»Ich habe eine Geschichte«, sagte er, »die möglicherweise in Euer Buch gehört.«

»Versucht es einmal«, erwiderte Geschichtentauscher.

»Sie ist allerdings nicht mir selbst widerfahren.«

»Es muß etwas sein, das Ihr mit eigenen Augen gesehen habt«, erklärte Geschichtentauscher. »Ich habe schon die verrücktesten Geschichten erzählt bekommen, von denen jemand gehört hat, daß sie dem Freund eines Freundes geschehen seien.«

»Oh, ich habe es durchaus mitangesehen. Es geht jetzt schon ein paar Jahre lang, und ich habe einige Unterhaltungen mit dem Burschen geführt. Die Geschichte dreht sich um einen Schweden flußabwärts. Wir haben ihm dabei geholfen, seine Blockhütte und seine Scheune zu bauen, als er hierherkam, ein Jahr nach uns. Und schon damals habe ich ihn ein wenig beobachtet. Ihr müßt nämlich wissen, daß er einen Jungen hat, einen blonden Schwedenjungen, Ihr wißt schon, wie die manchmal aussehen.«

»Mit fast weißem Haar?«

»Wie Frost in der Morgensonne, so weiß und glänzend.«

»Ich kann ihn im Geiste sehen«, erwiderte Geschichtentauscher.

»Und diesen Jungen hat sein Vater sehr geliebt. Mehr als sein eigenes Leben. Ihr kennt doch diese Bibelgeschichte von dem Vater, der seinem Jungen einen Rock von vielen Farben gab?«

»Man hat sie mir erzählt.«

»So liebte er seinen Jungen. Aber ich habe die beiden den Fluß entlangschreiten sehen, und da ist der Vater ganz plötzlich losgesprungen, hat seinen Jungen gestoßen und ihn in den Wobbish gestürzt. Nun war es so, daß der Junge sich an einem Holzscheit festhielt und sein Vater und ich ihm halfen, wieder an Land zu kommen, aber es war schon beängstigend mitanzusehen, wie der Vater sein eigenes Kind beinahe umgebracht hätte. Sicher, es wäre zwar nicht absichtlich gewesen, aber das hätte den Jungen nicht weniger tot gemacht oder den Vater weniger schuldlos.«

»Ich kann mir vorstellen, daß der Vater so etwas nie verkraftet hätte.«

»Natürlich nicht. Doch nicht lange danach sah ich ihn noch ein paarmal. Wie er Holz hackte und die Axt heftig schwang, und wenn der Junge nicht im selben Augenblick ausgerutscht und hingestürzt wäre, so hätte sich ihm die

Axt in den Schädel gebohrt; ich habe noch nie jemanden gesehen, der so etwas überlebt hätte.«

»Ich auch nicht.«

»Und ich habe mir versucht vorzustellen, was da wohl geschah. Was der Vater wohl denken mußte. Also ging ich eines Tages zu ihm und sagte: ›Nels, Ihr solltet etwas vorsichtiger sein, wenn Euer Junge dabei ist. Sonst schlagt Ihr ihm eines Tages noch einmal den Kopf ab.‹

Und Nels hat geantwortet: ›Mr. Miller, das war kein Unfall.‹ Na, in diesem Augenblick hättet Ihr mich mit einem Säuglingsrülpser umhauen können. Was meinte er damit, kein Unfall? Und er sagte zu mir: ›Ihr wißt überhaupt nicht, wie schlimm es ist. Ich denke manchmal, daß eine Hexe mich verflucht hat oder der Teufel mich packt, aber ich arbeite einfach so gut vor mich hin, denke daran, wie sehr ich den Jungen liebe, und plötzlich habe ich den Wunsch, ihn zu töten. Das erste Mal hat es mich überfallen, als er noch ein Säugling war, ich stand oben auf der Treppe, hielt ihn, und plötzlich war eine Stimme in meinem Kopf, die sagte: ›Wirf ihn runter‹, und ich wollte es tun, obwohl ich zugleich wußte, daß es die schrecklichste Tat auf der Welt gewesen wäre. Ich war versessen darauf, ihn hinunterzuwerfen, wie ein Junge, wenn er unbedingt einen Käfer mit einem Stein zerquetschen will.

Nun, ich habe gegen dieses Gefühl angekämpft und habe den Jungen so fest an mich gedrückt, daß ich ihn beinahe erstickt hätte. Und als ich ihn schließlich wieder in seine Wiege zurücklegte, da wußte ich, daß ich ihn von nun an nie wieder diese Treppe hinauftragen würde.

Aber ich konnte ihn doch nicht alleinlassen, nicht wahr? Es war mein Junge, und er wuchs auf und wurde so heiter und ausgelassen, daß ich ihn einfach lieben mußte. Blieb ich weg, so weinte er, weil sein Papa nicht mit ihm spielte. Blieb ich aber bei ihm, so kehrten diese Gefühle zu mir zurück, immer und immer wieder. Zwar nicht jeden Tag, aber an vielen Tagen, manchmal so schnell, daß ich es schon tat, bevor ich überhaupt wußte, was geschah. Wie an dem Tag, als ich ihn in den Fluß gestürzt habe, da bin ich falsch aufgetreten und gestolpert, aber noch während ich diesen Schritt tat, wußte ich, daß er falsch war und daß ich stolpern und gegen ihn stoßen würde, ich *wußte* es einfach, aber ich hatte keine Zeit mehr, um mich selbst daran zu hindern. Und ich weiß auch, daß ich mich eines Tagees nicht mehr im Zaum halten kann, daß ich es gar nicht tun will, aber eines Tages, wenn ich diesen Jungen zwischen den Händen habe, werde ich ihn umbringen.‹«

Geschichtentauscher sah, wie sich Millers Arm bewegte, als wollte er Tränen von seiner Wange fortwischen.

»Ist das nicht seltsam?« fragte Miller. »Daß ein Mann solche Gefühle für seinen eigenen Sohn hegt?«

»Hat dieser Bursche auch noch andere Söhne?«

»Ein paar. Warum?«

»Ich habe mich nur gerade gefragt, ob er auch jemals das Bedürfnis verspürt hatte, die anderen umzubringen.«

»Ich habe ich ihn das auch gefragt, und er meinte, nicht im geringsten.«

»Nun, Mr. Miller, was habt Ihr ihm geantwortet?«

Miller atmete einige Male tief durch. »Ich wußte nicht, was ich ihm sagen sollte. Manche Dinge sind einfach zu groß, als daß ein Mann wie ich sie verstehen könnte. Ich meine, so wie dieses Wasser hinter meinem Jungn Alvin her ist, um ihn umzubringen. Und dann dieser Schwede mit seinem Sohn. Vielleicht gibt es auch Kinder, die gar nicht erwachsen werden sollen. Meint Ihr das auch, Geschichtentauscher?«

»Ich glaube, es gibt Kinder, die sind so bedeutsam, daß irgend jemand – irgendeine Macht auf der Welt – sie tot wissen will. Aber es gibt immer auch andere Mächte, vielleicht auch stärkere Mächte, die wollen, daß sie überleben.«

»Warum zeigen sich diese Mächte dann nicht, Geschichtentauscher? Warum kommt nicht irgendeine Macht vom Himmel herab, sucht diesen armen Schweden auf und sagt: ›Fürchte dich nicht länger, dein Junge ist in Sicherheit, sogar vor dir!‹«

»Vielleicht sprechen diese Mächte ja nicht in Worten. Vielleicht zeigen diese Mächte einem einfach nur, was sie tun.«

»Die einzige Macht, die sich auf dieser Welt zeigt, ist jene, die tötet.«

»Ich weiß ja nicht, wie es mit diesem Schwedenjungen steht«, meinte Geschichtentauscher, »aber ich würde schon sagen, daß auf *Eurem* Sohn ein mächtiger Schutz ruht. Nach allem, was Ihr erzählt habt, ist es doch ein Wunder, daß er nicht schon zehnmal gestorben ist.«

»Das ist wahr.«

»Ich glaube, daß etwas über ihn wacht.«

»Nicht gut genug.«

»Das Wasser hat ihn doch noch nie bekommen, nicht wahr?«

»Es ist ihm schon so nahe gekommen, Geschichtentauscher!«

»Und was diesen Schwedenjungen betrifft, so *weiß* ich, daß er jemanden hat, der über ihn wacht.«

»Wer denn?« wollte Miller wissen.

»Nun, sein eigener Vater natürlich.«

»Sein eigener Vater ist auch sein Feind«, meinte Miller.

»Das glaube ich nicht«, widersprach Geschichtentauscher. »Wißt Ihr, wie viele Väter ungewollt ihre Söhne töten? Da ziehen sie zur Jagd aus, und ein Schuß verirrt sich. Oder ein Wagen zermalmt den Jungen, oder er stürzt. Das passiert doch ständig. Vielleicht haben diese Väter einfach nicht *gesehen*, was geschah. Aber dieser Schwede ist klüger, er sieht, was geschieht, und er paßt auf sich auf, reißt sich immer noch rechtzeitig zusammen.«

Miller klang schon ein wenig hoffnungsfroher. »So, wie Ihr es darstellt, klingt es, als wäre der Vater gar nicht so schlecht.«

»Wenn er so schlecht wäre, Mr. Miller, dann wäre dieser Junge schon längst tot und beerdigt.«

»Vielleicht.«

Miller dachte eine Weile nach. Tatsächlich tat er es so lange, daß Geschichtentauscher ein wenig einnickte. Ruckartig erwachte er wieder, als Miller bereits sprach.

»... und es wird einfach immer nur schlimmer, nicht besser. Immer schwieriger, diese Gefühle abzuwehren. Es ist nicht lange her, da stand er oben in der ... in seiner

Scheune ... und lud Heu ab. Und unter ihm war sein Junge, und alles, wessen es bedurft hätte, war, die Gabel fliegen zu lassen; er hätte sagen können, daß die Heugabel ihm ausgerutscht sei, und niemand hätte es jemals erfahren. Einfach nur fliegen lassen und diesen Jungen voll durchbohren. Und er wollte es auch tun. Versteht Ihr mich? Es war so schwierig, diese Gefühle abzuwehren, schwieriger denn je, und er *gab einfach auf*. Er entschied einfach, die Sache hinter sich zu bringen, nachzugeben. Und in diesem Augenblick, erschien ein Fremder in der Tür und rief: ›Nein!‹ Und ich stellte die Heugabel ab – das hat er gesagt: ›Ich stellte die Heugabel ab, aber ich zitterte so schlimm, daß ich kaum noch gehen konnte, weil ich wußte, daß der Fremde mich mit dem Mord in meinem Herzen gesehen hatte. Er muß mich für den schlimmsten Mann auf Erden halten, weil ich daran dachte, meinen eigenen Jungen zu töten, er hat ja nicht den leisesten Verdacht, wie sehr ich all diese Jahre davor mit mir gerungen habe ...‹«

»Vielleicht wußte dieser Fremde ja etwas über die Mächte, die im Herzen eines Menschen arbeiten können«, meinte Geschichtentauscher.

»Meint Ihr?«

»Oh, sicher kann ich mir da nicht sein, aber vielleicht hat dieser Fremde auch gesehen, wie sehr dieser Vater seinen Jungen liebte. Vielleicht war der Fremde lange Zeit verwirrt, aber schließlich begann er zu erkennen, daß das Kind außergewöhnlich war und mächtige Feinde besaß. Und dann begriff er vielleicht, daß der Junge noch so viele Feinde haben mochte, sein Vater aber nicht dazugehörte. Und er wollte diesem Vater etwas mitteilen.«

»Was wollte der Fremde ihm mitteilen?« Miller fuhr sich wieder mit dem Ärmel über die Augen.

»Vielleicht wollte er sagen: ›Ihr habt alles getan, was Ihr konntet, und nun ist es zu mächtig für Euch geworden. Nun solltet Ihr diesen Jungen fortschicken. Vielleicht zurück zu Verwandten in den Osten oder in die Lehre in irgendeine Stadt.‹ Das mag für diesen Vater vielleicht hart sein, da er den Jungen so sehr liebt, aber er wird es tun, weil er weiß, daß wirkliche Liebe darin besteht, den Jungen außer Gefahr zu bringen.«

»Ja«, sagte Miller.

»Und wenn wir schon dabei sind«, sagte Geschichtentauscher, »Vielleicht solltet ihr mit Eurem eigenen Jungen, Alvin, auch etwas Ähnliches tun.«

»Vielleicht«, erwiderte Miller.

»Würdet Ihr nicht sagen, daß ihm vom Wasser in dieser Gegend eine gewisse Gefahr droht? Irgend jemand beschützt ihn oder *irgend etwas.* Aber wenn Alvin vielleicht gar nicht hier lebte ...«

»Dann würden einige der Gefahren verschwinden«, ergänzte Miller.

»Denkt einmal darüber nach«, riet Geschichtentauscher.

»Es ist eine schreckliche Sache«, meinte Miller, »seinen Jungen fortzuschicken, damit er bei Fremden lebt.«

»Aber es ist noch schrecklicher, ihn zu beerdigen.«

»Ja«, stimmte Miller ihm zu. »Das ist das Schrecklichste auf der Welt.«

Nun sagten sie beide nichts mehr und schliefen nach einer kurzen Weile ein.

Der Morgen war kalt. Miller gestattete es Al Junior nicht, zum Fels emporzusteigen, bevor die Sonne nicht den Morgentau vertrieben hatte. Statt dessen verbrachten sie den Vormittag damit, den Boden von der Felswand bis zum Schlitten vorzubereiten, damit sie den Stein den Berg hinabrollen konnten.

Inzwischen war sich Geschichtentauscher sicher, daß Al Junior eine verborgene Kraft angewandt hatte, um den Mühlstein aus der Felswand zu hauen. Geschichtentauscher war neugierig. Er wollte feststellen, wie mächtig diese Macht genau war, damit er sie besser verstand. Und da Al Junior vermutlich gar nicht wußte, was er tat, mußte Geschichtentauschers sehr überlegt vorgehen. »Wie kerbt Ihr Euren Stein?« fragte Geschichtentauscher.

Miller zuckte die Schultern. »Früher habe ich Buhrstein verwendet. Die werden alle mit Sichelkerben versehen.«

»Könnt Ihr mir das zeigen?« fragte Geschichtentauscher.

Mit einer Ecke seines Rechens malte Miller einen Kreis in

den mit Reif überzogenen Boden. Dann zeichnete er eine Reihe von Bögen, die sich von der Kreismitte über die Kanten zogen. Zwischen jedem Bogenpaar zog er einen kürzeren Bogen, der am Kreisrand begann, aber stets nur zwei Drittel der Strecke bis zum Mittelpunkt lang war. »So«, sagte Miller.

»Die meisten Mühlsteine in Pennsylvania und Suskwahenny besitzen eine Viererkerbung«, sagte Geschichtentauscher. »Kennt Ihr diesen Schnitt?«

»Zeigt ihn mir.«

Also zog Geschichtentauscher einen weiteren Kreis. Der war nicht ganz so gut zu erkennen, da der Reif langsam forttaute. Anstelle von gekrümmten zog er gerade Linien von der Kreismitte bis zur Kante, und die kürzeren Linien gabelten sich unmittelbar von den längeren ab und verliefen gerade zum Rand. »Manche Müller ziehen das vor, weil man so alles länger scharf halten kann. Da die Linien alle gerade sind, erhält man einen schönen, gleichmäßigen Zug, wenn man den Stein benutzt.«

»Das verstehe ich«, meinte Miller. »Aber ich weiß nicht so recht. Ich bin an diese Bogenlinien gewöhnt.«

»Nun, wie Ihr wollt«, sagte Geschichtentauscher. »Ich bin nie Müller gewesen, daher kann ich es nicht beurteilen. Ich erzähle nur Geschichten über das, was ich gesehen habe.«

»Oh, ich habe nichts dagegen, daß Ihr es mir zeigt«, erwiderte Miller.

Al Junior stand da und musterte beide Kreise.

»Ich glaube, wenn wir diesen Stein nach Hause geschafft bekommen«, meinte Miller, »werde ich es mit dieser Viererkerbung versuchen. Sieht mir danach aus, als wäre es damit leichter, sauber zu mahlen.«

Schließlich war der Boden wieder trocken, und Al Junior schritt zur Felswand hinüber. Die anderen Jungen waren alle unten, brachen das Lager ab oder brachten die Pferde hinauf zum Steinbruch. Nur Miller und Geschichtentauscher sahen zu, wie Al Junior seinen Hammer schließlich an die Felswand führte. Er mußte noch etwas hauen, um den Kreis rundherum fertigzubekommen.

Zu Geschichtentauschers Überraschung setzte Al Junior den Meißel an und hieb einmal mit dem Hammer darauf, worauf ein ganzer Steinbrocken, fast sechs Zoll lang, von der Felswand absplitterte und zu Boden bröckelte.

»Aber dieser Stein ist ja so weich wie Kohle«, meinte Geschichtentauscher. »Was soll denn das für einen Mühlstein abgeben?«

Miller grinste und schüttelte den Kopf.

Al Junior wich von dem Stein zurück. »Oh, Geschichtentauscher, es ist schon *harter* Stein, es sei denn, man kennt genau die richtigen Stellen, um ihn zu brechen. Versucht es nur, Ihr werdet sehen.»

Er reichte ihm Hammer und Meißel. Geschichtentauscher nahm sie entgegen und trat auf den Fels zu. Vorsichtig setzte er den Meißel an den Stein, nicht ganz im Lot. Dann, nachdem er ein paarmal leicht dagegen geklopft hatte, verpaßte er dem Meißel mit dem Hammer einen ordentlichen Hieb.

Der Meißel sprang ihm aus der Linken, und der Aufprall war so stark, daß er den Hammer fallenließ. »Tut mir leid«, sagte er, »ich habe so etwas zwar schon einmal gemacht, aber ich muß wohl die Fähigkeit verloren haben ...«

»Oh, das liegt nur am Stein«, meinte Al Junior. »Er ist ein bißchen launisch. Er gibt nur in bestimmte Richtungen nach.«

Geschichtentauscher inspizierte die Stelle, die er hatte hauen wollen. Er konnte sie nicht wiederfinden. Sein mächtiger Hieb hatte nicht die leiseste Spur hinterlassen.

Al Junior nahm das Werkzeug und setzte den Meißel wieder an. Geschichtentauscher hatte den Eindruck, als würde er genau dieselbe Stelle wählen. Doch Al tat so, als hätte er ihn völlig anders angesetzt. »Seht Ihr, es ist nur leicht gewinkelt.«

Er schlug mit dem Hammer zu, das Eisen schepperte, Fels krachte, und wieder prasselten Steinbrocken zu Boden.

»Jetzt verstehe ich, warum Ihr ihm hier die Arbeit überlaßt«, meinte Geschichtentauscher.

»Scheint mir das beste zu sein«, meinte Miller.

Nach wenigen Minuten war der Stein völlig gerundet. Geschichtentauscher sagte nichts mehr, er beobachtete nur, was Al tat.

Der Junge legte sein Werkzeug beiseite, trat zu dem Mühlstein und umarmte ihn gleichsam. Die rechte Hand krümmte sich um seine Kante. Mit der Linken befühlte er die Rinne auf der gegenüberliegenden Seite. Alvin preßte die Wange gegen den Stein. Seine Augen waren geschlossen. Es sah ganz so aus, als würde er dem Fels lauschen.

Er begann sanft zu summen. Irgendeine kleine, geistlose Melodie. Er bewegte die Hände. Verschob seine Stellung. Lauschte mit dem anderen Ohr.

»Also«, meinte Alvin, »ich kann es ja kaum glauben.«

»Was glauben?« wollte sein Vater wissen.

»Diese letzten paar Hiebe müssen den Fels richtig erschüttert haben. Der hintere Teil ist bereits abgesplittert.«

»Ihr meint, dieser Mühlstein schwebt jetzt frei?« fragte Geschichtentauscher.

»Ich glaube, wir können ihn jetzt herausstoßen«, sagte Alvin. »Dazu werden wir die Seile brauchen, aber wir werden ihn schon ohne allzu viele Schwierigkeiten herausholen.«

Die Brüder trafen mit den Seilen und den Pferden ein. Alvin schob ein Seil hinter den Stein. Obwohl er die Rückseite mit keinem einzigen Hieb behauen hatte, fügte das Seil sich mühelos ein. Dann ein weiteres Seil, dann noch eins, und schon bald rissen sie alle daran, erst links, dann rechts, um den schweren Stein langsam aus seinem Bett in der Felswand zu bewegen.

»Wenn ich es nicht selbst gesehen hätte«, murmelte Geschichtentauscher.

»Habt Ihr aber«, sagte Miller.

Sie hatten ihn erst wenige Zoll bewegt, als sie die Seile wechselten und vier davon durch das Mittelloch zogen, um sie an das Pferdegespann zu schirren, das bergaufwärts über dem Stein stand. »Er wird mühelos bergabwärts rollen«, erklärte Miller Geschichtentauscher. »Die Pferde dienen als Bremse, sie geben Gegenzug.«

»Er sieht mir sehr schwer aus.«

»Legt Euch einfach nicht vor ihn«, meinte Miller.

Vorsichtig begannen sie ihn zu rollen. Miller packte Alvins Schulter und hielt den Jungen ein gutes Stück vom Stein entfernt – noch dazu bergauf. Geschichtentauscher half bei den Pferden, so daß er die Rückseite des Steins erst richtig zu sehen bekam, als er unten neben dem Schlitten auf ebener Erde lag.

Er war völlig glatt und so flach wie Eis in einer Schüssel. Nur daß er nach der Vierermanier gekerbt war, mit geraden Furchen, die sich vom Mittelloch bis zur Außenkante zogen.

Alvin kam heran und stellte sich neben ihn. »Habe ich es richtig gemacht?« fragte er.

»Ja«, erwiderte Geschichtentauscher.

»Es war wirklich großes Glück«, meinte der Junge. »Ich habe einfach gespürt, daß dieser Stein bereit war, genau an diesen Linien abzubrechen. Er wollte einfach abbrechen, völlig mühelos.«

Geschichtentauscher fuhr mit dem Finger sanft über den Rand einer Furche.

Etwas stach ihn. Er führte den Finger an den Mund, saugte daran und schmeckte Blut.

»Hat eine schöne scharfe Kante, der Stein, nicht wahr?« fragte Measure. Es klang, als würde derlei jeden Tag passieren. Doch Geschichtentauscher konnte die Ehrfurcht in seinem Blick erkennen.

»Gut gehauen«, meinte Calm.

»Bisher der Allerbeste«, sagte David.

Dann kippen sie ihn sanft auf den Schlitten, mit der gefurchten Seite nach oben, während die Pferde sich gegen einen plötzlichen Sturz anstemmten.

»Tut Ihr mir einen Gefallen, Geschichtentauscher?« fragte Miller.

»Wenn ich es kann.«

»Nehmt Alvin jetzt mit Euch nach Hause zurück. Seine Arbeit ist erledigt.«

»Nein, Papa!« rief Alvin. Er lief zu seinem Vater hinüber. »Du kannst mich doch *jetzt* nicht nach Hause schicken!«

»Wir können keinen zehnjährigen Jungen gebrauchen,

während wir einen Stein von dieser Größe bewegen«, widersprach sein Vater.

»Aber ich muß doch auf den Stein aufpassen, um sicherzugehen, daß er nicht bricht oder platzt, Pa!«

Die älteren Söhne musterten abwartend ihren Vater. Geschichtentauscher fragte sich, worauf sie wohl hoffen mochten. Sicherlich waren sie schon zu alt, um die besondere Liebe ihres Vaters zu seinem siebenten Sohn übelzunehmen. Auch sie mußten darauf hoffen, daß Schaden von dem Jungen ferngehalten wurde. Und doch bedeutete es ihnen allen so viel, daß der Stein sicher und heil am Ziel ankam, um seinen Dienst in der Mühle tun zu können.

»Du kannst bis zum Sonnenaufgang mit uns reiten«, entschied Miller. »Dann sind wir fast zu Hause, so daß du und Geschichtentauscher zurückkehren und die Nacht im Bett verbringen könnt.«

»Das behagt mit sehr«, meinte Geschichtentauscher.

Offensichtlich war Alvin Junior nicht ganz zufrieden, doch er erwiderte nichts.

Noch vor dem Mittag hatten sie den Schlitten in Bewegung gesetzt. Zwei Pferde vorne, zwei hinten, um ihn zu bremsen, waren an den Stein selbst angeschirrt. Dieser ruhte auf der hölzernen Plattform des Schlittens, der wiederum auf sieben oder acht der kleineren Rollen gleichzeitig glitt. Der Schlitten bewegte sich vor, auf weitere Rollen zu, die vor ihm lagen, während die Jungen hinten sofort die Rollen unter den Seilen des Folgegespanns hervorzogen, nach vorne eilten und sie hinter das Zuggespann legten. Das bedeutete, daß jeder Mann für jede Meile, die der Stein sich bewegte, etwa fünf Meilen laufen mußte.

Geschichtentauscher wollte mithelfen, doch David, Calm und Measure ließen es nicht zu. So wurde ihm schließlich die Bewachung des Hintergespanns übertragen, wobei Alvin auf einem der Pferde saß. Miller trieb das Zuggespann voran und ging die Hälfte der Zeit dabei rückwärts, um sicherzugehen, daß er für die Jungen nicht zu schnell war.

So verging Stunde um Stunde. Miller bot ihnen an, anzuhalten und sich auszuruhen, doch sie schienen nicht zu ermüden. Geschichtentauscher war überrascht, wie gut die Rollbalken durchhielten. Ohne größere Schwierigkeiten kamen sie voran.

Und als die Sonne in einer Flut roter Wolken allmählich hinter dem Horizont verschwand, erblickte Geschichtentauscher vor ihnen die Gemeindeweide. Sie hatten die ganze Reise an einem einzigen Nachmittag geschafft.

»Ich glaube, ich habe die kräftigsten Brüder auf der ganzen Welt«, murmelte Alvin.

Daran zweifle ich keinen Augenblick, dachte Geschichtentauscher. Du, der du ohne Werkzeuge mit deinen bloßen Händen einen Stein aus dem Berg hauen kannst, indem du einfach nur die richtigen Risse im Fels ›findest‹, in deiner Gegenwart überrascht es nicht, daß deine Brüder über beinahe genausoviel Kraft verfügen. Wie schon so oft zuvor, versuchte Geschichtentauscher auch diesmal, Klarheit über die Natur der verborgenen Mächte zu bekommen. Gewiß gab es doch irgendein Naturgesetz, das ihren Gebrauch beherrschte – der Alte Ben hatte das immer gesagt. Und doch dieser Junge hier konnte durch bloßen Glauben und durch bloßes Wollen Gestein schneiden wie Butter. Es gab eine Theorie, die besagte, daß die verborgene Kraft aus der Freundschaft zu einem bestimmten Element herrührte, doch welches Element konnte all das vollbringen, was Alvin tat? Die Erde? Die Luft? Das Feuer? Gewiß nicht das Wasser, denn Geschichtentauscher wußte, daß Millers Geschichten stimmten. Wieso konnte Alvin Junior sich irgend etwas wünschen, so daß die Erde selbst sich seinem Willen beugte, während andere sich so sehr nach etwas sehen konnten, ohne damit auch nur eine Brise in Bewegung zu setzen?

Als sie den Stein durch die Tore rollten, brauchten sie Laternen im Inneren des Mühlhauses. »Jetzt können wir ihn auch gleich an Ort und Stelle bringen«, meinte Miller. Geschichtentauscher stellte sich die Befürchtungen vor, die Millers Geist durchzogen. Wenn er den Stein aufrecht stehen ließe, würde er mit Sicherheit am Morgen davonrollen und ein ganz bestimmtes Kind zerquetschen, während es gerade in aller Unschuld Wasser ins Haus trug. Da der

Stein auf wunderbare Weise an einem einzigen Tag vom Berg heruntergekommen war, wäre es töricht gewesen, ihn irgendwoanders aufzubewahren als an seinem vorgesehenen Platz.

Sie führten ein Gespann hinein und schirrten es an den Stein an, wie sie es getan hatten, als sie ihn im Steinbruch auf den Schlitten gegeben hatten. Das Gespann sollte gegen das Gewicht des Steins anziehen, während sie ihn auf das Fundament hoben.

Im Augenblick jedoch ruhte der Stein unmittelbar außerhalb des Fundaments auf aufgehäufter Erde. Measure und Calm bohrten ihre Hebepfähle unter seine Außenseite, bereit, ihn aufzustellen und an Ort und Stelle fallen zu lassen. Der Stein schwankte ein wenig, während sie daran arbeiteten. David hielt die Pferde fest, da es eine Katastrophe geben würde, wenn sie zu früh zogen und den Stein in die falsche Richtung kippte, bis er mit seiner gefurchten Seite auf der Erde lag.

Geschichtentauscher stand danaben und sah zu, wie Miller seinen Söhnen mit nutzlosen Rufen wie »Vorsichtig!« und »Jetzt langsam!« Anweisungen erteilte. Seit sie den Mühlstein hereingebracht hatten, hatte Alvin neben ihm gestanden. Eines der Pferde wurde unruhig. Miller reagierte sofort. »Calm, geh und hilf deinem Bruder mit den Pferden!«

In diesem Augenblick bemerkte Geschichtentauscher, daß Alvin nun *doch* nicht mehr neben ihm stand. Er trug einen Besen in der Hand und schritt forsch auf den Mühlstein zu. Vielleicht hatte er ein paar lose Steine auf dem Fundament entdeckt, die er wegfegen wollte. Die Pferde wichen zurück; die Leinen wurden schlaff. Geschichtentauscher erkannte, gerade als Alvin hinter dem Stein verschwand, daß nichts diesen Stein daran hindern konnte, gänzlich umzufallen, jetzt, da die Seile so schlaff waren, sofern er in eben diesem Augenblick umfallen sollte.

Aber in einer vernünftigen Welt würde er mit Sicherheit nicht umfallen.

Doch Geschichtentauscher wußte inzwischen, daß es *überhaupt keine* vernüftige Welt war. Alvin Junior hatte einen mächtigen, unsichtbaren Gegner, der sich eine solche Gelegenheit nicht entgehen lassen würde.

Geschichtentauscher sprang vor. Als er gerade auf gleicher Höhe mit dem Stein war, spürte er, wie die Erde unter seinen Füßen nachgab, nicht viel, nur ein paar Zoll, doch dieser Einbruch genügte, um den Mühlstein in Schräglage zu bringen. Der Stein drohte zu kippen – nein, er würde mit tödlicher Sicherheit kippen und Alvin Junior zermalmen.

Mit einem Schrei bekam Geschichtentauscher Alvins Arm zu fassen und riß ihn zurück. Erst da sah Alvin, wie der große Stein auf ihn stürzte. Geschichtentauschers Bewegung war kraftvoll genug, um den Jungen mehrere Fuß zurückzureißen, doch noch immer befanden sich die Beine des Jungen im Schatten des Steins. Jetzt fiel er immer schneller, zu schnell, als daß Geschichtentauscher noch hätte reagieren können: Alvins Beine würden zerquetscht werden, und das war vielleicht schlimmer als ein plötzlicher Tod.

Doch in diesem Augenblick, als er den Stein in seinem mörderischen Sturz beobachtete, sah Geschichtentauscher, wie sich urplötzlich ein Riß durch den ganzen Stein zog. Die beiden Hälften sprangen auseinander, jede davon in einer solchen Richtung, daß sie neben Alvins Bein zu Boden gehen würden, ohne ihn zu berühren.

Kaum hatte Geschichtentauscher Laternenlicht durch die Mitte des Steins schimmern sehen, als Alvin selbst ausrief: »Nein!«

Jedermann hätte glauben müssen, daß der Junge gegen seinen drohenden Tod anschrie. Doch für Geschichtentauscher, der neben dem Jungen auf dem Boden lag, bedeutete dieser Ruf etwas völlig anderes: Ohne auf seine eigene Gefährdung zu achten, schrie Alvin gegen das Zerbersten des Mühlsteins an. Nach all seiner Arbeit und all der Mühe, den Stein nach Hause zu bringen, konnte er es nicht ertragen, ihn zerbrechen zu sehen.

Und weil er es nicht ertragen konnte, geschah es auch nicht. Die Steinhälften sprangen wieder zusammen wie eine Nadel, die auf einen Magneten reagierte, und der

Stein stürzte in einem Stück zu Boden. Der Schatten des Mühlsteins hatte seine Spur auf dem Boden übertrieben. Er zerquetschte Alvins Beine nicht. Sein linkes Bein blieb sogar völlig unversehrt, das rechte aber wurde arg in Mitleidenschaft gezogen. Zwar wurde es nicht überrollt, doch der Stein schrammte über Als Schienenbein und schälte Haut und Muskeln ab. Doch das Bein wäre nicht gebrochen worden, hätte es nicht quer auf dem Besenstiel gelegen. Der Stein drückte Alvins Bein gegen den Stiel, gerade kräftig genug, um beide Knochen des Unterschenkels säuberlich in zwei Stücke zu brechen. Die spitzen Kanten des Knochens durchbohrten die Haut und traten wie beide Seiten einer Schraubklemme heraus. Das Bein aber lag nicht unter dem Mühlstein und war nicht zerquetscht worden.

Die Luft war angefüllt von dem Krachen von Stein auf Stein, von den lauten, tiefkehligen Schreien der Männer, die vom Entsetzen überrascht wurden, vor allem aber von dem durchdringenden Schmerzensschrei des Jungen.

Bevor ein anderer die Stelle erreicht hatte, hatte Geschichtentauscher bereits gesehen, daß Alvins beide Beine nicht unter dem Stein lagen. Alvin versuchte sich aufzusetzen und seine Verletzung zu betrachten. Entweder war ihr Anblick oder der Schmerz zuviel, jedenfalls verlor er das Bewußtsein. Da hatte Alvins Vater ihn erreicht. Er hatte zwar nicht am nächsten gestanden, hatte aber schneller reagiert als Alvins Brüder. Geschichtentauscher versuchte ihn zu beruhigen, denn so, wie die Knochen den Besenstiel griffen, sah das Bein überhaupt nicht gebrochen aus. Miller hob seinen Sohn auf, doch das Bein hing fest. Selbst in seiner Ohnmacht rang der Schmerz dem Jungen ein grausames Stöhnen ab. Measure nahm sich schließlich soweit zusammen, um an dem Bein zu reißen und es von dem Besenstiel zu befreien.

David hielt bereits eine Laterne, und als Miller den Jungen davontrug, wies David ihm den Weg. Measure und Calm wollten folgen, doch Geschichtentauscher rief ihnen zu: »Die Frauen werden David und eurem Vater helfen, aber irgend jemand muß noch hier nach dem Rechten sehen.«

»Ihr habt recht«, meinte Calm. »Vater wird sobald nicht zurückkommen.« Die beiden jungen Männer benutzten die Stangen, um den Stein so weit zu heben, daß Geschichtentauscher den Besenstiel und die Seile hervorziehen konnte, die noch immer an die Pferde angeschirrt waren. Zu dritt räumten sie dann die ganze Ausrüstung aus der Mühle, brachten die Pferde in den Stall und verstauten Werkzeuge und Vorräte. Erst dann kehrte Geschichtentauscher ins Haus zurück, um festzustellen, daß Alvin Junior in seinem Bett schlief.

»Ich hoffe, es macht Euch nichts aus«, sagte Anne besorgt.

»Natürlich nicht«, erwiderte Geschichtentauscher.

Die anderen Mädchen und Cally räumten gerade die Teller vom Abendessen fort. In Geschichtentauschers altem Zimmer saßen Faith und Miller neben dem Bett, beide aschfahl und mit zusammengepreßten Lippen, neben Alvin mit seinem geschienten Bein.

David blieb neben der Tür stehen. »Es war ein sauberer Bruch«, flüsterte er Geschichtentauscher zu. »Aber die Schnitte in der Haut – wir befürchten eine Infektion. Er hat die ganze Haut am vorderen Schienbein verloren. Wir haben sie wieder angenäht so gut es ging. Ich weiß nicht, ob so ein Bruch jemals verheilen kann.«

Faith hob den Kopf. »Versteht Ihr etwas von Heilkunde, Geschichtentauscher?«

»Was ein Mann eben lernt, wenn er versucht zu tun, was er kann, unter jenen, die ebensowenig davon verstehen wie er.«

»Wie konnte das geschehen?« fragte Miller. »Warum ausgerechnet jetzt, wo ihm so oft nichts passiert ist?« Er blickte zu Geschichtentauscher empor. »Ich hatte zu glauben begonnen, daß der Junge einen Beschützer hat.«

»Den hat er auch.«

»Dann hat der Beschützer ihn im Stich gelassen.«

»Er hat ihn nicht im Stich gelassen«, widersprach Geschichtentauscher. »Einen Augenblick lang, während der Stein stürzte, sah ich, wie er auseinanderbrach, breit genug, um ihn nicht zu berühren.«

»Wie der Dachbalken«, flüsterte Faith.

»Es ist aber kein Riß mehr darin«, meinte Miller.

»Nein«, sagte Geschichtentauscher. »Weil Alvin Junior es ihm verwehrt hat, sich zu spalten.«

»Soll das heißen, daß er ihn wieder zusammengefügt hat? Damit er ihn trifft und sein Bein zerschmettert?«

»Ich will damit sagen, daß er überhaupt nicht an sein Bein gedacht hat«, meinte Geschichtentauscher. »Nur an den Stein.«

»Oh, mein Junge, mein lieber Junge«, murmelte Faith gedankenvoll.

»Ist so etwas möglich?« fragte David. »Daß der Stein auseinanderbrach und wieder ganz wurde, und alles innerhalb von Sekunden?«

»Das muß so sein«, sagte Geschichtentauscher, »denn es ist geschehen.«

Faith beugte sich über ihren Sohn.

»Er ist wach«, sagte sein Vater.

»Ich werde etwas Rum für den Jungen holen«, sagte David. »Um den Schmerz zu lindern. Brustwehr wird welchen im Laden haben.«

»Nein«, murmelte Alvin.

»Der Junge sagt nein«, erklärte Geschichtentauscher.

»Was weiß er schon, da er so unter Schmerz steht?«

»Er muß bei klarem Verstand bleiben, wenn er kann«, erklärte Geschichtentauscher. Er kniete neben dem Bett nieder, direkt rechts neben Faith, so daß er noch näher am Gesicht des Jungen war als sie. »Alvin, kannst du mich verstehen?«

Alvin stöhnte leise.

»Dann hör mir zu. Dein Bein ist sehr schlimm verletzt. Die Knochen sind gebrochen, aber sie sind wieder gerichtet worden – sie werden schon wieder heilen. Doch die Haut ist abgerissen, und obwohl deine Mutter sie wieder genäht hat, besteht die Möglichkeit, daß die Haut absterben und brandig wird, um dich zu töten. Die meisten Ärzte würden dir jetzt das Bein amputieren, um dein Leben zu retten.«

Alvin warf den Kopf vor und zurück und versuchte zu

schreien, doch er brachte nur ein Stöhnen heraus: »Nein, nein, nein.«

»Ihr macht die Dinge nur noch schlimmer!« sagte Faith zornig.

Geschichtentauscher blickte den Vater um Erlaubnis an, fortzufahren.

»Quält den Jungen nicht«, sagte Miller.

»Es gibt ein Sprichwort«, sagte Geschichtentauscher. »Der Apfelbaum fragt die Birke nicht, wie er wachsen soll, noch fragt der Löwe das Pferd, wie er seine Beute jagen kann.«

»Was hat das zu bedeuten?« fragte Faith.

»Es bedeutet, daß es mich nichts angeht, zu versuchen, *ihm* beizubringen, wie er die Kräfte anwenden soll, die ich nicht einmal im Ansatz verstehe. Aber da er selbst nicht weiß, wie er es tun kann, muß ich es doch wohl versuchen, oder nicht?«

Miller überlegte einen Augenblick. »Fahrt fort, Geschichtentauscher. Es ist besser, wenn er erfährt, wie schlimm es steht, ob er sich nun selbst heilen kann oder nicht.«

Geschichtentauscher hielt die Hand des Jungen sanft zwischen seinen eigenen. »Alvin, du möchtest doch dein Bein behalten, nicht wahr? Dann mußt du daran denken, wie du an den Stein gedacht hast. Du mußt an die Haut auf deinem Bein denken, wie sie an den Knochen so anwächst, wie sie soll. Du mußt es dir ausdenken. Du wirst jede Menge Zeit dafür haben, wenn du hier liegst. Denke nicht an den Schmerz, denke an das Bein, wie es sein sollte, nämlich wieder heil und kräftig.«

Alvin lag da und kniff die Augen vor Schmerz zusammen.

»Wirst du das tun, Alvin? Kannst du es versuchen?«

»Nein«, sagte Alvin.

»Du mußt gegen den Schmerz ankämpfen, damit du dein eigenes Talent benutzen kannst, um die Dinge wieder zu richten.«

»Das werde ich niemals tun«, sagte Alvin.

»Warum nicht!« rief Faith.

»Der leuchtende Mann«, sagte Alvin. »Ich habe es ihm versprochen.«

Geschichtentauscher erinnerte sich an Alvins Eid vor dem leuchtenden Mann, und sein Mut sank.

»Wer ist denn der leuchtende Mann?« fragte Miller.

»Eine ... Heimsuchung, die er hatte, als er klein war«, erklärte Geschichtentauscher.

»Wie kommt es, daß wir noch nie davon erfahren haben?« wollte Miller wissen.

»Es war in der Nacht, als der Dachbalken brach«, sagte Geschichtentauscher. »Alvin hat dem leuchtenden Mann versprochen, daß er seine Kraft niemals zu seinem eigenen Vorteil anwenden wird.«

»Aber Alvin«, wandte Faith ein, »hier geht es doch nicht darum, daß du reich wirst, sondern darum, dein *Leben* zu retten.«

Der Junge zuckte nur wieder vor Schmerz und schüttelte den Kopf.

»Würdet Ihr mich mit ihm allein lassen?« fragte Geschichtentauscher. »Nur für ein paar Minuten, damit ich mit ihm reden kann?«

Noch bevor Geschichtentauscher seinen Satz beendet hatte, drängte Miller Faith aus der Zimmertür.

»Alvin«, sagte Geschichtentauscher. »Du weißt, daß ich dich nicht anlügen werde. Ein Eid ist eine schreckliche Sache, und niemals würde ich einem Menschen raten, sein Wort zu brechen, nicht einmal, um sein eigenes Leben retten. Daher werde ich dir auch nicht sagen, daß du deine Macht zu deinem eigenen Guten anwenden sollst. Kannst du mich verstehen?«

Alvin nickte.

»Aber denk einmal nach. Denk an den Entmacher, wie er durch die Welt zieht. Niemand sieht ihn bei seinem Werk, wie er die Dinge niederreißt und vernichtet. Niemand außer einem einzigen, einsamen Jungen. Wer ist dieser Junge, Alvin?«

Alvins Lippen bildeten das Wort, obwohl er keinen Ton hervorbrachte: Ich.

»Und diesem Jungen ist eine Kraft gegeben worden, die

er nicht einmal andeutungsweise versteht. Die Macht, gegen das Entmachen des Feinds anzubauen. Und noch mehr als das, Alvin – nämlich auch das *Verlangen,* etwas zu erbauen. Ein Junge, der jedes Aufblitzen des Entmachers mit seinem Tun erwidert. Nun sag mir eins, Alvin, diejenigen, die dem Entmacher helfen, sind das die Freunde oder die Feinde der Menschen?«

»Feinde«, sagten Alvins Lippen.

»Wenn du dem Entmacher also dabei hilfst, seinen gefährlichsten Gegner zu vernichten, bist du doch ein Feind der Menschheit, nicht wahr?«

»Ihr verdreht die Sache«, sagte er keuchend.

»Ich deute sie nur richtig«, erwiderte Geschichtentauscher. »Dein Eid lautete, daß du deine eigene Macht nie zu deinem eigenen Vorteil verwenden solltest. Aber wenn du stirbst, dann dient dies nur dem Entmacher, aber wenn du lebst, dann ist das zum Besten der ganzen Menschheit.«

Alvin wimmerte, mehr wegen des Schmerzes in seinem Geiste als wegen des Schmerzes in seinem Körper.

»Aber dein Eid war eindeutig, nicht wahr? Niemals zu deinem eigenen Vorteil. Warum aber ersetzt du nicht einen Eid durch einen anderen, Alvin? Leiste jetzt einen Schwur, daß du dein ganzes *Leben* dem Kampf gegen den Entmacher weihst. Wenn du *diesen* Eid einhältst, und das wirst du tun, Alvin, denn du bist ein Junge, der Wort hält – wenn du diesen Schwur hältst, dann wird die Rettung deines Lebens wahrhaftig zum Wohle anderer sein und überhaupt nicht zu deinem eigenen.«

Geschichtentauscher wartete, bis Alvin schließlich matt nickte.

»Schwörst du, Alvin Junior, daß du dein Leben leben wirst, um den Entmacher zu besiegen, um die Dinge wieder ganz richtig zu machen?«

»Ja«, flüsterte der Junge.

»Dann sage ich dir, daß du nach den Bedingungen deines eigenen Versprechens dich selbst heilen mußt.«

Alvin packte Geschichtentauschers Arm. »Wie«, flüsterte er.

»Das weiß ich nicht, Junge«, sagte Geschichtentauscher.

»Wie du deine Macht benutzen mußt, das mußt du selbst herausfinden. Ich kann dir nur sagen, daß du es versuchen mußt, sonst bekommt der Feind seinen Sieg, und dann muß ich deine Geschichte damit beenden, wie dein Leichnam ins Grab herabgelassen wurde.«

Zu Geschichtentauschers Überraschung lächelte Alvin. Dann begriff Geschichtentauscher den Witz. Seine Geschichte würde ohnehin mit dem Grab enden, gleichgültig, was er heute tat. »Also gut, Junge«, sagte Geschichtentauscher. »Aber lieber hätte ich noch ein paar weitere Seiten über dich, bevor ich unter das Buch Alvin das Finis setze.«

»Ich werde es versuchen», flüsterte Alvin.

Wenn er es versuchte, dann würde er mit Sicherheit auch Erfolg haben. Alvins Beschützer hatte ihn nicht soweit geführt, nur um ihn jetzt sterben zu lassen. Geschichtentauscher zweifelte nicht daran, daß Alvin die Macht besaß, sich selbst zu heilen, wenn er nur herausbekam, wie es geschehen mußte. Sein eigener Körper war sehr viel komplizierter als der Stein. Doch wenn er leben sollte, mußte er auch die Wege seines eigenen Fleisches kennenlernen.

Man errichtete Geschichtentauscher draußen im großen Zimmer ein Bett. Er erbot sich, neben Alvins Bett auf dem Boden zu schlafen, doch Miller lehnte ab: »Das ist mein Platz.«

Geschichtentauscher fiel es schwer, einzuschlafen. Mitten in der Nacht gab er es schließlich auf, zündete mit einem Holz aus dem Feuer eine Laterne an und ging hinaus.

Der Wind war frisch. Ein Sturm braute sich zusammen, und vielleicht würde es sogar schneien. In der großen Scheune waren die Tiere unruhig. Geschichtentauscher kam der Gedanke, daß er heute abend möglicherweise nicht allein im Freien war. Vielleicht lauerten Rote in den Schatten, oder vielleicht wanderten sie sogar zwischen den Gebäuden der Farm umher und beobachteten ihn. Er erschauerte einmal, dann schüttelte er die Furcht ab. Die Nacht war zu kalt. Selbst die blutrünstigsten Choc-Taws und Cree-Eks, die vom Süden zum Spionieren herbeigekommen wären, müßten zu klug sein, um sich bei einem solchen drohenden Sturm noch draußen aufzuhalten.

Schon bald würde Schnee fallen. Hätte Alvin sie mit dem Mühlstein nicht an einem Tag zurückeilen lassen, sie hätten wahrscheinlich versuchen müssen, mitten im Schneefall den Stein mit dem Schlitten nach Hause zu bringen.

Geschichtentauscher fand sich in der Mühle wieder, den Stein betrachtend. Er sah so fest aus, daß es schwerfiel sich vorzustellen, wie irgend jemand ihn jemals bewegen sollte. Wieder berührte er seine Oberfläche, wobei er vorsichtig genug war, um sich nicht daran zu schneiden. Seine Finger fuhren über die flachen Furchen, wo das Mehl sich sammeln würde, wenn das große Wasserrad den Mittelpfahl drehte und den oberen Mühlstein auf dem unteren herum und herum bewegte, so stetig, wie die Erde sich um die Sonne bewegte, Jahr um Jahr, die Zeit in Staub verwandelnd, so sicher, wie die Mühle Getreide zu Mehl mahlte.

Er blickte hinab an die Stelle, wo der Boden unter dem Mühlstein ein Stück nachgegeben hatte, um ihn umzukippen und den Jungen fast zu töten. Der Boden der Mulde glitzerte im Laternenlicht. Geschichtentauscher kniete nieder und tauchte seinen Finger in Wasser. Es mußte sich unterirdisch gesammelt haben, um den Grund aufzuweichen.

Ah, Entmacher, dachte Geschichtentauscher, zeige dich mir, dann baue ich ein solches Gebäude, daß du darin auf alle Zeiten angekettet und gefangen bleiben wirst. Doch so sehr er sich bemühte, er konnte keine bebende Luft erkennen, die sich Alvin Millers siebentem Sohn gezeigt hatte. Schließlich nahm Geschichtentauscher die Laterne auf und verließ die Mühle. Die ersten Schneeflocken fielen. Der Wind hatte sich fast gelegt. Der Schnee kam immer schneller und schneller, tänzelte im Licht der Laterne. Als er das Haus erreicht hatte, war der Boden grau von Schnee, der Wald in der Ferne unsichtbar. Er ging ins Haus, legte sich auf den Boden, ohne auch nur seine Stiefel auszuziehen, und schlief ein.

12 Das Buch

Sie ließen Tag und Nacht ein Feuer brennen, so daß die Mauersteine vor Hitze zu glühen schienen und die Luft in seinem Raum trocken blieb. Alvin lag auf dem Bett, ohne sich zu bewegen, sein rechtes Bein schwer von Schienen und Verbänden. Ihm war schwindlig und ein wenig übel.

Doch er bemerkte das Gewicht seines Beins und seinen Schwindel kaum. Der Schmerz war sein Feind. Das Pochen und Stechen lenkte seinen Geist von der Aufgabe ab, die Geschichtentauscher ihm gestellt hatte: sich selbst zu heilen.

Und doch war der Schmerz zugleich auch sein Freund. Er errichtete eine Mauer um ihn, so daß er kaum wußte, wo er sich befand. Die Welt um ihn hätte in Flammen aufgehen und zu Asche verbrennen können, er hätte es nie bemerkt. Denn es war die Welt im Inneren, die er nun erforschte.

Geschichtentauscher hatte ja kaum eine Ahnung gehabt, wovon er geredet hatte. Es war keine Frage, im Geist irgendwelche Bilder zu erschaffen. Sein Bein würde nicht besser werden, wenn er nur so tat, als sei es geheilt. Dennoch hatte Geschichtentauscher den richtigen Gedanken gehabt. Wenn Alvin sich durch Felsgestein tasten konnte, um die schwachen und starken Stellen zu finden und ihnen beizubringen, wo sie brechen und wo sie halten sollten, warum sollte er es da nicht auch mit Haut und Knochen können?

Das Problem war, daß Haut sich anders als Gestein mit jeder Schicht veränderte. Mit geschlossenen Augen lag er auf dem Bett und sah zum ersten Mal in sein eigenes Fleisch hinein. Zuerst hatte er versucht, dem Schmerz zu folgen, doch das brachte nichts, es hatte ihn lediglich dort hingeführt, wo alles zerquetscht und zerschnitten und durcheinander war, so daß er das Oben nicht vom Unten unterscheiden konnte. Nach langer Zeit hatte er es mit einer anderen Methode versucht. Er lauschte seinem Herzschlag. Zuerst schien der Schmerz ihn ständig davon fortzureißen, doch nach einer Weile konzentrierte er sich allein auf dieses Geräusch. Wenn es in der Außenwelt laut gewesen sein sollte, so merkte er jedenfalls nichts davon, weil der Schmerz alles ausschloß. Und der Rhythmus der Herzschlags schloß er den Schmerz aus, zumindest meistens.

Er folgte den Bahnen seines Blutes, dem großen, kräftigen Strom, den kleinen Strömen. Manchmal verirrte er sich. Manchmal unterbrach ihn einfach ein Stechen in seinem Bein und verlangte, gehört zu werden. Doch nach und nach fand er seinen Weg zu der gesunden Haut und den gesunden Knochen im anderen Bein. Dort war das Blut nicht halb so kräftig, aber es führte ihn dorthin, wo er hin wollte. Er entdeckte all die Schichten, wie die Häute einer Zwiebel. Er erfuhr ihre Anordnung, sah, wie der Muskel zusammengehalten wurde und wie die winzigen Venen miteinander verbunden waren.

Erst danach fand er den Weg zu dem schlimmen Bein. Der Hautfetzen, den Mama angenäht hatte, war fast tot, stand kurz vor dem Faulen. Alvin Junior jedoch wußte, was er brauchte, damit dieser Teil überleben konnte. Er fand die abgequetschten Enden der Arterien um die Wunde und fing an, sie zum Wachsen zu drängen, genau wie er Risse durch Gestein zu führen pflegte. Verglichen hiermit war der Stein sehr viel einfacher zu behandeln – um sich zu spalten, mußte er einfach loslassen, das war alles. Das lebendige Fleisch aber tat nur sehr viel langsamer, was er von ihm verlangte, und schon bald gab er alles andere auf, richtete seine Aufmerksamkeit nur noch auf die kräftigste Arterie.

Er sah, wie sie Stücke und Teile von diesem und jenem verwendete, um etwas aufzubauen. Vieles von dem, was geschah, war viel zu klein und schnell und kompliziert, als daß Alvins Geist es hätte begreifen können. Doch er konnte seinen Körper dazu bringen, freizusetzen, was die Arterie brauchte, um zu wachsen. Er konnte es dort hinschicken, wo es gebraucht wurde, und nach einer Weile verband sich die Arterie mit dem verfaulten Gewebe. Es bedurfte einiger Anstrengung, doch schließlich entdeckte er das Ende einer verschrumpften Arterie und verband sie miteinander, ließ das Blut in den angenähten Flecken strömen.

Zu früh, zu schnell. Er spürte die Hitze auf seinem Bein, spürte, wie das Blut an einem Dutzend Stellen gleichzeitig aus dem toten Fleisch hervorquoll; es konnte nicht alles Blut halten, das er ihm schickte. Langsam, langsam, langsam. Er folgte dem Blut, ließ es nun sickern, anstatt zu pumpen, und wieder verband er Blutgefäße miteinander, Arterien mit Venen, versuchte so gut er konnte, es dem anderen Bein ähnlich zu machen.

Schließlich war es fast geschafft. Der normale Blutstrom ließ sich verringern. Viele Teile des Hautfetzens erwachten wieder zum Leben, als das Blut zurückkehrte. Andere blieben tot. Alvin ließ das Blut immer und immer wieder um die Stelle strömen, die toten Teile in Stücke auflösend, die zu klein für ihn waren, um sie noch zu erkennen. Doch die lebendigen Teile erkannten sie sehr gut, nahmen sie auf, ließen sie arbeiten. Wohin Alvin seine Kräfte auch wandte, ließ er das Fleisch wachsen.

Bis er im Geiste davon müde war, in solch kleinem Maßstab zu denken und so hart zu arbeiten, daß er einfach einschlief.

»Ich will ihn nicht aufwecken.«

»Du kannst den Verband nicht wechseln, ohne ihn anzufassen, Faith.«

»Also gut – oh, sei vorsichtig, Alvin! Nein, laß mich das machen!«

»Ich habe so etwas schon gemacht ...«

»Ja, Alvin, bei Kühen, aber nicht an kleinen Jungen!«

Alvin Junior spürte Druck auf seinem Bein. Irgend etwas riß an seiner Haut. Der Schmerz war nicht so schlimm wie gestern. Aber er war noch immer zu müde, um auch nur die Augen zu öffnen oder einen Laut von sich zu geben, damit sie wußten, daß er wach war und sie hören konnte.

»Ach du liebe Güte, Faith, er muß ja in der Nacht schrecklich geblutet haben.«

»Mama, Mary sagt, ich muß ...«

»Sei still und verschwinde von hier, Cally! Siehst du denn nicht, daß deine Ma sich gerade Sorgen macht wegen ...«

»Kein Grund, den Jungen anzuschreien, Alvin. Er ist doch erst sieben.«

»Sieben, das ist alt genug, um den Mund zu halten und Erwachsene in Ruhe zu lassen, wenn wir beschäftigt sind ... Schau dir das mal an.«

»Ich kann es kaum glauben.«

»Ich hätte erwartet, daß der Eiter hervorquillt wie die Sahne aus einer Kuhzitze.«

»So sauber, wie es nur sein kann.«

»Und die Haut wächst nach, schaust du dir das mal an? Dein Nähen muß gewirkt haben.«

»Ich hatte kaum darauf gehofft, daß diese Haut wieder anwachsen würde.«

»Man sieht nicht einmal ein Stück Knochen darunter.«

»Der Herr segnet uns. Ich habe die ganze Nacht gebetet, und schau, was Gott getan hat.«

»Na, da hättest du dich beim Beten aber ein bißchen mehr anstrengen sollen, damit die Wunde ganz verheilt. Ich habe noch jede Menge Arbeit für diesen Jungen.«

»Jetzt lästere bloß nicht Gott, Alvin Miller!«

»Ich kann es nur nicht mehr ertragen, wie Gott sich ständig einschleicht, um den Ruhm einzuheimsen. Vielleicht ist Alvin ja auch nur ein guter Heiler, hast du daran schon einmal gedacht?«

»Schau nur, deine Bösartigkeit hat den Jungen geweckt.«

»Frag ihn, ob er einen Schluck Wasser haben will.«

»Er wird einen bekommen, ob er ihn will oder nicht.«

Alvin dürstete sehr. Sein Körper war ausgetrocknet, nicht nur sein Mund; er mußte wieder ersetzen, was er an Blut verloren hatte, also schluckte er soviel herunter, wie er konnte, aus einem Blechbecher, den man ihm an den Mund hielt. Er legte sich zurück und versuchte von innen heraus festzustellen, wie es seiner Wunde ging. Doch es war zu schwierig dorthin zurückzukehren, zu schwierig, sich zu konzentrieren. Noch auf halber Strecke schlief er wieder ein.

Er erwachte aufs neue und dachte, daß es schon wieder Nacht sein mußte, vielleicht waren aber auch nur die Vorhänge zugezogen. Er konnte es nicht feststellen, weil es ihm zu schwerfiel, die Augen zu öffnen. Der Schmerz war zurückgekehrt, außerdem kitzelte die Wunde so stark, daß er sich kaum noch beherrschen konnte, um nicht an ihr zu kratzen. Doch nach einer Weile gelang es ihm, die Wunde zu finden und wieder beim Nachwachsen der Hautschichten zu helfen. Als er wieder einschlief, bedeckte eine dünne, vollständige Hautschicht die ganze Wunde. Darunter arbeitete der Körper immer noch daran, die Muskeln zu erneuern und die gebrochenen Knochen wieder miteinander zu verbinden. Doch nun würde es keinen Blutverlust mehr geben, keine offene Wunde, die sich infizieren konnte.

»Schaut Euch das an, Geschichtentauscher. Habt Ihr so etwas schon einmal gesehen?«

»Eine Haut wie ein Neugeborenes.«

»Vielleicht bin ich ja verrückt, aber bis auf die Schiene sehe ich keinen Grund mehr, sein Bein noch verbunden zu lassen.«

»Kein Anzeichen einer Wunde mehr. Nein, Ihr habt recht, ein Verband wird jetzt nicht mehr nötig sein.«

»Vielleicht hat meine Frau recht, Geschichtentauscher. Vielleicht hat Gott es sich doch einfach nur anders überlegt und an meinem Jungen ein Wunder vollbracht.«

»So etwas läßt sich nicht beweisen. Wenn der Junge aufwacht, dann weiß er vielleicht etwas darüber.«

»Ganz bestimmt nicht. Er hat die ganze Zeit nicht einmal die Augen geöffnet.«

»Eines ist sicher, Mr. Miller. Dieser Junge wird nicht sterben. Soviel hätte ich gestern noch nicht sagen können.«

»Ich hatte mich schon darauf eingestellt, eine Kiste für ihn zu zimmern, um ihn unter die Erde zu bringen. Ich sah nicht die geringste Überlebenschance. Schaut Ihr Euch mal an, wie gesund er ist? Ich möchte gerne wissen, was ihn beschützt.«

»Was immer ihn beschützt, Mr. Miller, dieser Junge ist jedenfalls stärker. Darüber muß man mal nachdenken. Sein Beschützer hat den Stein zwar splittern lassen, aber Al Junior hat ihn wieder zusammengefügt, und sein Beschützer konnte nicht das geringste dagegen ausrichten.«

»Meint Ihr, daß er überhaupt wußte, was er tat?«

»Er muß eine Vorstellung von seinen Kräften haben. Er wußte, was er mit dem Stein tun konnte.«

»Ehrlich gesagt, habe ich noch nie von einem solchen Talent gehört. Ich habe Faith erzählt, was er mit diesem Stein angerichtet hat, wie er ihn an seiner Rückseite gefurcht hat, ohne auch nur ein Werkzeug zu benutzen, und da hat sie aus dem Buch Daniel vorgelesen und etwas über eine Erfüllung der Prophezeiung gerufen. Wollte gleich hier hereinstürzen und den Jungen vor tönernen Füßen warnen. Kann man sich so etwas vorstellen? Die Religion macht sie doch alle verrückt. Bin noch nie einer Frau begegnet, die nicht verrückt von Religion war.«

Die Tür ging auf. »Verschwinde! Bist du so dämlich, daß ich es dir zwanzigmal sagen muß, Cally? Wo ist denn bloß seine Mutter, kann sie einen siebenjährigen Jungen denn nicht von ...«

»Seid nicht so streng mit dem Jungen, Miller. Er ist ja auch schon wieder verschwunden.«

»Ich weiß wirklich nicht, was mit ihm los ist. Kaum liegt Al Junior darnieder, erblicke ich Callys Gesicht, wo immer ich hinschaue. Wie ein Beerdigungsunternehmer, der auf seinen Lohn hofft.«

»Vielleicht erscheint es ihm seltsam, daß Alvin verletzt ist.«

»So oft, wie Alvin dem Tod um einen knappen Zoll entgangen ist ...«

»Aber niemals verletzt.«

Langes Schweigen folgte.

»Geschichtentauscher.«

»Ja, Mr. Miller?«

»Ihr seid uns allen ein guter Freund gewesen, manchmal uns selbst zum Trotze. Aber ich schätze, Ihr seid noch immer ein Wandersmann.«

»Das bin ich, Mr. Miller.«

»Was ich jetzt sage, damit will ich Euch bestimmt nicht vertreiben, aber wenn Ihr irgendwann in nächster Zeit gehen solltet, und wenn Ihr zufällig in Richtung Osten geht, meint Ihr, daß Ihr vielleicht einen Brief für mich überbringen könntet?«

»Das werde ich gerne tun. Und zwar ohne Gebühr für Sender oder Empfänger.«

»Das ist wirklich gütig von Euch. Ich habe über das nachgedacht, was Ihr gesagt habt. Darüber, daß ein Junge von bestimmten Gefahren möglichst ferngehalten werden sollte. Und ich habe mir überlegt, wo es auf der Welt wohl Leute geben könnte, denen ich meinen Jungen anvertrauen kann. In New England haben wir keine nennenswerte Verwandtschaft – und außerdem will ich nicht, daß der Junge als Puritaner am Abgrund der Hölle aufgezogen wird.«

»Ich bin erleichtert, das zu hören, Mr. Miller, denn ich selbst habe auch kein großes Verlangen danach, New England wiederzusehen.«

»Wenn Ihr einfach dem Weg folgt, den wir auf unserem Zug nach Westen gemacht haben, so kommt Ihr früher oder später an eine Stelle am Hatrack River, etwa dreißig Meilen nördlich vom Hio, nicht ganz so weit flußabwärts von Fort Dekane. Dort gibt es einen Gasthof, zumindest gab es mal einen, und dahinter einen Friedhof, wo auf einem Stein steht: ›Vigor – er starb um seine Familie zu retten.‹«

»Wollt Ihr, daß ich den Jungen mitnehme?«

»Nein, ich werde ihn jetzt nicht losschicken, wo der Schnee gekommen ist. Wasser ...«

»Ich verstehe.«

»Dort gibt es einen Hufschmied. Ich dachte, daß er vielleicht einen Lehrling brauchen könnte. Alvin ist zwar noch jung für sein Alter, aber groß, und ich schätze, daß er für den Hufschmied eine gute Hilfe sein dürfte.«

»Lehrling?«

»Na, zu einem Leibeigenen werde ich ihn doch wohl nicht machen wollen, oder? Und ich habe kein Geld, um ihn auf eine Schule zu schicken.«

»Ich werde den Brief überbringen. Aber ich hoffe, ich kann noch so lange bleiben, bis der Junge aufwacht, damit ich mich verabschieden kann.«

»Ich wollte Euch doch nicht schon heute nacht hinausjagen. Und auch nicht morgen, wo der Neuschnee doch tief genug ist, um die Hasen zu ersticken.«

»Ich wußte nicht, daß Ihr das Wetter bemerkt habt.«

»Ich merke es immer, wenn Wasser im Spiel ist.« Er lachte verlegen, dann verließen sie den Raum.

Alvin Junior lag da und versuchte sich zu überlegen, warum Pa ihn fortschicken wollte. Hatte er nicht sein ganzes Leben lang versucht, sein Bestes zu tun? Hatte er nicht versucht, allen so gut zu helfen, wie er nur konnte? Ging er nicht auf Reverend Throwers Schule, obwohl der Prediger es darauf abgesehen hatte, ihn entweder wahnsinnig oder dumm zu machen? Und vor allem, hatte er nicht endlich einen vollkommenen Stein vom Berg heruntergebracht, ihn die ganze Zeit zusammengehalten, ihm gesagt, wo er hin sollte, und hatte er zum Schluß nicht sogar sein Bein aufs Spiel gesetzt, nur damit der Stein nicht brach? Und jetzt wollten sie ihn fortschicken.

Lehrling! Bei einem Hufschmied! In seinem ganzen Leben hatte er noch keinen Hufschmied gesehen. Sie mußten drei Tage reiten, um zur nächsten Schmiede zu gelangen, und Pa hatte ihn niemals mitgenommen.

Je mehr er darüber nachdachte, um so wütender wurde er. Hatte er Mama und Papa nicht angefleht, ihn doch einfach allein durch den Wald gehen zu lassen, und hatten sie es ihm nicht verboten? Immer mußte jemand bei ihm sein, als wäre er ein Gefangener oder ein Sklave, der gleich davonlaufen würde. Kam er irgendwohin auch nur fünf Minuten zu spät, so suchten sie gleich nach ihm. Nie durfte er lange Reisen machen – die längsten waren immer nur zum Steinbruch gewesen. Und jetzt, nachdem sie ihn sein ganzes Leben wie eine Weihnachtsgans eingesperrt gehalten hatten, wollten sie ihn ans Ende der Welt schicken.

Es war so schrecklich ungerecht, daß ihm die Tränen in die Augen stiegen und die Wangen herabströmten, genau in seine Ohren hinein, was sich so albern anfühlte, daß er lachen mußte.

»Worüber lachst du?« fragte Cally.

Alvin hatte ihn nicht hereinkommen hören.

»Geht es dir jetzt besser? Es blutet gar nicht mehr, Al.« Cally berührte seine Wange.

»Weinst du, weil es so weh tut?«

Alvin hätte ihm wahrscheinlich antworten können, doch es bereitete ihm zuviel Mühe, den Mund zu öffnen und die Worte hervorzupressen, daher schüttelte er nur den Kopf.

»Wirst du sterben, Alvin?« fragte Cally.

Er schüttelte erneut den Kopf.

»Oh«, sagte Cally. Er klang so enttäuscht, daß es Alvin ein bißchen zornig machte. Zornig genug, um ihn zum Sprechen zu bringen. »Tut mir leid«, krächzte er.

»Na ja, irgendwie ist das ungerecht«, meinte Cally. »Ich wollte ja gar nicht, daß du stirbst, aber alle haben gesagt, du würdest sterben. Und da habe ich mir überlegt, wie es wohl wäre, wenn *ich* derjenige wäre, um den sich alle kümmern. Die ganze Zeit, alles paßt auf dich auf, und wenn ich nur irgend etwas sage, dann sagen sie einfach: Hau ab, Cally. Dich hat niemand gefragt, Cally. Mußt du nicht schon im Bett sein, Cally? Denen ist es egal, was ich tue. Nur wenn ich anfange, *dich* zu hauen, dann sagen alle, Prügle dich nicht, Cally.«

»Für eine Feldmaus ringst du recht gut«, wollte Alvin sagen, doch er war sich nicht sicher, ob seine Lippen sich überhaupt bewegt hatten.

»Weißt du, was ich mal gemacht habe, als ich sechs war? Ich bin hinausgegangen und habe mich im Wald verirrt. Bin einfach nur gelaufen und gelaufen. Manchmal habe ich die Augen geschlossen und mich ein paarmal umgedreht, damit ich mir nicht mehr sicher war, wo ich war. Ich muß den halben Tag weggewesen sein. Aber meinst du, irgendeine Menschenseele wäre gekommen, um nach mir zu suchen? Schließlich mußte ich kehrtmachen und wieder alleine nach Hause zurückfinden. Da hat niemand gesagt: Wo bist du den ganzen Tag gewesen, Cally? Mama hat einfach nur gesagt: Deine Hände sind so schmutzig wie der Hintern eines kranken Pferds, geh und wasch dich.«

Alvin lachte wieder, fast stumm, mit bebender Brust.

»Ja, für *dich* ist das lustig. Alle kümmern sich nur um *dich.*«

Diesmal strengte Alvin sich sehr an, um ein Geräusch hervorzubringen. »Willst du mich forthaben?«

Cally wartete lange Zeit, bis er antwortete. »Nein. Wer soll denn dann mit mir spielen? Nur die doofen, ollen Vettern. In dem Haufen gibt es nicht einen einzigen guten Ringer.«

»Ich gehe«, flüsterte Alvin.

»Nein, tust du nicht. Du bist der siebente Sohn, und sie werden dich niemals gehen lassen.«

»Gehe.«

»Allerdings, so wie ich das zähle, bin *ich* diese Nummer sieben. David, Calm, Measure, Wastenot, Wantnot, Alvin Junior bist du, und dann komme ich, das sind sieben.«

»Vigor.«

»Der ist schon lange tot. Das sollte jemand mal Ma und Pa erzählen.«

Alvin lag da, müde von den wenigen Worten, die er gesagt hatte. Dann schwieg auch Cally. Er saß einfach nur da, so still, wie er nur sein konnte, und hielt Alvins Hand fest. Schon bald begann Alvin davonzuschweben, so daß er sich nicht ganz sicher war, ob Cally wirklich gesprochen hatte oder ob er es nur träumte. Aber er hörte Cally sagen: »Ich will dich nie tot haben, Alvin.« Und dann hatte er vielleicht gesagt: »Ich wünschte, ich wäre du.« Aber Alvin schwebte in den Schlaf hinein, und als er erwachte, war niemand bei ihm. Das Haus war still bis auf die Geräusche der Nacht und bis auf den Wind, der an den Läden klapperte.

Einmal mehr tauchte Alvin in sein Inneres hinein und arbeitete sich bis zur Wunde vor. Nur daß er diesmal nicht viel mit der Haut und dem Muskel zu tun hatte. Jetzt arbeitete er an den Knochen. Es überraschte ihn, wie porös sie waren, überall von kleinen Löchern bedeckt, gar nicht fest wie der Mühlstein, aber schon bald hatte er sie verstanden. Nach einer Weile war es ein leichtes, die Knochen fest zusammenzufügen.

Dennoch war irgend etwas mit diesem Knochen verkehrt. Irgend etwas in seinem schlimmen Bein würde nicht genauso werden wie im gesunden. Aber es war so klein, daß er es nicht deutlich erkennen konnte. Er wußte nur, daß es, was immer war, den Knochen im Inneren krank machte, nur ein winziger Fleck Krankheit, aber er bekam nicht heraus, wie er ihn heilen sollte. Es war, als wollte man eine Schneeflocke vom Boden aufheben: Immer, wenn er glaubte, daß er etwas zu packen bekommen hatte, stellte es sich als Nichts heraus oder vielleicht auch als zu klein, um es sehen zu können.

Vielleicht würde es aber auch verschwinden. Wenn alles andere besser wurde, dann würde diese kranke Stelle seines Knochens vielleicht auch von allein besser werden.

Eleanor kam erst spät vom Haus ihrer Mutter zurück. Brustwehr glaubte zwar daran, daß eine Ehefrau starke Familienbindungen haben sollte, aber nach Nachteinbruch nach Hause zu kommen, das war gefährlich.

»Es wird davon geredet, daß wilde Rote vom Süden hierher kommen«, sagte Brustwehr Gottes. »Und du gehst noch im Dunkeln umher.«

»Ich habe mich beeilt, nach Hause zu kommen«, erwiderte sie. »Ich kenne den Weg im Dunkeln.«

»Es geht nicht darum, den Weg zu kennen«, erwiderte er streng. »Die Franzosen bezahlen für weiße Skalps inzwischen mit Gewehren. Das wird zwar die Leute des Propheten nicht in Versuchung führen, aber es gibt viele Choc-Taws, die nur zu gerne nach Fort Detroit hinaufkommen, um unterwegs auch noch Skalps einzusammeln.«

»Alvin wird nicht sterben«, sagte Eleanor.

Brustwehr verabscheute es, wenn sie so abrupt das Thema wechselte. Aber bei dieser Nachricht blieb ihm nichts anderes übrig, als nachzufragen. »Dann haben sie sich also entschieden, das Bein zu amputieren?«

»Ich habe das Bein gesehen. Es kommt schon wieder in Ordnung. Alvin Junior war am späten Nachmittag wach, und ich habe mich eine Weile mit ihm unterhalten.«

»Ich bin froh, daß er wachgeworden ist, Elly, aber ich hoffe doch, daß du nicht damit rechnest, daß dieses Bein heilt. Eine derart große Wunde mag zwar eine Weile lang so aussehen, als würde sie heilen, aber die Fäulnis wird schon ziemlich bald einsetzen.«

»Bei Alvin glaube ich das nicht«, erwiderte sie. »Willst du Abendessen haben?«

»Ich muß zwei Laibe Brot gegessen haben, wie ich hier auf und ab gegangen bin und mich fragte, wann du wohl jemals wieder nach Hause kommen würdest.«

»Es ist nicht gut, wenn ein Mann einen Bauch bekommt.«

»Ich habe nun einmal einen, und der verlangt nach Nahrung, genau wie der aller anderen.«

»Mama hat mir einen Käse mitgegeben.«

Brustwehr war unbehaglich zumute. Er glaubte, daß Faith Millers Käse sicherlich nur so gut waren, weil sie irgend etwas mit der Milch *machte.* Es warf ihn aus der Bahn, wenn er sich dabei erwischte, wie er Kompromisse mit der Hexerei einging. In dieser düsteren Stimmung war er nicht gewillt, irgend etwas auf sich beruhen zu lassen, auch wenn er wußte, daß Elly einfach nicht darüber reden wollte. »Warum, glaubst du, daß das Bein nicht faulen wird?«

»Es wird einfach so schnell besser«, meinte sie.

»Wieviel besser?«

»Ach, schon fast wieder gesund.«

»Was heißt fast?«

Sie drehte sich um, rollte die Augen und kehrte ihm den Rücken zu. Sie begann einen Apfel aufzuschneiden, den sie mit dem Käse essen wollten.

»Ich habe gefragt, was heißt fast, Elly?«

»Gesund.«

»Zwei Tage, nachdem ein Mühlstein die vordere Hälfte des Beins abgerissen hat, ist es schon wieder gesund?«

»Nur zwei Tage?« fragte sie. »Kommt mir eher wie eine Woche vor.«

»Der Kalender meint aber, daß es nur zwei Tage sind«, warf Brustwehr ein. »Was wiederum bedeutet, daß dort oben Hexerei im Spiel ist.«

»So, wie ich die Evangelien lese, war der, der die Menschen heilte, keine Hexe.«

»Wer hat es getan? Erzähl mir nicht, daß dein Pa oder deine Ma plötzlich so starke Kräfte besitzen. Haben sie vielleicht einen Teufel beschworen?«

Sie drehte sich um, das Messer noch immer in der Hand. Ihre Augen blitzten. »Pa mag zwar kein Kirchgänger sein, aber der Teufel hat niemals seinen Fuß in unser Haus gesetzt.«

Reverend Thrower war zwar anderer Meinung, aber Brustwehr war zu klug, um *ihn* auch noch ins Gespräch einzubringen. »Dann war es dieser Bettler.«

»Der arbeitet für seine Kost und Unterkunft. So hart wie alle anderen auch.«

»Man erzählt sich, daß er diesen alten Zauberer Ben Franklin gekannt hat. Und diesen Atheisten aus Appalachee, Tom Jefferson.«

»Er erzählt gute Geschichten. Und er hat den Jungen auch nicht geheilt.«

»Nun, *irgend jemand* hat es ja wohl getan.«

»Vielleicht hat er sich einfach nur selbst geheilt. Jedenfalls ist das Bein noch immer *gebrochen.* Es ist also kein Wunder oder so etwas. Er ist eben nur ein schneller Heiler.«

»Nun, vielleicht ist er ein schneller Heiler, weil der Teufel eben für die Seinen sorgt.«

Als er den Blick in ihrem Auge wahrnahm, während sie sich umdrehte, wünschte sich Brustwehr fast, daß er es nicht gesagt hätte. Aber Reverend Thrower hatte doch so gut wie behauptet, daß der Junge ebenso schlimm war wie das Tier aus der Apokalypse.

Aber Tier oder Junge, er war Ellys Bruder, und wenngleich sie auch die meiste Zeit so ruhig war, wie man es sich nur wünschen konnte, konnte sie das schiere Grauen sein, wenn sie zornig wurde.

»Nimm das zurück«, sagte sie.

»Also das ist so ziemlich das Dümmste, was ich jemals gehört habe. Wie kann ich etwas zurücknehmen, was ich gerade gesagt habe?«

»Indem du sagst, daß du weißt, daß es nicht so ist.«

»Ich weiß nicht, daß es nicht so ist, und ich weiß auch

nicht das Gegenteil. Ich habe gesagt vielleicht, und wenn ein Mann zu seiner Frau nicht mehr vielleicht sagen kann, dann wäre er wohl besser dran, tot zu sein.«

»Ich schätze, das stimmt wohl«, sagte sie. »Und wenn du es nicht zurücknimmst, dann wirst du dir noch wünschen, daß du tot wärst!« Sie kam auf ihn zu, in jeder Hand ein Stück Apfel.

Meistens wenn sie so zornig auf ihn zukam und er sich von ihr durchs Haus treiben ließ, mußte sie irgendwann lachen. Doch nicht dieses Mal. Sie zerdrückte ein Stück Apfel in seinem Haar und schleuderte ihm das andere entgegen, dann setzte sie sich ins Schlafzimmer und weinte sich die Augen aus.

Sie weinte sonst eigentlich nie. Brustwehr überlegte, daß die Sache gänzlich aus dem Lot gelaufen war.

»Ich nehme es zurück, Elly«, sagte er. »Er ist ein guter Junge, das weiß ich.«

»Ach, es ist mir egal, was du denkst«, erwiderte sie. »Du verstehst sowieso nichts davon.«

Nicht viele Ehemänner hätten sich so etwas von ihrer Frau bieten lassen, ohne ihr eine Ohrfeige zu verpassen. Brustwehr wünschte sich manchmal, daß Elly es doch mal zu schätzen wüßte, wie sehr sein christlicher Glaube doch nur zu ihrem Vorteil war.

»Ein bis zwei Dinge weiß ich sehr wohl«, antwortete er.

»Sie werden ihn fortschicken«, sagte sie. »Wenn der Frühling kommt, geben sie ihn in eine Lehre. Er ist nicht allzu glücklich darüber, doch er sagt nichts dagegen, er liegt einfach nur im Bett, spricht ganz leise und schaut mich und alle anderen an, als würde er die ganze Zeit Lebewohl sagen.«

»Weshalb wollen sie ihn denn fortschicken?«

»Das habe ich dir doch gesagt, um ihn in eine Lehre zu geben.«

»So, wie sie diesen Jungen bemuttern, kann ich mir kaum vorstellen, daß sie ihn jemals außer Sichtweite lassen.«

»Und sie wollen ihn auch nicht in die Nähe schicken. Nein, bis ins östliche Ende des Hiogebiets, in die Nähe von

Fort Dekane. Das ist ja schon die halbe Strecke bis zum Meer.«

»Weißt du, irgendwie erscheint das vernünftig, wenn man mal darüber nachdenkt.«

»Ach ja?«

»Jetzt, da die Roten Schwierigkeiten machen, wollen sie ihn in Sicherheit bringen. Die anderen können ruhig hierbleiben, um einen Pfeil ins Gesicht zu bekommen, aber nicht Alvin Junior.«

Sie musterte ihn mit vernichtender Verachtung. »Manchmal bist du so mißtrauisch, daß ich am liebsten kotzen würde, Brustwehr Gottes.«

»Es hat nichts mit Mißtrauen zu tun, wenn man etwas ausspricht, was wirklich geschieht.«

»Du kannst doch nicht einmal die Wirklichkeit von einer Gurke unterscheiden.«

»Wäschst du mir diesen Apfel aus dem Haar, oder muß ich dich dazu bringen, ihn mir abzulecken?«

»Ich schätze, ich werde wohl irgend etwas tun müssen, sonst reibst du ihn noch in das ganze Bettleinen.«

Geschichtentauscher kam sich fast vor wie ein Dieb, so viele Dinge mitzunehmen, als er ging. Zwei Paar dicker Socken. Eine neue Decke. Ein Umhang aus Elchhaut. Eingemachtes und Käse. Einen guten Schleifstein.

Und Dinge, von denen sie gar nicht wissen konnte, daß sie sie ihm geschenkt hatten. Ein ausgeruhter Körper, frei von Schmerz und Wunden. Gütige Gesichter, frisch in Erinnerung. Und Geschichten, Geschichten, im versiegelten Teil des Buchs aufgeschrieben, jene, die er selbst schrieb. Und wahre Geschichten, von ihren eigenen Händen schmerzhaft eingeschrieben.

Doch er hatte ihnen einen guten Gegenwert gegeben, oder er hatte es zumindest versucht. Die Dächer waren für den Winter geflickt worden, aber wichtiger war: Sie hatten ein Buch mit Ben Franklins eigener Handschrift darin gesehen. Bevor Geschichtentauscher gekommen war, waren sie Teil ihrer Familie und Teil des Wobbish-Landes gewesen, nicht mehr. Nun gehörten sie viel größeren Geschichten an. Gehörten zum Krieg der Unabhängigkeit der Appalachees und zum Amerikanischen Pakt.

Er hatte ihnen noch einige andere Dinge hinterlassen. Einen geliebten Sohn, den er unter einem stürzenden Mühlstein hervorgezogen hatte, einen Vater, der nun die Kraft besaß, seinen Sohn fortzuschicken, bevor er ihn tötete. Einen Namen für den Alptraum eines jungen Mannes, damit er verstand, daß sein Feind wirklich war, eine geflüsterte Ermutigung an ein zerbrochenes Kind, sich selbst zu heilen.

Und eine einzige Zeichnung, in eine Scheibe Eichenholz mit der Spitze eines heißen Messers eingebrannt. Er hätte viel lieber mit Wachs und Säure auf Metall gearbeitet, doch in dieser Gegend war nichts davon aufzutreiben. Also brannte er Striche ins Holz, machte daraus, was er konnte. Das Bild von einem jungen Mann in der Gewalt eines reißenden Flusses, hilflos verheddert in den Wurzeln eines treibenden Baums. An der Kunstakademie des Lordprotektors hätte es nur Hohn eingebracht, weil das Bild so einfach war. Aber Goody Faith stieß einen Schrei aus, als sie es erblickte, und drückte es an sich, ließ ihre Tränen darüberströmen wie die letzten Tropfen von den Weiden nach einem Regen. Vater Alvin nickte, als er es sah, und sagte: »Das ist Eure Vision, Geschichtentauscher. Ihr habt sein Gesicht vollkommen so wiedergegeben, wie es aussah, und dabei habt Ihr ihn noch nicht einmal gesehen. Das ist Vigor.« Dann weinte auch er.

Sie befestigten es über dem Kaminsims. Es mochte keine große Kunst sein, dachte Geschichtentauscher, aber es war wahr und bedeutete diesen Menschen mehr, als jedes Porträt irgendeinem fetten alten Lord oder Parlamentarier zu London oder Paris hätte bedeuten können.

»Es ist ein schöner Morgen heute«, sagte Goody Faith. »Ihr habt noch weit zu gehen, bevor es dunkel wird.«

»Ihr könnt es mir nicht verargen, wenn ich zögere zu gehen. Obgleich ich froh bin, daß Ihr mir diesen Botendienst anvertraut habt, und ich werde Euch nicht enttäuschen.« Er klopfte gegen seine Tasche, in der der Brief an den Hufschmied von Hatrack River lag.

»Ihr könnt nicht gehen, ohne Euch von dem Jungen zu verabschieden«, meinte Miller.

Er hatte es so lange vor sich hingeschoben, wie er nur konnte. Nun nickte er, hob sich aus dem bequemen Sessel am Feuer und schritt zu dem Raum hinüber, in dem er die besten Nächte seines Lebens verbracht hatte. Alvin Juniors Augen waren weit offen, sein Gesicht lebhaft, nicht mehr von Schmerz verzerrt, obwohl er immer noch Schmerzen haben mochte.

»Ihr geht?« fragte der Junge.

»Ich bin schon so gut wie fort, ich muß dir nur noch Lebewohl sagen.«

Alvin wirkte ein bißchen zornig. »Also laßt Ihr mich nicht einmal in Euer Buch schreiben?«

»Das tut nicht jeder, weißt du.«

»Pa hat es getan. Und Mama.«

»Und Cally auch.«

»Ich wette, das sieht bestimmt gut aus«, meinte Alvin. »Der schreibt doch wie ein, wie ein ...«

»Wie ein Siebenjähriger.« Es war eine Zurechtweisung, aber Alvin zuckte nicht zusammen.

»Warum dann nicht ich? Warum Cally und nicht ich?«

»Weil ich die Leute nur die wichtigsten Dinge hineinschreiben lasse, die sie jemals getan oder mit eigenen Augen gesehen haben. Was würdest *du* denn schreiben?«

»Ich weiß es nicht. Vielleicht über den Mühlstein.«

Geschichtentauscher schnitt eine Grimasse.

»Dann vielleicht über meine Vision. Die ist wichtig, das habt Ihr selbst gesagt.«

»Ja, und sie ist auch schon an anderer Stelle aufgeschrieben worden, Alvin.«

»Ich will etwas in dieses Buch schreiben«, sagte er. »Ich will, daß mein Satz zusammen mit dem des Machers Ben dort drin steht.«

»Noch nicht«, sagte Geschichtentauscher.

»Wann denn!«

»Wenn du diesen verdammten Entmacher vernichtet

hast, Junge. Dann werde ich dich in dieses Buch schreiben lassen.«

»Und was, wenn ich ihn nie vernichtet bekomme?«

»Dann ist dieses Buch sowieso nicht viel wert.«

Die Tränen traten Alvin in die Augen. »Was, wenn ich sterbe?«

Ein Angstschauer durchzog Geschichtentauscher. »Wie geht es dem Bein?«

Der Junge zuckte die Achsel. Mit den Augenlidern verdrängte er die Tränen.

»Das ist keine Antwort, Junge.«

»Es hört nicht auf, weh zu tun.«

»Das wird es so lange tun, bis die Knochen verheilt sind.«

Alvin Junior lächelte wehmütig. »Der Knochen ist schon verheilt.«

»Warum gehst du dann nicht?«

»Es tut mir weh, Geschichtentauscher. Es hört nicht auf. Da muß eine schlimme Stelle am Knochen sein, und ich habe noch nicht herausbekommen, wie ich sie richtig heil machen kann.«

»Du wirst schon einen Weg finden.«

»Bisher habe ich ihn noch nicht gefunden.«

»Ein alter Fallensteller hat mal zu mir gesagt: ›Es spielt keine Rolle, ob du am Hintern oder am Brustknochen anfängst, Hauptsache, du bekommst den Panther gehäutet.‹«

»Ist das ein Sprichwort?«

»Es kommt ihm nahe. Du wirst einen Weg finden, auch wenn er nicht das sein sollte, was du erwartest.«

»Ich erwarte gar nichts«, sagte Alvin. »Nichts wird so, wie ich es mir vorstelle.«

»Du bist zehn Jahre alt, Junge. Bist du der Welt schon müde?«

Alvin rieb unentwegt mit Daumen und Fingern an den Falten seiner Decke. »Geschichtentauscher, ich sterbe.«

Geschichtentauscher musterte sein Gesicht, versuchte, darin den Tod zu erkennen. »Das glaube ich nicht.«

»Die schlimme Stelle an meinem Bein. Sie wächst. Vielleicht nur langsam, aber sie wächst. Sie ist unsichtbar, und sie frißt die harten Stellen des Knochens weg, und nach einer Weile wird sie immer schneller und schneller werden und ...«

»Und dich entmachen.«

Diesmal weinte Alvin wirklich, und seine Hände zitterten. »Ich habe Angst vor dem Sterben, Geschichtentauscher, aber es ist in mich hineingelangt, und ich kann es nicht mehr herausbekommen.«

Geschichtentauscher legte beruhigend eine Hand auf Alvins. »Du wirst einen Weg finden. Du hast noch viel zuviel auf dieser Welt zu tun, um jetzt schon zu sterben.«

Alvin rollte die Augen. »So etwas Dummes habe ich in diesem Jahr noch nicht gehört. Nur weil jemand noch etwas zu tun hat, muß das noch lange nicht bedeuten, daß er nicht sterben wird.«

»Aber es bedeutet sehr wohl, daß er nicht *gern* stirbt.«

»Ich sterbe nicht gern.«

»Deshalb wirst du auch einen Weg finden, um am Leben zu bleiben.«

Alvin schwieg ein paar Augenblicke. »Ich habe nachgedacht. Darüber, was ich tun werde, falls ich wirklich überlebe. Darüber, was ich getan habe, damit mein Bein weitgehend heil wird. Ich wette, das kann ich auch für andere Leute tun. Ich kann ihnen die Hände auflegen und spüren, wie es im Inneren aussieht, und es richten. Wäre das nicht gut?«

»Sie würden dich dafür lieben, all die Leute, die du heilst.«

»Ich schätze, das erste Mal war am schwierigsten, und ich war ja auch nicht besonders stark, als ich es getan habe. Ich wette, daß ich es bei anderen Leuten viel schneller kann.«

»Vielleicht. Aber selbst wenn du jeden Tag hundert kranke Leute heilst und dann zum nächsten Ort weiterziehst und wieder hundert heilst, werden hinter dir immer noch zehntausend Menschen sterben, und vor dir zehntausend weitere, und bis du dann selbst stirbst, werden auch jene, die du geheilt hast, fast alle tot sein.«

Alvin wandte das Gesicht ab. »Wenn ich weiß, wie ich

sie heilen kann, dann muß ich sie auch heilen, Geschichtentauscher.«

»Diejenigen, die du heilen kannst, die mußt du auch heilen«, erwiderte Geschichtentauscher. »Aber nicht als Lebensaufgabe. Ziegel in der Mauer, Alvin, mehr werden sie nie sein. Du holst niemals auf, indem du die bröckelnden Ziegelsteine reparierst. Heile jene, die dir zufällig in die Hände fallen, aber dein Lebenswerk reicht tiefer.«

»Ich weiß, wie man Leute heilt. Aber ich weiß nicht, wie ich den Ent-… den Entmacher schlagen soll. Ich weiß nicht einmal, was das ist.«

»Aber solange du der einzige bist, der ihn sehen kann, bist du auch der einzige, der darauf hoffen kann, ihn zu schlagen.«

»Vielleicht.«

Ein langes Schweigen folgte. Geschichtentauscher wußte, daß es Zeit war, zu gehen.

»Wartet.«

»Ich muß jetzt gehen.«

Alvin packte seinen Ärmel. »Noch nicht.«

»Aber sehr bald.«

»Laßt mich … laßt mich wenigstens lesen, was die anderen geschrieben haben.«

Geschichtentauscher griff in sein Bündel und holte das Buch hervor. »Ich kann aber nicht versprechen, daß ich auch erklären werde, was sie damit gemeint haben«, sagte er und ließ das Buch aus seiner wasserdichten Umhüllung gleiten.

Schnell hatte Alvin die letzten, neuesten Einträge gefunden.

In der Handschrift seiner Mutter: »Vigor er schob ein Stamm und starb nich bevor der Junge geboren.«

In Davids Handschrift: »Ein Mül Stein brach end Zwei dann wurde er wieder gantz unt ohne eine Rizze.«

In Callys Handschrift: »Ain Sibender Son.«

Alvin hob den Blick. »Damit meint er nicht mich, müßt Ihr wissen.«

»Ich weiß«, sagte Geschichtentauscher.

Alvin sah wieder ins Buch. In der Handschrift seines

Vaters: »Er tötete ainen Jungen nich wail Ein Främmder rechzeitig kahm.«

»Wovon redet Pa da?« fragte Alvin.

Geschichtentauscher nahm ihm das Buch aus der Hand und schloß es wieder. »Finde einen Weg, um dein Bein zu heilen«, sagte er. »Es gibt noch sehr viel andere Menschenseelen als dich, die es brauchen. Vergiß nicht, es ist ja nicht für dich.«

Er beugte sich vor und küßte den Jungen auf die Stirn. Alvin griff nach ihm und hielt ihn mit beiden Armen, hängte sich an ihn, so daß er sich nicht aufrichten konnte, ohne den Jungen dabei aus dem Bett zu heben. Nach einer Weile mußte Geschichtentauscher hinaufgreifen und die Arme des Jungen fortreißen. Seine Wange war feucht von Alvins Tränen. Er wischte sie nicht fort. Er ließ sie von der Brise trocknen, als er den kalten, trockenen Weg entlang marschierte, rechts und links Felder voll halbgeschmolzenem Schnee.

Auf der zweiten bedeckten Brücke blieb er einen Augenblick stehen, um sich zu fragen, ob er jemals hierher zurückkehren oder sie wiedersehen würde. Oder ob er Alvin Juniors Satz für sein Buch bekommen würde. Wäre er ein Prophet, er wüßte es. Aber er hatte nicht die leiseste Ahnung.

13 Operation

Der Besucher saß bequem auf dem Altar, lässig auf den linken Arm abgestützt, so daß sein Körper schräg lag. Reverend Thrower hatte einmal einen Gecken in Camelot eine derartig lässige Haltung annehmen sehen, ein Tunichtgut, der alles verachtete, wofür die puritanischen Kirchen Englands und Schottlands einstanden. Thrower war ziemlich unbehaglich zumute, den Besucher in einer solch respektlosen Pose zu sehen.

»Warum?« fragte der Besucher. »Nur weil du deiner

fleischlichen Begierden ausschließlich dadurch Herr wirst, indem du auf deinem Stuhl gerade sitzt, die Knie zusammengelegt, die Hände vorsichtig in den Schoß gelegt, muß das noch nicht bedeuten, daß ich dasselbe tun muß.«

Thrower war verlegen. »Es ist nicht gerecht, mich wegen meiner Gedanken zurechtzuweisen.«

»Das ist es sehr wohl, wenn deine Gedanken mich für meine Taten zurechtweisen. Hüte dich vor Überheblichkeit, mein Freund. Halte dich selbst nur nicht für so rechtschaffen, daß du glaubst, *du* könntest über das Tun von Engeln richten.«

Es war das erste Mal, daß der Besucher sich selbst als Engel bezeichnet hatte.

»Ich habe mich als *überhaupt nichts* bezeichnet«, sagte der Besucher. »Du mußt lernen, deine Gedanken zu beherrschen, Thrower. Du ziehst viel zu voreilig deine Schlüsse.«

»Warum habt Ihr mich aufgesucht?«

»Es geht um den Erbauer dieses Altars«, erwiderte der Besucher. Er berührte eines der Kreuze, die Alvin Junior ins Holz gebrannt hatte.

»Ich habe mein Bestes getan, aber der Junge ist unbelehrbar. Er zweifelt alles an und widerspricht jeder Aussage der Theologie, als müßte sie dieselben Prüfungen der Logik und des inneren Zusammenhangs bestehen, wie sie in der Welt der Wissenschaft herrschen.«

»Mit anderen Worten, er erwartet von dir, daß deine Lehren einen Sinn ergeben.«

»Er ist nicht willens, die Vorstellung hinzunehmen, daß manche Dinge Geheimnisse bleiben, die nur der Geist Gottes verstehen kann. Mehrdeutigkeit läßt ihn frech werden, und Paradoxien entfachen seine offene Rebellion.«

»Ein schreckliches Kind.«

»Das schlimmste, das ich je gesehen habe«, sagte Thrower.

Die Augen des Besuchers blitzten. Thrower spürte ein Stechen in seinem Herzen.

»Ich habe es versucht«, sagte er. »Ich habe versucht, ihn dazu zu bringen, dem Herrn zu dienen. Doch der Einfluß seines Vaters ...«

»Nur ein schwacher Mann gibt der Kraft anderer die Schuld für sein eigenes Versagen«, meinte der Besucher.

»Noch habe ich nicht versagt!« warf Thrower ein. »Ihr habt mir gesagt, daß ich den Jungen hätte, bis er vierzehn ...«

»Ich habe dir gesagt, daß *ich* den Jungen habe, bis er vierzehn ist. *Du* hast ihn nur, solange er hier lebt.«

»Ich habe nichts davon gehört, daß die Millers fortziehen würden. Sie haben gerade ihren Mühlstein gesetzt, im Frühling wollen sie mit dem Mahlen anfangen, sie würden doch nicht gehen, ohne ...«

Der Besucher erhob sich vom Altar. »Stell dir folgenden Fall vor, Reverend Thrower. Rein hypothetisch. Nehmen wir einmal an, du wärst im selben Raum mit dem schlimmsten Feind all dessen, wofür ich stehe. Nehmen wir an, daß er krank wäre und hilflos im Bett läge. Wenn er genesen sollte, würde man ihn deinem Zugriff entziehen und er würde also damit fortfahren, alles zu vernichten, was du und ich auf dieser Welt lieben. Stürbe er aber, so wäre unsere große Sache in Sicherheit. Nehmen wir ferner an, daß jemand ein Messer in deine Hand legte und dich bäte, eine schwierige Operation an dem Jungen zu vollziehen. Und nehmen wir auch an, daß du dabei ausglittest, nur ein winziges Stück, so daß dein Messer eine große Arterie durchtrennte. Und nehmen wir an, daß sein Lebenssaft so schnell ausströmen würde, daß er schon wenige Augenblicke später stürbe, sofern du nur ein wenig zögertest. Gesetzt diesen Fall, Reverend Thrower, was wäre dann deine Pflicht?«

Thrower war entsetzt. All sein Leben lang hatte er darauf hingearbeitet, zu lehren, zu überzeugen und zu ermahnen. Niemals jedoch, eine solch blutige Tat zu vollziehen, wie sie der Besucher ihm nahegelegt hatte. »Ich bin für derlei Dinge nicht geeignet«, erwiderte er.

»Bist du für das Reich Gottes geeignet?« fragte der Besucher.

»Aber der Herr sagte: Du sollst nicht töten.«

»Ach ja? Hat er das zu Joshua gesagt, als er ihn ins verheißene Land sandte? Ist es das, was er zu Saul sagte, als er ihn gegen die Amalekiter ausschickte?«

Thrower dachte an diese dunklen Passagen im Alten Testament und erzitterte vor Furcht bei dem Gedanken, selbst an solchen Dingen teilhaben zu sollen.

Doch der Besucher gab nicht nach. »Der Hohepriester Samuel befahl König Saul, alle Amalekiter zu töten, jeden Mann und jede Frau, jedes *Kind.* Doch Saul hatte nicht den Mut dazu. Er rettete den König der Amalekiter und brachte ihn lebend zurück. Und wie hat der Herr dieses Verbrechen des Ungehorsams bestraft?«

»Er hat David an seiner Statt zum König auserwählt«, murmelte Thrower.

Der Besucher stand nun dicht vor Thrower, seine Augen verbrannten ihn schier mit ihrem Feuer. »Und was hat Samuel, der Hohepriester, der *sanfte* Diener Gottes, getan?«

»Er hat Agag den König der Amalekiter herbeibringen lassen.«

Der Besucher ließ nicht nach. »Und was hat Samuel *getan?«*

»Er hat ihn getötet«, flüsterte Thrower.

»Wie beschreibt die Schrift das, was er tat?« brüllte der Besucher. Die Wände der Kirche bebten, das Glas der Fenster klirrte.

Thrower weinte vor Furcht, doch er sprach die Worte aus, die der Besucher von ihm hören wollte: »Samuel schlug Agag in Stücke ... in Gegenwart des Herrn.«

Das einzige Geräusch in der Kirche war Thrower eigener, abgehackter Atmen, während er versuchte, seines hysterischen Weinens Herr zu werden. Der Besucher lächelte ihn an, die Augen voller Liebe und Vergebung. Dann war er verschwunden.

Thrower sank vor dem Altar auf die Knie und betete. »O Vater, ich würde für Dich sterben, aber bitte mich nicht, zu töten. Laß diesen Kelch an mir vorübergehen, ich bin zu schwach, ich bin unwürdig, lege diese Last nicht auf meine Schultern.«

Seine Tränen fielen auf den Altar. Er vernahm ein zischendes Geräusch und sprang erschrocken von dem Altar fort. Seine Tränen glitten wie Wasser auf einem Röstblech über die Altaroberfläche, bis sie schließlich verzehrt wurden.

Der Herr hat mich abgewiesen. Ich habe geschworen, Ihm zu dienen, wie immer Er es verlangte, und nun, da Er mir befiehlt, so stark zu sein wie die großen Propheten früherer Zeit, entdecke ich, daß ich nur ein zerborstenes Gefäß in den Händen des Herrn bin. Ich kann das Schicksal nicht aufnehmen, das Er in mich hineingießen wollte.

Die Kirchentür öffnete sich und ließ einen Schwall eiskalter Luft hinein, die dem Geistlichen einen Schauer durch den Körper jagte. Er hob den Blick, fürchtend, daß es ein Engel sei, der ausgeschickt wurde, um ihn zu strafen.

Doch es war kein Engel, sondern Brustwehr-Gottes Weaver.

»Ich wollte Euer Gebet nicht unterbrechen«, sagte Brustwehr.

»Kommt herein«, erwiderte Thrower. »Schließt die Tür. Was kann ich für Euch tun?«

»Nicht für mich«, erwiderte Brustwehr.

»Kommt hierher. Nehmt Platz. Sagt es mir.«

Thrower hoffte, es möge ein Zeichen Gottes sein, daß Brustwehr soeben gekommen war. Ein Mitglied der Gemeinde, gekommen, um ihm zu helfen, sofort nachdem er gebetet hatte – gewiß wollte der Herr ihn wissen lassen, daß er doch noch angenommen worden sei.

»Es geht um den Bruder meiner Frau«, sagte Brustwehr. »Um den Jungen, Alvin Junior.«

Thrower spürte, wie ihn ein Beben der Angst durchfuhr. »Ich kenne ihn. Was ist mit ihm?«

»Ihr wißt, daß sein Bein zertrümmert wurde.«

»Ich habe davon gehört.«

»Ihr habt ihn nicht zufällig aufgesucht und gesehen, bevor er heilte?«

»Man hat mich im Glauben gelassen, daß ich in diesem Hause nicht willkommen sei.«

»Nun, dann will ich es Euch sagen, es war außerordentlich schlimm. Ein ganzer Hautabschnitt abgerissen. Gebrochene Knochen. Doch zwei Tage später war es schon wieder verheilt. War nicht einmal eine Narbe zu sehen. Drei Tage später *ging* er bereits wieder umher.«

»Dann muß es weniger schlimm gewesen sein, als Ihr dachtet.«

»Ich sage Euch doch, daß das Bein *gebrochen* war und daß die Wunde wirklich *schlimm* gewesen ist. Die ganze Familie hat geglaubt, daß der Junge sterben würde. Sie haben mich nach Nägeln für einen Sarg gefragt. Und in ihrer Trauer sahen sie so schlecht aus, daß ich schon damit rechnete, daß wir die Ma und den Pa des Jungen auch noch beerdigen müßten.«

»Dann kann er nicht so vollends genesen sein, wie Ihr es darstellt.«

»Nun, das Bein ist auch nicht *vollends* genesen, und deshalb komme ich zu Euch. Ihr wißt, daß ich nicht an solche Dinge glaube, aber ich sage Euch eins, die haben das Bein des Jungen verhext, damit es irgendwie wieder heilt. Elly behauptet, der Junge habe die Hexerei selbst ausgeführt. Ein paar Tage lang ging er sogar auf dem Bein, sogar ohne Schiene, doch der Schmerz hat nie nachgelassen, und nun sagt er, daß sein Knochen eine kranke Stelle habe. Er hat auch Fieber.«

»Es gibt für alles eine vollkommen natürliche Erklärung«, erwiderte Thrower.

»Nun, wie dem auch sei, ich sehe die Sache jedenfalls so: Der Junge hat mit seiner Zauberei den Teufel zu sich eingeladen, und nun frißt der Teufel ihn von innen auf. Und da Ihr doch ein geweihter Geistlicher Gottes seid, dachte ich, daß Ihr diesen Teufel vielleicht im Namen des Herrn Jesus Christus austreiben könntet.«

Aberglaube und Zauberei waren natürlich Unfug, doch wenn Brustwehr nun die Möglichkeit aufbrachte, daß in dem Jungen ein Teufel stecken könnte, so paßte es zu dem, was er von dem Besucher erfahren hatte. Vielleicht wollte der Herr, daß er das Böse aus dem Kind vertrieb, und nicht, daß er den Jungen tötete.

»Ich werde gehen«, sagte er. Er griff nach seinem schweren Umhang und schleuderte ihn um seine Schultern.

»Ich muß Euch allerdings warnen, daß niemand im Haus mich gebeten hat, Euch zu holen.«

»Ich bin bereit, mich dem Zorn der Ungläubigen zu stellen«, erwiderte Thrower. »Was mir Sorgen macht, das ist das Opfer der Teufelei, nicht seine törichte und abergläubische Familie.

Alvin lag auf dem Bett, brannte in der Hitze seines Fiebers. Bei Tageslicht hielten sie die Fensterläden verschlossen, damit das Licht seinen Augen nicht weh tat. In der Nacht jedoch ließ er sie öffnen, um kalte Luft einzulassen. Während der wenigen Tage, als er hatte gehen können, hatte er den Schnee gesehen, der die Weide bedeckte. Nun versuchte er sich vorzustellen, wie er unter dieser Schneedecke lag. Erleichterung von dem Feuer, das seinen Körper durchloderte.

Er konnte nicht genau genug in sich hineinsehen. Was er mit dem Knochen tat, mit den Muskelsträngen und den Hautschichten, das war schwerer, als die Risse im Felsgestein zu finden. Doch er konnte sich durch das Labyrinth seines Körpers bewegen, die großen Wunden finden, ihnen dabei helfen, sich zu schließen. Das meiste von dem jedoch, was vorging, war zu klein und zu schnell, als daß er es hätte verstehen können. Er konnte zwar die Ergebnisse sehen, aber nicht die einzelnen Bestandteile, begriff nicht, wie es geschah.

So war das auch mit der schlimmen Stelle in seinem Knochen. Er konnte den Unterschied zwischen der schlimmen Stelle und dem guten, gesunden Knochen spüren, konnte die Ränder der Krankheit ausmachen. Doch konnte er nicht richtig sehen, was geschah. Er konnte nichts dagegen tun: Er würde sterben.

Er war nicht allein im Zimmer. Irgend jemand saß immer an seinem Bett. Manchmal öffnete er die Augen und erblickte Mama oder Papa oder eines der Mädchen. Manchmal sogar einen der Brüder, auch wenn das bedeutete, daß der dafür seine Frau und seine Arbeit vernachlässigte. Das war Alvin ein Trost, zugleich war es aber auch eine Bürde.

Immer wieder dachte er, daß er sich beeilen und sterben sollte, damit sie alle wieder ihr normales Leben führen konnten.

An diesem Nachmittag saß Measure neben ihm. Alvin hatte ihn zwar begrüßt, als er hereingekommen war, doch es gab nicht viel zu besprechen. Wie geht es? Ich sterbe, danke, und dir? Irgendwie schwierig, das Gespräch aufrechtzuhalten. Measure erzählte, wie er und die Zwillinge versucht hatten, einen Schleifstein zu schlagen. Sie hatten einen weicheren Stein ausgesucht als jenen, mit dem Alvin gearbeitet hatte, und dennoch war es außerordentlich schwierig gewesen. »Schließlich haben wir es aufgegeben«, sagte Measure. »Es muß eben warten, bis du zum Berg hochgehen und uns selbst einen Stein holen kannst.«

Alvin antwortete nicht darauf, und seitdem hatte keiner mehr ein Wort gesagt. Alvin lag in seinem Bett und schwitzte, spürte die Fäulnis in seinem Knochen, wie sie langsam und unentwegt anwuchs. Measure saß da und hielt seine Hand.

Measure begann zu pfeifen.

Das Geräusch erschreckte Alvin. Er war so sehr mit sich selbst beschäftigt gewesen, daß die Musik aus großer Ferne zu kommen schien; er mußte eine ganze Strecke zurückreisen, um zu entdecken, woher sie stammte.

»Measure«, rief er; doch der Klang seiner Stimme war nur ein Flüstern.

Das Pfeifen verstummte. »Tut mir leid«, sagte Measure. »Stört es dich?«

»Nein«, sagte Alvin.

Measure begann wieder zu pfeifen, eine seltsame Melodie, die Alvin noch nie gehört hatte. Tatsächlich klang es gar nicht wie irgendein Lied. Es wiederholte sich nicht, sondern brachte immer neue Klangmuster hervor, als würde Measure alles gerade erfinden. Wie Alvin dalag und zuhörte, erschien ihm die Melodie wie eine Landkarte, die sich durch eine Wildnis zog, und er begann ihr zu folgen. Nicht daß er irgend etwas *gesehen* hätte, wie es der Fall gewesen wäre, wäre er einer richtigen Karte gefolgt. Sie schien ihm nur immer wieder die Mitte der Dinge zu zeigen, und alles, woran er dachte, stand in seinen Gedanken eben dort. Es war fast so, als könnte er alles denken, sehen, was er einst geleistet hatte, als würde er versuchen, eine Möglichkeit herauszufinden, um die schlimme Stelle an seinem Knochen zu heilen, nur daß er diesmal von weit entfernt daraufblickte, vielleicht hoch oben von einem Berg aus oder auf einer Lichtung, irgendwo, wo er mehr sehen konnte.

Nun dachte er an etwas, das er noch nie gedacht hatte. Als sein Bein zu Anfang gebrochen war und die ganze Haut zerfetzt, hatten alle Leute sehen können, wie schlimm es ihm ging, doch nur er selbst hatte sich helfen können. Er hatte es von innen heraus heilen müssen. Nun jedoch, da niemand die Wunde sehen konnte, brachte sie ihn um. Und obwohl *er* sie sehen konnte, konnte er nicht das geringste tun, um sie besser werden zu lassen.

Vielleicht würde ihn diesmal also ein anderer heilen. Überhaupt nicht mir irgendwelchen verborgenen Kräften, sondern mit einer einfachen Operation.

»Measure«, flüsterte er.

»Ich bin hier«, sagte Measure.

»Ich kenne eine Möglichkeit, mein Bein zu heilen«, sagte er.

Measure beugte sich vor. Alvin öffnete die Augen nicht, konnte aber den Atem seines Bruders an seiner Wange spüren.

»Die schlimme Stelle an meinem Knochen, die wird größer, aber sie hat sich noch nicht über alles ausgebreitet«, erklärte Alvin. »Ich kann sie zwar nicht heilen, aber ich schätze, wenn jemand diesen Teil meines Knochens wegschneiden und ihn aus dem Bein nehmen könnte, könnte ich den Rest wieder heilen.«

»Herausschneiden?«

»Pas Knochensäge, mit der er das Fleisch zerteilt, damit könnte es gehen, glaube ich.«

»Aber es gibt doch im Umkreis von dreihundert Meilen keinen einzigen Arzt, der so etwas macht.«

»Dann schätze ich, daß irgend jemand es möglichst schnell lernen sollte, sonst sterbe ich nämlich.«

Measures Atem ging nun schneller. »Du meinst, daß es dir das Leben retten würde, wenn man dir ein Stück aus dem Knochen sägt?«

»Es ist das beste, was mir einfällt.«

»Das könnte dein Bein aber schlimm zurichten«, meinte Measure.

»Wenn ich tot bin, wird es mir egal sein. Und wenn ich lebe, dann wird das ein schlimm zugerichtetes Bein wert sein.«

»Ich gehe Pa holen.« Measure stieß seinen Stuhl zurück und verließ das Zimmer.

Thrower ließ Brustwehr auf dem Weg bis zu der Veranda der Millers vorangehen. Den Mann ihrer Tochter konnten sie kaum abweisen. Doch seine Sorge war unbegründet. Goody Faith öffnete die Tür, nicht ihr heidnischer Ehemann.

»Aber Reverend Thrower, wie gütig von Euch, uns aufzusuchen und hier vorbeizukommen«, sagte sie. Doch die Fröhlichkeit ihrer Stimme war nur vorgetäuscht, sofern ihr verhärmtes Gesicht die Wahrheit sprach. In diesem Haus hatte man in letzter Zeit nicht viel geschlafen.

»Ich habe ihn mitgebracht, Mutter Faith«, sagte Brustwehr. »Er ist nur gekommen, weil ich ihn darum gebeten habe.«

»Der Pastor unserer Kirche ist in unserem Haus willkommen, wann immer es ihm beliebt vorbeizuschauen«, sagte Faith. Sie führte sie in das große Zimmer. Einige Mädchen, die gerade Flickenquadrate herstellten, blickten von ihren Sesseln am Kamin zu ihm auf. Der kleine Junge, Cally, schrieb gerade seine Buchstaben auf eine Tafel, mit Holzkohle aus dem Feuer.

»Ich freue mich zu sehen, daß du deine Schreibübungen machst«, sagte Thrower.

Cally sah ihn nur an. In seinen Augen erkannte er Feindseligkeit. Anscheinend hatte der Junge etwas dagegen, daß sein Lehrer ihm hier in seinem Heim bei der Arbeit zusah.

»Du machst das gut«, sagte Thrower und versuchte, den

Jungen zu besänftigen. Cally erwiderte nichts, sondern kritzelte weiter Wörter.

Brustwehr kam sofort zum Thema. »Mutter Faith, wir kommen wegen Alvin. Ihr wißt, wie ich zur Hexerei stehe, aber ich habe zuvor noch nie ein Wort gegen das gesagt, was ihr in Eurem Heim tut. Ich habe mir immer gesagt, daß das Eure Sache sei und nicht meine. Aber dieser Junge muß nun den Preis für das Böse zahlen, daß Ihr hier geduldet habt. Er hat sein Bein verzaubert, und jetzt ist ein Teufel in ihm und tötet ihn, und ich habe Reverend Thrower mitgebracht, um ihm diesen Teufel auszutreiben.«

Goody Faith wirkte völlig überrascht. »In diesem Haus gibt es keinen Teufel.«

Arme Frau, dachte Thrower, wenn du nur wüßtest, wie lange hier schon ein Teufel wohnt. »Es ist möglich, sich so sehr an die Anwesenheit eines Teufels zu gewöhnen, daß man sie überhaupt nicht mehr bemerkt.«

Eine Tür an der Treppe ging auf, und Mr. Miller trat ins Zimmer. »Nicht mit mir«, sagte er zu irgend jemandem in dem dahinterliegenden Zimmer. »Ich werde kein Messer an den Jungen anlegen.«

Als Cally die Stimme seines Vaters hörte, sprang er auf und lief auf ihn zu. »Brustwehr hat den ollen Thrower mitgebracht, Papa, um den Teufel umzubringen.«

Mr. Miller drehte sich um und schaute die Besucher an, als würde er sie kaum erkennen.

»Ich habe gute, kräftige Zauber auf dieses Haus gelegt«, sagte Goody Faith.

»Diese Zauber sind Einladungen an den Teufel«, sagte Brustwehr. »Ihr meint, daß sie Euer Haus schützten, tatsächlich aber vertreiben sie den Herrn.«

»Hier ist kein Teufel hereingekommen«, beharrte sie.

»Nicht von allein«, erwiderte Brustwehr. »Ihr habt ihn mit Eurer Zauberei herbeigerufen. Ihr habt den Heiligen Geist mit Eurer Hexerei und Eurem Götzenkult aus dem Haus vertrieben und ebenso alles Gute, so daß die Teufel ganz natürlich eindringen. Sie kommen immer, wenn sie auch nur die leiseste Möglichkeit sehen, Unheil zu stiften.«

Thrower machte sich schon ein wenig Sorgen, daß Brustwehr zuviel über Dinge redete, die er nicht wirklich verstand. Es wäre besser gewesen, wenn er einfach nur gefragt hätte, ob Thrower an Alvins Bett für den Jungen beten dürfe.

Und was immer auch in Mr. Millers Kopf gerade vorgehen mochte, so war es doch deutlich zu erkennen, daß dies nicht unbedingt die beste Zeit war, um den Mann zu provozieren. Langsam schritt er auf Brustwehr zu. »Wollt Ihr etwa behaupten, daß das, was in das Haus eines Mannes eindringt, um Unheil zu stiften, der Teufel ist?«

»Ich gebe nur Zeugnis als jemand, der den Herrn Jesus Christus liebt«, begann Brustwehr, doch bevor er weitersprechen konnte, hatte Miller ihn an den Schultern gepackt und ihn zur Tür umgedreht.

»Jemand sollte besser diese Tür aufmachen!« brüllte Miller. »Sonst bekommt sie gleich ein mächtig riesiges Loch in die Mitte«

»Was glaubst du, was du da tust, Alvin Miller!« rief seine Frau.

»Eine Teufelsaustreibung!« rief Miller. Inzwischen hatte Cally die Tür aufgeschwungen, und Miller schob seinen Schwiegersohn bis an den Rand der Veranda und warf ihn in den Schnee. Dann verschloß Miller die Tür, ohne auf die Schreie draußen zu achten.

»Was für ein großer Mann du doch bist«, sagte Goody Faith höhnisch. »Den Mann deiner eigenen Tochter hinauszuwerfen!«

»Ich habe nur etwas getan, von dem er behauptete, daß der Herr es haben wolle«, erwiderte Miller. Dann richtete er seinen Blick auf den Pastor.

»Brustwehr hat nicht in meinem Namen gesprochen«, sagte Thrower milde.

»Wenn du Hand an einen Mann Gottes legen solltest«, sagte Goody Faith, »dann wirst du den Rest deines Lebens in einem kalten Bett schlafen.«

»Würde nicht im Traum daran denken, den Mann auch nur anzurühren«, sagte Miller. »Aber so, wie ich es sehe, bleibe ich von seinem Haus fern, da sollte er auch aus meinem bleiben.«

»Ihr mögt vielleicht nicht an die Macht des Gebetes glauben«, sagte Thrower.

»Schätze, das hängt wohl davon ab, wer das Beten erledigt und wer das Zuhören«, meinte Miller.

»Und doch«, sagte Thrower, »glaubt Eure Frau an die Religion Jesu Christi, in der ich zum Geistlichen berufen und geweiht wurde. Es ist ihr Glaube, und mein Glaube auch, daß es der Genesung des Jungen dienen könnte, wenn ich an seinem Bett betete.«

»Wenn Ihr in Eurem Gebet auch so geschwollen daherredet«, meinte Miller, »dann wird es ein Wunder sein, wenn der Herr überhaupt weiß, wovon Ihr da sprecht.«

»Und wenn Ihr auch nicht glauben mögt, daß ein solches Gebet helfen könnte«, fuhr Thrower fort, »So kann es doch gewiß nicht schaden, nicht wahr?«

Miller wandte den Blick von Thrower zu seiner Frau hinüber und dann wieder zurück. Thrower zweifelte nicht im geringsten daran, daß er schon längst neben Brustwehr-Gottes im Schnee liegen würde, wenn Faith nicht anwesend wäre. Doch Faith *war* da und hatte schon die Drohung der Lysistrata ausgesprochen. Ein Mann bekam keine vierzehn Kinder, wenn das Bett seiner Frau nicht anziehend auf ihn wirkte. Miller gab nach. »Geht hinein«, sagte er. »Aber belästigt den Jungen nicht zu lange.«

Thrower nickte gnädig. »Nur ein paar Stunden«, sagte er.

»Minuten!« beharrte Miller. Doch Thrower war bereits auf die Tür neben der Treppe zugegangen, und Miller machte keine Anstalten, ihn aufzuhalten. Er würde Stunden mit dem Jungen zur Verfügung haben, wenn er es wollte. Er schloß die Tür hinter sich. Es hatte keinen Zweck, es zuzulassen, daß irgendeiner dieser Heiden sich einmischte.

»Alvin«, sagte er.

Der Junge lag ausgestreckt unter einer Decke, auf seiner Stirn perlte Schweiß. Seine Augen waren geschlossen. Doch nach einer Weile öffnete er den Mund ein wenig. »Reverend Thrower«, flüsterte er.

»Ja«, erwiderte Thrower. »Alvin, ich bin gekommen, um

für dich zu beten, damit der Herr deinen Körper von dem Teufel befreie, der dich krank macht.«

Nach einer weiteren Pause, als würde es eine Weile dauern, bis Throwers Worte zu ihm durchgedrungen waren, antwortete Alvin: »Das ist kein Teufel.«

»Man kann kaum erwarten, daß ein Kind sich in religiösen Dingen gut auskennt«, meinte Thrower. »Aber ich muß dir mitteilen, daß nur jene Genesung erfahren, die auch den Glauben haben, geheilt zu werden.« Dann verbrachte er einige Minuten damit, die Geschichte von der Tochter des Zenturio und von der Frau zu erzählen, die blutete und nur das Tuch des Erlösers berührte. »Du erinnerst dich, was er zu ihr sagte. Dein Glaube hat dich gesund gemacht, sagte er. Und deshalb, Alvin Miller, muß dein Glaube stark sein, bevor der Herr dich gesund machen kann.«

Der Junge antwortete nicht. Da Thrower seine beachtliche Redegabe beim Erzählen beider Geschichten eingesetzt hatte, ärgerte ihn die Möglichkeit ein bißchen, daß der Junge vielleicht eingeschlafen sei. Etwas unsanft berührte er ihn an der Schulter.

Alvin zuckte zusammen. »Ich habe Euch gehört«, murmelte er.

Es war nicht gut, daß der Junge immer noch so mürrisch war, nachdem er das lichtspendende Wort des Herrn vernommen hatte. »Nun?« fragte Thrower. »Glaubst du?«

»An was?« murmelte der Junge.

»An das Evangelium! An den Gott, der dich heilen würde, wenn du nur dein Herz erweichen ließest!«

»Glaube an Gott«, flüsterte er.

Thrower kannte die Geschichte seiner Religion viel zu gut, um nicht genauere Erklärungen hören zu wollen. Es genügte nicht, den Glauben an eine Gottheit zu bekennen. Es gab so viele Gottheiten, und alle bis auf eine waren falsch. »An *welchen* Gott glaubst du, Al Junior?«

»Gott«, sagte der Junge.

»Sogar die heidnischen Mohren beten den schwarzen Stein von Mekka an und nennen ihn Gott! Glaubst du an den wahren Gott? Nein, ich verstehe, du bist zu schwach und fiebrig, um deinen Glauben erklären zu können. Ich werde dir helfen, junger Alvin. Ich werde dir Fragen stellen, und du antwortest einfach mit ja oder nein.«

Alvin lag still da und wartete.

»Alvin Miller, glaubst du an einen Gott ohne Körper und Leidenschaften? An den großen unerschaffenen Schöpfer, dessen Mittelpunkt überall ist, dessen Umfang jedoch niemals gefunden werden kann?«

Der Junge schien eine Weile darüber nachzudenken, bevor er antwortete. »Das macht für mich nicht das leiseste bißchen Sinn«, sagte er.

»Er soll auch gar nicht für den fleischlichen Geist Sinn ergeben«, sagte Thrower. »Ich frage dich lediglich, ob du an den Einen *glaubst*, an das aus sich selbst heraus existierende Wesen, das so groß ist, daß Er das ganze Universum ausfüllt, und doch so allesdurchdringend, daß Er auch in deinem Herzen lebt.«

»Wie kann etwas so Großes in mein Herz passen?« wollte Alvin wissen.

Der Junge war offensichtlich zu ungebildet und einfältig, um hochentwickelte theologische Paradoxien zu begreifen. Und doch ging es hier mehr als nur um ein Leben oder gar eine Seele – es ging um all die Seelen, von denen der Besucher gesagt hatte, daß dieser Junge sie verderben würde, wenn er nicht zum wahren Glauben bekehrt werden konnte. »Das ist das Schöne daran«, sagte Thrower und legte Gefühl in seine Stimme. »Gott ist jenseits unseres Verstehens; und doch geruht Er in seiner unendlichen Liebe, uns zu erlösen, trotz unserer Unwissenheit und Torheit.«

»Ist Liebe denn keine Leidenschaft?« wollte der Junge wissen.

»Wenn du Schwierigkeiten mit der Vorstellung von Gott hast«, sagte Thrower, »dann will ich dir eine weitere Frage stellen, die vielleicht passender ist. Glaubst du an die bodenlose Grube der Hölle, wo die Bösen in Flammen zukken und doch niemals aufgebrannt werden? Glaubst du an Satan, den Feind Gottes, der deine Seele zu stehlen wünscht, um dich als Gefangener in sein Reich zu führen und dich in alle Ewigkeit zu quälen?«

Der Junge schien sich ein wenig aufzurichten, kehrte Thrower den Kopf zu, wenngleich er die Augen immer noch nicht öffnete. »An so etwas könnte ich wohl glauben«, sagte er.

Ah, ja, dachte Thrower. Dieser Junge hat *tatsächlich* Erfahrung mit dem Teufel. »Hast du ihn gesehen, Kind?«

»Wie sieht denn *Euer* Teufel aus?« flüsterte der Junge.

»Es ist nicht *mein* Teufel«, erwiderte Thrower. »Wenn du in den Gottesdiensten zugehört hättest, dann wüßtest du es, denn ich habe ihn viele Male beschrieben. Wo ein Mensch Haare auf dem Kopf hat, hat der Teufel die Hörner eines Stiers. Dort, wo ein Mensch Hände besitzt, besitzt der Teufel die Tatzen eines Bärs. Er hat die Hufe eines Ziegenbocks, und seine Stimme ist das Brüllen eines reißenden Löwen.«

Zu Throwers Erstaunen lächelte der Junge jetzt, und sein Brustkorb schüttelte sich in stummem Lachen. »Und Ihr nennt *uns* abergläubisch«, sagte er.

Thrower hätte nie geglaubt, wie fest der Teufel eine Kinderseele im Griff haben konnte, hätte er nicht diesen Jungen bei der Beschreibung des Ungeheuers Luzifer vor Freude lachen sehen. Diesem Lachen mußte ein Ende gesetzt werden! Es war ein Vergehen gegen Gott!

Thrower schlug mit seiner Bibel gegen die Brust des Jungen, worauf Alvin erschrocken ausatmete. Dann, mit der Hand auf das Buch drückend, spürte Thrower, wie Worte der Eingebung ihn erfüllten, und er rief mit mehr Leidenschaft, als er jemals zuvor in seinem Leben verspürt hatte: »Satan, im Namen des Herrn, ich wehre dich ab! Ich befehle dir, von diesem Jungen abzulassen, von diesem Raum, von diesem Haus auf alle Zeiten! Strebe nie wieder danach, an diesem Ort eine Seele zu besitzen, sonst wird die Macht Gottes die Vernichtung bis an die äußersten Grenzen der Hölle tragen!«

Dann folgte Schweigen. Nur das angestrengte Atmen des Jungen war zu hören. Soviel Friede herrschte im Raum, soviel erschöpfte Rechtschaffenheit in Throwers eigenem Herzen, daß er überzeugt war, der Teufel hatte sein Gebet tatsächlich beachtet und war prompt verschwunden.

»Reverend Thrower«, sagte der Junge.

»Ja, mein Sohn?«

»Könntet Ihr jetzt bitte die Bibel von meiner Brust nehmen? Ich schätze, wenn da irgendwelche Teufel waren, dann sind sie jetzt weg.«

Dann begann der Junge wieder zu lachen, so daß die Bibel unter Throwers Hand auf und ab hüpfte.

In diesem Augenblick verwandelte sich Throwers Jubel in bittere Enttäuschung. In der Tat, schon die bloße Tatsache, daß der Junge so teuflisch lachen konnte, da doch die Bibel noch immer auf seinem Körper lag, war Beweis genug, daß keine Macht der Erde ihm das Böse austreiben konnte. Der Besucher hatte recht gehabt. Thrower hätte niemals das mächtige Werk verweigern dürfen, das zu tun der Besucher ihm aufgetragen hatte. Es hatte in seiner Macht gestanden, das Tier der Apokalypse zu töten, und er war zu schwach gewesen, um den göttlichen Ruf anzunehmen. Ich hätte ein Samuel sein können, der den Feind Gottes in Stücke haut. Statt dessen aber bin ich ein Saul, ein Schwächling, der nicht töten kann, was zu sterben der Herr befohlen hat. Nun werde ich mitansehen müssen, wie dieser Junge sich mit der Macht Satans in ihm erhebt, und ich werde wissen, daß er nur gedeiht, weil ich schwach war.

Der Raum war plötzlich unerträglich heiß. Er glaubte förmlich zu ersticken. Erst jetzt merkte er, wie schweißgetränkt seine Kleider waren. Das Atmen fiel ihm schwer. Doch was hatte er erwarten können? Es war der heiße Atem der Hölle, der in diesem Raum wehte. Keuchend nahm er die Bibel, hielt sie zwischen sich und das satanische Kind, das unter seiner Decke lag und fieberhaft kicherte, und floh.

Im großen Raum blieb er stehen rang nach Atem. Er hatte ein Gespräch unterbrochen, doch achtete er kaum darauf. Was zählten die Gespräche dieser unwissenden Menschen schon, verglichen mit dem, was er soeben erfahren hatte? Ich habe in der Gegenwart des Dieners Satans dagestanden, der sich als kleiner Junge maskiert; doch sein Hohn hat ihn mir offenbart. Ich hätte schon vor Jahren wissen müssen, was dieser Junge ist, als ich seinen Kopf befühlte und feststellte, wie vollkommen ausgewogen er war. Nur eine Fälschung konnte so vollkommen sein. Das Kind war niemals *wirklich.* Ach, wenn ich doch nur die Kraft der großen alten Propheten besäße, auf daß ich den Feind schlagen und meinem Herrn die Trophäe zurückbringen könnte!

Irgend jemand zupfte an seinem Ärmel. »Seid Ihr gesund, Reverend?« Es war Goody Faith, doch Reverend Thrower dachte nicht daran, ihr zu antworten. Er drehte sich herum und blickte auf die Feuerstelle. Dort auf dem Sims sah er ein geschnitztes Bild; in seinem verwirrten Zustand konnte er es nicht sofort erkennen. Es schien das Gesicht einer gequälten Seele zu sein, umgeben von zukkenden Fangarmen. Flammen, dachte er, und da ist eine Seele, die in Pech und Schwefel ertrinkt, im Höllenfeuer verbrennt. Das Bild war ihm eine Qual, und erfüllte ihn gleichzeitig mit Befriedigung, denn seine Gegenwart in diesem Haus zeigte, wie eng diese Familie mit der Hölle verbunden war. Er stand inmitten seiner Feinde. Ein Satz des Psalmisten kam ihm in den Sinn: Stiere von Bashan zieht mich an, und ich kann all meine Knochen zählen. Mein Gott, mein Gott, warum hast Du mich verlassen?

»Hier«, sagte Goody Faith. »Nehmt Platz.«

»Ist der Junge in Ordnung?« wollte Miller wissen.

»Der Junge?« fragte Thrower. Er konnte kaum sprechen. Der Junge ist ein Ungeheuer aus Sheol, und du fragst, wie es ihm geht? »Den Umständen entsprechend«, sagte Thrower.

Da wandten sie sich ab und kehrten zu ihrem Gespräch zurück. Nach und nach verstand er, worüber sie sprachen. Es schien, als wollte Alvin, daß jemand ihm den erkrankten Teil seines Knochens wegsägte. Measure hatte sogar eine feinzahnige Knochensäge aus dem Schuppen mitgebracht. Der Streit fand zwischen Faith und Measure statt, weil Faith nicht wollte, daß irgend jemand ihren Sohn aufschnitt, und zwischen Miller und den beiden anderen, weil Miller sich weigerte, es zu tun, während Faith nur bereit war einzuwilligen, wenn Alvins Vater das Schneiden selbst übernahm.

»Wenn du glaubst, daß es getan werden sollte«, sagte Faith, »dann verstehe ich nicht, wie du wollen kannst, daß irgend jemand außer dir selbst es tut.«

»Ich nicht«, sagte Miller.

»Er hat nach dir gefragt, Pa. Er hat gesagt, er wird die Schnitte vorher auf dem Bein markieren. Du brauchst nur ein Stück Haut aufschneiden und zurücklegen, darunter liegt dann der Knochen, und schneidest du die schlimme Stelle heraus.«

»Normalerweise falle ich eigentlich nicht in Ohnmacht«, sagte Faith, »aber mir wird gerade schwindlig.«

»Wenn Al Junior sagt, es soll getan werden, dann tut es!« sagte Miller. »Aber nicht ich!«

Und da schaute Reverend Thrower, wie einen Lichtstrahl in einem dunklen Zimmer, seine Erlösung. Der Herr bot ihm genau die Gelegenheit, die der Besucher ihm prophezeit hatte. Die Gelegenheit, ein Messer in der Hand zu halten, damit in das Bein des Jungen hineinzuschneiden und *aus Versehen* die Arterie zu durchtrennen und das Blut so lange zu vergießen, bis das Leben aus ihm gewichen war. Wovor er in der Kirche zurückgeschreckt war, weil er Alvin für einen einfachen Jungen gehalten hatte, das würde er nun freudig tun, jetzt, da er den Teufel in einer Kindergestalt geschaut hatte.

»Ich bin bereit«, sagte Thrower.

Sie sah ihn an.

»Ich bin zwar kein Arzt«, sagte er, »aber ich verstehe etwas von Anatomie. Ich bin schließlich Wissenschaftler.«

»Kopfhöcker«, sagte Miller.

»Habt Ihr schon jemals Rinder oder Schweine geschlachtet?« fragte Measure.

»Measure«, rief seine Mutter entsetzt. »Dein Bruder ist doch kein Tier!«

»Ich wollte nur wissen, ob er sich gleich übergibt, sobald er Blut sieht.«

»Ich habe schon Blut gesehen«, sagte Thrower. »Und ich habe auch keine Furcht, wenn das Schneiden der Erlösung dient.«

»Oh, Reverend Thrower, das können wir doch nicht von Euch verlangen«, sagte Goody Faith.

»Nun erkenne ich, daß es vielleicht *doch* die Eingebung war, die mich heute hierher geführt hat, nachdem ich diesem Hause so lange ferngeblieben bin.«

»Was Euch hierher geführt hat, war mein törichter Schwiegersohn«, brummte Miller.

»Nun«, sagte Thrower, »es war ja nur ein Gedanke. Ich kann verstehen, daß Ihr nicht wollt, daß ich es tue, und kann es Euch gewiß nicht verübeln. Auch wenn es bedeutet, das Leben Eures Sohnes zu retten, so ist es doch immer eine gefährliche Sache, einem Fremden zu gestatten, in den Körper Eures Kindes hineinzuschneiden.«

»Ihr seid kein Fremder«, widersprach Faith.

»Was, wenn etwas falsch verläuft? Seine Verletzung könnte die Bahn bestimmter Blutgefäße verändert haben. Ich könnte eine Arterie durchtrennen, dann würde er in wenigen Augenblicken verbluten. Dann klebte das Blut Eures Kindes an meinen Händen.«

»Reverend Thrower«, sagte Faith, »einen Unfall können wir Euch nicht zur Last legen. Wir können es nur versuchen.«

»Es ist sicher, daß er sterben wird, wenn wir nicht irgend etwas unternehmen«, warf Measure ein. »Er sagt, daß wir sofort schneiden müssen, bevor die schlimme Stelle sich zu weit ausbreitet.«

»Vielleicht einer Eurer älteren Söhne«, sagte Thrower.

»Wir haben keine Zeit, um sie noch zu holen!« rief Faith. »Ach, Alvin, er ist der Junge, dem du deinen Namen gegeben hast. Willst du ihn jetzt etwas sterben lassen, nur weil du diesen Prediger nicht magst?«

Miller schüttelte niedergeschlagen den Kopf. »Dann tut es.«

»Er möchte aber lieber, daß *du* es tust, Pa«, sagte Measure.

»Nein!« erwiderte Miller heftig. »Besser irgend jemand, nur nicht ich. Besser sogar, *er* tut es.«

Thrower erblickte Enttäuschung, ja sogar Verachtung in Measures Miene. Er erhob sich und schritt zu dem sitzenden Measure hinüber, der in den Händen ein Messer und die Knochensäge hielt. »Junger Mann«, sagte er, »urteilt über keinen Mann, er sei ein Feigling. Ihr könnt nicht wissen, welche Beweggründe er in seinem Herzen verbirgt.«

Thrower wandte sich zu Miller um und bemerkte einen Blick der Überraschung und der Dankbarkeit im Gesicht des Mannes. »Gib ihm die Werkzeuge«, sagte Miller.

Measure streckte das Messer und die Knochensäge auf. Thrower zog ein Taschentuch hervor und ließ Measure die Geräte vorsichtig hineinlegen.

Es war alles so einfach gewesen. Binnen weniger Minuten hatte er sie dazu gebracht, daß sie ihn darum baten, das Messer zu nehmen, ja sogar dazu, ihn im voraus von jedem Unfall freizusprechen. Er hatte sogar ein wenig die Achtung Alvin Millers gewonnen. Ich habe euch alle getäuscht, dachte er triumphierend. Ich bin eurem Herrn des Bösen ein ebenbürtiger Gegner. Ich habe den großen Täuscher getäuscht, und noch in dieser Stunde werde ich seine ruchlose Brut in die Hölle zurückjagen.

»Wer soll den Jungen festhalten?« fragte Thrower. »Selbst wenn wir ihm Wein geben, wird der Schmerz ihn sich aufbäumen lassen, wenn man ihn nicht festhält.«

»Ich halte ihn fest«, sagte Measure.

»Er wird keinen Wein trinken«, sagte Faith. »Er sagt, daß er einen klaren Kopf behalten muß.«

»Er ist ein zehnjähriger Junge«, sagte Thrower. »Wenn Ihr darauf besteht, daß er ihn trinkt, muß er Euch gehorchen.«

Faith schüttelte den Kopf. »Er weiß, was am besten ist. Er hält Schmerzen sehr gut aus. So etwas habt Ihr noch nie gesehen.«

Das glaube ich, dachte Thrower. Der Teufel in dem Jungen schwelgt zweifellos im Schmerz, und er will nicht, daß der Wein diese Ekstase mindert. »Also gut«, sagte er. »Dann gibt es keinen Grund, es noch länger hinauszuzögern.« Er schritt ins Schlafzimmer voran und riß die Decke von Alvins Körper. Alvin begann in der plötzlichen Kälte zu zittern, obgleich er noch immer vom Fieber schwitzte.

»Ihr habt gesagt, daß er die zu schneidende Stelle markiert hat?«

»Al«, sagte Measure. »Reverend Thrower hier wird das Schneiden übernehmen.«

»Papa«, sagte Alvin.

»Es hat keinen Zweck, ihn darum zu bitten«, sagte Measure. »Er weigert sich schlichtweg.«

»Bist du sicher, daß du keinen Wein haben willst?« fragte Faith.

Alvin begann zu weinen. »Nein«, sagte er. »Ich bin schon in Ordnung, solange Pa mich festhält.«

»Das genügt«, sagte Faith. »Er mag vielleicht nicht schneiden, aber er wird hier bei dem Jungen bleiben.« Sie stürmte aus dem Raum.

»Ihr habt gesagt, daß der Junge die Stelle markieren würde«, sagte Thrower.

»Hier, Al, ich setze dich jetzt auf. Ich habe etwas Holzkohle dabei, und du markierst auf deinem Bein genau die Stelle, wo das Hautstück hochgehoben werden soll.«

Alvin stöhnte, als Measure ihn in eine sitzende Stellung hob, doch seine Hand war ruhig, als er ein großes Rechteck auf sein Schienbein zeichnete. »Schneidet von unten hoch und laßt den oberen Teil dran«, sagte er. Seine Stimme war belegt und träge, jedes Wort war ihm eine Anstrengung. »Measure, du hältst das Hautstück zurück, während er schneidet.«

»Das wird Ma tun müssen«, sagte Measure. »Denn ich muß dich festhalten, damit du dich nicht aufbäumst.«

»Ich werde mich nicht aufbäumen«, sagte Alvin. »wenn Pa mich festhält.«

Miller kam langsam ins Zimmer, unmittelbar hinter ihm seine Frau. »Ich halte dich fest«, sagte er. Er nahm Measures Platz ein, setzte sich hinter den Jungen, beide Arme deutlich um ihn gelegt. »Ich halte dich fest«, wiederholte er.

»Also gut, dann«, sagte Thrower.

Er wartete eine ganze Weile.

»Habt Ihr nicht etwas vergessen, Reverend?« fragte Measure.

»Was denn?« fragte Thrower.

»Das Messer und die Säge«, sagte er.

Thrower sah in sein Taschentuch, das er in der linken Hand hielt. Leer. »So etwas, gerade waren sie doch noch hier drin!«

»Ihr habt sie beim Hineingehen draußen auf den Tisch gelegt«, sagte Measure.

»Ich hole sie«, sagte Goody Faith und eilte aus dem Zimmer.

Sie warteten und warteten und warteten. Schließlich stand Measure auf. »Kann mir gar nicht vorstellen, was sie aufhält.«

Thrower folgte ihm aus dem Zimmer. Sie fanden Goody Faith im großen Raum vor, wie sie zusammen mit den Mädchen Steppkaros nähte.

»Ma«, sagte Measure. »Was ist denn mit der Säge und dem Messer?«

»Ach du liebe Güte«, sagte Faith, »ich weiß gar nicht, was in mich gefahren ist. Ich habe doch glatt vergessen, weshalb ich hierhergekommen bin.« Sie nahm das Messer und die Säge und marschierte zurück ins Zimmer. Measure zuckte, zu Thrower gewandt, die Schultern und folgte ihr. Jetzt, dachte Thrower. Jetzt werde ich alles tun, was der Herr je von mir erwartete. Der Besucher wird sehen, daß ich meinem Erlöser ein wahrer Freund bin, und mein Platz im Himmel wird mir sicher sein. Nicht wie dieser arme erbärmliche Sünder, den die Flammen der Hölle holen werden.

»Reverend«, sagte Measure. »Was tut Ihr da?«

»Dieses Bild«, sagte Thrower.

»Was ist denn damit?«

Thrower blickte auf das Bild über dem Sims. Es zeigte keine Seele in der Hölle, sondern den ältesten Jungen der Familie, Vigor, wie er im Fluß ertrank. Er hatte diese Geschichte mindestens ein dutzendmal gehört. Doch warum stand er nun hier und schaute das Bild an, da er doch im Nebenraum eine große und schreckliche Mission zu erfüllen hatte?

»Seid Ihr in Ordnung?«

»Vollkommen in Ordnung«, erwiderte Thrower. »Ich bedurfte nur eines Augenblicks stummen Gebetes und der Meditation, bevor ich mich an diese Aufgabe schicke.«

Kühn trat er ins Zimmer und setzte sich auf den Stuhl neben dem Bett, auf dem das Satanskind zitternd das Messer erwartete. Thrower blickte sich nach den Werkzeugen des heiligen Mords um. Sie waren nirgendwo zu sehen. »Wo ist das Messer?« fragte er.

Faith sah Measure an. »Hast du die Sachen denn nicht mitgebracht?« fragte sie.

»Du hast sie doch hereingebracht«, erwiderte Measure.

»Aber als du hinausgegangen bist, um den Prediger zu holen, da hast du sie mitgenommen«, sagte sie.

»Habe ich das?« Measure blickte verwirrt drein. »Dann muß ich sie wohl draußen abgelegt haben.« Er stand auf und verließ den Raum.

Thrower begann zu erkennen, daß hier etwas Seltsames vorging, obwohl er es nicht genau bestimmen konnte. Er schritt zur Tür und wartete auf Measures Rückkehr.

Dort stand Cally, seine Schiefertafel in der Hand, und sah zu dem Geistlichen empor. »Werdet Ihr meinen Bruder umbringen?« fragte er.

»So etwas solltest du nicht einmal denken«, erwiderte Thrower.

Measure sah verlegen aus, als er Thrower die Instrumente reichte. »Ich kann mir gar nicht vorstellen, daß ich sie einfach so auf den Sims gelegt haben soll.« Dann schob sich der junge Mann an Thrower vorbei ins Zimmer.

Einen Augenblick später folgte Thrower ihm in Alvins Raum und setzte sich neben das enthüllte Bein mit dem daraufgemalten schwarzen Kasten. »Nun, wo habt Ihr sie jetzt hingetan?« fragte Faith.

Thrower merkte, daß er weder das Messer noch die Säge hielt. Er war völlig verwirrt.

Cally stand in der Tür. »Warum habt Ihr mir die Werkzeuge gegeben?« fragte er. Tatsächlich hielt jetzt er die beiden Klingen.

»Das ist eine sehr gute Frage«, sagte Measure und

musterte den Pastor mit gerunzelter Stirn. »Warum habt Ihr sie Cally gereicht?«

»Das habe ich gar nicht«, sagte Thrower. *»Ihr* müßt sie ihm gegeben haben.»

»Ich habe sie Euch direkt in die Hände gelegt«, sagte Measure.

»Der Prediger hat sie mir gegeben«, sagte Cally.

»Nun, dann bring sie her«, sagte schließlich seine Mutter.

Gehorsam schickte er sich an, in den Raum zu treten. Dabei hielt er die Klingen wie Kriegstrophäen. Wie beim Angriff einer großen Armee; ja, eine große Armee, wie die Armee der Irsraeliter, die Josua ins verheißene Land führte. So hielten auch sie ihre Waffen, hoch erhoben über ihren Köpfen, als sie immer und immer wieder um die Stadt Jericho marschierten. Marschierten und marschierten. Und am siebten Tag hielten sie inne und bliesen in ihre Trompeten und stießen einen großen Schrei aus, und da stürzten die Mauern ein, und sie hielten ihre Schwerter und Messer hoch über ihren Köpfen und stürmten die Stadt, hieben auf Männer, Frauen und Kinder ein, allesamt Feinde Gottes, auf daß das verheißene Land von ihrem Schmutz gereinigt würde und bereit wäre, das Volk Gottes aufzunehmen. Am Ende des Tages waren sie blutüberströmt, und Josua stand in ihrer Mitte, der große Prophet Gottes, ein blutiges Schwert über seinem Kopf haltend, und er rief. Was rief er?

Ich kann mich nicht mehr erinnern, was er rief. Wenn ich mich doch nur erinnern könnte, was er rief, dann wüßte ich auch, warum ich hier auf dem Weg stehe, umgeben von schneebedeckten Bäumen.

Reverend Thrower blickte auf seine Hände und dann auf die Bäume. Er mußte sich eine halbe Meile vom Haus der Millers befinden, und er trug nicht einmal seinen schweren Umhang.

Dann dämmerte ihm die Wahrheit: Satan hatte ihn hierher befördert, in Augenschnelle, anstatt es zuzulassen, daß er das Tier tötete. Thrower hatte versagt, bei seiner einzigen Gelegenheit, Größe zu beweisen. Er lehnte sich gegen einen kalten, schwarzen Baumstamm und weinte bitterlich.

Cally kam ins Zimmer, die beiden Klingen über dem Kopf haltend. Measure wollte gerade das Bein fest packen, als der alte Thrower plötzlich abrupt aufstand und hastig den Raum verließ, als müßte er schleunigst zum Abort.

»Reverend Thrower«, rief Ma. »Wo geht Ihr hin?«

Doch inzwischen hatte Measure begriffen. »Laß ihn gehen, Ma«, sagte er.

Sie hörten, wie sich die Vordertür des Hauses öffnete, dann vernahmen sie die schweren Schritte des Geistlichen auf der Veranda.

»Geh und schließe die Vordertür, Cally«, sagte Measure.

Ausnahmsweise gehorchte Cally ohne Widerrede. Ma blickte Measure an, dann Pa, dann wieder Measure. »Ich verstehe nicht, warum er einfach so gegangen ist«, sagte sie.

Measure gewährte ihr ein leises Halblächeln und sah Pa an. »Aber *du* weißt es, nicht wahr, Pa?«

»Vielleicht«, sagte er.

Measure erklärte es seiner Mutter. »Diese Messer und der Prediger, die können nicht zur selben Zeit mit Al Junior in diesem Zimmer sein.«

»Aber warum denn nicht?« erwiderte sie. »Er sollte doch die Operation durchführen!«

»Na, das wird er jetzt jedenfalls mit Sicherheit nicht mehr tun«, meinte Measure.

Das Messer und die Knochensäge lagen auf der Decke.

»Pa«, sagte Measure.

»Ich nicht«, sagte Pa.

»Ma«, sagte Measure.

»Ich kann nicht«, sagte Faith.

»Nun denn«, sagte Measure, »schätze, ich bin wohl gerade Arzt geworden.« Er sah Alvin an.

Das Gesicht des Jungen hatte eine tödliche Blässe, die noch schlimmer war als die Rötung des Fiebers. Doch es gelang ihm ein Lächeln, und er flüsterte: »Schätze schon.«

»Ma, du wirst das Hautstück hochhalten müssen.«

Sie nickte.

Measure nahm das Messer auf und führte die Klinge an die untere Markierung.

»Measure«, flüsterte Al Junior.

»Ja, Alvin?« fragte Measure.

»Ich kann den Schmerz ertragen und ganz stillhalten, wenn du nur pfeifst.«

»Ich kann aber keine Melodie halten, wenn ich zur gleichen Zeit versuche, gerade zu schneiden«, wandte Measure ein.

»Brauche keine Melodie«, sagte Alvin.

Measure sah dem Jungen in die Augen und hatte keine andere Wahl, als zu tun, was er verlangte. Schließlich war es ja Als Bein, und wenn er einen pfeifenden Doktor haben wollte, dann sollte er ihn auch bekommen. Measure atmete tief ein und begann zu pfeifen, keinerlei Melodie, einfach nur Noten. Er legte das Messer wieder an den schwarzen Strich an und begann zu schneiden. Zunächst nur flach, weil er hörte, wie Al die Luft einzog.

»Pfeif weiter«, flüsterte Alvin. »Bis zum Knochen.«

Measure pfiff weiter, und diesmal schnitt er schnell und tief zu. Bis auf den Knochen in der Mitte des Strichs. Je ein tiefer Schlitz an beiden Seiten empor. Dann grub er das Messer unter die beiden Ecken und hob Haut und Muskel zurück. Am Anfang blutete es recht heftig, doch das hörte fast sofort wieder auf. Measure überlegte, daß es etwas sein mußte, was Alvin in seinem Inneren tat, um die Blutung zu stoppen.

»Faith«, sagte Pa.

Ma beugte sich vor und legte die Hand an das blutige Hautstück. Al streckte eine zitterten Hand vor und zeichnete einen Keil auf den blutgestreiften Knochen seines eigenen Beins. Measure legte das Messer beiseite und nahm die Säge auf. Sie machte ein schreckliches, quietschendes Geräusch, während er sägte. Aber Measure pfiff einfach nur und sägte, sägte und pfiff. Und schon bald hielt er einen Knochenkeil in der Hand. Er sah nicht anders aus als der restliche Knochen.

»Bist du sicher, daß das die richtige Stelle war?« fragte er.
Al nickte langsam.

»Habe ich auch alles herausgeholt?« wollte Measure wissen. Al saß ein paar Augenblicke da, dann nickte er wieder.

»Willst du, daß Ma das jetzt wieder vernäht?« fragte Measure.

Al antwortete nicht.

»Er ist ohnmächtig geworden«, sagte Pa.

Das Blut begann wieder zu fließen, nur ein bißchen, sikkerte in die Wunde. Ma hatte eine Nadel und Faden in dem Nadelkissen, das sie um den Hals trug. In kürzester Zeit hatte sie den Hautstreifen wieder zurückgelegt und vernähte ihn mit einer prächtigen, festen Naht.

»Pfeif du nur immer weiter, Measure«, sagte sie.

Also pfiff er immer weiter, während sie immer weiter nähte, bis sie die Wunde ganz verbunden hatten und Alvin sich schlafend zurücklegte wie ein Baby. Alle drei standen sie auf, um zu gehen. Pa legte dem Jungen eine Hand auf die Stirn, so sanft, wie es nur ging.

»Ich glaube, sein Fieber ist verschwunden«, sagte er.

Measures Pfeifen wurde richtig fröhlich, als sie durch die Tür schlüpften.

14 Züchtigung

Sobald Elly ihn erblickte, war sie so lieb zu ihm, wie sie es nur sein konnte, bürstete den Schnee von ihm ab, half ihm aus dem Umhang und stellte nicht die leiseste Frage, wie es geschehen war.

Aber es machte keinen Unterschied, wie gütig sie auch sein mochte. Er schämte sich vor seiner eigenen Frau, denn früher oder später würde sie die Geschichte von einem dieser Kinder zu hören bekommen. Schon bald würde man sie sich den ganzen Wobbish hinauf und hinunter erzählen. Wie Brustwehr Gottes Weaver, Kaufmann des westlichen Landes, zukünftiger Gouverneur, von seinem alten

Schwiegervater von der Veranda in den Schnee geworfen wurde. Man würde hinter vorgehaltenen Händen lachen, aber niemals offen, denn es gab kaum eine Menschenseele zwischen Lake Canada und dem Noisy River, die ihm kein Geld schuldete oder seiner Karten bedurfte, um ihre Landansprüche zu untermauern. Es würde eine Zeit kommen, da das Wobbish-Land zu einem Staat werden würde, und da würde man diese Geschichte an jeder Wahlurne erzählen. Sie mochten vielleicht einen Mann mögen, den sie auslachten, aber sie würden ihn nicht respektieren oder für ihn stimmen.

Er stand vor dem Ende all seiner Pläne. Seine Frau ähnelte einfach zu sehr ihrer Familie. Für eine Pionierfrau war sie zwar recht hübsch, aber ihr Aussehen kümmerte ihn jetzt nicht mehr. Er scherte sich nicht mehr um süße Nächte und sanfte Morgen und darum, daß sie an seiner Seite im Laden arbeitete. Alles, was ihn jetzt noch erfüllte, waren Scham und Wut.

»Tu das nicht.«

»Du mußt das nasse Hemd ausziehen. Wie hast du denn Schnee ins Hemd bekommen?«

»Ich habe gesagt, du sollst die Hände von mir nehmen!«

Überrascht wich sie zurück. »Ich habe doch nur ...«

»Dein ›doch nur‹ kenne ich. Der arme kleine Brustwehr, tätschele ihn ganz einfach wie einen kleinen Jungen, dann fühlt er sich schon besser.«

»Du könntest dir den Tod holen ...«

»Erzähl das mal deinem Vater! Wenn ich mir die Seele aus dem Leib huste, dann erzähl ihm, was es bedeutet, einen Mann in den Schnee hinauszuwerfen!«

»O nein!« rief sie. »Ich kann nicht glauben, daß Papa so etwas ...«

»Siehst du? Du glaubst nicht mal deinem eigenen Mann!«

»Ich glaube dir *sehr wohl*, es sieht Pa nur überhaupt nicht ...«

»Nein, meine Dame, es sieht eher aus wie der Teufel höchstpersönlich, so sieht es aus! Wenn man versucht, in diesem Haus das Wort Gottes auszusprechen,. dann wird man in den Schnee hinausgeworfen!«

»Was hattest du oben im Haus zu suchen?«

»Ich habe versucht, das Leben deines Bruders zu retten. Zweifellos ist er jetzt tot.«

»Wie hättest *du* ihn retten können?«

Vielleicht wollte sie gar nicht so verächtlich klingen. Es spielte keine Rolle. Er wußte, was sie meinte. Da er keine verborgenen Kräfte besaß, konnte er nicht das geringste tun, um irgend jemandem zu helfen. Nach Jahren der Ehe glaubte sie noch immer an Hexerei, genau wie ihre Familie. Er hatte sie kein bißchen verändert. »Du bist immer noch dieselbe«, sagte er. »In dir steckt das Böse so tief, daß ich es nicht aus dir *herausbeten* kann, und ich kann es nicht aus dir *herauspredigen,* und ich kann es nicht aus dir *herauslieben,* und ich kann es nicht aus dir *herausschreien*!« Als er ›herausbeten‹ sagte, schubste er sie ein wenig. Bei ›herauspredigen‹ stieß er sie schon härter, und sie taumelte zurück. Wie er ›herauslieben‹ sagte, packte er sie an den Schultern und schüttelte sie so heftig, daß das Haar sich aus seinem Knoten löste und um ihren Kopf flatterte. Während er ›herausschreien‹ brüllte, stieß er sie so kräftig, daß sie zu Boden stürzte.

Als sie stürzte, durchflutete ihn eine solche Scham, noch schlimmer als vorhin, da ihr Vater ihn in den Schnee hinausgeworfen hatte. Ein kräftiger Mann erniedrigt mich, also gehe ich nach Hause und stoße meine Frau umher; was bin ich doch für ein großer Mann! Dabei bin ich ein Christ gewesen, der niemals einem Mann oder einer Frau weh getan hat, und jetzt schlage ich meine eigene Frau.

Er wollte sich schon auf die Knie werfen und heulen wie ein Kind und um Vergebung flehen, als sie seine Miene sah, völlig verzerrt von Scham und Zorn. Sie wußte nicht, daß er sie geschlagen hatte, und so tat sie, was für eine Frau wie sie nur natürlich erschien. Sie bewegte die Finger zu einem Abwehrzauber und flüsterte ein Wort, um ihn zurückzuhalten.

Er konnte vor ihr nicht auf die Knie gehen. Er konnte keinen Schritt auf sie zu tun. Er konnte nicht einmal daran *denken,* einen Schritt auf sie zu zu tun. Ihr Abwehrzauber war so stark, daß er zurücktaumelte, auf die Tür zu, sie öffnete und im Hemd hinauslief. Alles, wovor er sich jemals gefürchtet hatte, war heute wahr geworden. Er hatte wahrscheinlich seine politische Zukunft eingebüßt, doch schlimmer noch: Seine eigene Frau übte Hexerei in seinem eigenen Haus, und zwar gegen *ihn,* und er hatte keinen Schutz dagegen. Sie war eine Hexe, und sein Haus war unrein.

Es war kalt. Er hatte keinen Umhang, nicht einmal eine Weste. Ihn fror bis auf die Knochen. Er mußte in irgendeinem Haus einkehren, doch hätte er es nicht ertragen, an irgend jemandes Tür zu klopfen, also blieb nur ein Ort, wo er hin konnte: den Hügel hinauf in die Kirche. Thrower lagerte dort Feuerholz, so daß ihm warm sein würde. Und in der Kirche würde er beten können und versuchen zu verstehen, weshalb der Herr ihm nicht half. Habe ich dir denn nicht gedient, o Herr?

Reverend Thrower öffnete die Tür der Kirche und schritt langsam und voller Furcht hinein. Er konnte es nicht ertragen, dem Besucher von Angesicht zu Angesicht gegenüberzustehen, wissend, daß er versagt hatte. Satan hätte keine Gewalt über ihn haben dürfen, um ihn auf diese Weise aus dem Haus zu treiben. Ein geweihter Geistlicher, im Auftrage des Herrn, der die Anweisungen befolgte, die ein Engel ihm erteilt hatte – Satan hätte nicht dazu in der Lage sein dürfen, ihn auf diese Weise aus dem Haus zu verstoßen, noch bevor er überhaupt wußte, wie ihm geschah.

Er nahm seinen Umhang ab und auch seine Jacke. In der Kirche war es heiß. Das Feuer im Ofen mußte länger gebrannt haben, als er erwartet hatte. Oder vielleicht empfand er auch die Hitze der Scham.

Es konnte nicht daran liegen, daß Satan stärker war als der Herr. Die einzige mögliche Erklärung war, daß Thrower selbst zu schwach war. Sein eigener Glaube hatte versagt.

Thrower kniete vor dem Altar nieder und rief den

Namen des Herrn. »Vergib mir meinen Unglauben!« rief er. »Ich hielt das Messer, doch Satan stand wider mich auf, und ich hatte keine Kraft!« Er rezitierte eine Litanei der Selbstbeschuldigung, ging alle seine Vergehen dieses Tages durch, bis er schließlich erschöpft war.

Erst dann, da seine Augen vom Weinen gerötet waren, seine Stimme matt und heiser, erkannte er, in welchem Augenblick sein Glaube unterhöhlt worden war. Es war, als er in Alvins Raum gestanden hatte, den Jungen auffordernd, seinen Glauben zu bekennen, und als der Junge die Mysterien Gottes verhöhnt hatte. »Wie kann etwas so Großes in mein Herz passen?« Und obwohl Thrower die Frage als ein Produkt der Unwissenheit und des Bösen abgetan hatte, hatte sie doch sein Herz durchbohrt und war bis zum Kern seines Glaubens vorgestoßen. Gewißheiten, die ihn fast sein ganzes Leben genährt hatten, waren plötzlich durch die Fragen eines unwissenden Jungen zerbrochen. »Er hat mir meinen Glauben gestohlen«, sagte Thrower. »Ich bin als Mann Gottes in sein Zimmer getreten und als Zweifler wieder herausgekommen.«

»In der Tat«, sagte eine Stimme hinter ihm. Eine Stimme, die er kannte und die er jetzt sowohl fürchtete als auch ersehnte. Ach, verzeih mir, tröste mich, mein Besucher, mein Freund! Doch versäume es auch nicht, mich mit dem schrecklichen Zorn eines eifersüchtigen Gottes zu züchtigen.

»Dich zu züchtigen?« fragte der Besucher. »Wie könnte ich dich züchtigen, der du doch solch ein herrliches Exemplar von Mensch bist?«

»Ich bin nicht herrlich«, sagte Thrower niedergeschlagen.

»Genaugenommen bist du auch kaum menschlich«, sagte der Besucher. »In wessen Ebenbild bist *du* erschaffen worden? Ich habe dich ausgeschickt, mein Wort in dieses Haus zu tragen, und statt dessen haben sie beinahe *dich* bekehrt. Wie soll ich dich jetzt nennen? Einen Ketzer? Oder lediglich einen Skeptiker?«

»Einen Christen!« rief Thrower. »Vergib mir und nenne mich wieder einen Christen.«

»Du hieltest das Messer in deiner Hand, aber du hast es niedergelegt.«

»Das wollte ich nicht!«

»Schwach, schwach, schwach, schwach, schwach ...« Jedesmal, da der Besucher das Wort wiederholte, dehnte er es länger und länger aus, bis jede Wiederholung zu einem eigenen Lied wurde. Während er sang, begann er in der Kirche umherzuschreiten. Er rannte nicht, aber er schritt sehr schnell, viel schneller, als jeder Mensch es konnte. »Schwach, schwach ...« Er bewegte sich so schnell, daß Thrower sich ständig umdrehen mußte, um ihn im Auge zu behalten. Der Besucher schritt nicht mehr auf dem Boden. Er glitt die Wände entlang, so schnell und geschmeidig in seiner Bewegung wie eine Kellerassel, dann noch schneller, bis er zu einem bloßen Fleck wurde und Thrower ihn nicht mehr mit dem Blick festhalten konnte, indem er sich umdrehte. Thrower lehnte sich an den Altar, das Gesicht den leeren Bänken zugewandt, und sah zu, wie der Besucher immer und immer wieder vorbeiraste.

Nach und nach begriff Thrower, daß der Besucher seine Gestalt verwandelt hatte, daß er sich gestreckt hatte wie ein langes, schlankes Tier, eine Eidechse, ein Alligator, hellschuppig und leuchtend, länger und länger, bis sein Körper schließlich so lang war, daß er den ganzen Raum im Kreis umfaßte, ein riesiger Wurm, der seinen eigenen Schwanz zwischen den Zähnen packte.

Und Thrower sah vor seinem eigenen Geiste, wie winzig und unwürdig er war, verglichen mit diesem herrlichen Wesen, das von tausend verschiedenen Farben funkelte, das von innerem Feuer glühte und die Dunkelheit ein- und Licht ausatmete. Ich verehre dich! rief er in seinem Inneren. Du bist alles, nach dem ich verlange! Küsse mich mit deiner Liebe, auf daß ich deine Herrlichkeit kosten möge!

Plötzlich hielt der Besucher inne, und das riesige Maul kam auf ihn zu. Nicht um ihn zu verschlingen, denn Thrower wußte, daß er sogar zu unwürdig war, um verschlungen zu werden. Nun schaute er die schreckliche Lage des Menschen: Er sah, daß er wie eine Spinne von einem dünnen Faden über der Höllengrube hing und daß der einzige

Grund, weshalb Gott ihn nicht stürzen ließ, darin lag, daß er nicht einmal der Vernichtung würdig war. Gott haßte ihn nicht. Er war so abscheulich, daß Gott ihn verachtete.

Thrower blickte dem Besucher in die Augen und verzweifelte. Denn da waren weder Liebe noch Vergebung noch Zorn noch Verachtung. Die Augen waren völlig ausdruckslos. Die Schuppen blendeten, verteilten das Licht eines inneren Feuers. Doch dieses Feuer schimmerte nicht durch die Augen. Sie waren nicht einmal schwarz. Sie waren einfach nicht da, eine schreckliche Leere, die zitterte, die nicht stillhalten wollte. Thrower wußte, daß dies seine eigene Spiegelung war. Er war nichts. Seine Existenz war ohne Wert und Bedeutung. Die einzige Wahl, die ihm noch blieb, war die Vernichtung, die Ent-Schöpfung, um die Welt zu jener größeren Herrlichkeit wiederherzustellen, die gewesen wäre, wäre Philadelphia Thrower niemals geboren worden.

Throwers Beten weckte Brustwehr. Er lag neben dem Franklin-Ofen. Vielleicht hatte er ihn ein bißchen zu heiß geschürt, doch dessen bedurfte es auch, um die Kälte in seinen Gliedern zu vertreiben.

Brustwehr wollte sofort etwas sagen, um Thrower wissen zu lassen, daß er da war, doch als er die Worte vernahm, die Thrower betete, fuhr er entsetzt zusammen. Thrower sprach von Messern und Arterien und davon, wie er die Feinde Gottes hätte in Stücke schneiden sollen. Nach einer Minute war ihm alles klar: Thrower war überhaupt nicht zu Millers gegangen, um diesen Jungen zu retten, sondern um ihn zu töten! Was ist das für eine Welt, dachte Brustwehr, wenn ein Christenmensch seine Frau schlägt und eine Christenfrau ihren Mann verhext und ein Christenpriester einen Mord plant und um Vergebung bittet, weil er bei der Ausführung dieses Verbrechens versagt hat!

Plötzlich aber hörte Thrower auf zu beten. Er war so heiser und sein Gesicht war so rot, daß Brustwehr schon an einen Schlag glaubte. Aber nein, Thrower hob den Kopf, als würde er jemandem lauschen. Brustwehr lauschte ebenfalls, und er konnte auch etwas hören, wie Leute, die in einem Windsturm sprachen, so daß man nie genau verstand, was sie sagten.

Eine Vision, dachte Brustwehr. Reverend Thrower hat gerade eine Vision.

Und tatsächlich begann Thrower zu sprechen, und die leise Stimme antwortete, und schon bald drehte Thrower sich um seine eigene Achse, immer herum, schneller und schneller, als würde er etwas an den Wänden beobachten. Brustwehr versuchte festzustellen, was er beobachtete, konnte es aber nie ausmachen. Es war wie ein Schatten, der sich über die Sonne zog – man konnte ihn weder kommen noch gehen sehen, doch für eine Sekunde lang war es dunkler und kälter.

Dann hörte das Schattenspiel auf. Brustwehr sah ein Schimmern in der Luft, ein Aufblitzen hier und dort, wie wenn eine Glasscheibe das Sonnenlicht einfing. Ob Thrower die Herrlichkeit Gottes schaute, wie Moses es getan hatte? Unwahrscheinlich, wenn man das Gesicht des Pfarrers ansah. Brustwehr hatte noch nie ein solches Gesicht gesehen. Wie das Gesicht eines Mannes aussehen mochte, der zusehen mußte, wenn sein eigenes Kind getötet wurde.

Das Schimmern und das Glitzern verschwanden. Die Kirche war wieder still. Brustwehr wollte auf Thrower zulaufen und ihn fragen: Was habt Ihr gesehen! Was war es für eine Vision! War es eine Prophezeiung?

Aber Thrower machte nicht den Eindruck, als würde er jetzt gerne Fragen beantworten. Er sah aus, als wünschte er zu sterben. Ganz langsam schritt der Prediger von dem Altar fort. Er schlenderte zwischen den Bänken umher, stieß manchmal dagegen, achtete nicht darauf, wohin sein Körper sich bewegte, es war ihm gleichgültig. Schließlich hielt er vor dem Fenster inne, mit dem Gesicht dem Glas zugewandt, doch Brustwehr wußte, daß er nichts sah, er stand einfach nur da, die Augen weit geöffnet, sah aus wie der Tod.

Reverend Thrower hob die rechte Hand, die Finger gespreizt, und legte seine Handfläche auf eine Glasscheibe.

Er drückte zu. Er drückte und schob so fest, daß Brustwehr glaubte, das Glas müsse jeden Moment zerspringen. »Hört auf!« schrie Brustwehr. »Ihr werdet Euch schneiden!«

Thrower gab nicht einmal das leiseste Anzeichen, daß er ihn gehört hatte, sondern drückte weiter seine Hand gegen das Fenster. Brustwehr begann, auf ihn zuzugehen. Muß diesen Mann doch aufhalten, bevor er das Glas zerbricht und sich den Arm aufschneidet.

Mit einem Krachen zerbrach die Scheibe. Throwers Arm fuhr bis zur Schulter hindurch. Der Prediger lächelte. Er zog seinen Arm wieder ein Stück in die Kirche hinein und stieß seine Hand in die Glasscherben im Fensterrahmen.

Brustwehr versuchte, Thrower vom Fenster fortzureißen, doch der Mann hatte eine Kraft an sich, wie Brustwehr sie noch nie erlebt hatte. Schließlich mußte er ihn zu Boden werfen. Überall war Blut verspritzt. Brustwehr packte Throwers Arm, der von oben bis unten mit Blut besudelt war. Der Priester versuchte, sich von ihm fortzurollen. Brustwehr hatte keine Wahl. Zum ersten Mal, seit er ein Christenmensch geworden war, ballte er die Hand zur Faust, hieb sie Thrower unter das Kinn und schlug ihn ohnmächtig.

Muß die Blutung aufhalten, dachte Brustwehr. Doch zuerst mußte er das Glas herausholen. Manche der großen Stücke ragten gut sichtbar aus dem Fleisch, er brauchte sie nur herauszuziehen. Doch andere, kleinere Scherben zumeist saßen tief; sie waren kaum zu erkennen und außerdem schleimig von Blut, so daß er sie auch kaum zu fassen bekam. Doch endlich hatte er alles Glas entfernt, das er finden konnte. Zum Glück strömte aus keiner der Wunden Blut. Brustwehr zog sein Hemd aus, so daß er nun bis zur Hüfte nackt war, während durch das zerbrochene Fenster der kalte Wind hereinwehte, doch er bemerkte es kaum. Er riß das Hemd einfach in Streifen, um damit die Wunde zu verbinden. Dann setzte er sich und wartete darauf, daß Thrower erwachte.

Thrower stellte überrascht fest, daß er nicht tot war. Er lag mit dem Rücken auf einem harten Boden, mit einem schweren Tuch bedeckt. Sein Kopf schmerzte. Sein Arm schmerzte noch schlimmer. Er erinnerte sich, wie er versucht hatte, diesen Arm zu zerschneiden, und er wußte, daß er es erneut versuchen mußte, doch konnte er nicht mehr denselben Todeswunsch in sich wecken, den er zuvor empfunden hatte. Selbst wenn er sich an den Besucher in der Gestalt der großen Echse erinnerte, vermochte Thrower sich nicht daran zu erinnern, wie es sich angefühlt hatte. Er wußte nur, daß es das schlimmste Gefühl der Welt gewesen war.

Sein Arm war fest verbunden. Aber wer hatte ihn verbunden?

Er hörte das Geräusch, wie wenn ein feuchter Lappen gegen Holz geschleudert wurde. Im Winterzwielicht, das durch das Fenster trat, konnte er jemanden erkennen, der die Wand wusch. Eine der Fensterscheiben war mit einem Stück Holz verdeckt.

»Wer ist da?« fragte Thrower. »Wer seid Ihr?«

»Nur ich.«

»Brustwehr-Gottes.«

»Dabei, die Wände abzuwaschen. Das ist nämlich eine Kirche und kein Schlachthaus.«

Natürlich mußte alles voll Blut sein. »Tut mir leid«, sagte Thrower.

»Das Saubermachen macht mir nicht aus«, sagte Brustwehr. »Ich glaube, ich habe alles Glas aus Eurem Arm entfernt.«

»Ihr seid nackt«, bemerkte Thrower.

»Euer Arm trägt jetzt mein Hemd.«

»Ihr müßt frieren.«

»Vielleicht habe ich in der Nacht gefroren, aber jetzt habe ich das Fenster abgedeckt und den Ofen aufgeheizt. Ihr aber seh totenbleich aus.«

Thrower versuchte, sich aufzusetzen, doch es gelang ihm nicht. Er war zu schwach; sein Arm schmerzte sehr.

Brustwehr drückte ihn zurück. »Also Ihr bleibt jetzt

schön liegen, Reverend Thrower. Legt Euch einfach zurück. Ihr habt sehr viel durchgemacht.«

»Ja.«

»Ich hoffe, Ihr habt nichts dagegen, aber ich war hier in der Kirche, als Ihr hereinkamt. Ich habe neben dem Ofen geschlafen – meine Frau hat mich nämlich aus dem Haus geworfen. Ich bin heute schon zweimal hinausgeworfen worden.« Er lachte, ohne wirklich fröhlich zu sein. »Und da habe ich Euch gesehen.«

»Gesehen?«

»Ihr hattet eine Vision, nicht wahr?«

»Habt Ihr ihn gesehen?«

»Ich habe nicht viel gesehen. Hauptsächlich *Euch*, aber ab und zu ist etwas aufgeblitzt, wenn Ihr versteht, was ich meine. Es lief um die Wände.«

»Ihr habt es gesehen«, sagte Thrower. »Ach, Brustwehr, es war entsetzlich, es war wunderschön.«

»Habt Ihr Gott geschaut?«

»*Gott* geschaut? Gott besitzt keinen Leib, den man schauen kann, Brustwehr. Nein, ich habe einen Engel geschaut, den Engel der Züchtigung. Gewiß war es dies, was Pharao sah, den Todesengel, der durch die Städte Ägyptens zog und die Erstgeborenen holte.«

»Oh«, sagte Brustwehr verwirrt. »Hätte ich Euch denn dann lieber sterben lassen sollen?«

»Wenn ich hätte sterben sollen, so hättet Ihr mich nicht retten können«, sagte Thrower. »Weil Ihr mich gerettet habt, weil Ihr im Augenblick meiner Verzweiflung hier wart, ist dies ein sicheres Zeichen, daß ich leben soll. Ich wurde gezüchtigt, aber nicht vernichtet. Brustwehr Gottes, ich habe noch eine Chance.«

Brustwehr nickte, aber Thrower konnte sehen, daß er sich wegen irgend etwas Sorgen machte. »Was ist denn?« fragte Thrower. »Was ist es, das ihr mich fragen wollt?«

Brustwehrs Augen weiteten sich. »Könnt Ihr etwa hören, was ich denke?«

»Wenn ich es könnte, brauchte ich Euch nicht zu fragen.«

Brustwehr lächelte. »Schätze nicht.«

»Ich werde Euch sagen, was Ihr wissen wollt, so ich kann.«

»Ich habe Euch beten hören«, sagte Brustwehr. Er wartete, als wäre dies schon die Frage.

Doch Thrower wußte nicht genau, wie er die Worte deuten sollte. »Ich war verzweifelt, weil ich vor dem Herrn versagt hatte. Mir wurde eine Mission aufgetragen, doch im entscheidenden Moment ward mein Herz von Zweifeln erfüllt.« Mit seiner gesunden Hand griff er nach Brustwehr und packte ihn. »Brustwehr-Gottes«, sagte er, »laßt nie den Zweifel in Euer Herz ein. Stellt niemals etwas in Frage, von dem Ihr wißt, daß es wahr ist. Das ist das Tor, durch welches Ihr es dem Satan gestattet, Zutritt und Macht über Euch zu erlangen.«

Doch das war nicht die Antwort auf Brustwehrs Frage.

»Fragt mich, was Ihr mich fragen wollt«, sagte Thrower, »wenn ich kann, will ich Euch die Wahrheit sagen.«

»Ihr habt über das Töten gebetet«, sagte Brustwehr.

Thrower hatte nie daran gedacht, irgend jemandem von der Bürde zu erzählen, die der Herr ihm auferlegt hatte. Doch wenn der Herr nicht gewollt hätte, daß Brustwehr dieses Geheimnis erfuhr, so hätte Er es auch nicht gestattet, daß der Mann ihn hier in der Kirche hätte hören können. »Ich glaube«, sagte Thrower, »daß es Gott der Herr war, der Euch zu mir geführt hat. Ich bin schwach, Brustwehr, und ich habe in dem versagt, was der Herr von mir verlangte. Doch nun erkenne ich, daß Ihr, ein Mann des Glaubens, mir als Freund und Helfer gesandt wurdet.«

»Was hat der Herr verlangt?« fragte Brustwehr.

»Keinen Mord, mein Bruder. Der Herr hat nie von mir verlangt, einen Menschen zu töten. Es war ein Teufel, den zu töten ich ausgesandt wurde. Ein Teufel in Menschengestalt, der in jenem Haus lebt.«

Tief in Gedanken versunken, schürzte Brustwehr die Lippen. »Der Junge ist nicht nur besessen, wollt Ihr das damit sagen? Es ist nichts, was Ihr einfach bannen könntet?«

»Ich habe es versucht, aber er hat über die Heilige Schrift gelacht und meine Worte des Exorzismus verhöhnt. Er ist nicht besessen, Brustwehr Gottes. Er ist die Brut des Teufels selbst.«

Brustwehr schüttelte den Kopf. »Meine Frau ist kein Teufel, und sie ist seine eigene Schwester.«

»Sie hat die Hexerei aufgegeben und ist daher gereinigt worden«, warf Thrower ein.

Brustwehr lachte kurz erbittert auf. »Das habe ich auch gedacht.«

Nun begriff Thrower, weshalb Brustwehr Zuflucht in der Kirche gesucht hatte: Sein eigenes Haus war befleckt worden.

»Brustwehr-Gottes, werdet Ihr mir dabei helfen, dieses Land, diese Stadt, dieses Haus, diese *Familie* von den bösen Einflüssen zu reinigen, die sie verdorben haben?«

»Wird das meine Frau retten?« fragte Brustwehr. »Wird es ihre Liebe zur Hexerei brechen?«

»Möglicherweise«, sagte Thrower. »Vielleicht hat der Herr uns zusammengeführt, damit wir beide unsere Häuser reinigen können.«

»Was immer es verlangen mag«, sagte Brustwehr, »gegen den Teufel bin ich auf Eurer Seite.«

15 Versprechungen

Der Hufschmied hörte zu, als Geschichtentauscher den Brief von Anfang bis Ende vorlas.

»Erinnert Ihr Euch an die Familie?« fragte Geschichtentauscher.

»Das tue ich«, sagte Makepeace Smith. »Der Friedhof hat beinahe mit ihrem ältesten Jungen angefangen. Ich habe seinen Leichnam mit eigenen Händen aus dem Fluß geholt.«

»Nun denn, werdet Ihr ihn also als Euren Lehrling aufnehmen?«

Ein Junge von vielleicht sechzehn Jahren kam mit einem Eimer voll Schnee in die Schmiede. Er musterte den Besucher, zog den Kopf ein und schritt zu dem Kühlfaß neben dem Herd hinüber.

»Ihr seht, daß ich bereits einen Lehrling habe«, sagte der Schmied.

»Der sieht mir schon recht groß aus«, meinte Geschichtentauscher.

»Er kommt voran«, bejahte der Schmied. »Stimmt es nicht, Bosey? Bist du bald bereit, auf eigene Faust weiterzumachen?«

Bosey lächelte ein wenig, unterdrückte es und nickte. »Jawohl, Sir«, sagte er.

»Ich bin kein leichter Meister«, meinte der Schmied.

»Alvin hat ein gutes Herz. Er wird hart für Euch arbeiten.«

»Aber wird er mir auch gehorchen? Ich liebe es, wenn man mir gehorcht.«

Geschichtentauscher blickte wieder Bosey an, der damit beschäftigt war, Schnee in das Faß zu schaufeln.

»Ich sagte schon, der Junge hat ein gutes Herz«, erwiderte Geschichtentauscher. »Er wird Euch gehorchen, wenn Ihr ihn gerecht behandelt.«

Der Schmied erwiderte seinen Blick. »Ich pflege gerecht zu sein und schlage die Jungen nicht, die ich aufnehme. Habe ich jemals Hand an dich gelegt, Bosey?«

»Niemals, Sir.«

»Seht Ihr, Geschichtentauscher. Ein Lehrling kann aus Furcht gehorchen oder aus Habgier, aber wenn ich ein guter Meister bin, dann gehorcht er mir, weil er weiß, daß er auf diese Weise etwas lernen wird.«

Geschichtentauscher grinste den Schmied an. »Es gibt keine Bezahlung«, sagte Geschichtentauscher. »Die wird sich der Junge selbst verdienen. Und er bekommt auch seine Schulausbildung.«

»Ein Schmied braucht keine Buchstaben, wie ich weiß.«

»Es wird nicht lange dauern, dann wird Hio Teil der Vereinigten Staaten werden«, sagte Geschichtentauscher. »Dann wird der Junge wählen müssen, schätze ich, und die Zeitungen lesen. Ein Mann, der nicht lesen kann, weiß immer nur, was andere Leute ihm erzählen.«

Makepeace Smith sah Geschichtentauscher mit einem beinahe verstohlenen Grinsen an. »Ach ja? Und seid nicht

Ihr es, der mir das erzählt? Weiß ich das nicht also nur deshalb, weil andere Leute, nämlich Ihr, es mir erzählen?«

Geschichtentauscher lachte und nickte. Damit hatte der Schmied ins Schwarze getroffen. »Ich ziehe durch die Welt und erzähle Geschichten«, sagte Geschichtentauscher, »daher weiß ich, daß man mit dem Klang einer Stimme viel erreicht. Alvin liest schon sehr viel für sein Alter, da wird es ihm nicht schaden, ein bißchen die Schule zu schwänzen. Aber seine Ma besteht darauf, daß er lesen und schreiben und rechnen kann wie ein Gelehrter. Also müßt Ihr mir versprechen, daß Ihr Euch nicht gegen ihn und seine Ausbildung stellt, wenn er sie haben will, und dabei wollen wir es belassen.«

»Darauf habt Ihr mein Wort«, sagte Makepeace Smith. »Und das braucht Ihr auch nicht aufzuschreiben. Ein Mann, der sein Wort hält, braucht nicht zu lesen und zu schreiben. Aber ein Mann, der seine Versprechen erst aufschreiben muß, den muß man den ganzen Morgen im Auge behalten. Das ist eine Tatsache, wie ich weiß. Wir haben dieser Tage auch Rechtsanwälte in Hatrack.«

»Die Geißel der zivilisierten Menschheit«, meinte Geschichtentauscher. »Wenn jemand die Leute nicht mehr dazu bekommt, seine Lügen zu glauben, dann heuert er jemanden an, der für ihn berufsmäßig lügt.«

Darüber lachten sie beide, während hinter ihnen das Feuer in seinem Ziegelkamin brannte und draußen die Sonne auf halbgeschmolzenen Schnee herunter schien. Ein Kardinalvogel flog über den grasbewachsenen, mit Dung übersäten Boden vor der Schmiede. Für einen Moment blendete er Geschichtentauschers Augen, so erstaunlich wirkte sein Anblick vor den Weiß- und Brauntönen des Spätwinters.

In diesem Augenblick des Erstaunens über den Flug des Vogels wußte Geschichtentauscher plötzlich, daß es noch eine ganze Weile dauern würde, bevor der Entmacher den jungen Alvin hierherkommen ließ. Und wenn er kam, dann würde er wie ein Kardinalvogel außerhalb der Jahreszeit wirken, der die Leute hier überall verblüffte, die glauben würden, daß er ebenso natürlich sei wie ein fliegender

Vogel, ohne zu wissen, welch ein Wunder jede einzelne Minute doch war, die der Vogel in der Luft blieb.

Geschichtentauscher schüttelte sich, und die Vision des Augenblicks verschwand wieder. »Dann ist es also abgemacht, und ich werde ihnen schreiben, daß sie den Jungen schicken sollen.«

»Ich erwarte ihn am ersten April. Nicht später!«

»Wenn Ihr von dem Jungen nicht verlangen wollt, daß er das Wetter beherrscht, solltet Ihr doch etwas beweglicher sein, was das Datum angeht.«

Der Schmied knurrte und winkte zum Abschied. Alles in allem eine erfolgreiche Begegnung. Geschichtentauscher ging mit einem guten Gefühl davon – er hatte seine Pflicht erfüllt. Es würde leicht sein, einem nach Westen ziehenden Siedler einen Brief mitzugeben – jede Woche zogen mehrere Wagen durch die Stadt Hatrack.

Obwohl es schon eine sehr lange Weile her war, seit er das letzte Mal hier durchgekommen war, kannte er noch den Weg von der Schmiede zum Gasthof. Es war eine vielbereiste Straße. Der Gasthof war sehr viel größer als früher, und ein Stück wegaufwärts gab es mehrere Geschäfte. Ein Ausrüster, ein Sattler, ein Schuster. Eben jene Art von Diensten, für die Reisende Verwendung hatten.

Kaum hatte er den Fuß auf die Veranda gesetzt, als sich die Tür öffnete und die alte Peg Guester herauskam, die Arme weit ausgebreitet, um ihn zu umarmen. »Ach, Geschichtentauscher, Ihr seid so lange fortgewesen, kommt herein, kommt nur herein!«

»Es ist schön, Euch wiederzusehen, Peg«, sagte er.

Horace Guester knurrte ihn hinter der Theke der Gastwirtschaft an, wo er gerade einige durstige Gäste bediente. »Was ich hier drin nicht gebrauchen kann, das ist noch so einen Abstinenzler, der bloß Tee trinkt!«

»Dann habe ich gute Nachricht für Euch, Horace«, erwiderte Geschichtentauscher fröhlich. »Den Tee habe ich nämlich inzwischen auch aufgegeben.«

»Was trinkt Ihr denn dann, etwa *Wasser?*«

»Wasser und das Blut fettiger alter Männer«, erwiderte Geschichtentauscher.

Horace gestikulierte seiner Frau. »Halt mir bloß diesen Mann vom Leib, Old Peg, hast du gehört?«
Old Peg half ihm dabei, seine Kleider abzulegen.
»Schaut Euch doch bloß an«, sagte Old Peg und blickte ihn abschätzend an. »An Euch ist doch nicht einmal mehr genügend Fleisch, um daraus einen Eintopf zu kochen.«
»Die Bären und Panther lassen mich in der Nacht in Ruhe, sie suchen sich lieber üppigere Beute«, behauptete Geschichtentauscher.
»Kommt herein und erzählt mir Geschichten, während ich das Abendessen für die Gäste koche.«
Es gab viel Gerede und Geplapper, vor allem als Altpapi hereinkam, um zu helfen. Er wurde allmählich gebrechlich, doch kümmerte er sich immer noch um die Küche, was allen Gästen zum Vorteil gereichte, die hier aßen; Old Peg meinte es zwar gut und arbeitete auch schwer, aber manche Menschen hatten eben das Talent und andere nicht. Doch es war nicht das Essen, weswegen Geschichtentauscher gekommen war. Nach einer Weile begriff er, daß er das Thema selbst ansprechen mußte. »Wo ist Eure Tochter?«
Zu seiner Überraschung versteifte sich Old Peg etwas und ihre Stimme wurde kalt und hart. »Sie ist nicht mehr so klein. Sie hat ihren eigenen Willen, und das würde sie Euch auch auf den Kopf zusagen.«
Und dir gefällt es nicht sehr, dachte Geschichtentauscher. Doch sein Geschäft mit der Tochter war wichtiger als aller Familienstreit. »Ist sie immer noch eine ...«
»Eine Fackel? O ja, sie tut ihre Pflicht, aber es ist kein Vergnügen für die Leute, zu ihr zu kommen. Schnippisch und kalt ist sie. Sie hat den Ruf erworben, eine scharfe Zunge zu haben.« Einen Augenblick lang hellte sich Old Pegs Miene auf. »Sie war einmal so ein weichherziges Kind.«
»Ich habe noch nie gesehen, daß ein weiches Herz hart geworden wäre«, sagte Geschichtentauscher. »Jedenfalls nicht ohne guten Grund.«
»Nun, was immer ihr Grund sein mag, ihr Herz hat sich jedenfalls verhärtet wie ein Wassereimer in der Winternacht.«

Geschichtentauscher zügelte seine Zunge und sprach nicht davon, daß Eis immer wieder zusammenfror, wenn man es aufschlug, daß man es aber nur nach innen zu bringen brauchte, damit es sich aufwärmte und auftaute, daß es eine wahre Freude war. Es hatte keinen Sinn, sich in einen Familienstreit einzumischen. Geschichtentauscher wußte genug über die Art und Weise, wie die Menschen lebten, um diesen besonderen Streit als Naturereignis hinzunehmen wie kalte Winde und kurze Tage im Herbst. Die meisten Eltern hatten nicht viel Verständnis für halberwachsene Kinder.

»Ich muß etwas mit ihr besprechen«, erklärte Geschichtentauscher. »Ich werde es schon riskieren, daß sie mir den Kopf abreißt.«

Er fand sie in Dr. Whitleys Arztzimmer, wo sie gerade seine Bücher führte. »Ich wußte gar nicht, daß du eine Buchhalterin bist«, sagte er.

»Und ich wußte nicht, daß Ihr viel für die Heilkunst übrig habt«, erwiderte sie. »Oder seid Ihr nur gekommen, um das Wundermädchen zu begutachten, das Rechnen und Schreiben kann?«

O ja, sie war so scharfzüngig, wie sie nur sein konnte. Geschichtentauscher konnte begreifen, wie ein solcher Witz einige Leute befremden mochte, die erwarteten, daß eine junge Frau die Augen senkte und leise sprach, um nur ab und an unter tief gesenkten Augenlidern emporzublikken. Peggy hatte nichts von dieser jungen Damenhaftigkeit an sich. Sie sah Geschichtentauscher offen ins Gesicht.

»Ich bin nicht gekommen, um geheilt zu werden«, sagte Geschichtentauscher. »Oder um mir meine Zukunft vorhersagen zu lassen. Oder auch nur, um meine Bücher führen zu lassen.«

Aber da war es auch schon: Sobald ein Mann ihr geradeheraus antwortete, anstatt gleich den Kamm hochzustellen, da ließ sie ein Lächeln aufblitzen, das in seiner Lieblichkeit einer Kröte die Warzen hätte abschwatzen können. »Ich kann mich nicht erinnern, daß Ihr sonderlich viel zu addieren oder abzuziehen gehabt hättet«, meinte sie. »Ich glaube, null plus null ergibt null.«

»Das siehst du völlig falsch, Peggy«, wiedersprach Geschichtentauscher. »Mir gehört diese ganze Welt, aber die Leute sind mit ihren Zahlungen ziemlich im Rückstand.«

Wieder lächelte sie und legte nun die Bücher des Arztes beiseite. »Ich führe ihm einmal im Monat die Bücher, und er bringt mir aus Dekane Sachen zu lesen.« Sie sprach über die Dinge, die sie las, und Geschichtentauscher begann zu erkennen, daß ihr Herz sich nach Orten sehnte, die weit jenseits von Hatrack River lagen. Er schaute auch andere Dinge – daß sie, da sie eine Fackel war, die Leute hier zu gut kannte und glaubte, daß sie an fernen Orten Menschen mit wahren Edelsteinseelen vorfinden würde, die niemals ein Mädchen enttäuschen würden, das ihnen direkt ins Herz blicken konnte.

Sie ist jung, das ist alles. Laß ihr Zeit, dann wird sie schon lernen, die Güte zu lieben, die sie vorfindet, und den Rest zu vergeben.

Nach einer Weile trat der Arzt ein, und sie plauderten ein wenig. So wurde es später Nachmittag, bis Geschichtentauscher wieder allein mit Peggy war und ihr die Fragen stellen konnte, die zu stellen er gekommen war.

»Wie weit kannst du sehen, Peggy?«

Er konnte es beinahe mitansehen, wie die Vorsicht sich über ihre Miene legte wie ein dicker Samtvorhang. »Ich schätze, Ihr wollt mich damit wohl nicht fragen, ob ich eine Brille brauche«, meinte sie.

»Ich habe mir nur Gedanken über ein Mädchen gemacht, das mir einst in mein Buch hineinschrieb: ›Ein Macher ist geboren.‹ Ich fragte mich, ob sie noch immer ein Auge auf diesen Macher behält, so dann und wann, um zu sehen, wie es ihm ergeht.«

Sie wandte den Blick ab und sah zu dem hohen Fenster hinauf. Die Sonne stand niedrig, und der Himmel draußen war grau, doch ihr Gesicht war voller Licht, wie Geschichtentauscher recht genau bemerkte. Manchmal brauchte man keine Fackel zu sein, um in das Herz eines Menschen zu blicken.

»Ich frage mich auch, ob diese Fackel einmal einen Dachbalken gesehen hat, der auf ihn stürzte«, sagte Geschichtentauscher.

»Ob sie das wohl getan hat«, sagte sie.

»Oder einen Mühlstein.«

»Könnte sein.«

»Und ich frage mich, ob sie nicht irgendeine Möglichkeit gehabt hat, diesen Dachbalken säuberlich in zwei Stücke zu teilen und diesen Mühlstein auseinanderbrechen zu lassen, damit ein gewisser alter Geschichtentauscher eine Laterne mitten durch diesen Stein hindurchscheinen sehen konnte.«

Tränen glitzerten in ihren Augen, nicht, daß sie gleich weinen würde, aber sie sah direkt in die Sonne hinein. »Ein Stück seines Mutterkuchens, in Staub gerieben, und man kann die eigene Kraft des Jungen zu einigen unbeholfenen Zaubern verwenden«, sagte sie leise.

»Aber nun versteht er ein wenig von seinem eigenen Talent, und er hat aufgelöst, was du für ihn getan hast.«

Sie nickte.

»Es muß einsam sein, ihn aus solcher Ferne zu beobachten«, sagte Geschichtentauscher.

Sie schüttelte den Kopf. »Nicht für mich. Ich habe die ganze Zeit Leute um mich.« Dann sah sie Geschichtentauscher an und lächelte trüb. »Es ist fast eine Erholung, etwas Zeit mit diesem Jungen zu verbringen, der nicht das geringste von mir will, weil er nicht einmal weiß, daß ich existiere.«

»Ich weiß es aber«, sagte Geschichtentauscher. »Und ich will auch nicht das geringste von dir.«

Sie lächelte. »Ihr alter Betrüger«, sagte sie.

»Also gut, ich will *doch* etwas von dir, aber nichts für mich selbst. Ich bin diesem Jungen begegnet, und auch wenn ich nicht in sein Herz hineinblicken kann wie du, so glaube ich doch, daß ich ihn kenne. Ich glaube, daß ich weiß, was er werden könnte, was er tun könnte, und ich möchte, daß du weißt, daß du, solltest du jemals meine Hilfe in irgendeiner Weise brauchen, mir nur mitzuteilen brauchst, was ich tun soll, und wenn es in meiner Macht steht, so werde ich es tun.«

Sie antwortete nicht, sah ihn auch nicht an.

»Bisher brauchtest du keine Hilfe«, fuhr Geschichtentauscher fort, »aber nun hat er seinen eigenen Willen, und da wirst du für ihn nicht immer die Dinge tun können, die er braucht. Die Gefahren werden nicht immer nur von Dingen herrühren, die auf ihn herabstürzen oder ihn körperlich verletzen. Er befindet sich in ebenso großer Gefahr vor dem, was er selbst zu tun beschließt. Ich sage dir nur, wenn du eine solche Gefahr erkennen solltest und mich brauchst, um dir zu helfen, so werde ich kommen, egal was geschehen mag.«

»Das ist mir ein Trost«, sagte sie. Ihre Worte waren ehrlich gemeint, wie Geschichtentauscher wußte; doch sie fühlte noch mehr, als sie sagte. »Und ich wollte dir mitteilen, daß er hierher kommt, am ersten April, um eine Lehre bei dem Schmied zu beginnen.«

»Ich weiß, daß er kommt«, sagte sie, »aber es wird nicht am ersten April sein.«

»Ach nein?«

»Oder überhaupt in diesem Jahr.«

Die Furcht um den Jungen stach Geschichtentauscher ins Herz. »Ich schätze, ich bin wohl doch gekommen, um die Zukunft kennenzulernen. Was steht ihm bevor? Was wird kommen?«

»Es können alle möglichen Dinge geschehen«, sagte sie, »und ich wäre eine Närrin, zu raten, was genau passiert. Ich sehe die ganze Zeit tausend offene Wege vor ihm. Aber es gibt nur sehr wenige davon, die ihn bis zum April hierherführen werden, aber sehr viele, an deren Ende er tot daliegt, mit der Axt eines Roten Mannes im Schädel.«

Geschichtentauscher lehnte sich über den Schreibtisch des Doktors und legte seine Hand auf ihre. »Wird er überleben?«

»Solange ich noch einen Atemzug tun kann«, erwiderte sie.

»Und ich auch«, antwortete er.

Schweigend saßen sie einen Augenblick da, schauten einander an, eine Hand auf die andere gelegt, bis sie plötzlich in Lachen ausbrach und wegsah.

»Meistens begreife ich den Witz, wenn die Leute lachen«, meinte Geschichtentauscher.

»Ich habe mir nur gerade überlegt, daß wir wirklich eine ziemlich armselige Verschwörung schmieden, nur wir beide gegen all die Feinde, denen dieser Junge gegenüberstehen wird.«

»Das ist wahr«, meinte Geschichtentauscher, »aber wir haben gute Gründe, so daß die ganze Natur sich mit uns zusammen verschwören wird, meinst du nicht?«

»Und Gott ebenfalls«, fügte sie entschieden hinzu.

»Dazu kann ich nichts sagen«, meinte Geschichtentauscher. »Die Prediger und Priester scheinen ihn so mit ihren Dogmen in die Enge getrieben zu haben, daß der arme alte Vater kaum noch Platz hat, um sich zu rühren. Jetzt, da sie die Bibel endlich sicher gedeutet haben, wollen sie alles, nur nicht, daß er noch ein weiteres Wort spricht oder die Macht seiner Hand auf dieser Welt offenbart.«

»Ich habe die Macht seiner Hand vor einigen Jahren bei der Geburt des siebenten Sohnes eines siebenten Sohnes gesehen«, erwiderte sie. »Nennt es Natur, wenn Ihr wollt, da Ihr ja alles mögliche von den Philosophen und Zauberern gelernt habt. Ich weiß nur, daß er so eng mit meinem Leben verbunden ist, als wäre wir demselben Mutterschoß entsprungen.«

Geschichtentauscher überlegte sich seine nächste Frage nicht, sie perlte unbedacht von seinen Lippen. »Bist du froh darüber?«

Sie blickte ihn mit schrecklicher Trauer in den Augen an. »Nicht oft«, sagte sie. Daher sah sie so müde aus, daß Geschichtentauscher sich nicht mehr beherrschen konnte, er schritt um den Tisch, stellte sich neben ihren Stuhl und hielt sie fest wie ein Vater seine Tochter, hielt sie sehr lange fest. Er wußte nicht zu sagen ob sie weinte oder sich nur festhielt. Sie sagten kein einziges Wort. Schließlich ließ sie los und wandte sich wieder dem Kontobuch zu. Er ging davon, ohne das Schweigen zu brechen.

Geschichtentauscher schlenderte zum Gasthof hinüber, um das Abendessen zu sich zu nehmen. Es gab Geschichten zu erzählen und Arbeiten zu erledigen, um seinen

Unterhalt zu verdienen. Und doch schienen alle Geschichten neben jener einen zu verblassen, die er *nicht* erzählen konnte, jener Geschichte, deren Ende er nicht kannte.

Auf der Weide um die Mühle stand ein halbes Dutzend Wagen, von Farmern bewacht, die von sehr weit hergekommen waren, um Mehl von hoher Qualität zu kaufen. Ihre Frauen würden nicht länger über Mörser und Stößel schwitzen müssen, um grobes Mehl für hartes und klumpiges Brot zu mahlen. Die Mühle war in Betrieb, und alle in einigen Meilen Umkreis würden ihr Getreide zur Stadt Vigor Church bringen.

Das Wasser strömte durch die Mühlrinne, und das große Rad drehte sich. In der Mühle wurde die Kraft des Rads durch Zahnräder weiterbefördert, um den oberen Mühlstein zu drehen. Der Müller schüttete den Weizen auf den Stein. Der obere Stein glitt darüber und mahlte ihn zu Mehl. Der Müller strich es für einen zweiten Durchgang glatt, dann bürstete er es in einen Korb, den sein Sohn für ihn hielt, ein zehnjähriger Junge. Sein Sohn schüttete das Mehl in ein Sieb und gab das gute Mehl in einen Tuchsack. Was im Sieb blieb, leerte er in ein Silofaß. Dann kehrte er an die Seite seines Vaters zurück, um den nächsten Weizenkorb zu holen.

Ihre Gedanken glichen einander in bemerkenswerter Weise, wie sie so schweigend zusammen arbeiteten. Genau diese Arbeit möchte ich weiterhin tun, dachte jeder. Am Morgen aufstehen, zur Mühle kommen und den ganzen Tag an seiner Seite arbeiten. Es machte nichts, daß der Wunsch keine Wirklichkeit werden konnte. Es machte nichts, daß sie einander vielleicht nie wiedersehen würden, wenn der Junge erst einmal gegangen war, um am Ort seiner Geburt seine Lehre anzutreten. Es verstärkte nur die Schönheit des Augenblicks, der schon bald Erinnerung, der schon bald ein Traum werden würde.

ENDE